KB034362

언어의 놀이, 서사의 실험

박태원의 문학 세계와 탈경계의 수사학

김미지(金眉志, Kim Mi JI) 1974년 서울 출생. 서울대 서양사학과에서 학부를 마치고 동 대학원 국어국문학과 대학원을 졸업했다. 성공회대, 광운대, 경기대, 한국예술종합학교 등에서 강의하고 서울대 기초교육원 강의교수로 재직했으며, 한국연구재단의 지원을 받아 중국 북경대 조선문화연구소에서 '한중 모더니즘 문학을 통해 본 근대문학 언어의 혼종성 연구'를 주제로 박사 후 해외연수를 수행했다. 현재 북경에 머물면서 동아시아 근대 문학의 조건들과 문학 언어에 대한 연구를 진행하는 한편 북경대 한국(조선)어문화과 학생들에게 한국어와 한국문화를 강의하고 있다. 저서로 『누가 하이카라 여성을 데리고 사누-여학생과 연애』(살림, 2005), 『박태원 문학연구의 재인식』(공저, 예옥, 2010) 등이 있고, 주요 논문으로 「한국 근대문학에 나타난 '묘사'의 방법론 고찰」(2009), 「1930년대 문학 언어의 타자들과 조선어 글쓰기의 실험들」(2013), 「박태원의 해외문학 번역을 통해 본 1930년대 번역의 혼종성과 딜레마」(2013) 등이 있다.

언어의 놀이, 서사의 실험—박태원의 문학 세계와 탈경계의 수사학

초판인쇄 2014년 3월 5일 **초판발행** 2014년 3월 15일
지은이 김미지 **펴낸이** 박성모 **펴낸곳** 소명출판 **출판등록** 제13-522호
주소 서울시 서초구 서초동 1621-18 란빌딩 1층
전화 02-585-7840 **팩스** 02-585-7848 **전자우편** somyong@korea.com **홈페이지** www.somyong.co.kr

값 20,000원
ISBN 978-89-5626-971-9 93810

이 도서의 국립중앙도서관 출판시도서목록(CIP)은 서지정보유통지원시스템 홈페이지(http://seoji.nl.go.kr)와 국가자료공동목록시스템(http://www.nl.go.kr/kolisnet)에서 이용하실 수 있습니다.(CIP제어번호: CIP2014008499)

언어의 놀이, 서사의 실험

박태원의 문학 세계와 탈경계의 수사학

Narrative Discourse and Rhetoric in the Works of Park Tae-won

김미지

일러두기 | 1. 작품명이 제일 처음 등장할 때 한 번만 한글과 한자 표기를 병기하고, 나머지는 모두 한글로 통일함.
2. 당대에 출간된 단행본 원전을 인용했을 경우는 그대로 한자로 표기하고, 현대어본을 출처로 했을 경우는 한글로 표기함.
예) 『小說家 仇甫氏의 一日』(1938)과 『소설가 구보씨의 일일』(1994)
3. 인용문의 강조표시(고딕체)는 모두 인용자에 의한 것임.

책머리에

척박한 시대, 문학을 한다는 것은 무엇인가. 식민지 시대를 살아간 작가들과 그들의 작품을 들여다보면서 늘 품게 되는 질문이다. 자신의 세기가 안겨준 절망과 희망의 틈바구니에서 그들은 자신의 초라한 언어를 가지고 문학(만)이 할 수 있는 것을 찾아 끝없는 길을 헤맸다. 과연 문학이, 한갓 펜 놀음에 지나지 않는지도 모를 문학이 할 수 있는 일이란 무엇일까. 이에 간단히 답을 할 수는 없지만 한 가지 분명한 것은 다른 무엇도 아닌 언어를 자신만의 유일한 무기로 삼아 존재를 증명하고 시대를 증언하고 인간의 마음과 세계를 움직이고자 한다는 점일 것이다. 물론 언어를 도구로 삼는 글쓰기의 종류는 매우 다양하다. 그러나 어떤 글쓰기가 하필 소설이거나 시와 같은 문학적인 양식이어야 한다면 그 이유는 소설이나 시만이 할 수 있는 어떤 역할이 있기 때문이라고밖에 달리 이해할 수 있을까. 문인-정치가 또는 문인-관료 아니면 문인-교수나 문인-기자처럼 문학이 아니어도 괜찮았던 작가들도 있지만 문학이 아니면 안 되었던 작가들도 있다. 1910년 서울에서 태어나 1986년 평양에서 작고하기까지 평생을 오로지 작가로만 살아온 박태원이 그 대표적인 예이다.

박태원이 작품에서나 산문에서나 누누이 말했듯 문학이란 밥벌이의 수단으로는 매우 적절하지 못한 것이며, 작가의 삶이란 도구적 합리성이 지배하는 세간의 눈으로 보자면 무능과 게으름으로 점철된 것일 뿐이다. 그럴진대, 그들은 무엇을 바라, 무엇을 위해, 고독하고 험난한 길을 걷고 또 걸었을까. 작가의 소명이란 하늘이 내린 것이며 글을 쓰는 업이란 자기구원을 위한 몸부림에 지나지 않는다 한들, 그가 살아낸 시대를 떠나서는 그 지난한 작업이 오롯이 해명되기 어려울 것이다. 이는 '시대'를 소리 높여 외쳤던 소위 '정치적'인 작가들뿐만 아니라 일견 '시대'와 무관해 보이는 '예술파' 작가들에게도 그러하며, 비단 식민지 시대의 작가들에게만 해당되는 이야기도 아니다. 식민지 시기와 해방 정국 그리고 북한 체제를 한 몸으로 살아낸 작가 박태원의 전 생애에 걸친 글쓰기와 문학 언어에 대한 연구인 이 책은 그러한 의문들에 대한 답을 찾아가는 기나긴 과정의 첫걸음이라 할 수 있다.

작가 박태원은 한국 작가들 가운데에서도 매우 특이하고 독보적인 이력의 소유자이다. 나라를 뺏긴 식민지 시대에 세계 첨단의 문학을 해보겠다고 모더니즘을 소리 높여 외쳤고, 일제 말기 조선어가 말살되어 붓을 들 수 없는 상황에서도 더 '가열차게' 붓을 달렸으며, 월북 이후 북한에서도 생의 마지막 순간에 이르기까지 쓰기를 멈추지 않았다. 식민지의 모더니스트들은 그 외에도 김기림, 이상, 정지용, 이태준 등 여럿이 있었지만, 그들 가운데 월북을 한 작가는 몇 되지 않으며, 월북을 한 모더니스트 가운데에도 끝까지 살아남아 작가로서 생을 마감한 이는 그가 유일하다. 박태원은 남한에서는 「소설가 구보씨의 일일」(1934)과 『천변풍경』(1938) 등 잊히기 힘든 실험적인 작품들로, 북한에서는 『삼국연의』(1964), 『갑오농민전쟁』(1975~1986)과 같은 대작들로, 양쪽에서 모두 인정받는 드문 작가가 되었다. 일제 말기 문우이자 선배인 이태준이 붓을 꺾었을 때도 부지런히 장편소설과 번역, 아동물 등을 집필했던 박태원의 글쓰기를 '일제에의 협력'이나 '매문(賣文)'이라는 몇 글자로 온전히 설명할 수 있을까. 말년에 반신불수에 실명을 한 몸으로 『갑오농민전쟁』의 막바지를 구술 집필했던 것 역시 '주체 과업에의 복무'나 '글쟁이의 소명의식' 어느 하나만으로 해명하기에는 부족할 것이다.

어쩌면 박태원은 '정치에 복무하는 문학'을 거부하며 가장 비정치적인 문학을 하던 식민지 시기에도 매우 정치적이었으며, 체제의 지침과 명령 아래 가장 정치적인 문학을 하던 북한에서도 지극히 미학적인 작품을 쓴 작가였다. '실험적 언어'로 상찬되는 그의 식민지 시기 작품들에는 시대와 체제에 대한 비판 정신이 암호처럼 숨어 있으며 식민지 자본주의에서 소외된 주변부 공간과 삶에 대한 지속적인 관심과 성찰은 그의 주요한 창작의 동인이었다. 동학 농민군의 전사(前史)와 그 전개과정을 농민 개개인의 삶을 중심으로 세밀하게 그려낸 『갑오농민전쟁』은 또 어떠한가. 이 작품은 박태원표 '장거리 문장'과 언어유희, 영화적 기법, 대화체의 실험 등 그가 평생에 걸쳐 일구어낸 모든 언어적 기교의 집합이라 해도 과언이 아닐 정도로 다채로운 언어와 기법의 향연이 펼쳐진다. 이러한 파란만장하고 변화무쌍한 작가의 삶과 그의 문학 여정 자체가 문학 연구자로서는 지극히 매력 있는 대상이며, 들여다볼수록 웅숭깊은 그의 작품 세계는 끊임없이 새로운 방법론과 시각으로 읽어낼 것을 요구하는 듯하다.

글이, 문학이, 더구나 문학 연구가 무엇을 할 수 있을까, 종종 되묻게 되는 요즘이다. 문학 연구는 지극히 아카데미즘적인 일이기 십상이고, 근래에는 상아탑 내에서마저도 서로 소통되지 않는 경우가 많다. 각자 저마다의 연구를 쏟아 내지만 수많은 논문들의 목록 속에 이름을 올렸다가 금방 뒤안길로 묻히는 일이 허다하다. 메아리 없는 외침에 홀로 골머리를 앓는 것은 아닌지, 과연 이 방향이 이 방법이 맞는 것인지 회의가 들 때도 많은 것이 사실이다. 그럴 때마다 알아주는 이 많지 않아도 묵묵히 글쓰기의 한길을 고집하며 시대의 아픔과 가련한 인생 군상을 글 속에 보듬었던 무수한 작가들과 선배 연구자들의 삶을 떠올린다. 자신이 가진 유일한 무기이자 도구인 한국어를 벼리고 다듬어 일구어낸 박태원의 필생의 글쓰기가 그 중심에 있었음은 물론이다. 박태원이라는 작가의 삶의 여정과 그의 작품들은 저자를 문학 연구의 길로 이끌고 지탱해준 버팀목이었다. 이 책이 그의 문학을 더욱 빛나게 하는 데에 작은 보탬이 되기를, 그리고 이후의 연구자들에게 작은 힌트나마 줄 수 있기를 하는 바람이다.

이 책은 박사학위논문인 「박태원 문학의 담론 구성방식과 수사학 연구」를 대폭 수정하고 보완한 것이다. 학위논문을 제출한 지 적지 않은 시간이 흘렀고 그 사이에 박태원 문학에 대한 수많은 연구들이 생산되었다. 원래 논문의 논지를 보충하고 후속 연구들의 성과를 소개한다는 의미에서 가능한 한 반영하고자 애썼다. 또한 박사학위논문에서 미처 다루지 못했거나 이후 후속 연구를 통해 바로잡은 부분들을 새로 보완하고 고쳐 썼다. 몇 년 전에 쓴 논문을 다시 차근차근 읽고 고치는 작업을 통해, 박태원의 작품들은 읽으면 읽을수록 연구자를 새로운 경지로 이끌어 가는 힘이 있다는 것, 그간의 세월 동안 저자의 시각 역시 많이 변했으며 변해가고 있다는 것을 느낀다. 이러한 작업들이 뒤늦게 학위논문을 학술서로 갈무리하는 지각생의 과제를 조금이라도 더 의미 있게 해주리라 믿는다.

긴 여정 가운데 어쩌면 가장 밀도 있었던 한 시기를 마감하는 첫 연구서인 만큼 감사해야 할 많은 분들의 이름이 떠오른다. 먼저 지난 십 수 년의 시간 동안 좌충우돌하며 어설픈 발걸음을 내딛을 때마다 묵묵히 응원해 주시고 중심을 잡아주신 은사 조남현 선생님과 문학 연구자의 길이 어떤 것인지 자신만의 방법으로 일깨워 주신 김윤식, 권영민, 신범순, 박성창, 방민호 선생님, 그리고 박사논문을 읽고 조언을 아끼지 않으신 장수익, 천정환 선생님께 감사드린다. 이분들이 아니었다면 이 책도 그리고 저자의 현재도 가능하지 않았을 것이다. 역사와 공부에 임하는 자세를 고민하게 해주신 서울대 서양사학과의 교수님들과, 박태원이라는 같은 대상을 사랑하는 동지들의 모임인 '구보학회'의 여러 선생님들, 학교라는 좁은 테두리를 벗어날 수 있도록 힘을 준 퍼슨웹의 여러 선생님들께도 이 자리를 빌려 감사의 마음을 전하고 싶다. 구보에 관한 어떤 자료도 기꺼이 제공해 주시며 구보와 관련된 일이라면 어떤 험한 길도 마다치 않으시고 한걸음에 달려가시는 구보 박태원의 차남 박재영 선생님께는 어떤 감사의 인사로도 부족한 관심과 격려를 받았다. 이 책이 작은 보답이 될 수 있기를 바란다.

이 길이 외롭지 않도록 함께 걸으며 손을 잡아준 노지승 선배, 김승민, 김지미, 손유경, 이영아, 이학영, 조연정 등 현대문학 연구실의 선후배 동학들, 늘 격려와 조언을 아끼지 않는 문수현, 최성희, 장영은 등 오랜 벗들, 이들은 앞으로도 인생의 좋은 길벗이 되어 주리라 믿어 의심치 않는다. 이외에도 이루 다 적지는 못하지만 늘 영감과 자극을 주는 훌륭한 선배들과 연구자들의 이름이 뇌리에 떠오른다. 다른 자리에서 마음을 전할 기회가 있기를 기대한다. 그리고 가족들, 살면서 감사의 인사를 미처 전할 기회가 없었던 아버지, 감히 따라가기엔 벅찬 열의로 살아오신 어머니와 멀리서 묵묵히 기도해주시는 시어머니, 동생 형석이와 효주 내외, 고단한 삶의 든든한 동반자인 곽상욱, 태훈, 동희 삼부자에게도 비로소 고마움을 전하고 싶다. 마지막으로 이 책의 출간을 흔쾌히 수락해 주신 소명출판의 박성모 사장님과 꼼꼼히 읽고 편집해 주신 김하얀 선생님에게도 깊은 감사의 말씀을 전한다. 앞으로 이 모든 분들의 이름에 누가 되지 않는 글들을 쓰리라 다짐해 본다.

2014년 1월

북경에서 김미지

차례

제1장

쟁점과 시각

1. 박태원의 문학 세계와 연구의 쟁점들

1) 남과 북, 시대와 장르를 뛰어넘은 문학 세계

1909년 12월 7일(음력) 서울에서 태어난 박태원은 1930년대 한국 모더니즘 문학의 대표주자로 활약하며 스타일리스트이자 기교주의자로 이름을 날린 작가이다. 한국전쟁기 월북한 이래 남한에서는 오랫동안 잊혀진 작가였던 그는 1988년 월북작가 해금조치 이후 활발하게 조명되기 시작하였고, 1986년 7월 10일 평양에서 생을 마감하기까지 『갑오농민전쟁』을 비롯한 수많은 대작들을 집필했음이 밝혀졌다. 식민지 시기 남한에서 「소설가 구보씨의 일일」, 『천변풍경』을 위시한 수많은 실험적인 작품들을 남긴 그는 북한에서도 평생 작가로 살다 작가로 죽었으며, 그 결과 남한과 북한 양 체제에서 모두 인정받는 드문 작가로 자리매김 되어 있다. 작가 박태원은 남쪽에서도 식민지 시기 문학의 한 획을 그은 작가의 한 사람으로 손꼽히며 북쪽에서도 일급의 혁명작가로 이름을 남겼다.[1] 시대와 사조 그리고 체제를 넘어 50여 년이 넘는 세월 동안 계속된 그의 작가 생활은 기존에 박태원이라는 이름을 수식하는 데 주로 쓰였던 '모더니즘' 또는 '월북작가'라는 한정된 틀로는 온전히 설명될 수 없을 만큼 다채롭고 이질적인 장면들을 펼쳐 보인다. 특히 그는 초기 실험적인 모더니즘 소설로 시작하여 번안소설, 시대소설, 역사소설을 비롯해 콩트, 유머소설, 탐정물, 아동물, 번역 작업에 이르기까지 집필 영역을 종횡무진 확대한, 말 그대로 전방위적인 저술가이자 문필가였다고 할 수 있다.

작가 박태원은 30년대와 40년대, 해방기와 월북 이후, 시대와 체제의 변화 속에서 다양한 글쓰기를 모색하며 여느 작가들과 마찬가지로 나름의 문학적 방법론과 장르를 개척해 갔다고 볼 수 있는데, 시대적, 외부적 조건과 더불어 작가 개인의 내적 계기들 역시 창작의 동력 혹은 원천으로서 주목할 만하다. 그는 '당대 최고의 스타일리스트'로 등극하기 오래 전 시인 이시카와 다쿠보쿠[石川啄木]와 미쓰이시 가쓰고로[三石勝五郞]를 흠모하던 시인 지망생이었던 동시에,[2] 무정부주의자 크로포트킨의 「청년에

---

1 1977년 『갑오농민전쟁』 1부가 간행된 뒤 박태원은 1979년 국기훈장 1급을 받았고, 1986년 사망한 후 1998년에 애국열사로 승인받아 '애국열사릉'에 이장되었다.

2 다쿠보쿠[石川啄木]의 시는 「소설가 구보씨의 일일」에도 인용되어 있을 만큼 애호하였고, 미쓰이시 가쓰고로[三石勝五郞]는 자신이 "가장 경모하는 시인의 한 사람"이라고 여러 차례 밝힌 바 있으며 직접 번역을 하기도 했다(「병상잡설」, 『조선문단』, 1927.4). 시인지망생 시절 박태원은 『동아일보』 지면에 습작시들을 여럿 발표한 바 있다. 경성제일고보 2학년 때인 14세 때(1923) 「달맞이」라는 산문이 『동명』의 소년칼럼 란에 '가작'으로 당선되고 1926년 「조선문단」에 시 '누님'이 당선된 이후 박태원은 시와 산문을 발표하면서 서서히 문단에 이름을 새기기 시작했다. 이때 그가 처음 사용한 필명은 '박태원(泊太苑)'이었다. 박태원이 쓴 시에 대한 연구로는 곽효환, 『구보 박태원의 시와 시론』(푸른사상, 2011)이 있다.

게 호소하노라」를 읽고 큰 감명과 영감을 얻었던 열혈청년이었으며[3] 춘원 이광수를 흠모하고 사숙했던 문학청년이었다. 러시아에서 열린 혁명작가회의 지상중개에 나서고,[4] 『세계프로레타리아 혁명소설집』 가운데 몇 작품의 일역본을 해설한 이력도 가지고 있는 한편,[5] 『춘향전』, 『소대성전』 등의 구소설부터 영미권의 최신 모더니즘 소설과 프랑스풍 탐정소설, 유머소설의 열렬한 애독자이기도 했다.[6]

박태원과 그의 문학이 매력 있는 연구 대상으로 꾸준히 조명되고 있는 것은 이렇게 다채로운 작가의 이력 또는 작품 활동과 무관하지 않다. 학계에서 논의가 풍부하게 이루어지고 있는 것은 물론이고,[7] 작가 박태원과 그의 시대를 다룬 연극이 만들어져 꾸준히 공연되었다는 점,[8] 문학의 영역을 넘어서서 건축, 도시사, 국어사 등 다양한 분야의 관심 대상이 되고

---

3 박태원은 이 글의 일역 팸플릿을 접한 뒤 "내가 쓰고 싶은 글은 이런 종류의 글"이라고 밝힌 바 있다(「시문잡감」, 『조선문단』, 1927.1).

4 박태원, 「〈하르코프〉에 열린 革命作家會義」, 『동아일보』, 1931.5.6~5.10.

5 파제예프의 『괴멸』에 대해 「현대 소비엘 푸로레 문학의 최고봉」(『동아일보』, 1931.4.20)이라는 해설을 썼고, 리베딘스키의 『일주일』은 「푸로레타리아 문학의 최초의 燕」(『동아일보』, 1931.4.27)이라는 제목으로 소개한 바 있다. 「글라드꼬프 작 소설 〈세멘트〉」(『동아일보』, 1931.7.6)라는 글도 박태원이 쓴 서평 시리즈에 속한다.

6 박태원은 여러 지면에서 이 '이야기책'들로 인해 밤낮을 가리지 않고 독서에 빠져있었던 취학 이전의 어린 시절을 회상한 바 있다(「순성을 짓밟은 춘자」, 『중앙』, 1936.4; 「춘향전 탐독은 이미 취학 이전」, 『문장』, 1940.2). 또 「소설가 구보씨의 일일」에도 구보의 형편없는 시력과 쇠약한 신체가 모두 그때의 과도한 독서 때문이었다고 푸념하는 대목이 있다. 한편 박태원의 자기반영적 성격이 강한 작품인 「피로」, 「투도」에는 작가가 유머소설이나 탐정소설을 즐겨 읽었다는 내용이 등장한다. 박태원의 청년기 독서체험에 대해서는 김미지, 「식민지 작가 박태원의 외국문학 체험과 '조선어'의 발견」, 『대동문화연구』 70, 2010.6 참조.

7 구보 박태원에 대한 밀도 있고 심도 있는 연구를 위해 2006년 발족한 구보학회의 활동을 비롯해서, 최근까지 석박사 학위논문과 작품론들이 지속적으로 제출되고 있음을 볼 수 있다.

8 연출가 성기웅에 의해 〈소설가 구보씨와 경성 사람들〉(2007), 〈우리 깃븐 절믄날〉(2008), 〈소설가 구보씨의 일일〉(2010) 등 1930년대 박태원과 당대 문인, 모던 보이들을 소재로 한 연극들이 등장한 바 있다.

있다는 점이 이를 증명한다.[9] 특히 월북작가 해금 이후 90년대에 본격적인 연구 대상이 된 이래 박태원 연구는 주제론과 기법론, 문체론적 접근으로 '미적 근대성'과 관련한 다양한 성과를 축적해 왔다. 박태원 작품 세계 전반을 포괄적으로 아우르며 박태원 연구를 본격적으로 개척한 장수익,[10] 정현숙,[11] 안숙원,[12] 오경복,[13] 이정옥[14] 등 90년대의 선구적인 연구들로부터, 기존 연구들에 내재된 모더니즘과 리얼리즘의 양분 구도와 진영론의 시각을 극복하고 박태원 문학의 문학적·정치적 해석 지평을 확대한 2000년대 이후 연구들에 이르기까지, 박태원 문학에 대한 연구 성과들은 그 작품 세계에 어울리는 넓이와 깊이를 보여준다.[15] 특히 근래 들어서는 기존에 주목받지 못했던 박태원의 아동문학, 탐정물, 번역 작업 등에 대한 연구로 그 영역이 확대되어,[16] 단편소설이나 장편소설에 국한한 정통 소설론을 넘어서서 박태원 글쓰기의 다양한 장르에 대한 조명이 이루어지고 있다. 가장 최근에 주목할 만한 연구 성과로는 "경성(京城)의 지

9 도시사 및 건축사와 박태원 문학을 접목시킨 연구로 조이담, 『구보씨와 더불어 경성을 가다』, 바람구두, 2005; 전정은, 「문학작품을 통한 1930년대 경성 중심부의 장소성 해석-박태원 소설 「소설가 구보씨의 일일」을 바탕으로」, 서울대 석사논문, 2012 등이 있다. 서울 토박이 작가 박태원의 소설 언어는 경알이(서울 방언) 연구의 좋은 자료로 연구 대상이 되고 있다.

10 장수익, 「박태원 소설 연구」, 서울대 석사논문, 1991.

11 정현숙, 『박태원문학연구』, 국학자료원, 1993.

12 안숙원, 『박태원 소설과 도립의 시학』, 개문사, 1993.

13 오경복, 「박태원소설의 서술기법 연구」, 이화여대 박사논문, 1993.

14 이정옥, 「박태원 소설 연구」, 연세대 박사논문, 2000.

15 지금까지의 연구의 경향을 크게 일별하자면, ① 모더니즘 연구(모더니즘적 특징, 산책자, 고현학, 일상성, 도시성 등), ② 기법 연구(서사기법, 서술기법, 문체 연구, 영화기법 등), ③ 역사소설, 장편소설 등 장르론적 연구로 크게 나눌 수 있다.

16 그간 그다지 주목받지 못했던 '주변적' 글쓰기에 대한 연구들로 오현숙, 「박태원의 아동문학 연구」, 『아동청소년문학연구』 8, 2011; 송수연, 「식민지시기 소년탐정소설과 '모험'의 상관관계-방정환, 김내성, 박태원의 소년탐정소설을 중심으로」, 『아동청소년문학연구』 8, 2011; 김미지, 「소설가 박태원의 해외문학 번역을 통해 본 1930년대 번역의 혼종성과 딜레마」, 『한국현대문학연구』 41, 2013 등이 있다.

정학적 특수성과 물질적 토대"를 바탕으로 식민지 시기 박태원 소설의 정치적 무의식을 파헤친 권은[17]의 연구를 들 수 있다. 기왕에 식민지 근대도시의 공간적 조건에 주목한 모더니즘 연구는 다수 있어 왔지만 문학작품과 그것을 탄생시킨 무대를 이만큼 치밀하고 광범위하게 추적한 연구는 없었다고 해도 과언이 아니다.[18] 이는 식민지의 모더니즘이 뿌리나 토대가 없는 부박한 유희에 지나지 않는다는 일부의 시각에 대한 정면 반박으로, 식민지 조선에서 꽃 피웠던 모더니즘적 문학 경향을 '경성 모더니즘'으로 호명해 내며 식민지 모더니즘의 물질적 실체를 드러낸 역작이라고 할 수 있다.

그런데 90년대 이후 지금까지 이루어진 대다수의 연구들이 견지해오고 있는 공통적인 입장 내지 관점이라면 박태원 소설 세계가 초기의 순문학적이고 모더니즘적인 작품 세계에서 후기로 갈수록 통속적이고 리얼리즘적인 세계로 변모한다는 것이다. '실험적인' 30년대 모더니즘 작품들과 그 이후의 작품들로 양분하거나 월북 이전과 월북 이후로 나누는 것도 마찬가지이다. 30년대 후반 이후의 작품들이 주로 통속적, 소시민적, 리얼리즘적, 대일협력적(친일적), 당파적이라는 등등의 수식어 또는 낙인과 함께 설명되는 것은 그러한 이분법적 관점에 기반을 둔 것이다. 그리고 이러한 작가 또는 작품 세계의 '변모'나 '변절'에 대해서 주로 부정적인 평가가 내려졌음은 충분히 짐작할 수 있는 일이다.[19] 실제로 이에 대한

17 권은, 「경성 모더니즘 소설 연구－박태원 소설을 중심으로」, 서강대 박사논문, 2013.

18 몇 년 전부터 평단에서도 유행한 바 있는 자끄 랑시에르의 '문학의 정치성' 개념을 도입해 『천변풍경』의 정치적 성격을 문제 삼은 임미주의 논문(「『천변풍경』의 정치성 연구」, 서울대 석사논문, 2013) 역시 박태원 문학의 문학사적 가치를 재조명하는 데 있어 주목할 만한 최근의 연구이다.

19 '고현학'을 박태원 소설 창작의 중심축으로 놓고 방법론의 변모과정을 추적한 류수연, 「박태원 소설의 창작기법 연구」(인하대 박사논문, 2009)는 기존 시각의 연장선상에

대체적인 인식은 '소설기법의 와해'나 '현실에 대한 긴장감의 상실'로 정리될 수 있다. 이는 물론 변신 또는 모험으로 비치리만큼 전신(轉身)을 거듭한 박태원 작품 활동의 '비일관성'에서 기인한 바 크다. 그러나 '변모'나 '간극', '차이'를 기본 전제로 삼음으로써[20] 자연히 작품 세계를 관통하는 문제의식이나 방법론에 대한 탐색은 미비했던 것이 사실이고, 개별 작품론을 제외하면 일관된 문제의식으로 그의 작품 세계를 포괄하는 작가론은 찾아보기가 쉽지 않은 것이 그간의 사정이었다. 본 연구는 이러한 문제의식에서 출발한 것으로, 박태원 소설 세계를 아우르는 또는 관통하는 정신세계를 추적하는 것을 목적으로 한다.

2) '모더니즘'의 경계를 넘어

본격적인 논의에 앞서 먼저 박태원에 대한 기존의 평가들 가운데 몇 가지 논점에 대해서 해명할 필요가 있을 듯하다. 먼저 '기교주의'라는 평가에 대하여. 박태원은 누구보다도 소설 기교에 민감하고 기법에 충실한 작가로 간주되어 왔으며, 실제로 '스타일리스트'로서의 그의 자질은 부인하기 힘든 것이 사실이다. 그의 작품이 상찬될 때나 비난받을 때나 그 '기교'라는 말은 유령처럼 그림자처럼 늘 따라다녔고, 박태원이 식민지 시대

서 박태원 소설의 변모를 '구보'의 소실로 인한 '서사의 추락'이라고 평가하지만, 후기의 소설들을 '생활의 고현학'(공공적 글쓰기)으로의 이행으로 보아 적극적인 의미를 부여한다는 점에서 이전의 연구와 구별된다.

20 박태원 문학에 대한 선구적인 연구들 특히 90년대의 연구들은 대체로 박태원의 문학 세계가 인간의 내면의식에 대한 탐구로부터 출발하여 객관적인 현실세계 지향으로 변모한다는 이분법적 시각을 견지하고 있다. 윤정헌, 「박태원소설연구」(영남대 박사논문, 1991)와 정현숙, 앞의 책 등이 대표적이다.

'기교의 문학'을 대표하는 한 사람인 것은 분명한 사실이 되었다. 또한 작가 자신이 그러한 '레테르'를 과히 탐탁지 않게 여겼다는 사실과 상관없이,[21] 후대의 연구 가운데 거의 대부분의 것들이 박태원 문학의 '기교'(기법)를 해명하고 탐구하는 데 바쳐졌다. 그런데 한 가지 중요한 사실은 박태원뿐만 아니라 1930년대 '모더니즘' 문학을 대변하는 작가들을 설명할 때 '기법', '기교', '스타일리스트'와 같은 표현들은 늘 따라다니는 수식어였다는 점이다.

'기교파', '스타일리스트'란 말은 한 작가의 고유성을 드러내거나 해명하는 수식어라고 보기는 힘들다. 이태준 역시 당대에 '스타일리스트'로 이름을 떨쳤으며,[22] 김기림과 이상, 정지용과 같은 동시대 시인들을 논할 때 '기법'이나 '언어의 건축'[23]이라는 측면은 마치 변하지 않는 항수(恒數)처럼 굳건하게 자리하고 있다. 문제는 '기교주의', '기교파'라는 명명이 '모더니즘'으로 흔히 통칭되는 일군의 작가들을 일반화·범주화하는 것을 넘어서서 그들의 작품 경향이나 입장을 폄하하거나 평가절하 하는 데 쓰일 경우이다. 그러나 '기교'의 문제는 단지 모더니스트들만의 전유물도 아니며, 현실적 토대를 결여한 비정치성, 탈현실성의 징표로 치부할 문제도 아니다. 오히려 이는 매우 다양한 문학적 정치적 입장들과 대결들의 지형도 속에 존재하는 치열한 투쟁과 갈등의 산물이었다는 점이 지적될 필요가

21 물론 작가 자신은 이러한 명명을 달가워하지 않았다. "경망된 수삼 평가들의 명명으로 나와 같은 사람은 기교파라는 레테르가 붙어 있는 모양이나 (…중략…) 문장만 아느니 형식만 찾느니 기교만 중히 여기느니 하고 그것만 내세우는 데는 너무나 어이가 없어 말도 하고 싶지 않다." (박태원, 「내 예술에 대한 항변—작품과 비평가의 책임」, 『조선일보』, 1937.8.15)

22 김기림, 「'스타일리스트' 이태준씨를 논함」, 『김기림 전집』 3, 심설당, 1988, 173쪽. 김기림은 이태준의 문장에 대해 "지극히 적은, 교양 있는 독자에게만 그의 특이한 문장의 향기를 가지고 가까이 할 수 있"다고 평가한다.

23 김기림, 「과학과 비평과 시」, 『김기림 전집』 2, 심설당, 1988.

있다. 식민지 시기 한국 문학(문단)에서 기교(주의)의 문제가 꽤 큰 비중으로 또 지속적으로 다루어지면서 문학의 존립 근거를 둘러싼 논의를 촉발해 왔다는 것,[24] 많은 문인들이 식민지에서 조선어로 문학을 한다는 것의 의미를 기교의 실험과 확립에서 찾고자 했다는 것이 바로 그 증거이다.

한편 '모더니즘' 대 '리얼리즘', '예술파' 대 '경향파',[25] '순수문학' 대 '경향문학'[26]과 같은, 오랫동안 문학적 인식론을 지배했던 양분의 구도에 관해서도 반성적 고찰이 필요하다. 즉 문학에 대한 당대인들의 인식의 준거로 제시된 저러한 범주와 경계선들은 문학사적으로 '고안'된 개념들로, 작가 또는 문학 작품들을 편 가르거나 계보화하는 작업의 일환일 수 있다. 그것은 특정한 시기 비평담론의 '읽기 모드(mode)'에 의해 만들어진 것이거나 비평담론에 의해 소급 적용된 것이라고도 할 수 있다.[27] 이러한 자리매김은 어떤 특정한 규준이나 범주로 환원되지 않는 작가 또는 작품을 문학사에서 배제하는 결과를 낳을 수 있음은 물론이다. 소외되고 배제된 존재들에 그들만의 '독특한 자리'[28]를 부여하는 작업이 필수적인 것은 그

---

24 30년대 중반 김기림의 글 「시에 잇서서의 기교주의의 반성과 발전」(『조선일보』, 1935. 2.10~14)으로부터 촉발된 기교주의 논쟁이 대표적이다. 잇따른 검거사건으로 필봉이 꺾인 카프 진영이 비평적 이론적으로 주체성을 재정립하는 과정에 기교주의 문제를 끌어들이면서 이는 문단적 사건이 된다. 그러나 김기림, 박용철, 임화의 이 논쟁은 기교 문제가 놓여있는 문학 장 속의 다양한 역학 관계와 투쟁의 과정 가운데 놓인 하나의 사례일 뿐이다.

25 백철, 『신문학사조사』, 신구문화사, 2003, 212쪽.

26 조연현, 『한국현대문학사』, 성문각, 1992, 500쪽.

27 스즈키 토미, 한일문학연구회 역, 『이야기된 자기』, 생각의나무, 2004. 일본의 '사소설' 담론에 대한 연구서인 이 책에서 저자는 어떤 텍스트를 '사소설'로 만드는 것은 문학적이고 이데올로기적인 패러다임 즉 일종의 '읽기 모드'의 작동이라고 지적하며, '사소설'은 특정한 문학 형식이나 장르라기보다는 '사소설 비평 담론'이 어떤 작품군이나 규범을 소급적으로 창조한 결과라고 본다.

28 신범순, 「1930년대 문학에서 퇴폐적 경향에 대한 논의」, 『한국 현대시의 퇴폐와 작은 주체』, 신구문화사, 1999 참조.

때문이다. 이렇게 될 때 '모더니즘 일반론'으로 작품을 평가하거나, 특정 한 작가나 작품의 경향을 '모더니즘'으로 환원하는 데에서 벗어날 수 있으며, '모더니즘 대 리얼리즘'의 구도[29] 안에 작품 세계 혹은 작가의식을 귀속시키는 것 역시 지양할 수 있게 된다.

박태원의 가장 빛나는 작품들이 1930년대에 씌어졌다는 사실은 부인하기 어렵지만, '30년대 모더니즘'이라는 항목을 중심 기준으로 삼음으로써 작가세계 내부의 단절이 초래되며 작품을 해석하는 데 있어 환원주의적 접근의 문제가 발생하기도 한다. 즉 모더니즘 소설에서 역사소설로 또는 리얼리즘 소설로의 '변절'또는 '전향'이라는 시각 또는 30년대를 작가의 '전성기'로 파악하는 시각이 고정화되면서, 30년대 작품을 분석하는 기준으로 이후의 작품을 재단하게 되는 것이다. 작가에게 있어 세계인식이나 작품 경향이 변모하는 것은 어쩌면 자연스러운 일이라는 점에서 변화 자체를 부정할 필요는 없다. 그러나 이 '변모'라는 시각과 그 대립각들을 구조화할 경우, 작가 정신으로 이어지는 내적 일관성으로서의 항수(恒數)에 대한 고려가 어려워진다는 점을 지적하지 않을 수 없다. 이런 의미에서 일찍이 임화가 「소설가 구보씨의 일일」과 『천변풍경』을 두고 "똑같은 정신적 입장에서 씨워진 두 개의 작품"[30]이라 평한 것은 매우 이례적이고 독보적인 시각이었다고 할 수 있다. 분명 한 작가의 작품세계

---

29 이러한 대립 구조의 사유는 물론 한국에 특수한 것은 아니다(Eugene Lunn, 김병익 역, 『마르크시즘과 모더니즘』, 문학과지성사, 2000 참조). 한국의 '모더니즘'을 '식민지 근대성'의 문화적 표현양상으로 본 천정환은 식민지 조선에 모더니즘의 경제적 토대가 없었다는 말은 속류적 토대환원론에 불과한 것이라 지적하는 한편, 모더니즘이 자립적으로 리얼리즘적인 것과 대립했다는 것 역시 일시적인 현상을 과장한 것으로 평가한다(천정환, 「식민지 모더니즘의 성취와 운명―박태원의 단편 소설」, 박태원, 『소설가 구보씨의 일일』, 문학과지성사, 2005 참조).

30 임화, 『文學의 論理』, 학예사, 1940, 350쪽. 보통 『천변풍경』은 박태원 문학이 모더니즘에서 리얼리즘으로 변모하는 분기점이 된 작품으로 설명되곤 한다.

안에는 시대와 현실인식의 자장 속에서 변모하는 것과 변모하지 않는 것이 존재하고, 그 둘은 함께 고려되어야 할 문제이다. 한 작가의 작품세계가 내뿜는 일관된 정신세계 또는 연속성을 살펴보기 위해서라도 지나치게 변모나 단절 위주의 시각으로 접근하는 것은 지양될 필요가 있다.

'월북작가'라는 오랜 수식어에 관해서도 마찬가지이다. 박태원이 월북을 하였으며 북한에서 작품 활동을 했고 또 그곳에서 생을 마감했다는 사실은 부인하기 어려운 '팩트(fact)'에 해당한다. 그 수식어가 오랫동안 베일에 가려져왔던 박태원이라는 작가를 부각시키고 널리 알리는 데 기여했다는 점 또한 주지의 사실이다. 아직도 박태원을 다루는 신문기사나 매체들은 박태원에게 '월북작가'의 딱지를 붙이는 것을 잊지 않으며 그것을 그의 트레이드마크처럼 사용하기도 한다. 이는 박태원뿐만 아니라 월북한 작가들 대부분에게 해당되는 문제이기도 하다. 그러나 그에게 붙여진 잡다한 '레테르'들을 떼어낸 상태에서, 그에 대한 선입견이나 편견을 걷어내고 그의 작품 세계에 접근하는 것 역시 필요하다.

또 하나 지적할 것은 박태원이 매우 지적이고 제작적인 기교와 기법을 구사하여 '구성미', '형식미'를 구현한 작가로 평가받아 왔다는 점이다. 이는 박태원뿐만 아니라 박태원이 활동했던 문인 단체 '구인회' 작가들에게 공통적으로 지적되는 사항이기도 하다. 1933년 8월 결성된 '구인회'는 1936년 3월 동인지 『시와 소설』 창간호(이자 마지막호)를 발간하기까지 친목 모임으로 또는 일정한 '입장'을 공유한 문학 집단으로 존재한 문인 단체이다.[31] 흔히 '구인회'의 문학관으로 '제작적 인식'이 지적되는데,[32] 이

31 '구인회'의 성격과 위상을 규정하려는 노력은 주로 '카프'와의 관련 속에서 이루어졌다. '카프'의 퇴조로 특징지어지는 문단의 '전형기'에 새로이 헤게모니를 장악하고자 한 일종의 반격이자 대응이라는 시각이다. 반면 김민정은 '구인회'를 '카프'에 대타적인 정치적 문학 조직으로 보기보다는 '다양한 방식의 집단적 활동과 문학적 실험을

에 대해서는 별다른 이의제기 없이 기존 대부분의 연구자들에게 일반 공리처럼 받아들여진 편이다. 즉 '구인회'의 '모더니즘' 작가들이 기법에 대한 뚜렷한 자의식을 바탕으로 모더니즘 기법을 투철한 제작적 과학적 사고에 입각해 작품으로 구현했다는 것이다. 그러나 그들의 '제작적 인식'을 거론하는 것과 그들의 작품을 '제작적인 것'으로 규정하는 것은 다른 문제일 수 있다. 기실 '구인회'의 작가들이 '제작적 인식'에 입각해 있다는 공통의 전제는 '모더니즘 일반론'을 무리하게 적용시킨 것이거나, 확대해석의 혐의가 없지 않다.

물론 김기림이 '시는 언어의 건축'이고 '시인은 제작자'임을 내세우며 '과학적 태도와 방법'을 강조했던 것처럼 이들에게 그러한 문학관이 공유되고 있었을 가능성은 배제할 수 없다. 박태원의 '기교'에 대한 천착에서도 볼 수 있듯이 '기법'에 대한 '자의식'은 그에게도 불가결한 요소였으며, 따라서 박태원 작품 세계를 논할 때 '형식미' 또는 '구성미'의 문제를 도외시할 수 없다는 점 또한 분명하다. 그러나 그러한 주체의 의도나 지향이 작품 전체를 장악하고 있다고 보는 관점 또한 경계할 필요가 있다. 확고해 보이는 입장들 속에 내재하고 있는 균열과 갈등의 흔적을 탐색하는 데에서 좀 더 풍부한 논의의 가능성이 마련될 것이기 때문이다. 이렇게 본다면 박태원 소설을 논할 때 전제되는 '제작적 사고'라는 관점은 작품 해석의 선험적인 조건이 아니라 '구인회' 작가들의 공통항을 추출하기 위한 기술적·설명적 의미를 지닌 것으로 한정되어야 할 것이다.

도모함으로써 1930년대 한국문학의 공간에서 일정한 위치(position)을 점유한 문학집단'으로 자리매김한다(김민정, 『한국 근대문학의 유인과 미적 주체의 좌표』, 소명출판, 2004, 22쪽). 『시와 소설』의 회원 명단에서 확인할 수 있는 아홉 명의 최종 구성원은 이태준, 김기림, 정지용, 박태원, 이상, 김유정, 김환태, 박팔양, 김상용이다.

32 박헌호, 「'구인회'를 어떻게 볼 것인가」, 상허문학회, 『근대문학과 구인회』, 깊은샘, 1996.

이상의 문제의식들을 바탕으로 이 책에서는 먼저 작품들의 연대기에 구애받지 않고 박태원 소설 세계에 구축 또는 실현되고 있는 다면적인 특성들을 추출해내고자 한다. 이렇게 되면 작품의 우열이나 성패를 떠나 작품 세계의 전모에 좀 더 다가갈 수 있을 것이다. 또 한편으로는 서사이론이나 문체이론의 기술적인 틀 안에 작품을 국한시키기보다, 수사학 전통 또는 문학 전통과의 관련성을 폭넓게 고찰할 것이다. 이를 위해 여담성, 구술성 등 근대 소설 장르의 성립 과정에서 점차 배제되어 온 요소들을 적극적으로 활용하고자 한다. 이는 작품을 지나치게 '잘 빚은 항아리'로 즉 '제작적 과학적 사고'나 '의도적 계획'의 산물로만 읽는 시각에서 벗어나 작품에 내재한 다양한 '틈'들 즉 일탈과 균열의 흔적들을 살펴볼 수 있는 계기를 마련해 줄 수 있다. 이는 작품을 '닫힌 하나의 실체로 보는 것이 아니라 그 자체의 전개를 가진 하나의 '역동적인 총체'로'[33] 바라보는 것을 의미한다. 이는 기존에 배제되기 십상이었던 요소들 그리고 소외되고 삭제된 흔적들을 복원하는 작업이자 새로이 의미를 부여하는 작업이기도 하다. 이제 박태원 작품 세계의 긴 여정을 지탱해 온 힘을 구명(究明)하고 그 문학사적 맥락을 새롭게 읽을 수 있는 가능성을 모색해 볼 시점이다.

---

33 J. Tynianov, 「구성이라는 개념에 관하여」, 김치수 역, 『러시아 형식주의』, 이화여대 출판부, 1988, 123쪽.

2. 박태원 문학에 접근하는 새로운 관점

1) 일탈과 균열의 흔적들과 여담의 가치

소설의 서술에서 일탈적 징후의 가장 대표적인 예로 들 수 있는 것 중 하나가 '저자의 직접적인 논평이나 침입'이라고 할 수 있다. 현대 소설사의 전개 과정에서 작자의 객관적 위치를 확보하는 것이 중요시됨에 따라 직접적인 논평은 점차 배제되는 경향을 띠어 왔는데, 다른 말로 하면 소설가와 비평가들 사이에 '직접적이고 중재 없는 논평을 사용해서는 안 된다'는 데 대한 동의가 확대되어 온 것이다.[34] 작자의 목소리나 논평은 작품을 '여실하게(real)' 보이는 데 방해가 되며 진정성을 감소시킨다는 이유에서이다.[35] 전지적이고 권위적인 목소리가 서사를 이끌어가고 작중 인물을 통어할 때조차, 저자의 직접적이고 돌출적인 목소리의 개입은 제한되는 것이 보통이다. 즉 텍스트 구성 요소인 화자-서술자(극화된 또는 극화되지 않은)와도 동일시되지 않는, 텍스트 바깥의 존재로 여겨지는 작가 '나'의 개체성이나 개성은 은폐되는 것이다. 여기에는 '말하기'보다 '보여주기'가 우월하다는 믿음, 서술의 동질성과 일관성을 위해 일탈을 허용하지 않는 관습, 소설의 구성에는 질서와 필연성이 필수적이라는 관념이 전제되어 있다. 즉 매개되지 않은 채 돌출하는 작가의 목소리는 텍스트의 통일성을 파괴하고 질서를 교란시키는 일탈로 취급되는 것이다. 그러나 또 한편으로 이러한 일탈은 거부되고 배제됨과 동시에 끊임없이 복권되

34 '작가의 퇴장'은 '현대 소설의 가장 인상적인 요소'로 일컬어지기도 한다(Wayne Booth, 최상규 역, 『소설의 수사학』, 예림기획, 1999, 33 · 43쪽 참조).
35 위의 책, 64~67쪽 참조.

고 실험되어 온 것도 사실이다. 작자의 '침입'이 '예술적 기교'의 위반으로 선언됨과 동시에 또한 새로운 기교로 재등장하기도 하는 것이다.[36]

저자의 개입 또는 균질하지 않은 서술자의 목소리 등 서술의 통일성을 위반하는 일탈의 양상은 '여담'의 범주에 포함시켜 논의가 가능하다. '여담(餘談, digression)'은 넓은 의미에서 볼 때, 서사의 중심 줄거리에서 벗어나거나 무관한 것 또는 텍스트의 선조성이나 일관성을 파괴하는 모든 텍스트 내적 요소를 아우르는 개념이다. 이는 하나의 중심축에 종속되어 있으면서도 그 배치 질서와 위계적 우월성을 위협하는 모든 종류의 담론을 무차별적으로 지칭한다.[37] 인물이나 사건에 대한 저자의 논평은 물론, 삽화, 액자 구조의 속 이야기, 묘사, 편지 및 다른 삽입 텍스트들, 길게 늘어진 인물들의 연설과 대화, 작가의 재담과 개인적 성찰 등이 이에 포함될 수 있다.

많은 경우 이러한 일탈은 저자의 미숙성이나 텍스트의 불완전성의 지표로 읽히기도 한다. 그러나 최종적인 텍스트가 산출되기 전에 '초고'의 형태로 순차적으로 발표되는 신문연재소설의 경우를 제외하면, 대부분의 경우에 있어서 텍스트는 집필이나 탈고 과정에서 수정과 삭제가 가능한 '가역적인 재현 작업'이다. 따라서 실제로 작가가 길을 놓치고 방황을 했다기보다는, 수정이나 삭제 가능한 부분 또는 그 흔적을 텍스트에 고스란히 새겨놓은 글쓰기 즉 '방황을 흉내 낸 픽션'[38]일 가능성도 고려해야 한다. 이렇게 해서 '여담'은 미숙성의 징표가 아닌 '담화 전략'으로 존재하는 것이 가능해진다.[39] 그것이 구성이나 서술에 노출된 미숙함의 증거

36 위의 책, 46~47쪽 참조.

37 Randa Sabry, 이충민 역, 『담화의 놀이들』, 새물결, 2003, 115쪽 참조. Sabry는 수사학의 역사에서 '여담'의 지위와 그 변증법적 위상 변화에 대해서 폭넓게 고찰하고 있다.

38 Christine Montalbetti & Nathalie Piegay-Gros, *La digression dans le récit*, Bertrand Lacoste, 1994, pp.10~11(위의 책, 623쪽에서 재인용).

39 Randa Sabry, 위의 책, 10쪽 참조.

인지 우연 또는 무질서를 가장(假裝)한 것인지는, 텍스트 내에서 어떤 의미와 효과를 갖는가에 따라 구분될 수 있을 것이다.[40]

이러한 시각은 '이질적이고 낯선 것을 익숙한 코드로 환원시키는 동일화'에 대한 거부를 전제한다.[41] 즉 작품의 일관성과 작품 속 모든 요소의 기능성을 당연시하는, 곧 '동일자'만을 인지하고 모든 것을 동일자의 변이형이나 동일자의 위계적 하위 분과로 환원하는 체계[42]를 비판의 대상으로 삼는 것이다. 이렇게 볼 때 '여담'은 '텍스트 내의 타자'로서 '미메시스의 폐쇄성이라는 근대적 환상'에 도전하고, 질서 · 목적성 · 필연성 · 일관성 등 문학 담론에 내재한 이성 중심적 가치들을 의문시한다.[43]

또한 문학 텍스트에서 '여담'을 문제 삼는 것은 기술적 장르에 남아있는 '구술성' 그리고 '소설'에 남아 있는 '이야기성'의 흔적을 탐색할 수 있는 가능성을 열어준다는 점에서도 의미가 있다. 20세기 새로운 전자 매체의 등장과 더불어 새로이 조명받기 시작한 '구술성'은 활자 기술이 낳은 감각의 분리, 사고의 균질화나 선형화를 극복할 대안으로 제시되기도 하는데,[44] 구술성과 기술성이 담론 안에서 밀접하게 결합되어 실현된다는

---

40 여기서 '여담'은 '호의의 획득'이라는 수사학의 명제로도 해석 가능하다. '설득'의 목적을 위해서라면 즉 영감과 감화(감동을 통한 설득)의 목적을 위해서라면 수사학적 규칙은 '선로 이탈'에 양보해야 한다는 논리가 가능해진다. '무질서한 질서(ordo neglectus)의 윤리학과 미학'으로서 여담의 화용론적 가치가 여기서 발견되는 것이다(위의 책, 103쪽 참조).

41 익숙한 코드로 환원되는 과정에서 미리 설정된 규범에 쉽게 포섭되지 않는 것들은 간단히 처리되거나 일축되고 그렇지 않으면 해석의 잉여로 남겨진다(김영찬, 「한국문학의 증상들 혹은 리얼리즘이라는 독법」, 『창작과 비평』, 2004 가을 참조).

42 현대 비평은 '텍스트 내의 그 어떤 요소도 무의미하지 않으며 어떤 것도 우연적으로 존재하지 않는다'는 기능주의적 또는 환원주의적 전제를 깔고 있다. 즉 "비평가에게 여담은 존재하지 않는다". 그러나 '경계 바깥'으로 인지되는 여담은 현대 비평의 '닫힌 텍스트'라는 읽기 체계를 교란시킨다(Randa Sabry, 앞의 책, 253쪽 참조).

43 위의 책, 역자 서문 참조.

44 Marshall McLuhan, 임상원 역, 『구텐베르크 은하계 – 활자 인간의 형성』, 커뮤니케이

점을 고려한다면, 그 두 가지 방식을 양분론적 시각으로 접근하는 것은 지양될 필요가 있다.[45] 이야기, 서사에서 작동하는 '말'의 힘은 서사문학 장르 곳곳에서 영향력을 발휘하고 있고, 한국 근대문학에서도 다양한 흔적을 찾을 수 있다. 특히 채만식, 김유정 등이 구어적 화술이나 방언의 사용, 장황한 서술 등을 통해 구술성을 잘 살리고 있는 것으로 평가되는데, 구술성의 문제는 좀 더 확대시켜 볼 여지가 있다. 이는 '기교의 세계에서 이야기의 세계로의 변모'[46]라는 평가에서 벗어나 박태원 소설 세계에 편재한 '이야기성'의 의미를 재고할 수 있는 근거가 될 수 있다.

벤야민은 소설의 발흥과 이야기의 몰락을 동일선상에서 취급하는 한편, '이야기'라는 서사 형식이 쇠퇴하는 데에는 '정보(Information)'라는 새로운 의사소통 형식의 파급이 결정적이었다고 설명한다.[47] 정보는 재빨리 검증되어야 한다는 요구를 가지고 있으며 새로웠던 바로 그 순간에 이미 그 가치를 상실한다. '신문' 매체를 근간으로 파급력을 확대해 온 정보는 주위의 외적인 사실들을 자신의 경험 속에 동화시킬 수 있는 가능성을 현저하게 감소시켜 왔다.[48] 반면 이야기꾼의 생애 속에 침투됨과 동시에 청중의 경험으로 전해지는 '이야기'는 정보가 갖고 있지 않은 풍성함과 넓은 진폭을 가진 것으로 이해된다. "도자기에 도공의 손자국이 남아 있는 것과 마찬가지

션북스, 2001 참조.

45 송효섭, 「구술성과 기술성의 통합과 확산—국문학의 새로운 사유와 담론을 위하여」, 『국어국문학』 131, 2002 참조.

46 이정옥, 앞의 글 참조.

47 Walter Benjamin, 반성완 편역, 『발터 벤야민의 문예이론』, 민음사, 1983, 172~173쪽 참조.

48 벤야민은 신문의 본질이 독자들로 하여금 그들의 경험에 영향을 미칠지도 모르는 영역으로부터 제반 사건을 차단시키는 데 있다고 보았다. 이는 새로움, 간결성, 이해하기 쉬움, 소식들 사이의 무관성과 같은 저널리즘적인 정보의 원칙들과 신문의 체제(편집과 문체)의 결합이 낳은 결과이다(위의 책, 123쪽 참조).

로 이야기에는 이야기하는 사람의 흔적이 따라다니"[49]기 때문이다.

예컨대 소설에서 독자를 청자로 상정하는 '말 건넴'의 방식은 연행에서의 구연자 또는 이야기책의 전달자인 강담사의 포즈를 취하는 것으로 풀이할 수 있다. 이는 독자가 현장에서 이야기에 끼어들고 반응할 수 있다는 듯이 가정하는 양방향적 소통 지향성에 대한 꿈이기도 하다. 물론 문자 매체로 기록된 텍스트에 나타나는 이런 구술자적 몸짓들은 연행이나 구연을 전제로 하는 것이 아닌, 단지 기술 매체에 새겨진 구술성의 '흔적'이라고 할 수 있다. 즉 매체 중심적인 관점으로 말하자면, 기술된 '글쓰기'로서의 텍스트에서 '구술성'을 특징적 양상으로 규정하는 데에는 한계가 있는 것이다. 따라서 구술성과 기술성의 문제는 단순히 매체의 차이 문제가 아니라 발화 행위의 관념적 기반, 발화의 맥락이 갖추고 있는 조건의 문제라는 점[50]을 고려할 필요가 있다.

이러한 관점에서 '소설'과 '이야기성' 그리고 '정보'의 상관관계를 생각해 본다면, 소설에서 '이야기'의 도입 혹은 복원이 가지는 의미, '정보'라는 소통형식에 대응하는 방식으로서 소설의 방법론과 같은 문제들에 대한 고찰이 가능해질 것이다. '몰락한' 양식으로 간주되는 '이야기'를 소설에 도입하는 것이 단지 구(舊)시대 형식으로의 퇴행이나 쇠퇴를 의미하는 것은 아니다. 이는 매체의 홍수와 정보의 범람 속에서 소설이라는 '정형화된' 매체가 정보들을 어떻게 취급하는지 또 그에 어떻게 반응하는지 등의 물음과 관련된 것으로 새롭게 읽을 수 있다.

한편 이러한 접근은 또한 박태원 소설이라는 언어 구성물이 놓인 당대의 언어적 수사학적 규범과 문학의 인식론을 되짚어볼 수 있는 계기를 제

49 위의 책, 123쪽.
50 김현주, 『구술성과 한국서사전통』, 월인, 2003, 20・42・163쪽 참조.

공한다. 소설이라는 언어체는 언어를 둘러싼 다양한 규범들과 체계들에 속해 있고 그 지배를 받고 있지만 또한 그 지배를 끊임없이 교란시키며 위반하기 때문이다.[51]

2) 텍스트의 안과 밖, 그 긴장과 갈등

소설 텍스트들은 완결되고 잘 짜여진 하나의 미적 구성물임과 동시에 '이질적이고 미분적이며 개방적인 힘들의 장'[52]이기도 하다. 따라서 텍스트를 풍부하고 입체적으로 살피기 위해서는 작품 자신의 독자적 정신이 뿜어내는 역동적인 힘을 탐색하는 것이 필요하다. 이를 위해 이 책에서는 박태원 소설의 언표 행위, 서술 양태, 서사 구성 방식을 포괄적으로 분석하여 박태원 소설 세계가 지니고 있는 소설 담론의 역동적인 특징과 방법론을 추출하고자 한다.

소설을 담론의 층위로 분석한다는 것은 무엇을 의미하는가. 여기서 소설 담론 또는 서사 담론의 의미를 짚고 넘어갈 필요가 있다. 문학 연구에서 담론(담화, discourse)이란 '서술성의 지표를 함유하고 있는 언표 행위'를 지칭하는 것으로, '언어 구성체들의 관계의 체계'를 전제하는 텍스트 언어라고 할 수 있다. '서술성의 지표'라는 말에서 보듯, 소설의 담론에서 핵심적

---

51 수사학은 관습화되고 정형화된 말글의 규범 즉 규칙들의 체계인 한편, 수사학의 오랜 역사가 보여주듯 기존의 규범을 위반하는 일종의 反수사학까지 포괄하는 개념으로 이해될 수 있다(Roland Barthes, 「옛날의 수사학」, 김현 편, 『수사학』, 문학과지성사, 1985, 19~20쪽 참조).

52 Penelope Deutscher, 변성찬 역, 『How to read Derrida』, 웅진, 2007, 66쪽. 기호가 그러하듯이, 텍스트를 확정된 의미를 산출하는 해석의 대상이기보다는 무한하게 지연되는 미분화의 운동으로 바라보는 것을 의미한다.

인 부분은 바로 '서술 행위'의 문제이며 담론의 분석은 서술물과 서술 행위와의 관계를 전제로 하는 것이다.[53] 벤베니스트는 나레이터에 대한 어떤 언급도 부재하는 '객관적인' 이야기(récit)와 '주관적인' 담론(discours)을 구분한 바 있지만, 서술자가 완전히 삭제된 '순수 이야기' 즉 발화자의 현존이 지각되지 않는 투명하고 객관적인 서술이라는 관념은 허구이며 환상이라는 현대 서술 이론의 입장에서 본다면, 모든 텍스트는 서술 행위의 문제를 내포하고 있다고 볼 수 있다.[54] 즉 소설의 '담론'이란 텍스트의 다양한 서술 층위들을 아우르는 개념으로 사용될 수 있다.

언표 행위이자 그리고 언어체가 맺고 있는 관계들의 체계인 담론은 언어학적 또는 수사학적 체계로 접근할 수도 있다. 언어학의 대상은 문장에 국한되므로 문장들의 집합이자 그들 사이의 관계인 담론은 엄밀히 말해 '언어학적' 대상이 아니다. 그러나 이야기의 언어를 다루는 제2의 언어학으로 담론의 언어학을 상정할 수 있으며 이것이 곧 '수사학'이다.[55] 아리스토텔레스 이래 오랫동안 변론술과 문학 창작에서 핵심적인 역할을 담당했던 수사학은 그것이 '미사여구'나 '화려한 거짓말'에 불과하며 인간을 한정된 정형(stereotype)의 관점에서 보는 경향을 조장시켰다는 공격을 받으면서 점차 축소되어 왔으나,[56] '복권된' 수사학은 수사학에 대한 오해를 제거하고 그에 새로운 의미를 부여하면서 장식적 용어가 아닌 과학

---

53 서술 행위의 결과물인 담론을 분석하는 것은, 서술물(récit)과 이야기(histoire)의 관계, 서술물과 서술 행위(narration)의 관계, 담론 속에 새겨진 이야기와 서술 행위의 관계를 연구하는 것이다(Gérard Genette, 김종갑 역, 「서술 이론」, 석경징 외역, 『현대 서술 이론의 흐름』, 솔출판사, 1997, 45쪽 참조). 'récit(narrative)'는 이야기, 서사, 서술 또는 서술물(서술의 결과로 나타난 텍스트) 등으로 번역될 수 있다.

54 Gérard Genette, 김동윤 역, 「서술의 경계선」, 위의 책, 29~36쪽.

55 Roland Barthes, 「이야기의 구조적 분석 입문」, 김치수 편역, 『구조주의와 문학비평』, 기린원, 1989, 95~96쪽 참조.

56 Peter Dixon, 강대호 역, 『수사법』, 서울대 출판부, 1979, 99~101쪽 참조.

적 용어로 탈바꿈하게 된다.[57] 여기서 소설의 기법과 미학을 '수사학'과 연관시킨다는 것은, 곧 소설이라는 것이 허구의 세계를 독자에게 설득시키는 방법을 의식적이든 무의식적이든 동원한다는 전제에서이고, 따라서 '소설의 수사학'은 독자와의 소통을 위한 과학적 기술 및 방법론을 의미하게 된다.[58] 이렇게 볼 때 소설의 수사학 역시 '서술 행위'의 문제와 불가분의 관계에 있다는 점을 지적할 수 있다.

소설 담론에 대한 논의에는 서술자의 존재 그리고 서술 행위를 둘러싼 다양한 논란들이 개입되어 왔으며, 서사학 또는 서술학의 축적된 연구 결과를 통해 이를 확인할 수 있다.[59] 여기서 서술성의 지표와 관련해서 특히 문제 삼을 수 있는 것이 '서술자' 그리고 '작자'의 존재이다. 텍스트 외부의 존재인 작자와 텍스트 내적 장치인 서술자는 동일시되지 않지만, 그 관계가 그리 단순하지는 않다. 작가의 목소리가 텍스트에 기입되지 않는 경우에도 작가가 하나의 서술자를 설정하는 그 순간부터 작자의 현존은 완전히 소멸되지 않기 때문이다.[60] 따라서 이로부터 서술 또는 서술 행위의 심급에 대한 논의뿐만 아니라, 텍스트 안과 밖의 관계에 대한 다양한 논의가 가능해진다.

이상의 시각을 바탕으로 본 연구에서 지향하는 바는 크게 두 가지이다. 그 하나는 '텍스트 내부의 언어 현상들과 층위들과 관념들의 갈등들'[61]을 살펴보는 것이다. 이는 소설의 담론을 구성하는 언어적, 수사학적, 서술

57 Roland Barthes, 「옛날의 수사학」, 앞의 책, 11~12쪽 참조.
58 Wayne Booth, 앞의 책, 3쪽 참조.
59 서술법(mood)과 시점(point of view), 목소리(voice), 초점화(focalization) 등에 관한 개념의 혼란과 정리에 대해서는 Gérard Genette, 권택영 역, 『서사 담론』, 교보문고, 1992, 174~177쪽 참조.
60 Wayne Booth, 앞의 책, 38쪽 참조.
61 Jacques Derrida, 김웅권 역, 『그라마톨로지에 대하여』, 동문선, 2004 참조.

적 차원의 특질들을 통해 '텍스트의 억압되어 있는 갈등들'을 드러내기 위한 것이다. 이를 위해서는 텍스트를 의미-해석의 대상 즉 의미중심의 구조로 보는 것이 아니라 '의미화 과정' 자체에 주목해야 한다. 텍스트는 고정된 기표-기의의 체계가 아니라 '기표의 잉여' 또는 관습에 대한 일탈과 균열의 글쓰기이기 때문이다.

이 책에서 지향하는 다른 하나는 '텍스트 안과 밖의 긴장 관계'를 분석하는 것이다. 구조주의적 문학비평에서 채택되었던 '텍스트의 외부는 없다'는 명제는, 한편으로는 '텍스트와 그 외부의 관련성'에 대한 물음을 그리고 다른 한편으로 '텍스트 내부와 외부의 경계' 자체에 대한 물음을 제기하고 있다.[62] 텍스트의 안과 밖은 명확히 구분되는 것이 아니라 경계가 생기고 지워지는 관계 속에서 결국 그 모호성을 드러낸다. 또한 '텍스트 내부와 외부 사이의 긴장은 소설 장르의 지속적인 갱신을 가능케 한 내재적 동력'[63]이기도 하다.

여기서 텍스트의 '안과 밖'이란 두 가지 의미로 해석이 가능하다. 첫째로 텍스트에 구현되어 있는 것과 그렇지 않은 것, 즉 (내포)작가나 (내포)독자의 존재와 같이 텍스트에는 명시되어 있지 않지만 암묵적으로 텍스트의 존재를 이루고 있는 것들과 텍스트의 관계를 문제 삼을 수 있다. 둘째로는 텍스트와 그것이 놓인 물리적이고 현실적인 환경과의 관계를 생각해볼 수 있다. 이 책에서 박태원 소설 텍스트를 분석하는 데 있어서 텍스트의 경계와 그 경계 넘기를 논하는 것은 주로 첫 번째와 관련되어 있다. 이러한 의미에서 텍스트 안팎의 관계를 살펴보는 것은, 사실과 허구, 작가와 서술자, 주체(주관)와 객체(객관) 등 텍스트를 둘러싼 대립항 또는 경

62 Randa Sabry, 앞의 책, 14쪽 참조.
63 손정수, 『텍스트의 경계』, 태학사, 2002, 269쪽.

계에 대한 새로운 탐색과 성찰을 가능케 해준다. 한편 박태원 소설의 담론을 당대의 담론 상황이나 다른 작가들과의 비교를 통해 바라볼 때는 후자의 의미를 고려하는 것이다. 이를 통해 박태원 소설 텍스트가 놓인 담론적 위상을 가늠해보는 것 역시 가능해질 것이다.

이상의 개념과 방법을 전제로 하여, 먼저 제2장에서는 박태원 소설 담론을 구성하고 있는 언어들의 다채롭고 이질적인 장면들, 특히 문체의 측면에서 두드러지는 언어 서술의 속성을 살펴본다. 이는 서사 내에서 문장이나 문체가 행하는 '기능'의 문제라기보다는, 박태원 소설 언어에 나타난 언어학적 수사학적 자질[64]이 가진 자체의 담론 생산력을 문제 삼는 것이다. 그리하여 박태원 특유의 '언어 실험'과 소설에서 '말'과 '발화행위'가 갖는 효과를 밝히고자 한다. 제3장에서는 서술 행위와 서술자의 존재방식으로 구현되는 담론의 특징들을 분석한다. 이를 통해 서술 행위의 다변화 특히 서술물의 안과 밖의 경계를 교란하는 소설의 방법론이 낳는 인식론적 효과를 고찰해 볼 것이다. 제4장에서는 서사 구성 방식과 텍스트 생산 과정에 나타난 담론적 특성에 대해 살펴본다. 특히 박태원 소설에서 특징적으로 나타나는 '서사의 지연 현상'과 메타담화적 성격을 분석하여

---

64 수사학을 크게 통합체의 축과 계열체의 축으로 나누어 생각해볼 때, 전자에는 담론 단락들의 순서, 분할, 배열법이 있고 후자에는 문채, 조사(lexis), 미사여구법이 있다. 문체론 역시 언어학과 문학에 관한 근대적 연구의 모델과 요구에 맞춰진 '새로운 수사학'이라 할 수 있다 (Roland Barthes, 「옛날의 수사학」, 앞의 책, 1985, 25・59쪽 참조). 한편 문채는 말의 문채와 사유의 문채로 구별되며 말의 문채는 의미(변화)와 관련된 전의(은유, 환유, 제유), 형태상의 문채, 구문상의 문채 등으로 나뉜다. 사유의 문채는 표현 양태가 아니라 내용에 관계한다(박성창, 『수사학과 현대 프랑스 문화이론』, 서울대 출판부, 2002, 19쪽 참조). 그런데 문채와 전의 역시 규범으로부터의 일탈과 거리두기의 관념에서 출발한다는 점을 고려해야 한다. 문채는 "담화가 단순하고 평범한 표현에서 벗어나게 해주는 특질・형태・표현법"이며 전의란 "한 단어의 의미를 다른 의미로 바꾸게 해주는 표현법"의 일종이기 때문이다(P. Fontanier, *Les Figures du discours*, Flammarion, 1968(Randa Sabry, 앞의 책, 131쪽에서 재인용)).

텍스트가 만들어지는 과정과 담론 구성 방식의 관계를 탐구해 볼 것이다.

이상의 분석을 행하는 데 있어서, 박태원 소설을 작가와 텍스트가 놓인 비평과 창작의 지평 안에서 자리 매김하여 당대의 문학적 자장에서 박태원 소설이 어떤 위치를 점하고 있는지 살펴보는 작업을 함께 병행할 것이다. 이를 위해서 동시대 작가들과의 비교 검토를 수행하고, 박태원 소설의 특질을 문학 장 혹은 담론 장의 관계 안에서 밝히고자 한다. 이를 통해 궁극적으로는 박태원 소설의 담론이 내포하는 정신적 특질을 규명하고, 그 문학사적 의미와 맥락을 짚어보고자 한다.

제2장

유희의 감각과 소설 언어의 실험

"문예 감상(文藝 鑑賞)이란, 구경(究竟), 문장(文章)의 감상(鑑賞)이다"[1]라는 것이, 박태원이 줄곧 피력했던 문예관, 소설관이었다. 이는 문학 작품의 가치를 결정하는 핵심이 곧 문장이라는 점, 문장이야말로 작가의 창작 정신의 요체임을 선언한 것으로 해석 가능하다.[2] 여기에서는 박태원 소설의 문장을 특징짓는 요소로 일상 언어의 감각을 파괴하는 이질적이고 비상식적인 언어 사용을 들고, 그를 통해 발휘되는 언어유희가 어떠한 언어적, 수사학적 그리고 담론적 효과를 생산하는지 살펴본다.

---

1 박태원, 「표현 · 묘사 · 기교―창작여록」, 『조선중앙일보』, 1934.12.17~31.

2 이러한 입장은 다른 작가의 작품을 비평하는 그의 태도에도 단적으로 드러난다. 박태원은 조선 작가들의 문장이 얼마나 무신경하고 무감각한가 하는 점을 비판하면서 '文章道'가 작가의 본령임을 강조한 바 있다. 여기서 '文章道'란 곧 '문장의 억양', '인칭의 선택', '어휘 선택', '묘사력' 등 작가가 갈고 닦아야 할 언어적 자질을 뜻한다(박태원, 「3월 창작평」, 『조선중앙일보』, 1934.3.29).

박태원에게 문장은 청각적(음향) 또는 시각적(형태)인 감각의 문제이면서, 무엇보다도 '어휘의 선택과 어구의 배열이 낳는 효과'의 문제이다.[3] 그가 문학 작품을 음미하는 데 있어 일견 부수적으로 보일 수도 있는 '어감'과 '언어의 신경' 문제를 유독 강조한 것은, 그 자신이 표현한 대로 "신선한, 그리고 또 예민한 감각"은 "오직 이것만으로도 이미 가치가 있다"[4]는 믿음에 기인한다. 이러한 그의 입장은 그에게 '기교파라는 레테르'가 붙는 데 일조했음은 물론이다. 그가 내세운 '문장도(文章道)'는 분명 '기교'를 판가름할 수 있는 중요한 요소 중 하나이기 때문이다.

그런데 여기서 특기할 만한 것은, 박태원이 '용어 문체의 신선' 그리고 '신선하고 예민한 감각'을 '기지'(위트)와 '해학'(유머)과 관련시킨다는 점이다. 그는 "'신선한, 그리고 또 예민한 감각'은, 또, 반드시 '기지'와 '해학'을 이해한다"고 쓰는 한편 '기지'와 '해학'을 "현대문학의 가장 현저한 특징의 하나"로 명시함으로써, 은연중에 (현대)문학의 언어와 감각 그리고 기지와 해학을 한데 연결시키고 있는 것이다. 그리고 이러한 사상은 그가 의식하고 표명했던 것 이상으로 그의 작품에서 다양한 광휘를 발휘하고 있는 것으로 보인다. 그가 '현대문학의 현저한 특징'이라고 밝힌 '유머러스함'이란, 곧 자신의 작품세계의 현저한 특징 가운데 하나이기도 할 것이기 때문이다.[5] 그렇다면 여기서 박태원이 개념화하고 있는 '위트'와

3 「표현 · 묘사 · 기교—창작여록」에서 박태원은 '아이스크림'과 '아이쓰꾸리'의 음향적 그리고 시각적 차이는 분위기뿐만 아니라 내용까지 간섭하는 문제라고 설명하고 있다. 그리고 언어의 선택보다 더 중요한 것은 "그 선택된 어구를 어떻게 효과적으로 배열하여, 가장 함축있는 문장을 이룰 수 있나 하는 것"이라고 지적한다. 이는 박태원 소설 언어를 논할 때 형태론적이고 통사론적인 분석이 다양하게 이루어질 수 있음을 암시한다.

4 박태원, 「표현 · 묘사 · 기교—창작여록」, 『조선중앙일보』, 1934.12.17~31.

5 작가가 밝히고 있는 '유머 예찬'의 변은 이러하다. "내가 우리 문단에게 요구하는 작품의 일부는 (…중략…) 유—모아 소설이라는 것이다. 내가 유—모아를 찬미하는 이유는, 그것이 인생에게 유쾌와 미소와 '환한 빛'을 재래(齎來)하는 까닭이다." (박태원, 「병상

'유머'의 의미를 살펴볼 필요가 있다.

> 골계미가 있는 사실이란 얼마든지 있을 수 있고 얼마든지 만들어낼 수 있을 것입니다. (…중략…) 그러나 그것을 문장을 통하여 독자 앞에 재현시킨다는 것은 좀처럼의 일이 아닙니다.
>
> (이것은 오직 유머 소설에만 한하여 말할 것이 아니겠으나) 특히 유머 소설에 있어서는 용어 문체 등의 '신선'이 절대로 필요합니다. '기교'라는 것이 그만큼이나 큰 소임을 하는 것도 역시 이 종류의 작품에서입니다. 문장에 상당한 수련을 하고 또 특히 그 방면에 소질이 있는 이가 아니고는 꾀하더라도 지극히 어려운 일일 것입니다.[6]

문학작품에서 '유머'를 논하는 데 있어 가장 중요한 점은, 유머는 오직 '문장'의 문제이고 '신선한 감각'의 문제라는 것이다.[7] 사실 당대에 '유머'란 전통적인 '해학'과 '골계'에서부터 당시 신문 잡지에 빠지지 않고 등장하던 '우스개'나 '넌센스'까지 포괄할 수 있을 만큼 폭이 넓다. 따라서 현대 소설이 제공하는 웃음이나 희극미가 고전적인 골계미 또는 당시 세태를 '웃음'으로 포장하던 취미 독물(讀物)의 그것과 구별되기 위해서는 무언가 다른 자질이 필요하다. 특히 도시적인 삶의 양태와 새로운 생활 습속에 대한 하나의 반응 양식으로 등장한 당대의 '유머'[8]는, 새로운 감각적

잡설」, 『조선문단』, 1927.4)

6 박태원, 「3월 창작평」, 『조선중앙일보』, 1934.3.29.

7 "넌센스는 넌센스가 생명이다. (…중략…) 까닭에 우리가 문제 삼을 것은 그 내용에 있지 않고 형식에 있다. 그 문장에 있다." (박태원, 「문예시평」, 『매일신보』, 1933.9.20~10.1)

8 20~30년대 대부분의 잡지에서 '유-모어', '소화(笑話)', '넌센스'의 이름으로 지면 한 쪽을 차지하고 있었던 것이 유머 란이었는데, 대개 '자유연애'(결혼)나 '신여성', '유행'(여학생)과 관련한 근대의 새로운 삶의 양식과 관련된 것이 많았다는 점에서 이는

자극과 정보들에 대한 그 나름의 구성 방식과 해석을 보여준다는 점에서, '새로움'을 가치로 내건 현대 소설의 경쟁자이기도 했다. 박태원이 위에서 '용어 문체 등의 신선과 기교'가 유머(러스한) 소설 또는 소설의 유머에 절대적임을 지적한 것은, 그러한 인식에 근거한 것으로 읽을 수 있다.

박태원의 문장론에서뿐만 아니라 그의 소설 작품에서 유머러스함 또는 유머러스한 문장이란 이런 의미에서 다양한 고찰을 필요로 하는 것이지만, 이에 대해서는 지금껏 본격적으로 다뤄진 경우가 드물다. 모더니즘 소설의 특징으로 미적 유희를 지적한 연구가 있지만, 박태원 소설의 희극적인 정조와 유머의 속성을 "부박한 언어유희"의 차원에 대체로 한정시키고 있는 편이다.[9] 그렇다면 여기서 제기될 수 있는 문제는 언어유희가 진정성에 대립하는 '무책임한 (말)장난'에 불과한 것인가 하는 점이다. 이는 유머나 유희를 기법의 문제로 다룰 때 흔히 제기되는 혐의라고 할 수 있는데, '유희성이란 실험성에 수반되는 성질의 하나로, 부정의 정신과 말장난의 경계를 오가게 만드는 혹은 진지함과 무책임성의 변증법적 모순을 만들어 내는 요소'라는 천정환의 지적대로, "그러한 실험으로 과연 부정(부정의 정신—인용자)이 실제화될 수 있는지, 혹은 무책임한 말놀이일 뿐인지는 판단할 수 없"는 경우가 많기 때문이다.[10] 언어유희의 진정성을 판단하기가 어렵다는 전제를 받아들인다면, 언어유희를 진정성과 非진

'새로움'에 대한 하나의 대응 방식이었다고 볼 수 있다. 이에 대해서는 도시 세태와 관련하여 좀 더 고찰이 필요하다.

9 강상희, 「1930년대 한국 모더니즘 소설의 내면성 연구」(서울대 박사논문, 1998)에서는 모더니즘 작가들의 미적 유희를 '권태에 대응하는 방식'이라고 칭하고 이상과 박태원, 유항림을 비교하고 있다. 이 연구는 시인 이상의 언어유희가 전도된 진정성의 원천인 데 반해, 유머와 명랑성(일상의 승인)의 근거가 되는 박태원의 유희는 소설을 진정성의 양식이 아닌 언어유희의 장으로 보는 장르 인식을 드러낸다고 본다. 따라서 박태원의 유희성을 "일상적 현실의 전면 수용"으로 나아가는 단초로 파악하고 있다.

10 천정환, 「박태원 소설의 서사 기법에 관한 연구」, 서울대 석사논문, 1997, 45~46쪽 참조.

정성의 대립 구조에 묶어두는 것은 더 이상 의미가 없어진다. 언어(기호)를 '확정된 의미를 산출하는 해석의 대상이 아니라 무한히 지연되는 미분화의 운동'으로 바라본다면, 언어는 그 자체 잉여와 유희의 장으로만 그 모습을 드러내게 될 것이기 때문이다.[11] 여기서 박태원 소설 언어의 실험적인 혹은 유희적 특성을 크게 다섯 가지로 나누어 살펴보도록 하겠다.

1. 일탈적 언어 감각과 언어유희

1) 어감과 말맛의 세계 / 「수염」

먼저 '어감'(차이) 즉 '언어의 말맛을 분별하는 감각'의 문제를 제시할 수 있다. 어감은 일차적으로는 문장의 맛을 결정하는 느낌의 문제이지만 박태원 소설에서는 이러한 막연한 느낌의 차원을 넘어서서 소설의 담론을 구성하는 주요한 요소가 된다. 이를 여실히 보여주는 것이 그의 실질적인 데뷔작인 「수염」이다.

「수염」(1930)은 '스무 살 청년이 가속과 친구들의 온갖 '박해'를 무릅쓰고 '노력과 고심과 인내' 끝에 수염을 기르는 데 성공한다'는 '사소한' 이야기를 담고 있다. '사소함'에 대한 집착은 박태원 소설에서 자주 등장하는 요소인데, 이는 '트립밸(트리비얼-인용자)에서 오는 강박관념'[12]만으로 설명될 수 없다. '수염 기르기'와 같은 지극히 하찮고 미미한 소재가 한 편

---

11 수사학이라는 것은 특히 전의에서 드러나듯 기본적으로 기표의 잉여를 다루는 학문이라고 할 수 있다.

12 임화, 「彷徨하는 文學精神」, 『文學의 論理』, 학예사, 1940, 246쪽.

의 소설이 될 수 있는 근거란 무엇일까. 그것은 수염을 기르는 일, 그리고 그를 기록하는 일이 결코 하찮은 일이 아님을 보여주는 과정 그 자체일 수밖에 없을 것이다. 수염이라는 '보잘 것 없는' 대상을 '미학적 고찰'의 대상으로 삼는다는 점에서 사소한 일상사조차도 미적 차원으로 치환하는 '댄디즘 드러내기'[13]로 흔히 평가되는 「수염」의 방법론은, 그러나 '수염의 미학화'만의 문제는 아니다. 문제는 사소한 것이 격상 혹은 치환된 데 있다기보다는, '수염'이라는 것이 스스로의 '보잘것없음'을 거부하며 그 자신의 존재론을 마음껏 펼치고 있다는 점이다. 존재와 투쟁(존재를 시인받기 위한 인정투쟁)을 둘러싼 언어의 상찬이 펼쳐지고, '경탄할 대결심', '미학적 견지', '위대한 사업', '박해', '기적'과 같은 일종의 '숭고함'마저 연상시키는 다채로운 수사가 동원되면서, '수염 기르기'는 사소함과 중요함의 경계를 교란시킨다. 여기서 미미한 것과 중요한 것의 대비 대신에 새롭게 떠오르는 것은 '수염이라는 존재'의 미적 가치를 결정하는 기준이다.

> 나의 코 밑에 '감숭'하던 놈이 '깜숭'하게 되기까지에는 실로 칠개월간의 노력과 고심과 인내가 필요하였던 것이다.[14]

여기서 눈여겨 볼 것은 '감숭'과 '깜숭'을 분별하는 감각이다. 이는 '수염'의 물질성과 관계된 것이기도 하지만 또한 작가가 누누이 강조했던 언어의 미묘한 감각, '언어의 신경'의 문제이기도 하다.[15] 그런데 여기서 '감

---

13 강상희, 앞의 글, 69쪽; "댄디즘은 그 자체로 모더니즘의 한 본령으로서, 단순한 허영이 아니라 예술적인 취향으로서 속물적인 도덕과 전체주의적 성격을 띠는 습속을 넘어서고자 하는 의식에서 발현되는 것이다." (천정환, 「식민지 모더니즘의 성취와 운명 – 박태원의 단편 소설」, 『소설가 구보씨의 일일』, 문학과지성사, 2005 해설 참조)

14 박태원, 「수염」, 『朴泰原 短篇集』, 學藝社, 1939, 173쪽.

15 작가는 이 '어감'과 '신경'의 문제를 다음과 같이 유머러스하게 표현한 바 있다. "이제 네

숭'과 '깜숭'의 차이는 '어감'의 문제에 그치지 않는다. '수염 기르기' 곧 '감숭'으로부터 '깜숭'에 이르는 길고 험난한 거리는, 존재를 인정받기 위한 투쟁의 과정이다. 수염은 '나'에게 '자존심'의 문제이자 '존재 확인'의 문제이기 때문이다.

> 그러자 A군, B군, C군, D군이 차례로 모여들었다. 그리고 차례로 나의 '감숭한 놈'에 너무나 이해 없는 비평을 쏟아놓았다. 그 중에는 '돼지털'이라는 너무나 실례되는 언사로 나의 수염을 모욕한 친구조차 있었다. 그러나 나는 태연한 태도를 끝까지 보존하였다.
>
> — 천재에게 박해가 피할 수 없는 것인 것과 같이, 위대한 사업에는 언제든 비난이 수반되는 것이다.
>
> 이것을 나는 알고 있었던 까닭에, 그들의 '비난'과 '조소'에 정비례하여 나의 수염의 가치가 위대하여지는 것을 깨닫고, 빙그레-, 만족한 웃음조차 웃었다.[16]

'모욕', '비난, '조소'는 '위대한 사업'에 수반되는 것들로, 그 사업을 이루기 위해서는 그와의 고독한 싸움을 기꺼이 견뎌내야 한다는 것이다. 주위의 '이해 없는 비평'과 '멸시'에 굴하지 않고 '거울의 유혹'과도 싸우며 마침내 '나'는 '인내의 결실'을 맺게 되는데, 이는 작품에 기술되어 있는 '수염 기르기'의 전 과정이 '소설 쓰기'(창작 과정)의 알레고리인 듯한 느낌마저 준다. 즉 아무도 가치를 알아주지 않는 빈약한 수염과 그 수염에 대한 타인들의 모욕은, 쉽게 써지지 않는 소설, 평자들의 외면과 혹평,

---

개의 형용사와 네 개의 명사로 도합 열여섯 명의 미녀를 구하여 봅니다. '아름다운 여성', '아리따운 여인', '어여쁜 여자', '예쁜 계집', '아름다운 계집', '아리따운 여자', '어여쁜 여인', '예쁜 여성' (…하략…) " (박태원, 「3월 창작평」, 『조선중앙일보』, 1934.3.29)

16 박태원, 「수염」, 앞의 책, 179쪽.

비웃음과 멸시 속에서 탄생하는 걸작 등을 떠올리게 한다. 이렇게 보면 '혹평을 딛고 자체의 미학을 완성한다'는 것으로도 요약 가능한 「수염」의 서사는 '비평' 또는 '비평가'에 대한 농담의 서사로도 읽힐 수 있다. 특히 '거울의 유혹'을 언급하는 대목은 외부의 평가와는 또 다른 차원의 창작의 고통 특히 자기와의 싸움을 암시한다.

> ―까닭에 나는 참말로 다시 두 번이라 거울을 보지 않으리라고, 굳게굳게 결심하였던 것이다. (…중략…) 나는 나의 '노력'과 '고심' '인내'의 최대능력을 발휘하여, '거울의 유혹'과 싸웠다.[17]

결국 외부의 '박해'에 굴하지 않고 자기와의 싸움까지 견뎌내며 수염을 기르는 일이란 자신의 존엄성과 고유성을 지켜내기 위한 지난한 과정을 의미한다. 즉 개별성-차이를 지키는 것이 탄압과 박해를 부르며 투쟁과 인내를 요하는 일이라는 것을 다채로운 수사를 동원해 유머러스하게 보여준 것이 바로 '수염'의 존재론이자 이 작품의 존재 이유인 셈이다.

2) 한자어와 부조화의 유머 / 「누이」

'수염 기르기'를 '경탄할 대결심'임과 동시에, '미학적 견지에서 고찰'할 대상이며, '위대한 사업'이라 표현하고 있는 「수염」에서도 엿볼 수 있듯이, 박태원 소설 언어의 한 특질은 사소하고 일상적인 상황에 어울리지 않는 거창한 한자어 등의 개념어가 과도하게 사용된다는 점에서 찾을 수 있다.

17 위의 글, 185쪽.

「식객 오참봉」에서 자신의 유머 소설을 '명작'이라 지칭한다든지, 소재를 구하기 위해 사람을 만나 몇 마디 주고받는 것을 '회견'이라 표현하는 것, 아버지에 이어 남의 집 '식객'이 된 아들에게 '아비의 업을 이음'과 같은 문구를 사용하는 것 역시, 지극히 일상적이고 사소한 상황이 그와는 배치되는 '과도한 진지함'이라는 부자연한 포즈와 결합하면서 어떻게 유머러스한 효과를 내는지 보여주고 있다.[18] 같이 피우다 남은 담뱃갑에서 담배를 한 개비 더 가지고 나간 친구에게 '공동생활의 도덕', '친구 간의 정의', '부당한 이득'을 운운하는 「딱한 사람들」의 경우나, 「거리」의 '나'가 약국 점원과 우연히 가까워지게 된 일을 놓고 "그래가지고 두 사람은 가장 용이하게 친구가 될 그러한 운명에 있었다"와 같이 표현하는 것 역시 그 일례이다.

「누이」(1933)의 경우 지극히 일상적이고 사소한 상황과 배치되는 '진지함'이라는 모순 되는 포즈가 두드러져 유머 소설[19]로 손색이 없는 작품이다. 소설가인 오빠가 치마를 염색하는 누이를 보고 와이셔츠를 염색해 달라는 부탁을 하면서 옥신각신하는 것이 전부인 이 작품에서, 작품의 색채

---

18 강상희는 이를 '과장과 의뭉스러움'이라는 말로 지적한 바 있다(강상희, 앞의 글, 77쪽).

19 '유머소설'은 '탐정소설'과 함께 독자들이 많이 읽을 수 있는 소설 유형으로 1930년대 개발된 것으로, 발표지면에 명시된 소설 유형 명칭에서 여러 실례를 확인할 수 있다(조남현, 『한국 현대소설 유형론 연구』, 집문당, 1999, 133쪽 참조). 박태원의 자기반영적 성격이 강한 작품(「피로」, 「투도」)에서 작가가 유머소설이나 탐정소설을 즐겨 읽었음을 짐작할 수 있으며, 실제로 그는 '유머 소설'을 여러 편 시도하기도 했다. 박태원은 「식객 오참봉」(『월간매신』, 1934.6)에서 유머 소설을 쓰는 과정을 이렇게 적어놓고 있다. "사월 이십오일까지에 '월간매신'에 유모어 소설을 한편 약속하여 놓고 ……." 한편 「제비」 역시 "'유-모어 꽁트'라지만 그러나 이것은 슬픈 이야기다"라는 문장으로 시작한다. 박태원의 작품 가운데 '유모어 소설'이라는 장르 명칭이 붙을 수 있는 작품으로는 이외에도 「최후의 모욕」(『동아일보』, 1929.11.12), 「누이」(『신가정』 1권 8호, 1933.8), 「최후의 억만장자」(『조선일보』, 1936.6.25~30) 등이 있다. '유머' '콩트' 장르에 대한 작가의 관심은 다음과 같은 대목에서도 확인할 수 있다. "작자의 유머러스한 취의(趣意)에 평자는 호의를 가지고 있다." "'콩트'란 간판에 이끌리어 『문예공론』 창간호에서는 그중 먼저 읽어보았다." (박태원, 「초하창작평」, 1929.12.16・18・19)

를 결정하는 것은 전적으로 '반어법', '궤변 주고받기'와 '상대방의 대화 패러디'와 같은 언어유희이다.

> 남이 부르는데 즉시 대답 않는 것은 내 누이의 美德의 하나이다. (…중략…)
>
> 이러한 놀라울 新學說(누이가 양말을 사기 위해 오빠가 몇 십 전 원조하여 준다 하여 경제적으로 별 타격이 없으리라는 것 – 인용자)을 누이는 提唱하였다.
>
> 나는 잠깐 생각한 뒤에 둘째 조목은 전연 認識不足에서 나온 말이나 첫째 조목의 그 根本情神만은 경청할 것임에 틀림없다고 말하여 주었다. (…중략…)
>
> 양녀 같으면 달겨들어 빰에다 입을 맞칠 장면이다. 그러나 東方禮義之國의 男妹는 서로 微笑를 交換할 따름으로 그쳤다. (…중략…)
>
> 이렇게 나도 누이의 新學說의 應用問題를 내었다.
>
> 그리고 오늘 이렇게 뜻하지 않고 '相互扶助'의 '美擧'를 이루는 데 秩序를 保存키로 하여 신청순으로 하는 것이 좋겠다고 제의하였다.[20]

'오빠'는 양말을 사달라고 조르는 '누이'의 청을 '놀라울 신학설(新學說)의 제창(提唱)'이라고 칭하며, 누이가 치마를 염색하는 김에 와이셔츠를 염색해 준다면 이는 '상호부조(相互扶助)'의 '미거(美擧)'가 되리라고 표현한다. '오빠가 자신에게 양말을 사준다 하여 경제적으로 큰 타격을 입지는 않으리라'는 궤변을 '신학설'이라는 말로 받아치는 한편 그에 한술 더 떠 그 궤변을 패러디한 자신의 궤변(누이가 자신의 와이셔츠를 염색한다 하여 시간적 경제적으로 별반 손실이 없으리라)으로 맞서는 매우 유머러스한 응수라고 할 수 있다. 그런데 이러한 언어유희와 반어의 정조는 이에 그치지 않고 '소설가'라는 오빠의 직업과 연관되면서 좀 더 흥미로운 국면을 낳게 된다.

20 박태원, 「누이」, 『李箱의 悲戀』, 깊은샘, 1991, 41~45쪽.

나는 누이에게 그러한 것(기꾸찌깡[菊池寬]의 소설－인용자)보다는 될 수 있는 대로 나의 소설 같은 것을 읽어 주기를 청하고 또 후에 단행본이라도 발간하는 경우에는 반드시 한 부를 진정하마고 일러주었다.

내가 앞마당으로 돌아왔을 때 누이는 또다시

'오빠아!'

하고 불렀다.

그리고 그는 나의 소설이 얼마나 흥미 없는 것인가를 일일이 실례를 들어 아르켜 주고 그러한 소설을 쓰느니보다는 소녀시를 지어보는 것이 훨씬 낫겠다고 충고하여 주었다. (…중략…)

'또 쇼-조-시노 쯔꾸리가다[少女詩の作り方]라는 책두 내게 있수.'

이렇게 누이는 친절하였다.

나는 누의의 후의를 감사하고 이제 잘 좀 생각하여 보마고 약속하였다.[21]

오빠의 소설은 재미가 없다며 차라리 '소녀시'를 지어보라고 충고하는 것으로 누이는 오빠에게 결정적인 타격을 입히는데, 이에 대해 오빠는 '누이의 '친절'과 '후의'에 감사한다'는 지극히 반어적인 치사를 보낸다. 이렇게 흔들리지 않는 오빠의 여유롭고 유머러스한 대응은 남매의 옥신각신하는 말싸움에서 오빠를 최종적인 승자로 만들어주는데, 한자어의 남용이라는 과잉의 기표 안에 견지되는 이러한 안정된 유머 감각이 「누이」의 가장 큰 미덕이라고 할 수 있을 것이다.

---

21 위의 글, 47~48쪽.

3) 단어의 비상식적 결합 / 「피로」, 「제비」, 「성군」

「피로(疲勞)」(1933)의 경우는 단어를 비상식적으로 결합시키는 언어유희의 한 형태를 보여준다. 이 작품에는 벗을 찾아 시내의 신문사를 순례하던 화자 '나'가 편집국장인 친구의 부재를 확인하고 그를 소재로 신문의 표제를 고르는 장면이 등장한다.

> '바로 지금 층계라도 오르나리고 있는 것일까? …… 또는 변소 안에라도 있을 것일까 ……'
>
> 혼자서 이러한 생각을 하면서 나는 그곳을 나와 한길 위에가 섰다.
>
> 行衛不明의 編輯局長 ……
>
> 編輯局長의 紛失 ……
>
> 나는 속으로 신문기사의 표제를 고르면서, 그곳에 서서, 때마침 관청에서 물러나오는 샐러리맨들의 복잡한 행렬을 구경하고 있었다.[22]

'행위불명(行衛不明)의 편집국장(編輯局長). 편집국장(編輯局長)의 분실(紛失)'이라는 '나'의 '표제 고르기'는 친구를 만나지 못한 허탈함과 실망감을 잠시 위무하기 위한 말장난처럼 잠시 스쳐 지나간다. 그러나 '나'가 생각해낸 엉뚱한 표제 즉 '편집국장(編輯局長)의 분실(紛失)'이라는, 명백히 주체를 사물화한 표현은 작가이자 신문기자 즉 예술가이자 생활인으로서 맞닥뜨려야 하는 벗의 흔들리는 정체성 또는 소외와 결합하면서 여운을 형성한다. '나'는 '약간의 원고료로 말미암아, 신문사의 요구대로 쓰고 싶지도 않은 종류의 원고를 쓰지 않으면 안 되었던 R씨의 경우'를 생각하고 '인생의

22 박태원, 「疲勞」, 『小說家 仇甫氏의 一日』, 문장사, 1938, 69쪽.

피로'에 대해 생각하고 있었기 때문이다. 그리고 '때마침' 몰려나오는 '샐러리맨들의 행렬'은 인격의 사물화와 소외를 나타내기에 안성맞춤이다. 즉 '표제 고르기 놀이'로 나타난 「피로」의 언어유희는, '인생의 피로와 소외'라는 주제가 변주 및 확장되고 있는 작품의 담화를 유희적인 방식으로 채색하는 효과를 지니게 된다.

「피로」에 나타난 바와 같은 이러한 주어(주체)의 사물화는 한국어 문장에서는 낯설다고 할 수 있는 사물(무생물) 주어, 곧 '물주구문'의 형태로도 빈번하게 등장한다. '물주구문'은 흔히 번역투 문장으로 지적되는데 '사물 주어'의 사용은 서양어(특히 영어)에서는 매우 익숙하고 자연스러운 반면 우리말의 사고 구조에는 어울리지 않는 것으로 받아들여지고 있다.[23] 마찬가지로 박태원 소설에서 물주구문으로 표현되는 '주어(주체)의 사물화' 또는 '주체의 객체화'는 그것이 사람 주어 구문으로 다시 쓸 때 더 자연스럽다는 점에서 독특한 효과를 산출한다.

(A) 우선 '수염' 두 자를 **나의 입이 발음**한다는 것부터 너무나 대담한 짓임에 틀림없었다. (「수염」)

(B) 호사다마라는 진부한 **문자가**, 하필, 나의 수염을 그 실례로 **선택할** 줄은 몰랐다. (「수염」)

(C) 최 주사의 털실 신은 **발은** 제풀에 술집을 **찾아든다**. (「낙조」)

---

23 거의 모든 한국어 번역론 또는 문장론에서는 무생물 주어 구문을 대표적인 영문 번역투로 보고 이 주어를 부사적으로 고칠 것을 권고한다. 예를 들면 'Failure drove John to dispair'라는 문장을 '실패가 존을 절망으로 이끌었다'라고 번역(직역)하는 대신 '실패해서 존은 절망했다'로 번역하는 것이다. 영어에서 무생물 주어를 선호하는 이유는 무생물에 동작 주성(agency)을 부여하여 영어의 규범적 문형인 '행위자(actor) — 행위(action) — 목표(goal)'의 패턴을 관철시키기 위한 것으로 풀이된다(이현석, 「문화와 언어표현의 차이에 기초한 영한번역의 방법론 연구」, 세종대 박사논문, 2006, 37~38쪽 참조).

'옆구리 미어진 **구두는** 그렇게도 쉽사리 흙탕물을 **용납하고,**' (「길은 어둡고」)

(D) 그러나 **운명은** 바로 그때 최 주사의 옆으로 한 채의 자전거를 **달려가게 하고** 그리고 자전거 탄 젊은아이로 하여금 침을 퇴- **뱉게 하였다.** (…중략…)

그때의 **운명은** 최 주사의 눈앞에다 건너편 아현 공동묘지를 **갖다 놓았다.** (「낙조」)

(A)에서 보듯이 '나의 입이 발음한다'는 문장은 '내가 발음한다'는 문장에서 주어 즉 '발음하다'의 주체를 설정하는 데 있어 '나'와 '입'을 개별화시킨 형태이다. '내가 입으로 발음한다'와 같이 행동을 좀 더 구체화시킨 표현(우리말 상식으로 볼 때는 비경제적인 표현)에서 '입'을 주어로 바꿔놓은 것으로 볼 수도 있다. 즉 내 몸의 주체인 '나'로 포괄할 수 있는 행동을 표현하는 데 있어서 '나'와 독립적으로 행동하는 '입'의 존재를 상정하고 있는 포즈인 셈이다. '나의 코가 냄새를 맡는다'와 같은 표현 역시 마찬가지이다. (B)에서는 무생물인 '문자'가 선택의 주체'(행위 주체)로 되어 있어 희극적인 효과에 일조하고 있고, (C)에서는 '발'과 '구두'가 행위 주체가 됨으로써 그 행위가 '나'의 의지와 무관하게 독립적 의지를 가진 것으로 표현된다. 즉 술집을 찾아드는 것은 '최 주사'가 아니라 '최 주사의 발'이라는 표명이다. (D)의 경우는 이에서 더 나아가 '운명'이 주어가 됨으로써 '최 주사'라는 인간은 수동적 위치에서 그 운명에 고스란히 끌려가야만 하는 존재가 된다.

이렇게 본다면 박태원 소설에서 사용되는 번역 투의 물주구문은 '자기도 어찌할 수 없는 운명, 자신의 의지나 계획대로 되지 않는 인생'이라는 관념을 표명하는 것으로 읽을 수 있다. 이는 인간을 수동적 혹은 피동적인 자리에 위치시킴으로써 인식 주체 혹은 행동 주체로서 '나'(인간)의 지위에 의문을 제기함과 동시에, 삶이나 세계를 통어하는 이성적이고 의지적인 주체의 개념을 전복하는 하나의 형식적 시도이기도 하다.

그러면 박태원 소설에서 이러한 생소한 번역 투 문장이 빈번하게 등장하는 것은 어떻게 해석할 수 있을까. 우선 작가가 한국어 문장쓰기의 묘미를 살리는 데 고심했던 것만큼이나 영어 문장과 영어 표현에 매우 익숙하고 숙달되어 있었다는 점을 지적할 수 있다.[24] 그는 영문학 작품을 직접 번역하거나 영어로 된 다른 외국 작품을 중역할 정도로 영어 실력을 가지고 있었는데,[25] 이런 '번역' 작업은 그의 문체에 적든 많든 영향을 끼쳤을 것이라 짐작할 수 있다. 번역 투 문장쓰기는 '자연스러운' 한국어 문장을 영어식 구조로 2차 가공한 것이라는 점에서 '문체의 서양화' 즉 서양식 문체의 모방이나 차용이라고도 할 수 있을 것이다. 일본에서 19세기 말 '국자(國字)' 개혁의 한 방편으로 도입된 바 있는 '구문직역체(歐文直譯體)'가 번역문체를 만연시켰다는 점,[26] 일본 자연주의 작가들 이후 많은 근대 작가들이 '서양풍의 문장'을 쓰는 것을 지향했다는 점과 관련해서 볼 때 영문학과 일문학의

24 박태원은 중학 시절 영어선생의 칭찬에 고무되어 영어로 일기를 쓰기도 했으며(「옹노만어」, 『조선일보』, 1938.1.26) 영문학을 공부하고 싶다는 고백을 한 바도 있다(「춘향전 탐독은 이미 취학 이전」, 『문장』, 1940.2). 실현되지는 못했지만 그의 일본유학의 궁극적 목적은 영문학을 공부하기 위한 것이었다.

25 그가 번역한 영문 작품은 헤밍웨이의 「도살자(Killers)」(『동아일보』, 1931.7.19~7.31), 리엄 오플래허티('오우푸래히티')의 「봄의 파종」(『동아일보』, 1931.8.1~8.6)과 「쪼세핀」(『동아일보』, 1931.8.7~8.15), 맨스필드의 「차 한 잔」(『동아일보』, 1931.12.5~12.10)이 있고 이를 박태원은 '몽보'라는 필명으로 발표하였다. 이 번역들에 대해 '입이 험하기로 유명한' 지용이 '뭐, 중역이겠지' 하고 '한마디로 물리친' 데 대해 작가는 '오직 속으로 분개하였'다고 고백할 정도로 자신의 번역에 대해 자부심을 가지고 있었다. 이 네 작품의 번역 문체와 어휘의 특징에 대해서는 김미지, 「소설가 박태원의 해외문학 번역을 통해 본 1930년대 번역의 혼종성과 딜레마」, 『한국현대문학연구』 41, 2013 참조. 한편 그는 톨스토이의 「이리야스」(『신생』 3권 9호, 1930.9), 「세 가지 문제」(『신생』 3권 11호, 1930.11), 「바보이반」(『동아일보』, 1930.12.6~12.24)을 영문 중역한 바 있다.

26 '문명개화한 주체'의 증거로 번역어 한자숙어를 광범위하게 사용했던 19세기 말 일본의 매체들은 구미권에서 수입한 개념들의 번역어로 메이지시대에 새롭게 만들어진 한자숙어를 대량으로 사용하였고 이러한 문체를 '구문직역체'라고 불렀다. 구문직역체 문장의 특징은 어떠한 경우에도 주어를 명시하여 술어와 대응시키는 것으로, 대표적으로 무생물 주어 문장, 수동형 문체 등이 생겨났다(코모리 요이치, 정선태 역, 『일본어의 근대』, 소명출판, 2003, 140~144쪽 참조).

세례 속에서 성장한 박태원 소설 언어의 통사구조 역시 이러한 영향관계 속에서 해석될 여지가 없지 않다. 그러나 이러한 '부자연스러운' 번역 투 문장의 의식적인 사용은 단지 서양 문체 흉내 내기 차원의 문제에 그치지 않고 소설의 문체와 언문일치의 관계에 대해서도 시사하는 바가 있다.

이태준은 "언문일치 문장은 모체문장, 기초문장, 민중의 문장"이고 따라서 "개인의 문장, 개성의 문장일 수는 없다"고 말하면서 이 '권태 문장'에서 해탈하려는 노력에서 '문장의 현대'가 생겨난다고 보았다.[27] 이는 '문어가 구어의 단순한 전사로 환원될 수 없다'는 믿음을 바탕에 깔고 있으며 언문일치체의 문어가 갖는 문학적 가능성이 이미 소진되었다는 인식의 소산이라고 할 수 있다. 이러한 관점에서 본다면 박태원의 저러한 낯선 문장들은 '언문일치의 권태와 이로부터의 해탈'을 통해 '새로운 문어의 가능성'을 탐색한 것으로도 해석할 수 있을 것이다.

어휘 결합의 양상 가운데는 상반되는 또는 이질적인 정조의 단어가 결합하여 작품의 톤과 분위기를 이끌어가는 경우도 있다. 박태원이 작가 '이상'을 다룬 여러 편의 소설 가운데 하나인 「제비」는 '슬픈 유머'의 한 전범을 보여준다.

> '유-모어 꽁트'라지만 그러나 이것은 슬픈 이야기다. 그도 그럴밖에 없는 것이 이것은 죽은 이상과 그의 찻집 '제비'의 이야기니까-
>
> '제비'는 이를테면 이제까지 있었던 가장 슬픈 찻집이요, 또한 이상을 말하자

---

27 이태준, 『文章講話』, 문장사, 1940. "언문일치 문장의 완성자 춘원으로도 언문일치의 권태를 느끼는 지 오래지 않나 생각된다. 이 권태 문장에서 해탈하려는 노력, 이상 같은 이는 감각 편으로, 정지용 같은 이는 내간체에의 향수를 못이기어 신고전적으로, 박태원 같은 이는 어투를 달리해, 이효석 김기림 같은 이는 모더니즘 편으로 가장 뚜렷들 하게 자기 문장들을 개척하고 있는 것이다."

면 우리의 가장 슬픈 동무이었다.[28]

박태원은 슬픔의 정조와 웃음의 정조를 한데 버무리는 데에도 탁월한 실력을 발휘하는데, 이 작품은 처음부터 '유머 콩트이지만 슬픈 이야기'라는 전제로 시작한다. 따라서 '슬픔'의 정조를 내세우는 문체 대신 유머러스한 문체를 사용하면서 그 슬픔을 효과적으로 드러내는 것이 작품의 관건이 된다. '가장 슬픈 찻집이요, 가장 슬픈 동무이었다'와 같은 두어반복[29]이나 "'제비' 2층에는 사무소가 있었다. / 아니 그런 것이 아니다. 사무소 아래층에 '제비'는 있었다'와 같은 교착어법[30]은 문채의 수사학으로 문장의 묘미를 한껏 드러내면서, 별 의미 없는 표현의 반복을 통해 동무 '이상'과 찻집 '제비'에 쓸쓸한 존재감을 부여해주는 역할을 한다. 그리고 특정한 정보를 주지 않는 발화, 어떤 발화 효과를 기대하지 않은 채 행해진 말들은 그 '무지향성'으로 인해 특정한 효과를 산출한다.

"오늘은 귤을 사올까요?"

그래 귤도 우리는 때때로 사다 먹었다.

그러나 그것에도 물렸을 때

"얘에, 어디 군밤 좀 사다 먹자."

그래 한 명의 손님도 찾아주지 않는 다방 안에서 우리는 단둘이 마주앉아서 군밤을 먹으며

---

28 박태원, 「제비」, 『李箱의 悲戀』, 깊은샘, 1991, 33쪽.

29 두어반복(anaphore)이란 앞쪽에 나온 단어를 다시 취해서 강화나 대칭 효과를 창출하는 것을 가리킨다.

30 교착어법(chiasme)이란 두 그룹의 단어 순서를 바꿔 대칭적으로 배치하여 만드는 대조법을 말한다.

"저- 세루 바지 하나 해 입자면 돈이 많이 들겠습죠?"

"많이 들지 왜 하나 사 입고 싶으냐?"

"아-니 그냥 말씀에요."

무어 그러한 이야기를 하고 있는 정경이란 지금 생각하여 보아도 애닯게 우스꽝스러운 것이었다.[31]

손님이 아무도 없는 다방 '제비'를 찾은 '나'(구보)와 다방도리 수영이가 실없는 대화를 주고받는 장면은 '애닯게 우스꽝스러운' 광경으로 '제비'라는 공간의 쓸쓸함과 우스움을 동시에 보여준다. 그리고 이러한 애달픈 웃음 또는 우스운 슬픔은 '제비'의 문을 닫고 새로 경영하기로 한 까페 '쓰루'를 찾아간 이상과 구보의 대화에서 극적으로 드러난다.

"얘얘, 말도 마라. 주인이 갈려도 별 수 없지. 그래 골르디골라 이집을 왜 산담? 새 주인이란 작자 낯짝을 좀 봤으면……"

그리고 이상을 돌아보며

"그렇치 않아요, 선생님? 누군진 몰라도 글쎄 여기서 무슨 장살하겠다고 이 집을 삽니까?"

이상은 이제까지 말은 없이 코털만 뽑으며 그들의 이야기를 듣고 있다가, 그제서야 한마디 하였다.

"딴은 참, 누군지 형편없는 친구로구먼. 그렇지 않소. 구보?"

"정신없다마다…… 그 아주 미친 놈이 아닌가?"

그리고 우리는 찬바람이 휑하니 도는 그 안에서 한껏 소리를 내어 슬프게 웃었다.[32]

---

31 박태원, 「제비」, 앞의 책, 36쪽.

'새 주인이란 작자 낯짝'을 좀 봤으면 좋겠다는 여급들의 말에 그 '새 주인'이 될 이상은 스스로를 '형편없는 친구'로 또 구보는 한술 더 떠 이상을 '미친 놈'으로 지칭함으로써 '자기의 희화화'가 완성된다. 자신들의 정체를 감춘 채 자기를 대상화하는 것은 일종의 '가면 놀이'라는 점에서 유쾌한 재미를 선사하는 동시에 그 희화의 대상이 바로 초라하고 형편없는 자기 자신이라는 점으로 인해 페이소스를 낳는다. 이러한 '슬픈 웃음'은 '웃음으로 눈물 닦기'[33]라는 전통적 정조와도 닿아 있으면서, 어느 한 가지 감정이나 정서로 환원되지 않는 상황과 심리의 복합성을 드러내는 데 유효하다.

「성군」에서 나타나는 '애닯게 즐거운', '슬프게 고마운'과 같은 표현들 역시 이와 유사하다. 다방 방란장에 모여 앉아 서로를 헐뜯거나 '매문'의 방책을 논하면서 시시껄렁한 대화들을 주고받는 무명의 예술가들의 모양새는 우스꽝스럽고 한심하면서도 또한 쓸쓸하다. 즉 그러한 시시하고 별 내용 없는 대화 주고받기는 이 작품의 분위기 자체라고 할 수 있다.[34]

---

32 위의 글, 38~39쪽.

33 김대행, 『웃음으로 눈물 닦기』, 서울대 출판부, 2005. 김대행은 비애의 정서를 웃음으로 해소하는 의도적 행위가 우리 언어문화의 중요한 특질 가운데 하나라고 본다. '정서의 일관성을 정면에서 파괴'하는 이러한 특징적 행위는 웃음을 통해 비애의 정서를 차단하고 그 부정적 감정 상태에서 벗어나게 함으로써 심리적 평정을 찾고 객관적인 거리 두기를 가능케 하는 것으로 설명된다.

34 「성군」(1937)은 다수의 인물들(동경의 다방 방란장에 모인 예술가들)이 한데 모여 앉아 '수다'를 펼치는 장면 위주로 되어 있는데, 인물들의 발화가 교차되면서 발화자의 혼동을 피하기 위해 혹은 발화의 지표를 경제적으로 생략하기 위해 대부분의 대화를 희곡식으로 처리하는 특징을 보여준다. 예컨대, 주인 "자아 왔네. 그래 의논이란 뭔가?" / 만성 "아아냐. 역시 수경 선생두 모셔다가……" / 월리 "아아니 무슨 얘기게?" / 자작 "호일대야 호일대-" / 만성 "호일대라니?" / 자작 "자네하고 월리암 텔하고 호일대란 말일세." / 월리 "호일대라니?" / 만성 "으째서?" 같은 식이다.

4) '장거리 문장'과 구술성 / 「낙조」, 「방란장 주인」, 「진통」

박태원 소설 문체의 가장 큰 특징으로 흔히 지적되는 '장거리문장'[35]에 대해서도 문체론적 특질을 넘어 그 실험적 의미를 생각해 볼 수 있다. 박태원 소설에서 장문은 안긴문장이 관형절로 중첩되는 방식으로 이루어지는 경우와, 접속어미들을 사용하여 종지 없이 주술 구조를 연쇄시키는 방식으로 나뉠 수 있는데, '장거리 문장'이라 지칭되는 것들은 주로 후자의 경우이다.

> (A) 최 주사는 [작년 겨울에 태평통 고물상에서 사 원 오십 전 달 받고는 못 팔겠다는 것을 실랑이를 하다시피 하여 가까스로 사 원에 흥정하였다는] 외투 주머니에서 [네모 반듯하게 찢어서 착착 접어놓은] 신문지 조각을 꺼내서 [그것이 두 장도 석 장도 아니요 확실히 한 장이라는 것을 살펴본 다음에] 그것으로 코를 풀었다.[36] ([ ] 표시 — 인용자)

> (B) 그야 주인의 직업이 직업이라 결코 팔리지 않는 유화 나부랭이는 제법 넉넉하게 사면 벽에가 걸려 있어도, 소위 실내장식이라고는 오직 그뿐으로, 원래가 삼백 원 남짓한 돈을 가지고 시작한 장사라, 무어 찻집답게 꾸며 볼래야 꾸며질 턱도 없이, 차탁과 의자와 그러한 다방에서의 필수품들까지도 전혀 소박한 것을 취지로, 축음기는 자작이 기부한 포터블을 사용하기로 하는 등 모든 것이 그러하였으므로,[37]

---

35 장문주의의 특징에 대해서는 조남현, 「박태원 소설, 장문주의의 미학과 비의」, 국립국어원, 『새국어생활』 제12권 제1호, 2002 봄 참조.

36 박태원, 「낙조」, 『소설가 구보씨의 일일』, 깊은샘, 1994, 262쪽.

37 박태원, 「芳蘭莊 主人」, 『小說家 仇甫氏의 一日』, 문장사, 1938, 207쪽.

(C) 그야 아무러한 그로서도 여자가 능히 자기자신 할 수 있는 일을 염체도 좋게스리 그를 이용하려고만 들어, 가령, 한 장의 엽서조차 그에게 부쳐달라 하였을 때에는, 역시 마음속에 뭉클한 무엇을 느끼기도 하였으나, 고독한이에게 있어, 그것은 그대로 비굴은 하나마, 한 개의 슬픈 행복이었고, 또 젊은이에게는 언제든 희망이라는 것이 있어, 여자가 언제든 똑같은 방법만 취할 뿐으로 한 번도 자기 방으로 청하여 들이지는 않는 것을, 제법 불만하게 생각은 하면서도, 그래도 덧없는 꿈을 가슴 속에 지녀 왔던 것이, 어느 날, 장지 틈으로 삐져 나온 명함에는 뜻밖에도,[38]

(A)는 '최 주사는 외투 주머니에서 신문지 조각을 꺼내서 그것으로 코를 풀었다'라는 기본 문장에 수식하는 절들(관형절, 부사절)이 덧붙여짐으로써 확대된 형태이다. 이는 주어와 술어가 고정되어 있는 한 개의 문장이 문장 내부에서 수사학적으로 확장된 것으로 볼 수 있다. 반면 박태원 소설의 대표적 장문이라 할 수 있는 (B)와 (C)의 경우는 여러 개의 문장으로 나뉠 수 있는 통사구조들이 겹겹이 이어지고 있는 형태로 되어 있다. 따라서 박태원의 장문을 '치렁치렁하다'는 수식어로 설명하는 것은 이렇게 연쇄되어 늘어지는 문장의 성격을 적절하게 표현한 것이라 할 수 있다.

특히 '한 문장'으로 된 작품으로 알려져 있는 「방란장 주인」에서 작가가 추구한 장거리문장의 실험은 궁극적으로 문장의 종결성 자체를 부정하는 것으로 드러난다는 점이 중요하다. 이 작품의 마지막 단어는 처음 『詩와 小說』(1936)에 발표되었을 때는 '느꼈다.'로 종지형이지만 이후 단행본 『小說家 仇甫氏의 一日』(1938)에서는 '느꼈다 ……'로, 또 『聖誕祭』(1948)에서는 '느끼고,'로 바뀐다. 즉 최후의 개작에서 작가는 이 작품의 끝을 영원히 유

38 박태원, 「陣痛」, 『小說家 仇甫氏의 一日』, 문장사, 1938, 200쪽.

보시켜 놓은 것이다. 이는 영원히 끝날 것 같지 않은 이야기, 도저히 끝이 날 수 없는 이야기를 암시한다.

이 작품은 구술성과 기술성이 결합된 양상이라는 측면에서도 새롭게 읽을 수 있다. 먼저 이야기가 주제에 따라 단락 지어지지 못한 채 두서없이 가지를 뻗어 나아가면서 장광설적인 담화 탈선 현상을 보이고 있다는 점을 지적할 수 있다. 방란장의 실내 장식 이야기에서 방란장의 탄생 비화로, 그에 이어서 ("그러한 것이야 어떻든") 방란장의 사업 실적과 어려운 경영 상태가 주저리주저리 나열되고, 다방 일을 돌봐 주며 자신의 수발을 드는 미사에 문제가 한참 등장하더니, ("새삼스러이") 또 수경 선생 생각에 그를 찾아갔다가, "혼자로서는 아무렇게도 할 수 없는 고독"을 "전신에 느끼"는 것으로 마무리되는 식이다. 그런데 이렇게 정보가 산만하게 나열되어 정보의 초점화 정도가 낮으며 종결이 끝없이 유보됨에도,[39] 접속사 등 문법적 자질들에 의해서 의미 단위들이 통어되고 있어서 서사적인 논리성을 잃지 않고 있다는 것이 이 작품의 특징이기도 하다. 문장의 종결이 없다는 점에서 사고의 논리적 매듭을 추출하기 어려운 형식적 특징을 갖고 있음에도, '~이어도, ~으로, ~라, ~므로'(B), '~으나, ~하고, ~하여'(A)와 같이 의미의 위계를 설정하는 다채로운 어미들이 구사됨으로써 '두서없는 수다'가 조직적인 발화 행위가 될 수 있는 것이다.

39 정보의 초점화 정도가 낮다는 점은 구술물의 특징을 보여주며 접속사 등을 치밀하게 사용해 의미 단위가 통어되는 것은 기술물의 특징에 속한다. 구술물과 기술물의 발화 맥락과 언어자질의 특징에 대해서는 김현주, 『구술성과 한국서사전통』, 월인, 2003, 45~52쪽 참조.

5) 토포스(topos)의 유희적 사용 / 「수염」, 「식객 오참봉」

한편 박태원 소설에서 한자어 어휘 못지않게 소위 '문자'라고 칭할 수 있는 익숙한 표현들이 많이 등장한다는 점도 주목할 만하다. 작가가 한학과 한문에 대한 풍부한 소양[40]을 바탕으로 소설에서 자유롭게 인유법을 구사하고 있는 것이다. 박태원 소설에서 인유의 방식은 주로 동서양 문학 작품들을 거론하거나 고사 또는 한자성어를 인용하는 식인데, 전자가 상당한 수준의 독서량과 교양의 수준을 과시하는 일종의 '현학'의 포즈와 결부되어 있다면,[41] 후자는 그러한 포즈를 유머러스하게 뒤집는다.

> 결국, 나는 나의 수염 하나로 하여, 사면초가 속에서 초패왕의 끝없는 슬픔을 맛보았던 것이다. 만약 이대로 진행한다면 나는 오강에 가서-아니, 이발소에 가서 수염을 깎아 버릴 수밖에 없게 될 것이겠지……[42]

「수염」에서는 나의 '수염 기르기'가 주변 사람들의 비난에 직면한 사태를 가리켜 '사면 초가에 빠진 초패왕'에 비유하며, '오강에 빠져 죽기'를 '이발소에서 면도하기'로 대응시켜 놓음으로써 고사(古事)를 교묘하게 유희화하고 있다. 이런 유희적 포즈는 '십계의 하나를 깨트렸음에도 불구하고 마음이 기뻤다', '호사다마라는 진부한 문자가, 하필, 나의 수염을 그 실례로 선택할 줄은 몰랐다', '그렇다, 신은 이발소에도 존재한다'와 같은 금

40 박태원은 어린 시절 할아버지로부터 천자문 · 통감 등 한학을 수학했고, 이를 바탕으로 한문 번역(번안), 한시 번역을 발표하기도 했다. 박태원의 한문 번역 작업에 대해서는 최유학, 「박태원 번역소설 연구—중국소설의 한국어번역을 중심으로」, 서울대 석사논문, 2006 참조.

41 박태원 소설의 '인유법'에 대해서는 4장 2절에서 다룬다.

42 박태원, 「수염」, 앞의 책, 182쪽.

언이나 경구를 패러디한 듯이 보이는 유머러스한 문장에서도 확인된다.

『전국책』의 '맹상군과 풍원의 고사'를 패러디한 것으로 읽힐 수 있는 「식객 오참봉」[43]의 경우에도 '이야말로 호사다마요, 설상가상이요, 금상첨화요, 그리고 ……'(87쪽)와 같이 일괄하기 어려운 한자성어들을 한데 나열한다거나, "만약 '오매불망'이니 '전전반측'이니 하는 그러한 문자를 식욕 방면에도 사용할 수 있다면……"(89쪽), "더욱이 다른 두 명의 식객이라는 것이 한낱 '계명구도'(맹상군의 고사—인용자)의 소임도 감당하지 못함에 있어서랴"(90쪽) '구소설 투로 말하자면 오 참봉의 '일점 혈육'이었다'와 같은 방식으로 한자성어들을 이야기의 맥락 속에 자유분방하고 유머러스하게 통합시키고 있다.

고문이나 고전에서 따온 고사성어나 한자어 표현들, 즉 보편적으로 받아들여져 말과 글에서 쉽게 인용되는 그런 '문자'들은 서양 수사학에서 말하는 '토포스',[44] 동양 수사학에서는 '전고(典故)' 또는 '전거수사(典據修辭)'[45]라고 불릴 수 있는 것으로, 흔히 경직성이나 상투성의 표지가 되기 쉽다. '제 글보다 전고(典故)에서 널리 남의 글을 잘 따다 채우는 것이, 과거 문장작법의 중요한 일문이었다'는 이태준의 지적처럼,[46] 동서양을 막론하고 과거의 수사학은 토포스의 사용을 통해 전거를 확보하는 것을 중시했고

43 이하의 인용 쪽수는 박태원, 「식객 오참봉」, 『李箱의 悲戀』, 깊은샘, 1991 참조.

44 토포스는 수사학에서 논증을 목적으로 이용하는 자기 완결적인 상투적 공리, 일반 공론을 지칭하는 것으로, '상식 속에 등록되고 목록화되어 언제든지 꺼내 쓸 수 있는 상투적 기성관념, 클리셰'를 뜻한다(Randa Sabry, 이충민 역, 『담화의 놀이들』, 새물결, 2003, 575・582쪽 참조).

45 경전에 대한 절대적인 숭상 즉 종경정신이 문학 수련에 있어서 기존의 전범을 중시하는 경향으로 나타난 것이 전거수사이다. 즉 전거수사란 도를 가장 명확하게 표현하였던 경전의 문장을 인용하거나 도습하는 것을 의미한다(최미정, 「漢詩의 典據修辭에 대한 고찰」, 서울대 석사논문, 1975 참조).

46 이태준, 『文章講話』, 문장사, 1940.

따라서 이는 수사학이 창조적 언어 구현에 위배되는 죽은 학문으로 받아들여지는 근거가 되기도 했다. 따라서 새롭고 개성적인 문체의 창조를 위해서는 맹목적인 한문체 모방이나 수사 관념에 얽매이지 않는 것이 하나의 과제로 대두된다.

문학텍스트는 낯선 것(혁신적인 것)과 익숙한 것(관습적인 것 또는 전통적인 것) 사이의 균형을 유지함으로써 제 기능을 수행하는 경향이 있으며 익숙한 전통을 재조작하고 전복함으로써 혁신과 친밀감 모두를 제공해 준다.[47] 이상(李箱)의 전고(『장자』, 『논어』 등의 고전) 차용 방식이 문맥을 떠난 기호화와 '신기성'의 강화에 있다면, 또한 정지용의 토포스(한시의 차용)가 재문맥화를 통한 창조성의 확보에 있다면,[48] 박태원의 경우는 전고의 모방이나 전거의 인용이라는 전통의 수사 관념에 얽매이지 않는 것뿐만 아니라, 그러한 관념 자체를 환기시켜준다는 점이 특징적이다. 즉, 전고를 텍스트 내에 통합시키고 있지만 그것이 전혀 그럴듯한 전거가 되지 못한다는 점에서 이는 일탈적이고 유희적인 인용 방식이며,[49] 전래의 수사학 자체를 비틀고 위반하는 방법이 된다.

이상에서 살펴보았듯이 박태원 소설에 나타나는 언어 실험으로서의 언어유희는 '어울리지 않음' 즉 언어들의 불균형 또는 부조화가 빚는 우스꽝스러움[50] 때문에 웃음을 자아낸다. 그러나 이는 단순한 웃음을 넘어

47 Patricia Waugh, 김상구 역, 『메타픽션』, 열음사, 1989, 27쪽.

48 박현수, 『모더니즘과 포스트모더니즘의 수사학』, 소명출판, 2003 참조.

49 따라서 박태원의 토포스는 관계 · 가공 · 융합 · 흡수의 관점에서 사유되는 상호텍스트성과도 차원을 달리하고 있다.

50 웃음을 불러일으키는 요소 가운데 가장 흔한 것이 바로 불일치, 불균형이다. 이는 '기대감의 일탈'(키케로)로도 설명될 수 있는데, 그런 점에서 상식이나 고정관념 또는 관습화된 반응에 대한 일종의 저항의 의미를 지닌다. "우리의 경험과 오성은 위트에 의해 기습받고, 전도되고, 사상체계의 논리적인 전개가 다시 한번 일어난다. 이러한 기습이 위트의 본질이다."(류종영, 『웃음의 미학』, 유로, 2005, 253쪽 참조) 삶의 내적인 유연성과 배치되

서 있다. 이를 어울리지 않는다거나 과장되었다고 판단하는 것은 우리에게 공통적으로 전제된 일상적인 조화와 균형의 감각 때문이다. 이 조화와 균형의 감각을 거침없이 배반하는 것, 무의미할지도 모르는 가능한 한 최대한도의 언어 놀이를 보여주는 것은 어떤 의미가 있을까. "가장 좋은 전복은 코드들을 파괴하기보다 차라리 그들의 형상을 일그러뜨리는 것"이라는 바르뜨의 지적처럼 글쓰기가 '언어를 파괴하는 것이 아니라 단지 언어를 가지고 놀 때' 텍스트의 전복적인 차원은 열릴 수 있다.[51] 즉 박태원의 언어 놀이는 우리의 '상식'에 의문을 제기하고 언어에 대한 구조화된 또는 질서화된 감각을 전복시키는 효과를 가지고 있는 것이다.

2. 만담과 독백 그리고 수다의 향연

박태원 소설 언어의 '말맛'을 엿볼 수 있는 것으로 인물들의 발화, 특히 이야기의 진행이나 발전과 직접적인 관련이 없는 대화를 꼽을 수 있다.[52] 대화는 발화자-등장인물의 성격이나 풍모를 암시하는 등 일반적인 서사 내적 기능을 담당하기도 하지만, 서사 통합적 성격이 약한 일종의 풍경 혹은 장면 제시로 등장하여 '말 주고받기' 자체의 묘미를 두드러지게 보

는 경직성이 희극성의 원천이라는 점은 베르그송의 『웃음』을 관통하는 기본 테제이기도 하다(Henri Bergson, 정연복 역, 『웃음－희극성의 의미에 관한 시론』, 세계사, 1992).

51 Vincent Jouve, 하태환 역, 『롤랑 바르트』, 민음사, 1994, 164～165쪽. "위반하기, 그것은 파괴하기가 아니다. 그것은 인정하고 그러면서 뒤집는 것이다."

52 박태원은 소설에 있어서 대화의 중요성을 "한마디 말로 그 말한 자의 성격, 교양, 취미 등이 표현될 수 있고 또 표현되어야 하는 것"이라고 정리한 바 있다. 따라서 작가는 '그것(대화－인용자)에 대한 연구를 결코 게을리 해서는 안'되는데, '우리 문단에서 대화에 자신을 가져도 좋은 작가는 아마 3, 4인에 불과'할 것이라고 평가한다(박태원, 「주로 창작에서 본 1934년의 조선 문단」, 『중앙』, 1934.12).

여주는 경우도 많다.[53] 여기에서는 박태원 소설 언어의 주요한 기능적 자질의 하나인 인물들의 발화가 갖는 효과와 특징에 대해 살펴보도록 한다.

1) 만담의 유머와 페이소스/「낙조」

겨울밤의 고적한 도시 풍경 묘사로 서두를 시작하고 있는 「낙조(落照)」는 서정적이고 시적인 묘사에 이어 바둑을 두는 두 사내의 옥신각신하는 대화 장면을 배치하고 있다. '호외'를 알리는 신문 배달부의 방울 소리와 바둑 두는 장면이라는 이질적인 두 장면을 연결하는 것은 그 또한 '이질적인' 서술자의 목소리이다.

> 전차가 지난 뒤면 자동차가 지난 뒤면 의례히 잠깐 동안씩은 소리없는 네거리의 아스팔트 위를 신문 배달부의 지까다비 신은 두 다리가 달려갔다.
>
> 그의 옆구리에 찬 방울이 시끄럽다.
>
> 석간이 배달된 뒤 두 시간.
>
> 호외다.
>
> 만주에 또 무슨 일이나 생긴 것일까?
>
> 그러나 그러한 것은 아무렇든 좋은 일일지도 모른다.
>
> 약국 뒷방에서는 늙은이와 젊은이가 지금 마주앉아 바둑을 두고 있었으니까.[54]

---

53 이태준은 『문장강화』에서 방대한 분량의 문장 실례들을 인용하고 있는데, 문장이나 대화의 '말맛'과 '어감'의 묘미를 설명하는 가운데 「소설가 구보씨의 일일」, 『천변풍경』 등 박태원의 작품들에서 여러 대목을 인용하고 있다. 그는 박태원 소설의 대화체를 두고 '글 전체에 군혹이 되지 않는 정도'로서 '훌륭히 담화(대화–인용자) 자체의 미덕'을 보여주는 것으로 평가한다.

54 박태원, 「낙조」, 앞의 책, 235~236쪽.

서술자는 신문배달부의 '호외'에서 '만주'를 연상하고 곧이어 '그러나 아무렇든 상관없다. (왜냐하면—인용자) 약국 뒷방에서 늙은이와 젊은이가 바둑을 두고 있었으니까'라는 논리적 형식을 가장한 비논리로 장면 전환을 이루어낸다. '만주에서 무슨 일이 생겼든 상관없다'는 포즈와 '약국 뒷방에서 두 사람이 바둑을 두고 있다'는 정보를 '인과관계'로 결합시킨 것은 명백히 논리적 비약에 불과하다. 하지만 이러한 문장 연결 상의 논리적 오류는 오히려 교묘한 서술적 효과를 발휘할 수 있다. 어차피 '만주'에 대한 이야기를 본격적으로 시작할 것이 아니라면, 즉 이 소설에서 만주를 직접적으로 다루는 것이 목적이 아니라면, 논리적 오류를 논리인 척 가장(혼동)하여 서술의 새 흐름(장면)을 만드는 것 역시 효과적인 전략이 될 수 있다. 바르트가 지적했듯이, '전후관계와 인과관계의 혼동'은 서술 활동의 동력이 될 수 있기 때문이다.[55]

위 인용부에 이어서 등장하는 두 사람이 나누는 대화의 내용이란 지극히 평범한 것으로, 어느 바둑판에서나 흔히 볼 수 있을 그런 종류의 것이다. 그러나 바둑판을 들여다보고 있는 당사자나 현장의 구경꾼 이외에는 전혀 상황을 납득할 수 없는, 즉 장면 묘사 기능을 상실한 대화라는 점이 특징적이다.

> "이건 늙은이를 너무 능멸히 여기는 게지. 남의 집을 막 들어와?"
>
> "무슨 문제가 생길 듯해서 들어갔죠."

---

55 '이후에 그러므로 그 때문에(post hoc, ergo propter hoc)'란 논리학에서 전후 관계와 인과관계를 혼동하는 오류를 말하는데, 즉 '~의 다음에 온 것'이 이야기 속에서는 '~으로 인해 생긴 것'으로 읽혀지는 것이다. 바르트는 이 둘 사이의 혼동과 체계적 적용이 바로 '서사'라고 말하고 있다(Roland Barthes, "L'analyse structurale du récit", *L'aventure sémiologique*, Seuil, 1985, p.180(Randa Sabry, 앞의 책, 582쪽에서 재인용)).

"문제는 무슨 문제야. 여기 한 점 탕 놔두면 그만이지 뭐야…… 저쪽을 제치나? 그러면 막지…… 여기를 끊나? 그러면 벌떡 서구…… 아무렇게 해두 두 집 나는데 문제가 무슨 문제야. 자 객쩍은 짓 그만하구 어서 딴 데 집내기나 허우."

"그래도 요기다 한 점 더 놔볼 걸요."

"소용 없대두 자꾸 그러는구먼…… 이렇게 벌리면 그만이지."

"요기다 또 한 점 놓거든요."

"아 이건 너무 늙은이를 능멸히 여기는구료. 호구로 들어와?"

"호구라고 못 들어갈 것 있습니까?"

"때리면 그만인데 못 들어갈 것이 있느냐?"

"때립쇼그려."

"때리지."

"그때에 여기를 벌떡 서거든요."[56]

바둑의 수 싸움을 둘러싸고 진행되는 이 대화에서는 바둑판의 실제 판세나 모양을 연상할 수 없을 뿐더러 그러한 작업 자체가 의미가 없다. 여기서 주목할 부분은 두 사람이 주고받는 말의 내용이 아니라 대화의 형세 자체라고 할 수 있다. 따라서 게임이 벌어지고 있는 '바둑판'이라는 물리적 실체는 의미를 상실하게 되며, 이 대화를 대화가 벌어지고 있는 장소와 유리시켜 상징적으로 독해할 수 있는 가능성이 열린다. 노인이 내뱉는 "남의 집을 막 들어와?", "늙은이를 능멸히 여기는구료. 호구로 들어와?"와 같은 말들이 그러하다. '호구'란 바둑에서 '돌 석 점이 둘러싸고 한쪽만이 트인 그 속'을 의미하는데, 이는 '남의 집'이라는 노인의 말과 함께 한반도와 만주의 형세를 연상하게 한다. 즉 앞 장면의 '겨울밤-신문배달

56 박태원, 「낙조」, 앞의 책, 236쪽.

부-호외-만주(일제의 만주 침략)'로 이어지는 연상과 결합하게 될 때, 장면 배치의 비논리성은 고도의 논리성을 획득하게 되는 것이다.

총 네 개의 절로 되어 있는 「낙조」의 1절은 이렇게 시작된 두 사람의 대화가 세 사람의 대화로 확장되고 세 사람이 각각의 역할을 분담하면서 지속되는 형태를 띤다. 한 젊은이가 노인에게 이야기를 청하면서 질문을 던지는 역할을 맡고(A), 또 한 젊은이는 추임새를 넣으며(B) 대화에 활력을 불어넣는데, 그러면 노인은 질문들에 대답하면서 하나씩 자신의 내력 이야기를 풀어놓는 식이다. 문답형 대화의 일종이라고도 할 수 있는 세 사람의 대화는, 그 유려한 리듬과 구성이 마치 당시 유행했던 만담을 연상케 한다.

(A) "그러지 마시구 옛날 얘기나 좀 합쇼그려."

(노인) "옛날 얘기는 무슨 옛날 얘기?"

(A) "아 왜 동경 유학하시던 얘기……" (…중략…)

(B) "정말인가?" (…중략…)

(노인) "그게 을미년이니까 지금부터 치자면 서른아홉해 전이렸다."

(…중략…)

(노인) "당시 내부대신이 지금 후작 박영효였느니…… 관비 동경 유학생을 뽑는데 지원자가 천여 명이라……"

(B) "무려 천여 명이로군요."

(노인) "나두 나중이야 어찌됐든지 지원을 하지 않았겠소."

(B) "그때 최 주사께서는 무얼하고 계셨습니까?" (…중략…)

(A) "이발들을 하라구 명령이죠?"

(양복입은 젊은이가 앞질러 말하는 것을 노인은 손을 내저으며)

(노인) "이발은 일본 건너가서 했다니까 그러는군."

(A)　“그래두 지난 번 이야기하실 때는 노돌 모래사장에서 이발을 하였다고 하시드니요.”

(노인) “언제 그랬었나. 잘못 들은 게지……”

하고 노인은 딴전을 한다.

(A)　“어서 얘기나 합쇼.” (…중략…)

(B)　“그럼 무얼 하셨게요?”

(노인) “홍 말씀마시유…… 그저 공부는 하지 않구 ××구…… 하 하 기맥힐 노릇이지.”

(B)　“차포겸장입니다그려”

(노인) “그런 문자가 있든가?”

(B)　“없습니다. 어서 얘기나 하십쇼.”

(…중략…)

(B)　“그럼 모두 정치과에 들어가셔야만 했겠군요.”

(노인) “아따 이 양반, 그냥 얘기나 들으슈 하하하……”[57] (발화자 표시－인용자)

젊은이들은 대화 중간 중간 사실을 확인하고(“무려 천여 명이로군요.”, “그럼 모두 정치과에 들어가셔야만 했겠군요”) 이야기 소재를 넌져주고(“학교가 가기 싫어 꾀병을 앓구 병원에 입원하시든 얘기는 안하십니까?”, “그래 일본서 나오셔서 무얼하셨어요?”), 내용을 수정하거나 전환하는 방식으로(“지난번 이야기하실 때는 노돌 모래사장에서 이발을 하였다고 하시드니요.”, “참 그때 옷은 무엇들을 입구 계셨어요?”) 노인의 이야기에 생동감을 불어넣고 있다. 특히 대화가 진행되면서 한 젊은이(A)는 이미 노인에게 전에 들었던 이야기를 다시 청해서 끌어내고 있다는 점, 또 한 젊은이(B)는 처음 듣는 이야기라는 점이 밝혀지

57　위의 글, 240～243쪽.

면서 두 사람의 '추임새'[58] 효과는 더 커진다. 특히 '양복 입은 젊은이(A)'는 '자기 자신이 노인의 입으로써 확실히 여섯 번 이상 들은 유학담의 계속을 재촉'하면서, 때로는 처음 듣는 양 때로는 다 알고 있다는 양 의뭉스런 발화들("최 주사께서 이발을 그때 하셨다네", "이발들을 하라구 명령이죠?", "하여튼 한때 잘 노셨습니다그려")을 적재적소에 던지고 있다.

노인의 이야기를 끄집어내는 젊은이들의 말솜씨와 마치 바둑에서 수를 교환하듯 받아치고 되치는 대화는 노인을 중심으로 한 일종의 만담극과 같은 인상을 준다. 만담(漫談)이란 우리나라 전래의 재담(才談)이 일본의 만자이(萬歲)[59]의 영향을 받아 현대인의 입맛에 맞게 재창출된 것으로,[60] 레코드 취입과 함께 붐을 이루면서 30년대를 풍미했던 '희극'의 한 장르였다.[61] 특히 대화만담[62]은 스토리를 고도로 압축시키고 있다는 점, 중요한 대사는 한 사람이 도맡고 나머지는 이야기를 들어주고 거들어주는 역할을 한다는 점이 특징적인데,[63] 이에 비춰볼 때 위 세 사람의 대화는 대

58 대화만담의 상호보완관계는 판소리에서 창자-고수의 관계와 유사한데, 판소리에서 고수의 역할이 창자에 대한 보완에 그치고 있다면, 대화만담(넌센스)에서는 극에 사실성과 생동감을 부여하는 기능에 좀 더 비중을 두는 것으로 보인다(최동현 · 김만수, 「1930년대 유성기 음반에 수록된 만담 · 넌센스 · 스케치 연구」, 『한국극예술연구』 7집, 1997, 74쪽 참조).

59 라쿠고(落語)라고도 하며, 강담의 낡은 형식을 깨고 나온 새로운 형식의 웃음을 의미한다.

60 신불출, 「웅변과 만담」, 『삼천리』, 1935.6.

61 30년대 초 연극의 막간극으로 등장하기 시작한 만담은 판소리, 민요 등에서 유행가 쪽으로 차츰 영역을 확대해 나가던 레코드 회사들이 만담의 인기를 바탕으로 독립된 음반으로 내놓기 시작하면서 막간에서 독립하여 하나의 장르가 된다(반재식, 『한국 웃음사』, 백중당, 2004 참조).

62 원래 만담은 1인 재담을 의미하는 것이었으나(독만담) 이후 두 사람 이상이 등장하여 이야기를 주고받는 대화만담의 형식이 나타났다. 당시 레코드에 표기되었던 '스케치', '넌센스'가 2인 이상의 대화형식을 지칭하는 편의상의 명칭이라고 할 수 있는데 이들도 나중에는 '만담'으로 통일되었다(위의 책 참조). 본고에서는 반재식의 견해에 따라 '스케치'나 '넌센스'를 독립된 장르명칭으로 보지 않고 '대화만담'으로 보고자 한다.

63 최동현 · 김만수, 앞의 글 참조.

화만담 식의 설정이라고 보아도 무방할 듯하다.

이러한 만담식 대화에 대한 작가의 관심이나 재주[64]는 그가 1931년 발표한 「영일만담」에서도 일찍이 확인할 수 있다. 그가 '만담' 형식을 시도한 것은 앞 절에서 보았듯이 '유머'나 '희극' 장르에 대한 관심의 일환이라고 볼 수 있다. "이야기라는 것이 불가사의한 것으로 곧잘만 주워대면 눈물콧물도 자아내고 웃음보도 터트려놓을 수 있는 것이니"[65] 작가는 웃음을 불러일으키는 방법 가운데 하나로 만담의 형식을 차용하고 있는 것이다.

> "신대장영감 아니십니까?" / "왜 아니는 아닌가?"
>
> "아, 이 더위에 어디를 가십니까?" / "어디 좀 이렇게 간다네."
>
> "어디를 가세요?" / "자네 알어 뭣하나?" / "그도 그렇습니다."
>
> (…중략…)
>
> "누가 언제 택시랬나? 아 참 빼쓰니 택시니하니까 생각이 나는군. 자네 영어 알겠다?"
>
> "좀 알죠!" / "하나 물어볼 게 있네." / "잘 모릅니다."
>
> (…중략…)
>
> "내가 어떻게 이겨?"

---

64 조용만은 이상과 박태원이 '휘황찬란한 곁말'을 구사해서 보는 사람들을 즐겁게 해주었다고 회고한다. "두 사람의 곁말 대화는 만담가의 재담을 듣고 있는 것 같아서 재미있고 요절할 지경이었다. '그 사람은 발목 없는 사람이지!' 한다면 그 사람은 빈틈없는 단단한 사람이란 뜻이다. 발목(抜目)이란 말은 일본말로 '누께메', 빈틈이란 말인데 발목이 없으니, 빈틈이 없단 말이 된다. 이렇게 이 두 사람의 곁말은 휘황찬란해서 한참 있어야 뜻을 알게 된다. 이 사람들의 재담 만담을 들으려고 여급들이 꼬여들고 해서 두 사람은 카페에서 큰 인기를 끌었다." (조용만, 「이상과 박태원」, 『30년대의 문화예술인들』, 범양사, 1988, 136~137쪽) 김기림 역시 구보와 상이 달변으로 구인회 회원들을 즐겁게 해주었다고 회고한 바 있다(김기림, 「문단 불참기」, 『김기림 전집』 5, 심설당, 1988, 141쪽 참조).

65 夢甫, 「永日漫談」, 『신생』, 1931.7.

"에로가 에로틱인데 이기셨죠!"

"그게 그런게 아니라 내가 에로틱이라고 그러니까 이놈이 그러면 '끄로'라고 하는 것은 무엇이냐고 그것 모르면 돈 십 전 내라네그려."

"그래 어떻게 하셨세요?"

"대번에 대답하기가 실수지…… 나는 '에로'니 '끄로'니 하는 것이 두자씩이요, 운이 맞기에 똑같은 줄만 알고 '끄로틱'이라고 했드니 틀리데그려."

(…중략…)

"그래 내 안(뻐스 안-인용자)으로 들어갔겠다! 그랬드니 이번엔 어디를 가시느냐고 하는군! 그래, 내가 왜 모르는 계집애(뻐스걸-인용자)한테 그런 것 말할 까닭 있나? 알어 무엇하느냐고 하였지! 그랬드니 그냥 저리로 가버린단 말이야! 가버리나 보다 그랬지! 그랬드니 쪼끔 있다 또 오드니 표 찍읍쇼- 하면서 또 어디를 가느냐고 묻데그려! 내가 성미가 괄괄한 사람은 아니지만 공연히 늙은이라고 업신여기고 놀리는 것 같기에 소리를 버럭 질렀지! 내가 어딜 가든 무슨 챙견이냐! 늙은이가 어디를 가든 네가 알어 뭣하느냐! 이랬지"[66]

「영일만담」은 순전히 유머러스한 '재담'으로 이루어진 대화로, 노인과 젊은이의 대화를 통해 유행어(영어), 버스타기 등 세대 간에 벌어질 수 있는 우스꽝스런 대화 상황을 그려내고 있다. 이는 세태풍속을 유머러스하게 비꼬거나 풍자하는 내용이 주를 이뤘던 당시의 만담 유형에도 잘 들어맞는다. 이렇게 재미를 위해 만들어진 만담은 대화가 가진 말맛과 희극성 그 자체를 살리는 것이 주 목적이라면 소설에서 만담 형식의 대화가 하는 기능은 그에 그치지 않는다. 앞에서 보았듯이 「낙조」의 1절에 등장하는 만담은 2절에서 4절까지 제시되는 주인공 노인의 '현재'에 대한 '전사(前

66 박태원, 「영일만담」, 류보선 편, 『구보가 아즉 박태원일 때』, 깊은샘, 2005, 31~37쪽.

史)'를 압축적으로 보여주는 기능을 하며, 만담 속에 노인의 신산한 인생이 회고조로 진술됨으로써 희극미와 함께 페이소스가 가미된다.

이러한 만담식 대화체는 『갑오농민전쟁』과 같은 장편 역사소설에 등장하는 민중들의 대화에서도 자주 나타난다.

> "야. 나리님네 참 많인 모였다."
>
> "참말 대감님네, 영감님네 모두 와 계시네."
>
> "임마, 어디 영감, 대감이 왔어? 땡감두 곶감두 없다 얘. 귀 뒤에 붙인 관자를 보면 몰라? 몽땅 나리님들이야."
>
> "정말 그렇구나, 어디 한 번 세 볼까? 이나리, 저나리, 개나리, 괴나리, 산나리, 들나리, 미나리, 날나리……"
>
> "와하하하……"[67]

위 인용문은 탐학하고 부정한 원들을 백성들 앞에서 처단한다는 명목으로 종로 한복판에 차려진 형장에서 거기에 모여든 구경꾼들이 '거리의 해학'을 펼치는 대목이다. 이러한 해학적 대화 이후에는 본격적으로 형이 집행되는 장면이 펼쳐진다. 이는 잠시 스쳐 지나가는 주변적 인물들의 대화가 본격적인 사건 진행에 앞서 전경화되는 장면이라고 할 수 있다. 주도자와 보조자의 만담 형식의 이 대화들은 잡다한 주변적 정보들을 작품에 편입시키는 장치이면서 또한 하층민들이 구사하는 입담의 세계를 보여준다.

---

67 박태원, 『갑오농민전쟁』 5권, 깊은샘, 1989a, 72쪽.

2) 독백체의 구술성과 목소리의 발견

/ 「적멸」, 「성탄제」, 「골목안」, 『갑오농민전쟁』

한편 박태원 소설 가운데는 발화자 2인의 대화 형식이 아닌 일방적인 발화 즉 '독백'의 형식이 작품 내에서 큰 비중을 차지하는 작품들이 있다. 연극적 기법인 '독백'을 소설의 발화 자질로 차용할 경우, 이는 '인물의 발화에서 화자(서술자)가 개입하지 않는 표현 형태'를 지칭한다.[68] 연극에서 독백을 하는 등장인물은 보통 청중을 마주보고 있으나 '반드시 청중을 전제하지는 않는' 말하기를 보여주는데, 소설에서의 독백 역시 청자의 존재 혹은 부재가 독백의 기능과 효과에 큰 의미를 지닌다고 할 수 있다. 여기서 박태원 소설 가운데 '독백체'로 간주할 수 있는 것들은 발화의 표지인 인용표시('~가 말했다')나 인용부호가 생략된 채 온전히 등장인물의 발화로만 이루어져 있거나 발화의 표지가 있더라도 한 인물이 발화를 전적으로 주도하는 경우이다.

초기작 「적멸(寂滅)」(1930)은 박태원 소설 가운데 독특하게 액자형 구조로 이루어진 작품으로, 소설가 '나'가 소설이 써지지 않아 거리를 배회하는 겉이야기와 '레인코트 입은 사내'의 인생 고백담이 펼쳐지는 속이야기로 되어 있다. 이야기의 전체 구조는 이러하다. 소설이 씌어지지 않아 거리로 뛰쳐나온 '나'는 어느 밤에 '붉은 실감기'를 하는 기이한 사내를 인연처럼 만나게 되고(겉이야기) '나'는 그를 집으로 데려가 밤새 그의 기나긴 이야기를 듣고(속이야기), 얼마 뒤 그가 자살했다는 소식을 전해들은 '나'는 그의 무덤을 찾아가 그의 인생에 대해 생각해 본다(겉이야기).

속이야기로 등장하는 사내의 독백은, 자신이 왜 미친 사나이가 되었는

---

68 S. Chatman, 한용환 역, 『이야기와 담론—영화와 소설의 서사구조』, 푸른사상, 2003, 191쪽.

가(그렇게 불리게 되었는가)에 대한 설명적 기능, 자신의 삶 이야기를 통해 '근대'의 합리성과 획일성, 폭력성에 대한 비판을 개진하는 주제론적 기능, 자신이 보여 온 이상스런 행위에 대한 이해를 구하는 설득적 기능 등 액자형식이 발휘할 수 있는 여러 가지 기능[69]을 보여주고 있다. 그리고 지루한 독백을 통해 사내가 역설하는 이야기는 '시계태엽 감는 인생'에 대한 비판적 인식으로 집약될 수 있다.

> 우리는 결국 우리의 한없는 욕망을 만족시키려고 허위대다가는 죽는 동물에 지나지 않는단 말이냐? — 이러한 것을 생각하기에 이르러 우리 인생의 — 아니 그렇게 커다마하게 떠들 것이 아니라 '나'라고 하지요- 나의 비극은 그예 발생하고 만 것입니다. (…중략…)
>
> 그리고 끝끝내 내가 이러한 일 외에 매일하는 일이 '시계 태엽 감는 일'이라는 것을 발견하고 나는 비관하여 버렸습니다. 내게는 우리 인생이 결국 하루하루 시계 태엽을 감아 가다가 죽어 버리는 것같이 생각된 까닭이에요. (…중략…)
>
> 없는 놈은 있는체, 있는 놈은 없는체 못난 놈은 잘난체, 잘난 놈은 더 잘난체…… 하여튼 가장인형이 즉 우리네 사람이란 동물이 아닙니까?…… (…중략…)
>
> — 발자크(Balzac)의 〈인간희극〉(人間喜劇 — La comedie humaine)이 십구세기 불란서의 완전한 사회사라할 것 같으면 내 눈에 비친 '희극'?은 '이십세기 경성의 허위로 찬 실극'이라고 — 말이 좀 어색합니다마는 — 할 수 있겠지요.[70]

---

69 '나'는 소설이 써지지 않아 자극과 엽기취미를 구하기 위하여 그 밤을 선택한 것이고, 사내 역시 '놀기 위해' 이야기를 늘어놓을 만한 상대를 찾았던 것이기 때문에 사내의 이야기는 '심심풀이 기능'도 하고 있다. 액자 구조에서 속이야기의 기능에 대해서는 Gérard Gennete, *Nouveau discours du récit*, Seuil, 1983, pp.62~63; Randa Sabry, 앞의 책, 477쪽 참조.

70 박태원, 「적멸」, 『윤초시의 상경』, 깊은샘, 1991, 200~215쪽.

허례와 허식으로 가득 찬 세상 사람들에게 '희극'을 제공하고 그런 자신을 모멸하고 조소하는 사람들을 보면서 기쁨을 느끼는 것이 그의 '미치광이 되기'의 이유이며, 그 '조고마한 장난'을 통해 그가 비웃고자 했던 것은 '가장인형'에 불과한 인간이란 존재, '20세기 경성의 허위로 찬 실극'이다. 이 작품에서 '독백'으로 구성된 속이야기는 '추상적인 언술로 일관됨으로써 소설적인 긴장을 이완'시키는 것으로 평가되는데,[71] 그렇다고 해서 속이야기와 겉이야기가 긴밀성을 확보하지 못하고 있는 것은 아니다. 그러면 이 작품에서 '독백'으로 구성된 속이야기의 발화들로부터 어떠한 구성적 담론적 특질들을 발견할 수 있을까. 이는 '나'와 '레인코트 입은 사내'의 관계와 관련이 있다. '나'는 그와의 반복되는 우연한 만남을 '기인한 인연'이라고 생각하며, 모든 사람들이 비웃는 그의 미치광이 같은 행동에 묘한 흥미와 '센티멘트'한 감정을 맛본다. 그리고 '나'의 마음은 '저도 모르게 레인코트 입은 사나이의 뒤를 쫓'는 데에까지 이른다. 그리고 처음 본 사내를 집으로 데려가 밤새 이야기를 들은 뒤 '나'는 '울 것 같은 감정'을 느끼고 도처에서 그의 흔적에 사로잡히며 그의 죽음과 함께 '인생'을 되돌아본다. 이렇게 볼 때 '나'와 '사내'의 관계는 표면적으로 보면 작중 화자(나)-작중 인물(사내), 화자(사내)-청자(나), 소설가(나)-소설 재료(사내) 등으로 식별이 가능하다. 그런데 이들의 관계는 좀 더 미묘한 의미망을 형성하고 있다.

첫째, '사내'는 소설을 쓰지 못해 방황하던 소설가 '나'가 쓴 소설의 주인공인 한편, 사내의 이야기 자체가 소설의 내용을 형성한다.[72] 즉 소설가

---

71 정현숙, 『박태원문학연구』, 국학자료원, 1993, 109쪽.

72 이는 소설 서두의 자기지시적 서언에서 암시되어 있다. 즉 서두에 소설가의 소설쓰기를 무대화하고 있는 이 작품에서 작가 박태원이 쓰고 있는 소설과 소설 안의 소설가 '나'가 쓰는 소설의 내용이 일치하고 있음을 보여준다. 이와 같은 박태원 소설의 '자기반영성'의 문제에 대해서는 4장 3절에서 분석한다.

가 어떤 '미치광이'의 이야기를 청취하고 그것을 기록으로 남긴다는 내용이 이 작품의 뼈대인 것이다. 둘째, '나'의 행동이나 행적이 '사내'의 그것과 마찬가지로 베일에 싸여 있다. '나'가 '사내'에게 '진정'의 이해를 보내는 이유, 그의 이야기에 동화되는 이유, 계속해서 그의 흔적에 사로잡히는 이유는 그리 명쾌하게 설명되지 않는다. 따라서 '사내'가 '레인코트 자락을 날리며' 사라진 뒤 '레인코트'를 입고 '황혼의 거리를 정처없이' 배회하는 '나'의 존재는 사라진 '사내'와 기이하게 겹쳐진다. 즉 자기 자신이 '레인코트' 입은 사내가 되어 사나이의 흔적을 뒤쫓고 인생의 비극, '꿈과 같은 인생'의 허무를 생각하는 것은 마치 작품 안에도 언급된 〈닥터 지킬 앤드 미스터 하이드〉와 같은 분열된 주체를 암시하는 것처럼 보이는 것이다. 사내를 통해 성찰한 '인생'에 대한 물음이 이 소설의 주제라는 점에서 보면 속이야기의 사내는 '인생'에 대한 '나'의 성찰에 생생한 목소리를 대신해서 부여하는 분신이자 공모자가 된다. 즉 이 작품에서 '미친 척 하는' 사내는 익명적 존재로서 작품의 주제를 전달하는 우회로를 제공하는 역할[73]을 수행하는 것으로 '나'의 그림자 혹은 분신 또는 분열상으로 해석할 수 있다.

「성탄제」는 영이와 순이 자매의 애증을 초점화의 변화를 통해 보여주는 작품으로 인물 각자의 거침없는 독백이 펼쳐지는 점이 특징적이다. 여급인 영이와 언니의 직업을 못마땅해 하는 여동생 순이의 독설이 교차하면서 각각의 목소리가 충돌하는 양상을 보인다. 작품의 구조는 서언(영이의 현재)-1절(순이 초점화)-2절(영이의 독백)-3절(순이의 독백+영이의 독백)-4절(영이 초점화)-5절(영이 초점화)로 이루어져 있다. 이 가운데 독백을 통한 목소리의 제시는 한 인물에 초점화된 서술과 포즈는 유사하지만 매우 다른

73 Randa Sabry, 앞의 책, 79쪽 참조.

효과를 나타낸다. 둘 다 인물의 심경이나 속내를 드러내는 방식이지만 독백은 서술자가 매개되지 않는 그 직접성으로 인해 훨씬 강한 호소력을 지닌다. "말을 하자면, 오히려 영희쪽이 할 말은 더 많을지도 모른다"라는 서술자의 설명 이후부터 영이로 하여금 완전한 독백의 모노드라마를 펼치게 함으로써, 가족을 위해 희생하면서도 멸시와 조롱을 한 몸에 받는 여급의 항변이 효과적으로 이루어진다. 여기서 화자(영이)와 청자(순이)를 제외한 다른 인물은 존재하되 그의 목소리는 서술상 문면에 떠오르지 않고 철저히 발화자의 목소리에 가려져 은폐되는 양상을 띤다.

> 아 아니에요. 어머닌 글쎄 가만히 기세요. 그저 어린아이라구 가만 내버려 두니까, 바루 젠 듯싶어서 못할 말 없이…… 글쎄, 어머닌 잠자쿠 있으래두…… (12쪽)[74]

> 뭐요? 그만 해 두라구요? 동네가 부끄럽다구요? 이렇게 딸년을 망쳐논 게 누군데 그러우? 어머니유, 어머니야! 바루 어머니야. (15쪽)

영이의 독백은 잠재적 청자 순이를 겨냥한 것이지만 그 독백의 상황에는 어머니의 목소리가 개입되어 있음을 보여준다. 그러나 어머니의 목소리는 대화의 형태로 제시되지 못하고 독백자의 목소리에 의해 완전히 통어되는 양상을 띰으로써 독백은 자체의 완결성을 획득하고 있다. 또한 순이의 독설에 이어 영이의 항변이 번갈아 진행되는 교차구조는 자매에게 동등한 발언의 기회를 주는 듯 보이지만 목소리와 시선을 모두 장악하고 있는 것은 언니 영이이다. 언니와 마찬가지로 결국 여급이 되고만 순이를 바라보는 영이의 시선이 전체 이야기를 감싸고 있기 때문이다.

---

74 이하의 인용 쪽수는 박태원, 「聖誕祭」, 『聖誕祭』, 을유문화사, 1948 참조.

(A) — 흥! 저두 별수가 없었던 모양이로구나? 그러게 내 뭐라던? …… 내남직 할 것 없이 입찬 소리란 못하는 법이다……

흥! 하고 또 한번 코웃음을 치고, 문득 고개를 들자, 그곳 머리맡 벽에가 걸려 있는 십자가가 눈에 띈다. 영이는 입을 한번 실룩거리고 중얼거렸다.

"이 거룩한 밤에 주여! 바라옵건댄 길을 잃은 양들에게도 안식을 주옵소서. 아아멘. …… 흥?"

이렇게 기도를 드려 두면 순이도 꿈자리가 사납다거나 그런 일은 없을 게다…… (6쪽)

(B) 영이는 모든 것을 눈치채고 반짇고리를 한 옆으로 치웠다. 아이를 안아들었다. 머리맡 벽에는 십자가가 걸려 있었다. 코웃음을 치고 영이는 안방으로 건너갔다. (…중략…)

— 이것이 인생이란 것이냐?

갑자기 몸이 으스스 추웠다. 영이는 베개를 고쳐 베고 눈을 감았다. 어인 까닭도 없이 운동회 날 본 순이의 모양이 눈앞에 서언하다. 이윽이 그것을 보고 있다, 영이는 한숨을 쉬었다.

— 너마저 집안 식구에세 싸장면을 해나 주세 봤니? 너마서 너마서……

영이의 좀 여윈 뺨 위를 뜨거운 눈물이 주울줄 흘러내렸다. (20~21쪽)

작품의 첫머리인 인용문 (A)와 마지막 대목인 인용문 (B)는 순이의 귀가를 기다리는 영이의 심경을 보여주는 장면으로, 서사 시간적인 일치 혹은 반복을 보여준다. 그리고 거기에 나타난 영이의 심경은 아우에 대한 독설과 아우를 위한 기도가 혼합되어 있다. 즉 이 작품은 자매의 애증과 애환을 보여주지만 서사 내에 영이의 독백을 전경화하고 말하는 자와 보는 자의 독점적 위치를 그녀에게 부여함으로써 여급 영이에게 항변과 한풀이의 장을 마련해주고 있다.

'여급'이라는 직업을 가진 여성이 박태원 소설에 자주 등장한다는 점은 매우 두드러지게 눈에 띄는 점인데, 「성탄제」에서 보듯 이는 단지 하층민 여성을 '소재'로 삼아 그들의 삶의 애환을 보여주는 차원이 아니다. '어째 하필 고르디 골라' 까페의 여급이 되었냐며 '제사공장, 방적회사, 전매국 공장' 등 '일거리란 얼마든지 있다'고 비아냥거리는 순이의 독설에서 역설적으로 드러나듯이, 가난한 집 딸들이 갈 수 있는 길이라고는 '여공' 혹은 '여급'일 뿐이다. 그렇다고 해서 작품에서 그녀들을 여급으로 만든 사회적 조건에 대해 진지한 물음을 던지거나 비판적 인식을 보이는 것은 아니다. 단지 가족의 운명을 짊어진 채 비난받는 '억울한' 그들의 속내에 최대한 가까이 접근, 동정이나 유희의 대상으로서가 아닌 그들의 날것 그대로의 목소리를 드러내는 방식이 박태원 소설에서 '여급' 주인공들을 드러내는 방법적 특징이라고 할 수 있다.[75]

「골목안」의 경우 「성탄제」와 마찬가지로 하층민들의 목소리를 직접적으로 드러내는 데 주력하고 있는 작품으로, '순이네 식구'를 중심으로 다양한 에피소드가 전개된다. 집주름으로 돌아다니지만 거래 한 건 성사시키지 못 하는 복덕방 영감 노인, 부잣집에 가서 소일을 해주며 반찬값을 버는 마누라(갑순 할머니), 동네의 말썽쟁이 싸움꾼 갑득이 어머니, 곧잘 온 동네의 웃음거리가 되는 어리숙한 갑득이 아버지 등, '시궁창에는 사철 똥 오줌이 흐르고', '쓰레기통 속에서는 언제든지 구더기가 들끓'는 극

75 「성탄제」의 자매들뿐만 아니라 「길은 어둡고」의 향이, 『천변풍경』의 기미꼬와 하나꼬의 경우도 그러하다. 여급을 비롯하여 박태원 소설에 자주 등장하는 근대 자본주의의 주변인들에 대한 연구로는 오자은, 「박태원 소설의 도시 소수자 형상화 방법 연구」, 서울대 석사논문, 2008 참조.

빈의 골목 안에서 다양한 인간 군상들의 면면이 펼쳐진다.

『천변풍경』과 유사하게 각각의 삽화들을 통해 인물과 사연에 초점을 맞춘 이 이야기에서 클라이맥스라고 할 수 있는 부분은 소설 말미를 장식하고 있는 노인 영감의 독백이다. 집을 나가 딴 살림을 차리곤 소식이 없는 큰 아들 인섭이, 사람을 치고 다니다가 권투를 하겠다며 돌아다니는 불량배 충섭이, 여급이 되어 가족들을 먹여 살리는 정이, 부잣집 아들과 연애를 하다가 들켜 모욕을 당하는 순이, 고개가 비뚤어졌다는 이유로 중학교 입시에서 낙방한 막내 효섭이 등 집주름 영감은 자식들 생각에 비감에 빠져들지만, 그는 자식들을 나무라지도 푸념을 늘어놓지도 못한다. '딸을 거리로 내몰고 만' 무능력하고 무기력한 아버지로서는 자식들을 '꾸짖고 나무랄 권리가 없는 노릇'이기 때문이다. 그런데 그런 그가 막내 충섭이의 고등소학교 후원회 발기회에 참석하여 뭍 청중 앞에서 자기도 모르는 사이 자식들 자랑을 휘황하리만치 늘어놓게 되는 상황이 연출된다.

"영감께선 자녀를 몇이나 두셨습니까?"

하고 물었던 것이다.

"나, 말씀이요? 오 남맬 두었죠."

"오 남매요? 또옥 알마치 두셨군요. 그래, 성가나 모두 시키셨습니까?"

"예에. 이번에 이 학교에다 집어 넣은 놈 빼놓군, 성갈 시킨 셈이죠."

(…중략…)

노인은 대답을 하며, 무심코 눈을 들어 장내를 둘러보았다. 모든 사람이 한결같이 자기의 입만 바라보고 있었던 것이다.

"그럼 큰아드님은……"

"예에, 그놈은 경성의학전문학교를 졸업하구, 지금 대구도립병원에 근무하

지요." (96~97쪽)[76]

이전에 제시된 스토리와 완전히 배치되는 내용의 자식 자랑에 노인은 자기도 모르게 빠져든다. 흥미롭게 그리고 부러운 듯이 경청하며 '자기의 입만 바라보고 있'는 청중의 눈을 발화자는 외면하지 못했던 것이다.

노인은 다시 눈을 들어, 모든 사람의 시선이, 자기에게 대한 흥미와 호의를 가지고 자기 하나만 지켜보고 있는 것을 알자, 가만이 한숨지었다.

(…중략…)

말을 잠깐 끊고, 노인이 세 번째 좌중을 둘러보았을 때, 그와 시선이 마주친 모든 사람이, 기계적으로 고개를 끄덕이고, 그의 다음말을 기다렸다.

노인은 저도 모르게 침을 한덩어리 삼키고 나서, 다시 이야기를 계속하였다. (98~99쪽)

노인이 또 잠깐 말을 끊고 강당 안을 둘러보았을 때, 이곳에서도 저곳에서도, "아, 그러셨겠죠", "허허, 참, 그 ……" 하고 그러한 소리들이 들려 왔다. (…중략…) 오직 노인의 이야기에만 귀를 기울인다. 그러한 것을 알자, 노인은 조금 전처럼, 이미 당황하여 한다거나 그러지 않고, 일종의 자신과 자랑조차 가지고서 말을 이었던 것이다. (99~100쪽)

"멸(滅)해가는 인간의 아름다운 엘레지"[77]라고 칭해질 만큼 웃음과 슬픔이 뒤섞인 이 거짓말에서, 이야기 혹은 허구를 지속시키는 동력은 청중

---

76 이하의 인용 쪽수는 박태원, 「골목안」, 『朴泰原 短篇集』, 學藝社, 1939 참조.
77 임화, 「現代小說의 歸趨」, 『文學의 論理』, 학예사, 1940, 436쪽.

에 있다. 거짓을 말할수록 그의 이야기에 빠져드는 청중의 존재는 그에게 거짓말을 한다는 당황함을 없애주며 일종의 자신감조차 불어넣어 준다. 그래서 '모든 사람들의 입에서' 새어나오는 '찬탄하는 소리'를 들으며 그는 '언제 끝날지 모르는 이야기를 계속'할 수 있는 것이다.

청중과의 호흡을 전제한다는 점에서 영감의 발화는 엄밀히 말해 청자에게 일방적으로 전달되는 발화인 '독백'과는 일정 정도 거리가 있는 것이 사실이다. 그러나 청중의 존재는 그의 발화 내용에 영향을 주지 않으며 의사소통의 대상도 되지 않고 있다. 거짓말이 거짓말을 낳는 이야기의 구조는 의사소통과 무관하게 오로지 자식들과 관련해 영감의 가슴속에 쌓여 있던 내적 계기에 의해 주어진 것이다. 따라서 영감의 발화는 독백과 마찬가지로 일방적으로 전개되고 증폭되면서 발화자 자신에게 특유의 만족감과 효과를 가진 행위라고 할 수 있다. 여기서 골목안의 불행한 인간 군상들에게 현실에서는 이루어지지 않은 원망(願望)들에 대한 한풀이이자 소원풀이의 기능을 하는 것이 이야기(실재의 대체물로서의 허구)의 힘이라는 점을 영감의 발화는 보여주고 있다.

독백 형식은 『갑오농민전쟁』에서도 종종 발견된다. 먼저 위에서 살펴본 「성탄제」에서처럼 청자 또는 대화 상대자의 목소리를 지우고 화자의 목소리 속에 완전히 통합시켜 '독백'으로 제시하는 방식이 있다. 예컨대 다음과 같은 대목은 대화 상황을 한 사람의 목소리로만 제시하는 방식이다.

"가만 있자, 내 방으루 갈까?…… 아니야, 되레 여기가 좋겠다. 그냥 여기 앉어서 우리 얘기허자. 자아 서 있지 말구 너두 앉어라…… 그래 그동안 어디루 피해 다녔니?…… 내리 선운사에 숨어 있었어?…… 왜 거기 그냥 있지 않구 나왔니?…… 대체 모레 효수한다는 소문은 어디서 얻어들었니?…… 절 구경 온 양반에게서…… 그런데 그 양반자가 좀 별난 사람이더라구?…… 네 얘기를 들어 보니 딴은 양반 치구는 별짜로구나…… 흠, 담양 박 참봉이라…… 그래, 너를 한번 보자 관가에서 찾구 있는 그 수동이란 총각인 줄을 눈치챈 것 같더란 말이지?…… 그러면서 너 어디 숨어 있을 데를 지시해 줄 테니 따러오라구…… 한번 따라가 보지 그랬니?…… 무슨 생각에서 그러는 것인지두 모르구 또 양반 신세를 지기도 싫거니와, 제일에 당장 해야만 헐 일이 있어서 그랬다구? 그, 네가 당장 해야만 헐 일이라는 걸 어디 얘기를 좀 해 봐라…… 아니, 뭣이?…… 뭐, 형장엘 들어가서?…… 원 어림두 없는…… 아니, 생각을 좀 해 봐라. 그게 될 뻔이나 헌 일이냐?……"[78]

위 인용문에서 말줄임표(……)로 처리된 부분은 화자 앞에 마주 앉은 청자의 존재를 암시하고 그의 목소리를 처리(생략)하는 독특한 방식을 보여 준다. 한편 이 작품에는 한 장이나 절을 통째로 한 인물의 목소리에만 의탁하는 독백의 형식이 등장하기도 한다. 2권 35장 「이모에게서 수동이 음전이네 소식을 듣다」는 익산 민란으로 효수당한 오덕순의 아들 오수동이 종으로 팔려간 음전이의 기구한 사연을 전해 듣는 부분이다. 여기서는 온전히 이모 한 사람의 목소리로 '집안이 결단나서 식구가 다 각산'을 한 음전이네의 가족 내력과 음전이가 종이 된 내력, 음전의 동생 고두쇠가 도주한 이야기 등이 펼쳐진다. 이를 통해 지나간 앞부분 31장 「옹기장수에게 길을 묻던 총각아이 김삿갓에게 크게 불만을 표시하다」에 등장했던 그 '길을 묻던 총각아이'가 바로 음전의 동생 고두쇠라는 것, 그리고 32장 「'첫인상'이 인간심리에 주는 영향력에 대하여」[79]에서 '사납게 생긴 여

78 박태원, 『갑오농민전쟁』 2권, 깊은샘, 1989b, 117쪽.

79 『갑오농민전쟁』에서 각 장의 제목을 붙이는 방식들도 주목을 요하는 부분이다. 대체

인'과 그 '예쁘장한 아이'가 왜 쫓고 쫓기는지 그 이유가 비로소 해명된다. 36장 「가히 두려웁고 전율할 문서」에서는 음전이와 고두쇠를 잃고 떠도는 아버지 한서방의 초점으로 딸을 판 아버지의 회한이 펼쳐지고, 39장 「고두쇠의 살판 뜀」에서는 음전이를 종으로 판 새어미의 패물을 훔쳐 도주한 고두쇠가 누이를 찾아가는 대목이 등장한다. 이렇게 볼 때 35장에 나타난 수동 이모의 독백은 사건과 내력에 대한 요약의 기능을 하면서 서사 전후의 전말을 매개하는 역할을 한다는 것을 알 수 있다. 즉 서사에서 축약적 서술이 담당할 역할을 구술이 대신하고 있는 셈이다.

한편 35장 이모의 독백에서 청자는 수동이와 독자라고 할 수 있는데, 독백체의 발화 속에 작중 인물인 청자 수동이의 반응은 완전히 은폐되어 있었다. 독백은 일방적인 발화라는 점에서 청자의 반응이 그 안에 개입될 여지가 없는 것이다. 여기서 이모는 단지 전후의 맥락과 사건을 이해하는데 유용한 '정보'를 전달하는 부수적 인물에 불과하고 실제로 작품의 주인물은 수동이다. 37장에는 아이들을 한꺼번에 잃고 목을 매 죽으려는 한서방과 수동이가 우연히 만나 한서방의 음성으로 음전이가 종으로 팔려가게 된 내막에 대해 이야기하는 장면이 등장하는데, 여기서 이모에게 들은 이야기가 다시 상기되면서 독백 속에 가려져 있던 수동이의 분노와 슬픔이 회상의 형식으로 비로소 등장한다.

로 문장 형식의 긴 제목들로 되어 있는데, 2권만 분석 해봐도 그 양상이 다채롭다. 장의 내용을 축약적으로 제시하는 제목('이모에게서 수동이 음전이네 소식을 듣다', '김삿갓 공주 감영에 잡히다'와 같은 서술형 제목), 강한 추측의 어조로 사건의 내막을 암시하는 제목('임종을 못해도 자식은 필경 어버이의 유언을 전해 듣게 되리라', '이 '사건'에는 반드시 공범이 있으리라'), 화제 제시형 제목('그날 야반 삼경에 형장 안에서 일어난 일', '효가리에 사령들이 나온 날 밤'), 인물 제시형 제목('무장 선운사 노장 스님과 전주 청룡사 최첨지'), 논제 제시형 제목("첫인상'이 인간심리에 주는 영향력에 대하여') 등이 있다. 한편 등장인물의 말이 주제와 연결되면서 장 제목이 되는 경우도 있다('하느님까지 양반인 이눔의 세상은 통째로 바꿔져야 상놈들이 산다').

그것은 이미 수동이가 저의 이모에게서 들어 다 알고 있는 사실이다. 이모에게서 처음 그 이야기를 들었을 때, 그 너무나 뜻밖의 일에 수동이는 놀라기보다도 오히려 어처구니가 없어서 한동안 말도 못하고 벙벙히 앉아 있었었다. (…중략…)

그러자 다음 순간, 느닷없이 끓어오르는 분격으로 하여 그는 온 몸을 부르르 떨었었다. 방에 불이 없어서 이모아주머니의 눈에 보이지 않기가 다행이다. 이모가 보았다면 저 애가 대체 남의 일에 왜 저렇듯 흥분하는 것일까?— 하고 의아해 했을 것이다. (…중략…)

이렇게 생각한 수동이었던 까닭에 한서방의 이야기를 듣고 나자 그는 깨닫지 못하고 긴 한숨을 쉬었던 것이다.[80]

35장의 '독백'에 등장하는 내용이 37장에서 그 내용의 당사자인 음전이 아버지를 통해 다시 한 번 확인되면서, 그 기회를 빌려 비로소 수동이가 그 '사실'에 대해 갖는 감정과 생각들이 묘사되고 있는 것이다. 이는 독백체 서술이 갖는 정보 제공의 효율성을 살리는 한편, 또한 독백적 발화의 일방성에 따른 의사소통의 한계를 서사의 치밀한 구성을 통해 해결하고 있는 것으로 볼 수 있다.

『갑오농민전쟁』의 전체 구성은 철종 연간 민란 발흥기를 배경으로 갑오농민전쟁의 전사(前史)를 다룬 「계명산천은 밝아오느냐」와 농민전쟁의 시작부터 끝까지를 그린 「칼노래」, 「타오르는 불꽃」, 「새야 새야 파랑새야」로 되어 있다.[81] 「계명산천은 밝아오느냐」는 익산 민란의 주모자들이

80 박태원, 앞의 책, 1989b, 284쪽.

81 박태원은 1964년 갑오농민전쟁의 전편에 해당하는 함평・익산 민란 등을 다룬 대하역사소설 『계명산천은 밝아오느냐』를 집필하기 시작한다. 그리고 이후 실명과 뇌출혈로 인한 전신불수를 겪으면서도 북한의 아내 권영희의 도움으로 1977년 『갑오농민전쟁』 1부를 간행한다. 2부는 1980년에 그리고 3부는 사후인 1986년에 각각 발간되었다. 도서출판 깊은샘에서 발간된 8권의 전집 가운데 1권~3권이 「계명산천은 밝아오

처형당하는 장면으로부터 이 시기 관리들의 부패상, 세도정치로 파탄 난 조정의 사정을 다양한 시각에서 조망하는데, 특히 처형당한 오덕순의 아들 오수동을 주인물로 하여 '민란'의 시대가 쉽게 막을 내리지 않고 더 큰 흐름으로 이어질 것을 암시한다. 특히 「계명산천은 밝아오느냐」에서 아홉 살의 어린 전봉준이 익산 난민들의 처형 장면을 목격하는 것은, 이후 그가 농민전쟁을 이끌어가는 과정에서 중요한 동기와 실마리로 작용한다.

전봉준이 어린 시절 목격했던 장면 즉 처형장에 끌려 나온 익산 난민들의 모습은 5권 6장 2절에서 전봉준의 목소리로 오수동의 아들 오상민에게 다시 전해진다. 이 역시 전봉준의 독백만으로 이루어진 장인데, 그 내용은 이미 전편에서 장면 제시를 통해 자세히 기술된 사실들이라는 점에서 보면 이 발화에서는 '정보' 전달의 문제는 부차적이다. 여기서 중요한 점은 '전봉준'의 입을 통해 그 장면이 다시 한 번 반복 재현되고 있다는 것이다.

> ……오늘이 오월단오, 바로 서른한 해 전에 너의 할아버님이 '익산난민'의 한 사람으로 전주감영에서 효수를 당하신 날이다…… (…중략…)
>
> 그때 일은 너도 너의 아버지와 너의 할머님에게서 전해들어 대강 알고 있다지? (…중략…) 다 남에게서 들은 이야기라 직접 형장에 가서 본 나만치야 자세히 아시겠니? (…중략…)
>
> 그때에 받은 감동이 원체 컸기 때문에 지금도 당시의 광경이 그대로 눈앞에 선히 떠오르고 그분들의 하던 말이 내 가슴속에 되살아오는 것이다. (…중략…)
>
> 그때 일이 그냥 선하게 눈앞에 떠오르고 임치수 영감이며 너의 할아버님이며 모든 분들의 한 말이 그대로 귀에 쟁쟁하게 울리는 것만 같다.

느냐 (1) · (2) · (3)」에 해당되고 4권과 5권이 「칼노래 (1) · (2)」, 6권과 7권이 「타오르는 불꽃 (1) · (2)」, 8권이 「새야 새야 파랑새야」이다.

"이눔들아! 우리를 죽이거든 우리들의 눈알을 모조리 뽑아다가 전주성 성문 위에 높다랗게 걸어놔라! 앞으로 몇 해 뒤가 될지 몇십 년 뒤가 될지 그건 모르겠다마는 우리 농군들이 모두 들구일어나서 네놈들을 때려잡으러 전주성으로 달려들어오는 광경을 우리는 이 눈으로 기어이 보구야 말 테다!"[82]

삼십여 년 전 '그때의 장면'은 전봉준에 의해 생생하고 구체적으로 오상민에게 전달된다. 전봉준의 발화를 '독백'으로 볼 수 있는 이유는, 전체적으로 주요 인물들을 바꿔가며 3인칭으로 서술되는 서술상황과 달리 유독 이 절에서만 전봉준이 전적으로 1인칭 화자의 역할을 맡고 있다는 점, '그는 말했다'와 같은 발화의 표지가 전혀 등장하지 않은 채 발화만으로 이루어져 있다는 점, 청자(오상민)가 존재하되 그 존재는 암묵적으로만 가정될 뿐 발화 상황에 전혀 개입하지 않는다는 점 등을 들 수 있다.[83] 전봉준의 발화는 사건 당시 아홉 살이었던 그가 "익산난민"들의 기개에서 느꼈던 '가슴 빠개지는 벅찬 감동'을 전하기 위한 것이기도 하지만, 그들이 최후에 남긴 말, 즉 "우리 농군들이 모두 들구 일어나서 네놈들을 때려잡으러 전주성으로 달려 들어오는 광경을 우리는 이 눈으로 기어이 보구야 말테다"라는 그 말을 전하기 위한 것에 다름 아니었다. 즉 여기서 전봉준의 독백으로 전해진 '이야기'는 할아버지로부터 아버지로 이어져 내려온 과업을 손자에게 전해 주기 위한 것이다. 즉 이 대목은 재현의 현장성("직접 현장에 가서 본 나만치야 자세히 아시겠니?")을 강조하면서 '구술되는 역사'가 가진 힘을 보여주고 있는 것이라 할 수 있다. 즉 『갑오농민전쟁』은 인물의 성격화와 장면 구성 그리고 서사 전개 방식에서 치밀한 구성미를 보여주

---

82 박태원, 앞의 책, 1989a, 106~125쪽.

83 연극 용어로부터 온 '독백'의 특질에 대해서는 S. Chatman, 앞의 책, 191쪽 참조.

는 한편, 전체 서사의 흐름에서는 이질적인 형태의 구술적 발화들이 교묘하게 배치됨으로써 글쓰기와 말하기의 절묘한 결합을 이루어내고 있다.

3) '수다'의 세계와 '지식'의 유통구조 / 『천변풍경』

앞에서 살펴본 만담 형식의 대화는 『천변풍경』에서도 자주 등장하며,[84] 특히 1절 「청계천 빨래터」와 11절 「가엾은 사람들」, 17절 「샘터 문답」은 대화자의 행동이나 반응('방망이질하던 손을 멈추고', '어리둥절한 얼굴로', '빙그레 웃음조차 입가에 띠고' 등등)에 대한 간략한 묘사를 제외하면 전적으로 대화만으로 이루어져 있다. 여기서 특징적인 것은 말을 주거니 받거니 하는 '말 주고받기'의 형식보다는 다수의 인물들이 두서없이 말을 섞는 '수다'가 전면에 등장한다는 점이다. '천변'이 '소문'의 전파 공간이라는 점은 이미 지적된 바 있는데,[85] 흥미로운 것은 수다가 벌어지고 소문이 떠도는 판으로서의 공간적 성격보다도 '수다의 장'이 형성되는 과정이라고 할 수 있다. 여기에서는 대화와 발화의 양상 가운데서도 특히 다수 인물이

---

84 『川邊風景』의 일본어 번역자인 마키세 아키코 선생은 이 작품에서 서민들이 구사하는 구어의 맛을 잘 살려 번역하기 위해 일본의 만담 '라쿠고'를 염두에 두었다고 밝힌 바 있다. 대화의 묘미가 이야기를 장악하고 있는 부분은 1절 「청계천 빨래터」, 11절 「가엾은 사람들」, 17절 「샘터 문답」, 32절 「오십 원」, 35절 「그들의 일요일」, 41절 「젊은 녀석들」 등이다.

85 '천변 빨래터'와 '이발소'를 각각 '여인들의 뉴스 교환소'와 '남자들의 생활감정의 청산소'로 명명한 바 있는 최재서(「'천변풍경'과 '날개'에 관하야—리얼리즘의 확대와 심화」, 『조선일보』, 1936.10.31~11.7)의 정확한 분석 이래, 관찰과 소통의 무대로서의 공간적 특징은 이 작품을 해석하는 데 주요한 실마리로 작용해 왔다(최혜실, 『한국모더니즘 소설 연구』, 민지사, 1993; 한수영, 「『천변풍경』의 희극적 양식과 근대성」, 강진호 외, 『박태원 소설 연구』, 깊은샘, 1995; 손유경, 「'소문'으로 다시 쓰는 박태원의 『천변풍경』론」, 방민호 편, 『박태원문학 연구의 재인식』, 예옥, 2010 참조).

행하는 발화의 뒤섞임 현상이라 할 수 있는 '수다'의 양상을 살펴보고, 그것이 '소문' 또는 '정보'의 유통과 어떻게 관련되는지 살펴보도록 한다.[86]

먼저 대부분의 등장인물이 이야기의 화젯거리 형태로 선을 보이는 1절 「청계천 빨래터」에서, 대화의 내용은 ① 물가, 시세에 대한 정보 교환(비웃, 옷감 등) ② 주변 인물에 대한 평가(신전집 처남, 민주사, 기생 취옥이) ③ 새로운 소문(신전집의 낙향 전망, 신참 여편네에 대한 추측)으로 크게 세 가지이다. 이 내용들은 '수다'라는 것의 '두서없음'을 보여주지만 나름의 독특한 구조를 가지고 있다. 빨래하던 세 아낙(이쁜이 母, 귀돌 어멈, 칠성 어멈)의 대화로 시작된 대화판은 지나가던 인물들(점룡 母, 샘터 주인)이 하나씩 둘씩 참견하고 개입함으로써 나선형 모양으로 점차 커져간다. 그러면서 새로운 정보가 보태지는 한편 또한 대화에 등장하는 인물들의 수도 늘어나고 이야깃거리의 양과 질이 확대되는 양상을 띠게 되는 것이다. 이는 여기서 마련된 대화의 장이 특정한 정보 생산자들에게 한정된 폐쇄된 공간이 아니라 누구나 참여할 수 있는 개방형 구조라는 점과 관련이 있다.

(A) 그리구 바른손에 들었던 방망이를 왼손에 갈아들고는 한바탕 세차게 두

86 『천변풍경』은 당대에 최재서에 의해 '리얼리즘의 확대'라는 평가를 얻은 이래 구보의 작품들 가운데 가장 활발히 논의되는 작품의 하나가 되었다. 당대에도 기존의 문학 독법이나 비평의 시각 특히 모더니즘과 리얼리즘의 양분 구도에서 볼 때 매우 이채로운 작품이었다는 점 때문에 논란의 대상이 되었는데, 이후 박태원 소설 세계의 변화와 전환의 분기점으로 자리매김 되곤 했다. 『천변풍경』이 가진 이러한 (탈)경계적 성격 때문에 이 작품에 대한 논의는 문학 장의 패러다임 변화에 따라 풍부해지고 다변화되었는데, 최근에는 전시대의 이분법적 전제에 기반을 둔 작가론 또는 문학사 기술 방식을 극복하여 기존의 '방법상의 후퇴, 작가정신의 결여, 통속화로의 타락'과 같은 수사들을 부정하면서 『천변풍경』의 작품적 · 문학사적 가치를 적극적으로 재조명하는 시도들이 주를 이루게 된다. 『천변풍경』에 대한 현재까지의 연구 경향과 계보는 김미지, 「1936년과 2013년의 거리, 『천변풍경』 읽기의 방법론과 쟁점들」, 『구보학보』 9, 2013에서 망라하여 정리하였다.

드리는 것을, 언제 왔는지 그들의 머리 위 천변길에가, 우선, 그 얼굴이 감때 사나웁게 생긴 점룡이 어머니가 주춤허니 서서,

"어유우, 딱두 허우. 낱개루 사먹는 것허구, 한꺼번에 몇 두름씩 사 먹는 것허구, 그래 곁담?" (4쪽)[87]

(B) 이맛살을 찌푸리고 소리를 질러도 듣지 않는 아이들을 못마땅하게 둘러보다가,

"참, 저건, 밤낮 애두 잘 봐."

점룡이 어머니가 하는 말을 그편을 돌아보고,

"잘 보지 않으면 그럼 으째? 매붓집에 와서 얻어먹구 있으려니, 그저 그럴밖에……"

이쁜이 어머니는 욧잇을 다시 한번 흔들어서 빨랫돌에다 대고 연해 비빈다.

"그래두 말이에유."

하고, 칠성 어멈은, 저도, 그 딱한 사나이 편을 돌아본 다음에, (6쪽)

(C) 점룡이 어머니 이야기에 칠성 어멈은 무턱대고 고개만 끄덕이다가, 그 말에 이르러 무심코,

"그럼, 우리댁 영감마님허군 아주 딴판이로구먼."

한마디 한 말을 귀돌 어멈이 재빨리 받아 가지고,

"그럼 민 주산, 아주 관철동 가서 사슈?"

하고, 지금 마악 물에 흔들어서 빨랫돌 위에 올려놓은 인조견 단속곳에다 비누칠을 하려던 손을 멈추고 가늘게 간사한 눈을 떠본다. (…중략…)

"오오, 그래 민 주사가 그렇게 빼애빼 말렀군 그래." (12쪽)

87 이하의 인용 쪽수는 박태원, 『川邊風景』, 博文書館, 1938 참조.

(A)는 아낙네들의 대화에 지나가던 점룡 모(母)가 참견하는 대목이고 (B)는 천변 위의 한 풍경을 형성하고 있는 신전집 처남과 신전집의 사정에 대한 이야기로 자연스럽게 옮겨지는 장면을 보여주며 (C)는 신전집 주인 영감 이야기에서 민주사에게로 관심의 초점이 옮겨지는 대목이다. 주변의 풍경과 사정에 그때그때 반응하며 정보 제공자들이 다양하게 참여할 수 있는 개방된 장인만큼 소문의 파급력과 정보 생산력이 크다.

11절 「가엾은 사람들」에서는 빨래터 아낙들의 입으로 동네의 가엾은 여인들(만돌어멈, 이쁜이 모녀)에 대한 흥미로우면서도 애달픈 이야기가 화제로 등장하며, 17절 「샘터 문답」에서도 당시의 시세와 천변 사람들의 근황에 대한 이야기가 주를 이룬다. 32절 「오십 원」에서 밀수로 경찰서에 잡혀간 은방주인 이야기를 나누는 이발소 주인과 포목전 주인의 대화는 '남의 얘기'를 떠드는 사람들의 심리를 보여준다. 35절 「그들의 일요일」은 서술자의 말마따나 "그, 별로 신기할 것 없는 대화"의 나열로 되어 있는데, 이야기 진행에 어떤 기능을 담당하지 않는, 오로지 대화 자체의 말맛을 살린 일종의 여담으로 볼 수 있다.

『천변풍경』에서 천변이나 이발소 같이 소문이 형성되고 유통되는 공간 자체도 의미가 있지만, 여기서 특히 주목할 부분은 그 공간에서 대화의 주도적 역할을 담당하는 발화자 즉 소문 전파자의 존재와 역할이다. 이 작품에서 소문(타인의 비밀과 사정)은 결코 '소문'이라는 언표로 등장하지 않는다. 수다의 담당자들이 동네 사람들의 사생활을 입방아에 올리고 공유하고 추측하는 내용들 즉 공인되지 않고 합리적으로 추론되지 않은 단순한 미확인 정보들은 '지식'이라는 말로 표현되는 독특한 양상을 띠고 있다.

이만한 **지식**을 얻은 뒤부터 소년은 매일같이 조석으로 반드시 남쪽 천변을 걸으며, 꼬박꼬박이 한약국 앞에서 모자를 벗고 벗고 하는 포목전 주인의 모양을 볼 때마다, (…중략…) 한편으로 우습게도 생각하고, 또 한편으로 몹시 딱하게 여겨도 주었다. (8절「選擧와 布木廛 主人」, 90쪽)

아낙네들은 그곳에 빨래보다도 오히려 서로 자기네들의 그 독특한 **지식**을 교환하기 위하여 모여드는 것이나같이, 언제고 그들 사이에는 화제의 결핍을 보는 일이 없다. (11절「가엾은 사람들」, 107쪽)

금순이에 관한 조그만 이야기가, 가뜩이나한 재봉이와 김서방의 사이를 좀 더 악화시켰을지는 모르는 것은 딱한 노릇이지만, 그 **지식**은 역시 재봉이의 것이 확실한 것이었다. (21절「그들의 생활설계」, 229쪽)

이러한 공간에서 생산되고 습득되고 유통되는 앎이라는 것이 합리적인 과정과 근거를 지닌 근대적인 지식과는 다른 종류로, 오로지 엿보기(관찰)와 구설을 통해 성립되는 성질의 것이라는 점에서 이는 매우 이질적인 용어 선택이라 할 수 있다. 이 역시 일종의 언어 놀이라고도 볼 수 있는데, 그러나 '지식'이라는 말이 단지 이질적인 어휘로 유머러스한 기능만을 하는 것은 아니다. 보통 명칭은 개념 자체보다는 그 개념에 대한 명명자의 입장을 알려준다는 점에서 본다면,[88] '지식'이라는 명칭에 대한 개별적이고 특수한 개념화에 주목하게 된다. 따라서 여기서 중요한 것은 '지식'이라는 것의 지위가 결정되는 방식이다. 『천변풍경』에 나타난 1930년대 서울 한복판 천변에서는 누가 더 잘 관찰을 했고, 누가 최신의 소문에 빠르며, 정확한 소문의 정보를 퍼 나르는가에 따라서 '지식'의 질과 '지식' 제

88 Randa Sabry, 앞의 책, 42쪽.

공자의 우열이 결정된다. 그런 면에서 보자면 점룡 모(母)와 이발소 소년 재봉이의 위치는 독보적이다.[89]

(A) "그래 으떡하다 그렇게 됐나유? 그래 뭣에 실팰 봤나유?"

칠성 어멈이 그 얽은 얼굴에 남의 일이라도 딱해 하는 빛을 띠고, (…중략…) 주위에 앉은 이들에게 물은 말을, 그저 천변에가 서서 아래를 내려다보고, 되는 대로 이 아낙네 저 여편네하고 이말 저말 주고 받던 점룡이 어머니가 또 나서서, (…중략…)

그는, 갑자기, 굽힌 허리에 얼굴조차 앞으로 쑥 내밀고, 한껏 낮은 음성으로,

"**누구 얘길 들으니까 말야**……" (…중략…)

"그, 권 영감이, 왜 지난번에 강원도 춘천엔가 댕겨오지 않았수? 그게 거기다 집을 보러 갔든 거라는군 그래. 인제 왼 집안식구가 모조리 그리 낙향을 헐 모양이지."

그는 자기 이야기에 거의 모든 빨래꾼이 일하던 손을 멈추고, 놀라는 기색으로 자기 얼굴을 쳐다보는 것을, 일종 자랑 가득히 둘러보다가, 갑자기 또 눈살을 찌푸리고, (9~11쪽)

(B) "아아니, 저, 웬 예펜네야? 보지두 못허든 인데……" (…중략…)

그, 젊은 여편네의 뒷모양이, 그 골목을 다 나가기 전, 바른편으로 셋째집 문 안으로 사라질 때까지 그악스럽게도 보고난 점룡이 어머니는, 무슨 크나큰 발견이나 한듯이, 수다스럽게 다시 빨래터를 내려다보고,

89 『천변풍경』의 주된 초점화자로 '재봉이'의 존재 특히 그의 관찰자적 위치에 주목해 온 논의들은 많다. 그러나 정보의 생산 유통의 담당자로서 그의 역할은 보다 면밀히 분석될 필요가 있다.

"그 젊은 게, 바루 요 굴묵 안 기생집으로 들어가는데 그래애. 필시 시굴서 그 필안이네 찾어온 사람인 게야."

잠깐 말을 끊었다가, 문득, 혼자 신기한 듯이 눈을 꿈벅거리고,

"오오라, 그 예펜네가 아닌가?"

"그 예펜네라니?" (10~16쪽)

(C) 심심하면 빨래터로 나오는 점룡이 어머니가 사다리를 내려오며,

"아아니, 무슨 얘기들야? 재밌게 허는 게……"

변덕스럽게 눈을 꿈벅거리며 빨래꾼들을 둘러본다. (…중략…)

"글쎄, 그 관철동에 그럼 기집년이 있단 말이군 그래? …… 호, 호, 첩들은 모두 관철동에다 살림시키기가, 일테면 유행이로군."

"아아니, 누가 또 똥굴에, 작은집을 뒀나요?"

"아, 민 주사가 그렇지? 만돌 애비가 그렇지? 게다가, 아, 그 이쁜이 서방녀석까지 그렇다는군 그래."

그 말에, 빨래꾼들은 일하던 손을 멈추고, 머리를 들어 점룡이 어머니의 얼굴을 쳐다보았다. (…중략…)

점룡이 어머니는 가장 크나큰 뉴스나 되는 것처럼, 잠깐 말없이 그들의 얼굴을 차례로 둘러본 다음에야 입을 열어, 퍽이나 은근한 목소리로, (…중략…)

듣고 보니, 그들에게 있어서 그것은 미상불 크나큰 뉴스가 아닌 것은 아니다. 아낙네들은 모두 눈살을 찌푸렸다. (112~114쪽)

(A)와 (C)는 각각 점룡 모(母)가 '신전집의 낙향'과 '이쁜이 서방의 첩치가'라는 최신의 소문을 들고 와서 사람들을 놀래주는 대목이고, (B)는 점룡 모(母)가 빨래터의 낯선 등장인물에 대해 자신이 가진 정보들을 조합하

여 신원을 추측하는 대목이다. 점룡 모(母)는 이 작품에서 거의 유일하게 오로지 '수다'와 '소문 퍼나르기'만을 담당하는 존재라는 점에서 특기할 만하다. 그는 '돌다 돌다 결코 빠지지 않는 곗돈'을 바라고 돈을 부으러 다니는 것과 아들 점룡이에게 잔소리를 하는 것밖에는 특별히 하는 일이 없다. 은근슬쩍 말참견을 하면서 소문을 퍼뜨리고 또 소문거리를 얻어내는 데서 낙을 삼는 한편 또한 거기서 빛을 발하는 자신의 정보력에 한없는 자부심을 느끼는, 수다스럽고 이물스럽지만 악하지는 않은 인물이다.

점룡 모(母)와 함께 지식 유통자로서 시종일관 주도적인 지위를 유지하는 재봉이는 주로 듣는 데 의지하는 점룡 모(母)와 달리 보는 데 의존하고 있다는 방법상의 차이가 있다. 그런데 재봉이의 관찰, 즉 재봉이에게 초점화되어 있는(즉 재봉이의 인식을 매개한) 천변의 풍경은 엄밀하게 말해 객관적 현실 묘사 즉 '카메라 아이식 묘사'[90]와는 거리가 있다. 재봉이는 이발소 창 안에서 바깥을 내다보는 '고정된' 위치에 주로 서 있지만, 그의 눈앞에는 여러 개의 가로막이 놓여 있어서 시선의 거리감이 조절된다. 이를 구조화하자면 '재봉이 ‖ 유리창 ‖ 천변 이쪽 편 ‖ 청계천 ‖ 천변 저쪽 편'으로 나눌 수 있는데, '카메라의 시선'과 재봉이의 시선이 다른 점은 재봉이의 시선이 단순한 기계적인 시선이 아니라는 데 있다. 그는 대상에 개입하지 않는 혹은 개입할 수 없는 관찰자에 불과하지만 단순 관찰자는 아니다. 예컨대 개천 건너편 평화까페를 찾아온 하나코의 어머니가 딸을 만나지 못하고 허행을

---

90 최재서, 앞의 글. 당대에 이미 최재서, 임화로부터 '카메라 아이'식 묘사, 모자이크 구성 등으로 제기된 바 있었던 『천변풍경』의 시선(초점), 장면 구성(이동) 등의 문제는 영화기법의 수용이라는 관점에서 이후에 많은 연구자들의 관심의 대상이 되었다. 후대 연구들의 대체적인 특징들은 영화기법과 그를 둘러싼 이론적 논의에 기대어 이 작품의 기법적 특징을 분석하면서 당대에 내려졌던 '주관을 배재한 순 객관적인 시선'이라는 평가를 극복하고 있다. 대표적으로 조선희, 「『천변풍경』의 영화서사적 기법 연구」, 전남대 석사논문, 2011 참조.

할 것을 알지만 그는 하나코가 목욕을 갔다고 그에게 일러주지 못한다. 대신 이발소 언저리에서 건너편 까페를 바라보며 애달파하고 있을 수밖에 없다. 즉 재봉이의 눈이 담아내는 것은 카메라와 같은 사람과 풍경의 스케치이지만 그의 시선은 반드시 감정과 결부된다. 그리고 특이한 것은 재봉이의 시선에 포착된 사람들에게 재봉이가 느끼는 심사는 '딱하다'는 것이다.

소년은, 아까 한나절 아이를 보아 주던, 신전집 주인의 장구대가리 처남이, 이번에는, 또 언제나 한가지로 물지게를 지고 천변에 나오는 것을 보고,

"저이는, 밤낮, 생질의 아이나 봐 주구, 물이나 길어 주구, 그러다가 죽으려나?……"

어린 마음에도, 어쩐지, 그러한 그가 딱하게 생각되었으나, (32쪽)

주인 영감과 이야기를 마치고 시골 손님이 밖으로 나왔다. 벌써 오래 전에 세탁소에 보냈어야만 할 다갈색 중절모를 쓰고, 특히 이번 서울 길에 다려 입고 나온 듯싶은 고동색 능견 두루마기에, 흰 고무신을 신은 그는, 문을 나올 때 흘깃 보니, **가엾게도** 애꾸다. (39쪽)

소년은 눈을 돌려, 두 집 걸러 신전 편을 바라보았다. (…중략…) **어린 마음에도 남의 사정을 딱하게 여기고 있었으나,** 사람들은, 그의 그러한 갸륵한 심정을 알아 줄 턱 없이, (43쪽)

'어린 마음에도' 그의 눈에 관찰된 대상들에게 '측은지심'을 느끼고 있는 재봉이의 경우는 보편적인 '인정의 발현'으로 볼 수도 있지만, 이러한 감정의 발현은 무엇보다 그의 '지위'와 관련되어 있다. 그는 이발사에게

맨날 뒤통수를 얻어맞고 핀잔을 들으며 보수도 없이 허드렛일을 하는, 자기야말로 '딱한' 소년이다. 그러나 그가 관찰하고 조망하는 즉 보는 자로서의 우월적 위치에 있기에 주변 사람들의 곤란에 측은함을 느끼거나 타인의 행복에 빙그레 여유로운 미소를 지을 수 있는 것이다.

재봉이가 "그곳에 앉아 바라볼 수 있는 바깥 풍경에, 결코, 권태를 느끼지 않는", "그렇게도 바깥 구경이 좋"은 이유는, "누구한테 배우지 않더라도 저절로 알아지는 것" 즉 내어다 봄(관찰)을 통해 저절로 사람살이가 알아지는 것이 신기하기 때문이다. 관찰하는 가운데 사람들의 행동 패턴과 습속이 파악되고 앞으로 벌어질 일(행동)까지 예측이 가능하다. 이렇게 해서 재봉이에게는 관찰 내용이 그 무엇보다도 확실한 '지식'이 되고 관찰이야말로 그 무엇보다 과학적인 지식의 습득 방법이 된다. 또한 이 지식을 통해 사람 사이의 일들과 동네 돌아가는 질서를 은연중 터득하게 되는 한편으로, 포목점 주인의 머리 위에 사뿐히 얹힌 중산모처럼 계속해서 무언가를 반복적으로 기대할 수 있는('언제쯤 저 모자가 머리에서 굴러 떨어질까') 근거를 마련하기도 한다.

중산모가 벗겨지는 모습을 상상하는 재봉이의 기대는 단순한 소년의 악취미가 아니라 그 역시 면밀한 '관찰 정신'에 입각한 것이다. 그의 '관찰에 의하면', 포목전 주인은 '결코 그것을 보는 사람의 마음이 편안할 수 있도록 깊이 쓰는 일이 없'이 '머리 위에 사뿐히 얹어놓은 채 걸어'다녔기 때문이다. 따라서 '바람이라도 세차게 분다면, 그의 모자가 그대로 그곳에가 안정되어 있을 수 없을 것은 분명한 일'이라는 추론이 가능해진다.

그런데 점룡 母와 재봉이의 이러한 '지식' 제공자 또는 유통자로서의 지위가 독보적이긴 하지만, 그러한 지위가 그리 확고하지는 않다는 점에 또 다른 묘미가 있다. 이들은 늘 새로운 정보를 가지고 와서 주변 사람들을 놀래 주거나 즐겁게 해주지만, 그 정보들 혹은 정보 판단에는 종종 약간씩의 결함이 있기 때문이다. 1절 「청계천 빨래터」에서 점룡 어머니가 주변 아낙들에게 전해준 '소문'은 6절 「몰락」에서 실제로 '실현'되지만, 그 정보는 약간의 오차가 있다. 즉 신전집의 낙향이라는 놀라운 소식은 정확했지만 그들이 낙향하여 간다는 목적지는 달랐던 것이다. 한편 선거운동으로 접대를 거하게 하는 민주사와 인사나 하고 다니는 포목전 주인을 견주어 본 재봉이는 틀림없이 민주사가 당선되리라는 '낙관'을 하지만 선거 결과는 재봉이의 예측을 빗나간다.

이발소 소년 재봉이는 누적된 관찰을 통해 세심하게 결과를 도출하고 그에 의문을 제기한다는 점에서, '상식적인' 판단을 하는 데 그치는 여느 누구보다도 우월하다. 예컨대 포목전 주인이 남쪽 천변을 걸어간다고 하여 그에 의문을 제기할 사람은 아무도 없다. 그러나 소년은 그 행동에서 '이상'을 감지해낸다. 소년의 관찰에 따르면 그는 남쪽 천변을 걸은 일이 일찍이 없다는 것이다. 그러므로 소년은 이를 '관습 파괴'로 결정지을 수 있으며 분명 무언가 까닭이 있으리라는 의심을 할 수 있는 것이다. 그런데 문제는 소년도 역시 아직은 여남은 살의 '소년'에 불과할 뿐 좀 더 깊은 세상이치를 터득하는 데는 한계가 있어 그의 관찰은 변화를 감지하는 그 이상으로 나아가지 못한다. '왜' 포목전 주인이 행로를 변경했는지에 대한 이치까지는 단순히 관찰만으로는 알아낼 수 없는 것이다. 따라서 포목전 주인의 그 '이상 행동'이 매부의 선거운동을 위함이라는 것을 이발소 주인에게 들어서 아는 수밖에는 없다. 즉 소년 관찰자의 소견은 좁고 순진하고 단순한 바가 있어, 종종 오판을 빚어내기도 하는 것이다. 이 때 서술의 차원에서 재봉이의 지위는 '철없는 이발소 소년'으로 격하되는 양상을 빚는다.

그러나 철없는 이발소 소년이, 민 주사의 당선에 관하여, 그렇게 낙관을 하고 있는 대신에, 민 주사 자신은, 나날이 걱정이 커갔다. (91쪽)

새로운 정보가 보태짐으로써 불완전함을 갱신하는 소문의 특성상 이들의 정보는 틀리거나 약간씩 빗나간다. 즉 소문은 소문 전파자의 권위를 절대적인 것으로 만들어주지 않는 것이다. 여기서 '지식'이 좀 더 완전한 근거와 체계를 갖추기 위해 정보를 보태거나 수정하는 것은 전지적 서술자의 몫으로 돌려진다.

금순이에 관한 조그만 이야기가, 가뜩이나한 재봉이와 김서방의 사이를 좀 더 악화시켰을지는 모르는 것은 딱한 노릇이지만, 그 지식은 역시 재봉이의 것이 확실한 것이었다. (229쪽)

이발소 소년이 어디서 얻어들었는지, 그날 낮에 포목전 주인에게 일러준 말은 역시 옳았다. (267쪽)

『천변풍경』의 이야기는 각각의 에피소드 나열이라고 할 수 있지만,[91] 이를 '지식'의 생산과 유통이라는 측면에서 보자면 '정보(소문) → 정보(소문)의 진위 확인'의 구조가 확장되고 연쇄되는 과정으로 읽을 수 있다. 1절 「청계천 빨래터」에서 '신전집의 낙향'과 '만돌 어미의 상경'과 관련한

91 이러한 형식을 '내적 연관이라는 측면에서는 어떤 연관도 갖지 못하는 개별적인 형식'으로 표현한 차원현은 『천변풍경』을 표층 / 심층의 이분법이 존재하지 않는 '표층의 해석학'을 통해 '세태'를 구성하는 일상성, 사랑, 운명의 영역을 천착한 작품으로 해석한다(차원현, 「표층의 해석학-박태원의 『천변풍경』론」, 『한국 근대소설의 이념과 윤리』, 소명출판, 2007).

점룡 母의 정보는 각각 6절 「몰락」과 4절 「불행한 여인」에서 사실로 드러난다. 민 주사의 근황, 선거의 결과, 이쁜이 남편 강서방의 행실, 금점꾼의 행방, 금순이의 사연, 은방주인의 사건 등 거의 모든 에피소드가 그러한 구조를 가지고 있다. 인물이 등장하는 방법 또한 일단 입방아에 오른 인물이 뒤이어 모습을 드러내는 식이거나, 관찰한 내용(그리고 그에 대한 발화)에 수반되는 추측이 실현되거나 되지 않는 식이다. 즉 이 작품에서 '수다'나 '발화'는 서사의 지속을 가능케 하는 기본 동력이 되는 한편, 그것을 공유하는 사람들 사이에서 '그들만의 지식'[92]이 만들어지고 유통되고 확정되는 과정을 보여주는 것이다.

그렇다면 첨단의 현대로 달려 나가던 대도시 경성에서 이렇게 '소문'이 '지식'의 지위를 점하며 맹위를 떨치고 있는 모습은 어떻게 설명할 수 있을까. '천변'은 대도시 경성의 한복판이면서 또한 5절 「경사」의 혼례 장면에서 드러나듯이 전근대와 근대가 공존하는 공간이기도 하다. 같은 공간에서도 사람들은 저마다 다른 속도의 삶을 살아가며 '근대' 역시 다르게 경험된다. 이러한 복합적이고 모순적인 근대의 시공간을 떠올린다면 '소문'은 단순히 '전근대적이고 저급한 커뮤니케이션 양식'으로 치부될 수만은 없다. 이렇게 볼 때 『천변풍경』은 현대적 매스 미디어의 타자로서 객관성이나 신뢰성을 의심받는 '소문' 즉 '구술성의 흔적'을 끌어들여 그것이 '지식'으로 기능하는 장면을 연출해 보임으로써, 근대와 전근대에 대한 고정관념 및 경계에 의문을 제기하고 있다고 볼 수 있다.

---

92 김종욱은 이기영의 『고향』에서 중요한 서사적 기능을 하는 '소문'을 '농민들이 사건을 인식하고 파악하는 능동적인 행위'로 자리매김하며, '지배계급의 도덕적 위선을 비웃고 이를 통해 현실적 권위를 박탈하는 언어적 카니발의 경험'이라고 해석한다(김종욱, 「구술문화와 저항담론으로서의 소문—이기영의 『고향』론」, 『한국현대문학연구』 16집, 2004).

제3장

이질적인 **시선과 목소리**의 침입

박태원 소설에는 시선의 일관성이나 목소리의 통일성을 저해하는 다양한 이질적인 '침입'이 존재하는 특징이 있다. 바흐친적 의미에서 '다성악(polypony)'적인 작품들, 즉 '세계를 동시적인 내용으로 사고하고 한 순간의 단면에서 그 내용들의 상호관계를 추측하는'[1] 세계 인식을 보여주는 작품들인 것이다. 이러한 시각을 서술 기법으로 여실히 드러내고 있는 것이 '메타렙시스'와 초점화 그리고 '시차'의 문제라고 할 수 있다.

'메타렙시스(metalepsis)'란 '서술자가 위치하는 세계와 서술자가 서술하는 세계 사이의 유동적이지만 성스러운 경계에 대한 위반'을 지칭하는 용어로, '한 이야기 층위에서 다른 이야기 층위로의 이동', '이야기 층위의 침범 내지 파괴'를 의미한다.[2] 따라서 '메타렙시스'는 소설 속의 어느 한

1 M. Bakhtin, 김근식 역, 『도스또예프스키 시학』, 정음사, 1989, 44쪽.
2 Gérard Genette, 권택영 역, 『서사담론』, 교보문고, 1992, 224쪽.

상황에 새로운 상황을 개입(침범)시키는 이야기행위에 의해 주로 이루어진다. 즉 소설의 작자가 갑자기 스토리 안에 뛰어든다든지, 서술 시간과 이야기 시간을 일치시킨다든지, 독자를 서사 시간 안에 끌어들이는 등 작자-텍스트-독자의 경계가 파괴되는 형태로 나타나는데, "농담조로 제시되어 코믹하거나 환상적이 되어 낯설게 하는 효과를 자아낸다."[3] 예술의 기법이란 '대상들을 낯설게 하는 것, 그 형식을 애매하게 하며 지각의 어려움과 지속을 증가시키는 기법'[4]이라는 쉬클로프스키의 말을 상기시켜 본다면, 메타렙시스는 그러한 '낯설게 하기'의 기법을 서술의 층위에서 가장 여실히 보여주는 방법 가운데 하나라고 할 수 있다.

서술자의 유동적인 위치 및 '복합적인 덩어리로서의 서술상황' 즉 서술의 발화(목소리)들을 분석하는 데 유용한 '메타렙시스'는 따라서 단지 문체상의 변종 혹은 기묘함만을 보여주는 데 그치지 않는다. 그것은 서술하는 세계와 서술되는 세계, 화자와 피화자, 서사의 시간과 공간 등과 관련된 텍스트의 경계들, 나아가 픽션과 실제 사이의 경계선을 의문에 부치는 등, 서사나 서술 행위의 규범과 경계에 대한 흥미로운 성찰을 제공한다는 점에서 의의가 있다.[5]

---

3 예컨대 로렌스 스턴의 『트리스트럼 샌디』에서 독자에게 말을 거는 방식이 대표적이다. 스턴은 '샌디 씨가 무사히 자기 잠자리로 돌아갈 수 있도록 도와 달라', '문을 닫아 달라'는 등 독자의 개입을 간청한다. "목사가 언덕을 오르는 동안 ~에 대한 이야기를 하도록 하자"와 같은 발자크의 문장(『잃어버린 환상』) 역시 마찬가지이다. 이는 플롯의 외부에 살고 있는 전지적 서술자가 스토리의 시간 속에 살고 있는 척하는 포즈이다. 디드로의 『운명론자 자크』에서 전지적 서술자는 주인공 자크와 주인이 잠을 자는 동안 자기도 잠을 자겠다고 말한다(위의 책, 224~225쪽 참조).

4 V. V. Chklovski, 「기법으로서의 예술」, 김치수 역, 『러시아 형식주의』, 이화여대 출판부, 1988, 87쪽.

5 이러한 의미에서 메타렙시스는 '미메시스의 환상(mimetic illusion)'에 도전하고 그를 파괴하는 결과를 낳는다(David Herman, eds. by Manfred Jahn and Marie-Laure Ryan, *Routledge Encyclopedia of Narrative Theory*, New York : Routledge, 2005, p.304).

한편 박태원 소설에서 초점화의 양상 또한 이채로운 장면들을 선보인다. 서술법은 서술 정보를 조정하는 형식이라고 할 수 있는데, 그 가운데 특히 '초점화'라는 용어는 '누가 보는가'와 '누가 말하는가'를 구분하기 위해 '시점' 개념을 보완해서 등장한 것이다. 초점화 간의 구별이 그렇게 선명한 것이 아니라는 점에서[6] 공격받는 개념이기도 하지만, 초점화 특히 등장인물의 의식을 통해 초점이 맞춰지는 '내적 초점화'는 시점(일인칭, 삼인칭)으로 해결할 수 없는 텍스트의 다양한 양상을 보여줄 수 있다. 박태원 소설에서는 특히 내적 초점화가 가변적으로 혹은 다중적으로[7] 드러나는 양상이 특징적이다.

1. 교란되는 서술의 시공간

1) 작가와 등장인물, 안과 밖의 교차 / 『반년간』

1933년 6월 15일부터 8월 20일까지 『동아일보』에 연재한 『반년간』은 박태원의 짧은 일본 유학생활이 배경이 된 작품으로, 단편 작가로서 자리매김하고 있던 작가가 처음 기획한 장편이라는 점에서 기대를 모았으나

6 한 인물과 관련해서 본 외적 초점화가 다른 인물을 통해서 보면 내적 초점화가 될 수도 있고, 가변적 초점화와 비초점화의 구별도 쉽지 않을 때가 있다(Gérard Genette, 앞의 책, 179~180쪽 참조).

7 '가변적 초점화(variable focalization)'는 초점 등장인물이 교체되는 현상을 말한다. 반면 '복수 초점화(multiple focalization)'는 같은 사건이 여러 등장인물의 시점에서 여러 번 서술되는 양상으로 구별된다(위의 책, 178쪽). 박태원 소설에서 두드러지는 것은 '가변적 초점화'에 가까운데, 두 측면이 결합된 양상으로 드러난다는 점에서 '다중 초점화'라는 용어를 사용하고자 한다.

결말을 짓지 못한 채 미완성으로 그치고 말았다. 비록 미완성이지만 연재 당시 작가가 직접 삽화를 그릴 정도로 애착을 가졌던 『반년간』은 1930년대 동경의 조선인 유학생의 다양한 삶에 대한 묘사나 동경 신주쿠[新宿] 일대의 세밀한 묘사가 돋보이는, 여러 가지로 문제적인 작품이라는 점에서 진지한 검토를 요한다.[8] 특히 이 작품의 풍속사적인 가치를 가늠할 수 있는 요소는 ①'불구적'인 면모를 벗지 못하는 식민지 유학생들의 면면, ② 30년대 초반 불황기의 세태 풍속, ③번화한 최첨단 근대 도시 동경 한복판(신주쿠를 중심으로 한)의 풍경, ④카페와 영화관 등 근대적 문물 풍속의 생생한 묘사라고 할 수 있다.

『반년간』은 「그날 밤」, 「근심없는 사나이」, 「뜻 없는 고민」, 「新宿」, 「가난한 내외」의 다섯 개의 장으로 이루어지며 외적 초점화로 서술된 것으로 볼 수 있는 4장 「新宿」을 제외하면 각 장이 등장인물들 각각에게 고정된 내적 초점화로 서술된다(1장 김철수, 2장 최준호, 3장 김철수, 5장 준호의 아내 후미꼬). 부유한 대학생 김철수와 가난한 예술가 최준호, 사업을 한다며 돈을 물 쓰듯 하는 낙천주의자 조숙희, 궁색하고 가난하지만 자존심 하나로 버티는 황인식 등 각양각색의 유학생들의 삶이 묘사되는 가운데, 초기 작품 특유의 다양한 실험과 시도들이 낯설게 또는 이질적으로 펼쳐진다. 특히 4장 「新宿」은 '메타렙시스'의 수법이라 불릴 수 있는 서술법의 다채로운 양상이 나타난다는 점에서 이 작품에서 가장 낯선 장면을 연출하며 그만큼 문제성을 가지고 있다.

이 작품은 동경의 하숙방에서 조선인 유학생 김철수가 창밖을 내다보는 장면으로 시작한다. 창밖의 풍경 묘사와 그 풍경을 바라보며 깊은 애상에

---

8 이 작품을 통해 식민지 지식인의 일본 유학 생활을 추적한 연구로 강소영, 「식민지 문학과 동경(東京)-박태원의 『반년간』을 중심으로」, 『일본언어문화』 19, 2011가 있다.

잠기는 철수의 심경을 드러내는 것이 1장 「그날 밤」의 작품 초입부가 갖는 주된 기능이라고 할 수 있다. 그런데 철수에게 초점화된 장면묘사에서 즉 철수의 눈에 의해 포착된 '창밖 풍경'에서 그 풍경이 묘사되는 방식은 여러 가지 문제를 제기한다. 철수는 먼저 '황혼이 배회하고 있는 주인집 뜰'을 내려다보며 그 뜰에 심어져 있는 '세 그루 석류나무'에 자신의 서울 충신동 집 안마당의 '세 그루 석류나무'를 겹쳐놓는다. 그리고 "잠깐 동안 자기가 서울 자기 집의 자기 방속에나 있는 것 같은 착각"을 느낀다. 이어서 그는 '서울에서 옆집 큰딸이 치던 풍금소리'를 떠올리고 이내 '아리랑 곡조의 휘파람 소리'를 듣는다. 동경의 어느 한 구석에서 '아리랑 곡조'가 들린다는 기이한 사실에 이어 철수가 창밖에서 발견하는 것은 '오른발을 절며 사나운 바람이 부는 벌판을 걸어가는 소년'이다. 그런데 여기서 철수가 '본' 것이 실제의 바깥 풍경인지 아니면 철수의 환각인지는 모호하다.

> "아이가 하나 지나갔습니다."
>
> 철수는 꿈꾸는 듯이 중얼거렸다.
>
> "어디요?"
>
> 하고 여자는 철수를 쳐다보았다.
>
> "바로, 조금 아까……" (…중략…)
>
> 철수는 여자에게보다도, 제 자신에게 아르켜 주듯이 밖을 손가락질 하였다.
>
> "그애는 휘파람으로 아리랑을 불면서…… 혼자서…… 저리로 갔습니다…… 가엾은 절름발이 아이……"
>
> 철수의 입에서 가만한 한숨이 나왔다. (238쪽)[9]

---

9 이하의 인용 쪽수는 박태원, 『반년간』, 『윤초시의 상경』, 깊은샘, 1991 참조.

창밖 비바람이 몰아치는 어두운 벌판 위로 '휘파람으로 아리랑을 불면서 혼자 걸어가는 가엾은 절름발이 아이'는 철수의 심정을 '쓸쓸하고 외로웁고 호젓'하게 만들어 준다. 이 작품에서 그 '아이'의 모습은 단지 하나의 스쳐 지나가는 풍경으로 제시되어 있을 뿐인데, '식민지 조선인 유학생'이 그것을 보고 '한숨'을 쉬며 쓸쓸해한다는 사실은 그것에서 어떤 의미와 상징성을 읽어낼 것을 요구하는 듯이 보인다. 그러나 문제는 '아리랑 곡조', '어두운 벌판', '절름발이 아이'와 같은 기표들을 상징적으로 읽게 될 때, 예컨대 식민지 조선의 현실이나 조선인 유학생의 처지와 같은 맥락과 관련짓게 될 때, 이는 상투성을 피하기 어렵다. 다른 한편으로 이 작품의 미완성한 결과가 보여주듯이 그것을 청년 작가의 미숙성과 감상성의 증거로 읽는다면, 오히려 소설 도입부의 그러한 장면 설정이 앞으로 소설 속에 펼쳐질 불안정한 조선인 유학생들의 삶을 암시하는 상징적인 장치라는 상투적인 독법 역시 무리가 없다. 그러나 소설 안에 펼쳐지는 온갖 좌충우돌의 양상을 모두 습작기의 흔적이나 서투른 솜씨로 치부할 필요는 없을 것이다. '미완성 역시 때로는 작품의 진실'[10]이듯이 그러한 혼란 역시 작품의 중요한 일부분이며 소설의 진실을 구성할 것이기 때문이다.

이 작품에서 특히 이질적이고 흥미로운 부분은 네 번째 장 「新宿」이라고 할 수 있다. 다른 장들이 각각의 인물들이 주인공이 되어 그들에게 초점화된 이야기가 펼쳐진다면, 이 장의 주인공은 다름 아닌 '신숙' 자체이다. 즉 1장에서부터 조금씩 모습을 드러낸 '신숙'의 만화경(萬華鏡)과 당대

10 "But incompleteness, as we have seen in connection with Marivaux's *La Vie de Marianne*, is sometimes also the very truth of a work."(Gérard Genette, trans. by Channa Newman and Claude Doubinsky, *Literature in the second degree*(Palimpsests.), 1997, p.174)

동경의 도시 풍속이 4장 「新宿」에서 집약되어 있는 형태라고 볼 수 있다. 그런 점에서 본다면 이 작품에서 「新宿」은 '근린군부를 편입하야 이룬 새로운 동경이전의 동경'을 그려 보겠다던 작가의 포부[11]가 집약되어 나타난 장이기도 하다.

이 작품에서 작가는 식민지 조선인 유학생들의 삶과 내면을 재현하는 일뿐만 아니라 당대의 풍속지를 생생하게 기록하는 일에도 상당한 주의를 기울였음을 알 수 있다. 작품의 연재 시기는 1933년이지만 소설 속의 시간은 1930년으로, 작가가 체류했던 1930년의 동경이 이 작품의 배경이자 풍속지의 대상이 된다. '회사원 타입의 사나이들'이 거리로 몰려나와 장사판을 벌이는 불경기(공황기)의 실업 풍경, 당시 유행하던 영화 〈러쁘 파레이드〉와 〈서부 전선 이상 없다〉 그리고 '만화 토키 영화' 〈미키 마우스의 모험〉, 불황으로 '포드, 쉬바레 따위는' 외면당할 정도로 무너져 내린 택시 균일가 제도, 잡지 『부인공론』에 연재되어 큰 반향을 일으킨 히로쯔 가즈오의 소설 〈조쮸(여급)〉 이야기, 땐스홀 풍경 등이 그것이다. 물론 이러한 광경은 풍속으로 그려지는 데 그치지 않고 인물의 눈을 통해 해석되는 대상이 된다. 네온사인은 '현대인의 말초신경 같이 가늘게 경련하'고, 아스팔트 위에는 '주검과 같이 가혹하고 얼음장같이 싸늘한 도회의 외각'이 펼쳐진다. 그 속에서 읽을 수 있는 것은 '경제 공황과 통제 없는 영업 방침'이 불러온 무질서이다.

4장 「新宿」에 나타나 있는 여러 '메타렙시스'의 장치 가운데, 먼저 '작자'의 목소리가 직접적으로 개입하여 텍스트 안과 밖의 경계가 자주 허물어지는 양상을 볼 수 있다.

---

11 박태원, 「連載豫告—作家의 말」, 『동아일보』, 1933.6.14.

그 이튿날 오전 열한시 30분에 철수는 신숙역에 나타났다. 기어코 미사꼬를 만나볼 생각인 것이다. (…중략…) **참말이지 이러한 인물의 '심리묘사'는 작자로서 취급하기에 적지않이 거북살스러웁다.**

대체 그렇게 굳게 맹세하였던 철수가 어떠한 심경의 변화로 이렇게 오게 되었는가 하는 것은 물론 알 수 없는 노릇이지만서도, 하여튼 어젯밤 이야기가 끝난 뒤에, 철수가 **작자도 모르게** 살며시 자리속에서 또 한번 몸을 뒤쳤던 것이라는 사실만은, 보지 않았어도 뻔한 일이다. (…중략…)

그러나 **우리는** 이따위 말로 철수를 조롱하기를 그치고 **다시 이야기를 계속하기로 하자.** (338쪽)

"이러한 인물의 심리묘사는 작자로서 취급하기에 적지않이 거북살스러웁다"와 같은 진술은 전지적 서술과도 구분되는 저자의 공공연한 침입이라는 점에서 매우 이채를 띤다. 철수는 미사꼬라는 조선인 여급을 사랑하지만 과연 그녀와의 사랑이 인정받을 수 있을지 그녀가 사랑할 만한 여자인지를 놓고 끝없는 번민을 계속한다. 그리고 그녀와의 약속을 지킬 것인가 말 것인가를 놓고 계속해서 번복을 거듭하는 모습을 보인다. 그런데 철수가 '**작자도 모르게** 살며시 자리 속에서 또 한번 몸을 뒤쳤던' 탓에 그가 내린 최종적 결론(미사꼬를 만나기로 결심한 것)을 작자조차 알 수 없었다는 해명을 하고 있는 것이다. 즉 여기서 작자의 개입은 철수의 변덕스런 심경변화 즉 논리적으로 해명되지 않는 인물의 마음 상태를 드러내고 그에 알리바이를 부여하는 것이면서, 또 한편으로는 인물의 심리를 통어하지 못한 즉 치밀한 심리묘사에 실패한(실패한 듯 보이는) 책임을 인물에게 전가시키는 교묘한 수사법을 구사하고 있는 것이다.

또한 "신숙에서 은좌로 가는 자동차 속에서 우리가 본 철수와 미사꼬를 그로서 여덟 시간 지나 우리는 또다시 은좌에서 신숙으로 향하는 택시 속에서 발견한다"와 같은 진술에서는 작자와 독자를 모두 '우리'로 텍스트 안에 편입함으로써 독자가 마치 스토리 시간 안에서 호흡하는 존재들인 것처럼 꾸미는 한편, 독자들을 인물들의 뒤를 밟고 추적하는 작자의 공모자로 만들어 버린다. 그런가 하면 작중 인물들의 입을 통해 텍스트의 경계를 넘나드는 시도가 나타나기도 한다.

> **"만약 철수씨와 내가 소설 속의 인물이라면 독자는 응당 지루하다구 생각할 겝니다.** 서로 안 지 달포나 되도록 우리의 관계는 조금도 진전이 없으니…… 그러지 않아요? 철수씨. **독자들을 권태 속에서 구해내려면** 아무래도 철수씨가 좀 더 대담하셔야 하겠습니다." (…중략…)
>
> 여자는 자기 두 사람의 진전 없는 관계가 독자들을 권태시키리라고 말하였으나 대답하지 못한 남자의 태도에 독자보다도 우선 미사꼬 자신이 하품을 하고 있는지도 모르겠다고 철수는 갑자기 그러한 것이 걱정이 되었다. (…중략…)
>
> "이제 어디로 가실 테여요? 철수씨."
>
> "아무데로나 갑시다그려. 은숙씨." (…중략…)
>
> 그리고 여자의 얼굴을 바로 보며 잠깐 주저한 끝에 덧붙이어 말하였다.
>
> **"독자의 권태를 구하기 위하여-"** (359~365쪽)

미사꼬는 자신들이 '소설 속 인물'이라면 아마 독자가 응당 권태로워할 것이라 말하며, 이에 철수는 '독자의 권태를 구하기 위하여' 연애의 진도를 빨리 진행시키자고 응대한다. '스스로를 소설 속 인물들로 가장하는 소설 속 인물'이라는 유희적 장치인 것이다. 이는 '현실과 소설적 픽션을 혼합하고 양자의 경계를 철폐하는 놀이'[12]로써 작품 안과 밖, 현실과 허구를 교란시키는 장면을 연출한다.

특히 이 작품에서 가장 이질적인 부분은 '신숙'에 대한 '설명'이 등장하는 대목이다. 작품 안의 배경 묘사와도 구별되는 신숙에 대한 '해설'과 '논평'이 서사의 진행과 무관하게 작품 안에 개입되어 있는 것이다.

> 진재전까지도 신숙은 한개 보잘것없는 동리였다. (…중략…) 신숙이 동경의 시민과 교섭이 있다면, 그것은 '유곽'을 통하여서의 일이었다. (…중략…)
>
> 그러하던 것이 저 유명한 관동대진재를 겪고 나자 갑자기 급속한 발전을 하였다. 신숙은 진재에도 타지 않았다. 그러나 진재 후의 신숙은 결코 진재전의 신숙이 아니었다. (…중략…)
>
> 백화점이 생기고, 극장이 생기고, 요리점, 카페, 음식점, 마찌아이[待合], 땐스홀. 그리고 또 온갖 종류의 광대한 점포-
>
> 양편에 늘어선 그 건물 사이를 전차, 자동차, 자전거가 끊임없이 다니고, 그리고 그보다도 무서운, 오- 군중의 대홍수-
>
> 밤이면 붉게 푸르게 밤 하늘에 반짝이는 찬연한 네온싸인 문자 그대로의 불야성 아래 비약하는 근대적 불량성- (…중략…)
>
> 이리하여 신숙역은 하루 십칠만 명의 승강객을 삼키고 토한다.
>
> 이, 십칠만 명의 사람들, 온갖 종류의 온갖 계급의 그들에게, 모두 제각각의 사무가 있었고 비밀이 있었다. (…중략…)
>
> 그러나 그것들은 우리 앞에 완전히 숨지는 못한다. 역 안의 고지판 위에 난무하는 백묵의 자취를 보라. 우리는 그곳에 도회의 고민, 도회의 죄악-, 그러한 것들의, 한끝을 엿볼 수 있을 것이다. (339~340쪽)

---

12 Randa Sabry, 이충민 역, 『담화의 놀이들』, 새물결, 2003, 215쪽.

위의 인용 부분은 압축적 묘사와 논평적 진술로 '신숙'이라는 공간을 효과적으로 재구성하고 있다. 이는 '유곽'만이 번성한 '보잘것없는 동리'였던 '신숙'이 '관동대진재' 이후 어떻게 현재의 모습이 되었는가에 대한 탁월한 정보 제공의 기능을 하는 한편, 서술자의 시선으로 해석되는 비판적 묘사의 일례를 보여준다. 특히 작자의 논평으로 모습을 드러내는 '신숙'은 '온갖 근대 도시적 요소를 구비한' 대도시의 심장으로, '근대적 불량성'의 표징이며 '도회의 고민, 도회의 죄악'을 실어 나르는 기지이다. 이는 작품 내에 삽입된 일종의 '고찰'(신숙의 성립과 현황에 대한 분석) 또는 '비평적 묘사'로,[13] 바로 앞에 서술된 이야기 즉 미사꼬를 만나러 역으로 달려간 철수의 서사에 하등 영향을 미치지 않는(건너뛰어도 무방한) 일탈적 장면이다. 그런데 흥미로운 것은 '신숙'에 대한 이 '여담'은 서사적 기능을 하지는 못하지만 교묘한 '이음매'[14]로 다음 서사 진행에 자연스럽게 이어지며 또 다른 '일탈'을 낳는다는 점이다.

> (A) 근대적 대도회 동경 더구나 첨단적 시가 신숙 이곳의 관문인 신숙역 안의 고지판 위에 어수선하게 씌어 있는 사람과 사람 사이의 통신을 제삼자가 읽어 본다는 것은 그러한 까닭에 흥미 깊었다.

---

13 Randa Sabry는 본론과 텍스트 속에서 그 본론을 중단 · 교란 · 변조하는 소위 '부차적' 단락(여담)을 장르적 규준(서술, 묘사, 논설, 대화)과 부연의 기법이라는 규준에 따라 '삽화', '2차 이야기', '서술자 심급의 일화', '묘사적 탈선', '삽입된 묘사', '비평적 묘사', '~에 대한 고찰', '삽입된 논설', '서술자 심급의 성찰', '~에 대한 대화', '저자와 독자의 토론' 11가지로 나눈다(위의 책, 470~498쪽 참조).

14 이음매(transition)란 보통 한 이야기 도중에 다른 이야기로 건너뛰고 전환하는 것을 의미하는데('전환법'), 여기서는 전환의 의미보다는 두 불연속적 단락 사이의 연결이라는 의미로 쓴다. 즉 서사체의 수평적 층위에서 한 여담이 삽입될 때, 서사와 여담 사이에는 여담의 개시부와 종료부라는 두 경계가 생기게 되는데 이것이 바로 이음매이다(위의 책, 616~617쪽 용어해설 참조).

쳐다보아도 빼꾸기시계는 오정이 안 되었고 둘러보아도 여자는 오지 않았으므로 철수는 자기가 너무 일찍 나온 것을 부질없이 뉘우치기를 고치고, 그래 이 고지판 위에 백묵의 자취를 더듬기로 하였다.

첫줄에

—8, 30 S. 豫定變更. 二時半神田に來い

이렇게 씌어 있다. (…중략…) 철수는 혼자 궁리하며 둘쨋줄을 읽는다. (…중략…)

셋쨋줄에는,

—K.K. 三人連れてスゲ來い. 先行

또 다음에, (341쪽)

(B) "그럼 또 뵈옵죠…… 호, 호 또 고지판을 들여다보고 계실 작정입니까? …… 참 무엇들을 써 놓았나?"

하고 그중에서 무엇을 읽어 보더니

"호, 호, 호, 재밌네. 이것 좀 보세요."

하고 철수가 아직 읽지 않은 부분을 여자는 손가락질 한다. (…중략…)

— キケンた。よせ。絶對に. よせ。ミルク. (…중략…)

그러자 문득 고지판에 씌어 있는

'위험하다. 말어라. 절대로 말어라. 미루꾸.'

라는 경고가 자기에게 향하여 발신된 것이나 아닌가? — 이러한 의혹이 그의 머리 한구석에 자리를 잡았다. (347~348쪽)

'신숙'에 대한 설명 끝머리에 놓인 '신숙역 고지판'에 대한 정보는 철수가 고지판을 들여다보는 장면으로 연결되면서 교묘하게 이어지고 있다(A).

그리고 이후에는 별 의미를 갖지 못하는 온갖 메모들이 나열되면서 역시 서사의 진행을 다시 한 번 잠시 중단시킨다(B). 즉 '신숙역에 나타나 미사꼬를 기다리는 철수 → 신숙에 대한 고찰(여담) → 신숙역 고지판 위를 더듬는 철수 → 고지판 위의 두서없는 메모들(여담) → 철수와 우연히 만난 아끼꼬의 대화'의 순서로 이어지는 이야기에서 일탈의 운동을 매개하는 것은 '고지판'과 '메모'라고 할 수 있다. 그리고 결국 그 메모 가운데 한 자락에 불과한 '위험하다. 말어라. 절대로 말어라'라는 글귀는 미사꼬를 만나는 데 대한 불안정하고 위태로운 철수의 심리와 연결되면서 서사의 본류로 다시 돌아오게 되는 것이다. 이는 작품 속의 이질적인 장면을 서사에 통합시키는 상당히 세련된 여담-이음매의 처리 방식으로 볼 수 있다.

2) 서술자의 위치 이동과 서술법의 실험 / 「낙조」

앞에서 보았듯 유머와 페이소스의 절묘한 결합으로 특징지어지는 「낙조」 역시 '메타렙시스'의 특징과 가능성을 잘 보여주는 작품이다. 이 작품은 무엇보다도 '서술자의 위치' 설정과 관련해 다양한 문제들을 제기한다. 「낙조」에서는 서술자의 위치가 고정되지 않고 다변화되는 현상이 나타나는데 이는 서술법의 실험으로 읽힐 수도 있고 서술 태도의 미숙함으로 평가될 수도 있다. 어떤 경우에서건 그것이 빚는 혼란(텍스트 성격의 혼란, 독서의 혼란)은 피할 수 없는데, 중요한 것은 서술자의 위치가 텍스트의 어떤 성격을 드러내는지 혹은 어떤 읽기 효과를 낳는지 하는 점이 될 것이다.

「낙조」는 전지적 서술과 관찰자적 서술이 혼재되면서 서술자와 인물 사이의 거리가 자유롭게 혹은 혼란스럽게 변화하는 한편, 단정적 어조('비참한 사실이었다', '딱한 현실이다')와 추측성 어조('~임에 틀림없었다', '~일 게다')가 계속해서 번갈아 교차되면서 서술자의 위치를 애매하게 만들고 있다. 서술자가 서술하는 대상에 대해 어느 정도의 정보를 갖고 있는지 그리고 어떠한 포즈로 그러한 정보를 문면에 드러내는지 하는 것은 오로지 서술상의 지표들을 통해서만 추출이 가능하며, 이는 특히 어휘와 어조에 드러나는 문체상의 특질에서 잘 드러난다.

(A) 성미가 급한 노인**인 게**다. 어조가 빠르고 높다.

(B) 오늘도 막걸리를 자**신 게다**. / 눈알이 붉고 입김이 더웁다.

(C) "오늘은 어딜 갔다 오셨습니까?" / "네 네?…… 고개 넘어 좀 갔다 왔지요." / 고개는 무학재 고개다. (이상 237쪽)[15]

(D) "말씀 마슈. 오늘두 고개 넘어 왕복 삼사십 리에 단돈 일 원 오십 전이니 늙은놈이 해먹을 노릇이유?"

해먹을 노릇이 아닌 줄 뻔히 알면서도 그래도 매약행상밖에는 할 것이 없는 것이 노인의 처지다. (239쪽)

(A)와 (B)는 모두 '~인 게다' 즉 '~인 것이다'라는 동일한 형태의 문장인데, 둘 다 서술자가 대상에 대한 '관찰'을 통해 유추한 사실(확신)이면서도 약간 차이가 있다. 서술자(관찰자)는 노인의 말투를 통해 '노인이 성미가 급하다'는 사실을 유추해 놓고 '오늘도'라는 표현을 통해 늘 술을 먹는 그 노인의 습성을 전부터 잘 알고 있음을 보여준다. 즉 서술자가 제공하는 노인에 대한 정보는 '관찰에 의한 새로운 정보 습득'과 '축적된 관찰의 결과 확인'이 미묘하게 뒤섞인 형태라고 할 수 있다. 따라서 '~인 게다'와

15 이하의 인용 쪽수는 박태원, 「낙조」, 『소설가 구보씨의 일일』, 깊은샘, 1994 참조.

같은 표현은 서술자가 노인과의 관계 또는 거리를 교묘하게 숨기는 또는 모호하게 하는 의뭉스런 표현이 된다. 반면 '고개 넘어 갔다 왔다'는 노인의 말에 대해 '고개는 무학재 고개'라는 부연설명을 하는 (C)와, 노인의 처지를 '매약행상밖에는 할 것이 없'다고 단정하는 (D)에서는 서술자의 전지적 포즈가 분명히 드러난다.

이러한 서술자 위치(거리)의 애매성은 계속해서 견지되는데, 전지적 위치에서 대상에 대한 숨겨진 정보를 제공하기도 하는 한편 철저히 관찰에 의해 정보를 얻는 것처럼 물러서 있는 태도를 취하기도 한다.

(A) 예순넷이나 된 노인, 한 발을 관 속에 집어 넣고 있는 노인이 주위에 자기를 봉양하여 줄 아무도 갖지 못하였다는 것은 한 개의 비참한 사실이다.

(B) 약가방을 둘러메고 하루 오륙십 리 길을 걷지 않으면 안 되는 것은 최 주사에게 있어서 가장 딱한 현실이다. (이상 249쪽)

(C) 최 주사에게는 아들이 없었다. / 최 주사는 그것이 늘 한이 되었다. (250쪽)

(D) 현재 큰딸 내외가 사는 구룡산의 한 채 초가집은 비록 금전으로 환산하여 그것이 대단한 것은 아니더라도 어엿한 최 주사의 소유물이다. / 최 주사는 애초에 자기 마나님과 거기서 살림을 하면서 큰딸에게 데릴사위를 맞아주었던 것임에 틀림없었다. (…중략…)
그야 어머니가 돌아갔다고 장모가 돌아갔다고 그의 딸이나 그의 사위가 최 주사에게 대하여 대우가 달라진 것은 아닐 게다. (251쪽)

(E) 자기의 힘이 자라는 한으로 남에게 폐 끼치는 일 없이 또 남에게서 폐 끼침을 받는 일 없이 그의 한평생을 마치려는 것이 이 노인이 자기 생활에 갖는 굳은 신조인 듯싶었다. / 까닭에 누구든 최 주사가 그의 생활을 위하여 남에게 돈을 취하는 것을 일찍이 본 일이 없다. (258쪽)

(A)와 (B)는 '비참한 사실', '딱한 현실'이라는 술어로 최 주사의 처지에 대해 논평을 하고 있고, (C)는 '늘 한이 되었다'는 말로 최 주사의 심정을 전지적으로 서술하고 있다. 한편 (D)에서는 사실의 확인('최 주사의 소유물이다'), 확신('~임에 틀림없었다'), 추측('~일 게다')의 문장이 연쇄적으로 등장한다. '~인 듯싶었다'로 추측을 드러내는 (E)의 경우는 추측과 확신이 결합해 있는 '~인 게다'에 비해 서술자의 태도가 훨씬 유보적이다. 또한 '까닭에 누구든 ~을 본 일이 없다'는 문장은 '까닭에'라는 말 때문에 '이유'의 진술인 것처럼 보이지만 내용상 앞의 추측에 대한 '근거'의 진술이 된다. 이렇게 혼재된 서술의 포즈는 서술자의 위치를 쉽게 가늠할 수 없게 만드는데, 흥미로운 것은 2절 말미에 이르러 지금껏 드러나지 않던 화자 '나'가 갑자기 등장한다는 점이다. 즉 이전까지 텍스트 안에 존재하는지 밖에 존재하는지 그 존재성이 모호했던 서술자가 돌연 작중 인물(작중 관찰자)로 모습을 드러내고 있는 것이다.

> **이 노인에게 흥미를 느끼고 있는 나는** — 그러나 이 '나는' 하고 말하는 것을 최 주사 앞에서는 삼가야 한다. 누구든 그의 앞에서 '나는'이라든지 '내가'라든지 하고 말한다면 이 노인은 장난꾼 같은 웃음을 띠는 일도 없이 "나는 수야誰也오?" 하고 타박을 준다. 까닭에 나도 **독자들이 최 주사의 버릇을 본뜨기 전에 '이 이야기의 작자인 나는' 하고 주석을 붙이기로 한다** — 내일 이 노인을 따라서 동막으로 해서 양화도로 해서 염창을 들를려면 들러서 영등포로 돌아 들어올 작정이다. (261쪽)

'이 노인에게 흥미를 느끼고 있는 나'가 애초에 작중 인물이었다면 '나'는 작품 서두에 노인과 바둑을 두었던 '양복 입은 젊은이' 또는 옆에서 구경하던 '두루마기 입은 젊은이'일 수도 있다. 혹은 작중에 표면화된 적은 없지만 그 세 사람을 지켜보던 제 4의 관찰자일 수도 있는데, 작중인물이든 작중인물의 포즈를 잠시 띠고 등장한 작품 외부의 서술자이든, 이러한 갑작스런 침입 즉 '메타렙시스'는 매우 유머러스하고 지적인 유희를 보여준다. 왜냐하면 이는 서술상의 미숙함이나 실수가 아닌 매우 의도적인 장치이기 때문이다. "나는 수야(誰也)오?"라고 상대에게 타박을 주는 노인처럼 독자들이 '나'의 갑작스런 등장에 어리둥절해 하며 똑같은 질문을 던질 것을 '나'는 이미 예상하고 있기 때문이다. 따라서 독자들이 "쇠 주사의 버릇을 본" 때 '나'를 타박하기 전에 서술자는 '이 소설의 작자인 나는'이라는 주석을 붙임으로써 독자의 예상되는 '타박'을 미리 예방하고, '나'의 등장이 실수가 아님을 공공연하게 그리고 유머러스하게 표출하고 있는 것이다.[16] 덧붙여 "내일 이 노인을 따라서 동막으로 해서 양화도로 해서 염창을 들를려면 들러서 영등포로 돌아 들어올 작정"이라는 '나'의 서술 역시 작중의 시공간과 서술 시공간을 일치시키고 있다는 점에서 '메타렙시스'의 전형적 양상으로 설명할 수 있다.

그러면 이렇게 2절의 말미에 갑자기 '나'가 모습을 드러내는 것이 의도적인 장치 또는 배치라고 한다면 그 이유는 무엇일까. 1절에서 노인과 젊은이들의 대화를 통해 노인이 걸어온 인생 여정의 '전사(前史)'를 압축적으로 보여주고[17] 2절에서 자신에게 엄격하고 지나치게 깔끔한 노인의 성품을 가늠할 수 있는 다양한 정보들을 보여준 데 이어,[18] 3절 이후에는 '현재'를

---

16 이러한 시도는 이상의 「十二月 十二日」에 등장하는 서술자의 교란과도 비교해볼 수 있다. 「十二月 十二日」의 경우 작품 서두에 '나'를 '그'라는 인격에 부쳐 쓰겠다는 명시가 공공연하게 등장하는 한편, 서술자 '나'와 실제 작가 '나'가 혼재되어 있다. 이는 경험세계를 아이러니한 것으로 만드는 장치로 해석되기도 한다(김승구, 『이상, 욕망의 기호』, 월인, 2004, 68~71쪽 참조). 박태원의 경우 서술자의 교란은 대상에 접근하는 방법론의 하나로 유머러스하고 자의식적인 거리 조절이라는 점이 특징적이다.

17 1절을 구성하고 있는 노인과 두 젊은이의 대화의 양상은 2장 2절에서 분석하였다.

살고 있는 노인의 일상적인 여정과 그 속에 깃든 고독과 우수를 드러내는 데 주력한다. 즉 '나'는 여기서부터 노인의 뒤를 따라다니며 일거수일투족을 지켜보고 그의 심정까지를 대변하는 역할을 시작하는 것이다. 따라서 '나'의 개입은 앞으로 펼쳐질 그의 행동과 속내에 서술자가 좀 더 밀착되어 간다는 사실을 뒷받침하기 위한 사전 장치이면서, 텍스트의 안팎을 자유롭게 넘나들 수 있는 '메타렙시스'의 가능성을 열어두는 것으로 볼 수 있다.

총 다섯 부분(4개의 절과 에필로그[19])으로 되어 있는 「낙조」의 3절과 4절은 매약행상을 다니는 최 주사의 어느 하루(즉 2절 말미에 제시된 '내일')를 매우 세밀하게 보여준다. '일곱점 치는 소리를 미처 듣기 전에 간밤에 약방에 심부름하는 아이가 내어준 약을 신문지에 싸들고 밖으로' 나온 아침 일찍부터 '겨울의 열 없는 태양이 노인에게 내일을 약속하는 일도 없이 그대로 서산을 넘어가려 하는' 저녁 시간까지, 그 짧은 하루 동안 최 주사는 그의 인생을 신산하고 또 쓸쓸하게 만드는 온갖 일들을 겪게 된다. 먼저 그는 아침부터 '자기와 비겨보아 그렇게도 젊던' 친구 윤수경의 갑작스런 사망 소식을 듣게 되고, 동갑짜리 친구들 다섯 가운데 자기 혼자만

---

18 노인의 성격화는 그의 독특한 '코웃음 화법'(물음에 대답하기 전에 혹은 말을 마무리하면서 반드시 '흥!' 하는 독특한 코웃음을 치는 방식)과 함께 다양한 근거들로 뒷받침된다. 그는 "전찻길로 거의 두 정류장이나 쫓아가서 채권자 측에서는 이미 기억을 상실하고 있는 차금(借金)을 기어코 청산하고 나야만 마음이 시원"하며 "약방에서 밥 한 끼 먹는 것도 될 수 있는 대로 피하려", "점원들의 저녁상이 나오는 것을 보고는 슬며시 밖으로 나가는"(255쪽) 인물로 묘사된다.

19 이 작품에서 프롤로그는 따로 형식적으로 구분되어 있지 않지만, 작품 1절 서두에 나타난 겨울밤 풍경의 서정적인 묘사를 프롤로그의 기능을 하는 것으로 읽을 수 있다. 4절 이후에 나오는 에필로그 역시 서정적인 묘사로 황혼이 깃든 강가에 선 최 주사의 모습을 그리고 있다. "제방 위의 신작로를 등에 짐 진 사나이가 말없이 걸어가고 있었다. / 머리에 보퉁이를 인 여인네가 역시 말없이 그의 뒤를 따랐다. / 눈을 더 먼 곳까지 주었을 때 최 주사는 서산에 걸린 해를 보았다. / 겨울의 열 없는 태양은 노인에게 내일을 약속하는 일도 없이 그대로 서산을 넘어가려 하는 듯싶었다. / 최 주사는 담배를 빨 것도 잊고 한참을 망연히 서 있었다."

이 남게 되었다는 사실에 '사람이란 그렇게두 쉽사리 죽는 것일까?……' 생각하며 비감해 한다.

> 참말 모두들 젊었을 때다. 최 주사는 근래에 없이 이 아침에 그 시절이 그립다고 생각한다.
>
> 그리고 그와 함께 사람도 지난날을 그리워하도록 나이먹으면 이미 여망은 없다고 느낀다.
>
> 젊었을 때는 — 사십줄에 들었을 때까지만 해도 아직도 아직도 젊었을 때다 — 그래도 꿈이 있었다.
>
> 희망이라는 것이 있었다. (…중략…)
>
> 그러나 이제 최 주사에게는 꿈이 없었다.
>
> 희망이 없었다.
>
> 꿈과 희망을 가질 만한 기력이 없었다.
>
> 이제 그의 생활의 변화는 죽음으로밖에 일어나지 않을 것이다. (…중략…)
>
> 최 주사는 저 모르게 가방을 내려다보았다.
>
> 붉은 쇠가죽 누-런 장식…… 그것들이 노인의 눈에 가장 불길한 것이나 되는 듯이 비친다.
>
> 노인은 갑자기 온몸에 그 약가방의 무게를 느꼈다. (…중략…)
>
> 최 주사는 그 앞을 지나며 딴때없이 마음이 언짢았다. (…중략…)
>
> 이제는 자기 차례다. (268~269쪽)

친구의 죽음이라는 '뜻밖'의 충격적인 사건 앞에서 최 주사의 심경은 그에게 초점화된 서술로 세밀하게 묘사된다.[20] 아침마다 보아 온 과일 행

20 이 대목에서 드러난 단문의 문체는 박태원 소설 문장의 한 특질로 거론되는 장문의

상 여인에게서 '불건강한' 것을 '유난하게 느끼'고 '바람에 날리는 먼지'에서도 '불쾌'함을 느끼며 약가방에서조차 '불길'과 '무게'를 느끼는 그는 결국 '이제는 자기 차례다'라는 생각에까지 이르고 만다. 여기서 그의 뒤를 따라다니는 것으로 설정된 서술자 '나'는 다시 자취를 감춘 채 조용히 그를 관찰하거나 조심스럽게 그의 속내를 추측하는 태도를 보인다. 거리에서 죽음을 생각하던 최 주사가 술집을 찾아든 장면부터는 주로 관찰로 일관되는 서술을 보여주는 한편, 전지적 서술자-작중 관찰자로 몸을 수시로 옮기면서 점점 주인공 영감에게 밀착되어 가는 모습을 보인다.

(A) 노인은 젊은이끼리 하듯 고개를 끄떡이고 인사를 한다. (…중략…) 그리고 노인은 **그의 버릇으로** 누가 묻지도 않은 말을 반은 혼잣말로 중얼거린다. (270쪽)

(B) 그러나 그의 웃음은 **평일에** 그가 그러한 종류의 말(오늘 아니면 내일, 내일 아니면 모레 죽으리라는 말-인용자)을 하고 뒤따라 터쳐 놓던 웃음과는 **달랐다.** 그의 웃음에는 **딴때없이** 부자연한 무엇이 섞여 있었다. 노인 자신도 그것을 느낀 **듯싶었다.** (271쪽)

(C) **그렇게 보아서 그런지** 그의 걸음걸이까지가 풀이 죽어 **보인다.** (…중략…) 말소리까지 명랑한 무엇이 있는 **듯싶었다.** (272쪽)

문체와 대조를 이룬다. 여기서 단문의 특징은 먼저 ① 논지-묘사-논지의 형태로 연결되는 연쇄가 있다. '죽음을 생각 → 정류소 옆 다리 모퉁이에 있는 여편네의 구루마 위 과일가게를 봄 → 신선한 과일과 불건강한 여인을 대조해 봄 → 쌀쌀한 바람을 느낌 → 바람에 날리는 불쾌한 먼지와 함께 다시 죽은 친구를 생각.'(267쪽) '약가방을 바라보며 그와 함께 할 죽음을 생각 → 불길한 약가방의 색과 장식에 약가방의 무게를 느낌 → 정류소 앞으로 → 우물과 우체통 → 조선장의사 아현지점 → 마음이 언짢아지며 이제는 자기 차례임을 느낌.'(269쪽) 한편 단문들은 ② 대칭구조를 이루며 점층적으로 연쇄되기도 한다. '그 시절이 그립다. ―여망이 없다고 느낀다. ―젊었을 때는 꿈이 있었다. ―희망이 있었다. ―그걸로 늙어죽으리라고는 생각하지 않았었다.' // '그러나 이제 꿈이 없었다. ―희망이 없었다. ―꿈과 희망을 가질만한 기력이 없었다. ―이제 그의 생활 변화는 죽음으로밖에 일어나지 않을 것이다.' (268~269쪽)

(D) 최 주사가 원래가 그렇게 신경질하지는 **않았을 것 같다**. (276쪽)

(E) 최 주사에게 있어서 자전거라는 물건 그 자체부터가 불쾌한 것이었음에 **틀림없었다**. (276쪽)

(F) 그것은 분명한 코웃음이요 결코 그냥 웃음이 **아니었다**.

노인은 이 아침에 온갖 보는 것 듣는 것이 자기에게 죽음을 재촉하는 듯싶은 안타까움을 **느낀다**.

그의 코웃음에는 이러한 안타까움이 섞여 있었다. (277쪽)

(A)와 (B)는 행동의 관찰 내용이면서 또 한편으로 '그의 버릇'과 '평일과 다름', '딴때없이 부자연함'을 언급하고 있다는 점에서 서술자가 노인에게 훨씬 가까이 밀착해 있는데, '~인 듯싶었다'라는 추측으로 대상과의 거리를 일정 정도 유지하는 모습을 보여준다. (C) ~ (E)는 관찰에 의한 판단을 보여주는 것으로 '보인다', '~인 것 같다', '틀림없었다'와 같이 관찰의 결과 추출할 수 있는 서술자의 추정과 확신이 드러나 있다. 반면 (F)에서는 '느낀 듯싶었다' 대신 '느낀다'로 다시 최 주사에게 초점화된다.

한편 서술자의 태도나 거리를 판단하는 것이 쉽지 않은 경우도 종종 등장하는데, 예컨대 '최 주사는 웬일인지 작년 겨울부터 그의 약가방을 이 구둣방에다 맡기고 다녔다. (…중략…) 그 까닭은 아무도 몰랐다'와 같은 서술에서 '아무도'에 서술자 자신이 포함되는 것인지 아니면 최 주사를 제외한 작중 인물들만을 지칭하는 것인지 모호하다. 그리고 잠시 등장하는 약국 주인에게 초점화된 서술("그러나 그것은 모두 당치 않은 추측인 듯싶었다. 약방의 젊은 주인은 자기 자신 이러한 추측을 하고 있었다")이 엉뚱하게 돌출하는 장면도 연출된다.

이상에 나타난 바와 같은 서술 방식의 다채로운 변화는 「낙조」를 기법적으로 세련된 작품으로 만들기도 하면서, 또 한편으로는 서술의 일관성에 대한 조바심을 찾아볼 수 없는 그 자유로움으로 인해 『반년간』에서와 마찬가지로 독서의 혼란을 가져오는 것도 사실이다.[21] 여기서 '고도의 지적 조작(제작)'과 '우연 또는 실수'의 포즈를 명확히 갈라내기란 쉽지 않으며, 오히려 박태원의 소설들은 그런 구분조차 뛰어넘고 있다고 보는 편이 타당할 것이다. 그러면 이 작품에서 그러한 기교적 또는 탈기교적인 장치들과 서술 태도가 갖는 의미는 무엇일까.

「낙조」의 최 주사 노인의 캐릭터는 박태원이 후에 「최노인전 초록」(1939),[22] 『미녀도』(1939)[23]에서 다시 등장시킬 정도로 애착을 가진 인물이다. 『갑오농민전쟁』에 이르기까지 박태원 소설에서 여러 차례 등장하는 '꾸다 영감'이라는 캐릭터 역시 바로 「낙조」의 최 주사에서 비롯된 것으

21 권희선은 박태원 소설에서 드러나는 독자와의 노골적 객담을 '전근대적 문체'의 차용으로 보고 이를 '근대 / 전근대의 강박적 대립의식으로부터 자유로운 태도'라고 평가한다(권희선, 「박태원 소설에 나타난 희극성」, 『한국학연구』 13집, 2004, 170쪽). 박태원 소설에서 이 대립의식의 초월이라는 문제는 '근대 / 전근대'의 문제를 넘어 확장시킬 필요가 있다.

22 『문장』 1권 7호, 1939.7. 이 작품은 제목 그대로 '초록(抄錄)'으로 「낙조」의 최 주사의 삶을 축약해 놓은 형태이다. 1933년 작인 「낙조」의 최 주사가 '경오생 예순 네 살'이라면 1939년 작 「최 노인전 초록」에서는 '경오생 예순 아홉 살'로 발표 시차에 맞게 나이만 조정되어 있을 뿐 동일한 내용을 다루고 있다. 그러나 '초록'의 축약 내용은 그의 인생 내력담을 회고조로 늘어놓는 방식이라는 점에서 동일 인물 동일 모티프를 지극히 단순한 서술 방식으로 축소시키고 있다. 최 노인의 독백과 서술자의 부연 설명이 교차하고 간간이 '듣는이'가 개입하여 부연 질문을 하는 정도로, 청자나 다른 등장 인물들은 모두 지워져 있다. 또한 「낙조」가 서정적인 단문 위주로 되어 있다면 「최 노인전 초록」은 장문 위주로 되어 있다는 차이가 있다. 최 노인과 같은 매력적인 캐릭터를 6년 뒤 '초록'의 방식으로 축약 또는 리메이크하여 다시 발표한 이유는 알 수 없다. 원고료 또는 지면을 채우기 위한 소품일 수도 있고 혹 단순히 전작의 축약이 아닌 또 다른 '최노인전'의 일환일 가능성도 있다. 어떤 것이든 최 노인 캐릭터에 대한 작가의 남다른 애정은 분명해 보인다.

23 『조광』, 1939년 7월~12월 연재(미완). 여기서 주인공 소녀 '보배'를 길러준 오촌 아저씨는 '사십년 전 일본유학생으로 뽑혀 박후작(박영효-인용자)을 따라 동경 다녀왔으나 주색자깨(주색잡기-인용자)에 팔려 좋은 기회를 다 잃고 나이 육십에 약거관을 하고 있'는 인물로, 올곧고 깔끔한 성미까지 「낙조」의 최 주사와 동일 캐릭터임을 짐작케 한다.

로, 영락(零落)한 한 인간의 외롭고 쓸쓸한 삶에 대한 작가의 연민과 애정을 엿볼 수 있게 한다. 자신이 자리를 뜬 사이 술집 젊은이들의 "그 불쌍하이…… 돈이나 있으면 몰라두 사람은 늙으면 죽는 게 제일이야"라는 말을 우연히 엿듣게 된 노인의 서러움, 병이 들어 버림받은 채 아이들의 시달림을 받으며 죽어가는 늙은 개에게 감정이입하는 노인의 비애, 그러면서도 술이 들어가면 이내 유쾌하여져서 자신의 내력담과 시국담을 늘어놓으며 웅변이 되는 노인의 호기에 이르기까지, 이 작품에는 그러한 노인의 삶의 쓸쓸함을 극화시킨 에피소드들이 연속해서 등장한다. 여기서 대화체, 서술자의 위치 변화, 내적 초점화와 외적 초점화의 교차 등 다양한 방식의 서술법의 실험은 노인의 삶을 훨씬 입체적이고 극적으로 드러내는 효과적인 장치들로 평가할 수 있다.

3) 서술실험의 몇 가지 유형들

다음으로는 박태원 소설에 나타나는 메타렙시스의 다양한 양상들을 형태적 특징에 따라 분류하여 하나씩 살펴보도록 한다.

(1) 삽입구

저자의 침입은 인물이나 사건에 대한 주석적 서술의 기능을 넘어서서 이질적이고 낯선 국면으로 돌출하기도 한다. 난데없이 떠오른 저자의 상념, 단상, 성찰과 같은 내용들이 불쑥 튀어나오면서 독서를 방해하거나 서사 진행을 가로막는 것이다. 이에 대한 가장 단적인 예로 '삽입구(절)'와 같은 문장의 형식으로 개입되는 양상을 들 수 있다.[24]

(A) ― 근성 '뿔조아근성'이란 무엇인고? 하고 나는 생각하여 보았다.

― 근성 근성 '뿔조아근성'이라니…… 하 하 '곤조(根性)'라는 말이로군 딴은……

나는 감탄하면서 '상섭'이 '차지(差支)'를 모멸하는 이상 나에게도 '근성'을 모멸할 권리가 있다고 생각하였다 ― (**이 구절을 자세히 이해하지 못하는 독자는 '염상섭'씨의 '만세전'을 참조하시오.**)[25]

(B) 까닭에 아스까야마에 사꾸라가 한창이라고 매일같이 신문이 떠들어놓든, (…중략…) 그러한 것은 우리 성춘삼이의 아랑곳할 바가 아니었다.

(― **참 성춘삼이라니까 얼른 생각에 춘향이 오래비 같지만, 물론, 그는 이도령의 처남이 아니다** ―)[26]

(C) "약 많이 파십니까?"

주객이 모두 약장수라 이렇게만 써 놓으면 누가 한 말인지 모를 것이나 이것은 최주사의 인사다.[27]

(D) 가지고 갈 것이라고는 (…중략…) 값싼 경대와 반짇고리 하나가 있었을 뿐이었으나, 그것도 없는 사람 눈에는 퍽이나 장하여 보였다.

그러나, 이미, 부귀라 하는 것이 우리에게 있어, 한 조각 뜬구름일진대, 혼인의 장하고, 또 장하지 못함을 어찌 그러한 것에서 상고하여 마땅하랴.[28]

---

24 인용문 (C), (D), (F)의 경우는 삽입구의 표지(대표적인 것이 괄호)가 없다는 점에서 엄밀히 말해서 삽입구라 보기 힘들지만, 서술상의 맥락과 관련하여 볼 때 이질적인 목소리의 개입이라는 점에서 삽입구와 함께 논하였다.

25 박태원, 「적멸」, 『윤초시의 상경』, 깊은샘, 1991, 191쪽.

26 박태원, 「사흘 굶은 봄ㅅ달」, 『小說家 仇甫氏의 一日』, 문장사, 1938, 49쪽.

27 박태원, 「낙조」, 앞의 책, 273쪽.

28 박태원, 『川邊風景』, 博文書館, 1938, 65쪽.

(E) 그러나 나는 결코 놀라지 않았다. 이곳에 들어오기 전에 나에게는 '어슴푸레'하나마 '그'와 또 만날 것과도 같은 예감이 있었던 까닭에— **(왜냐고? —예감이라는 것은 설명할 수 있는 것일까?……)**[29]

(F) 양말을 살 것이 오늘의 사무였고, 그 사무는 이미 끝났다.

그는 백화점 앞에가 서서, 물끄러미 종로 네거리를 오고가는 사람들을 바라보고 있었다.

그러자 뜻하지 않고 그의 머리에, 기순이 생각이 떠올랐다.

우리는 곧잘 뜻하지 않은 때에 뜻하지 않은 사람을 생각하는 일이 있다.

지금 기순이 생각을 한 철수의 경우가 바로 그러하다.[30]

(A)에 나타난 '(이 구절을 자세히 이해하지 못하는 독자는 '염상섭' 씨의 '만세전'을 참조하시오)'와 같은 '삽입구'는 이 소설의 지적인 트릭을 보여주면서, 이 소설이 상당한 수준의 독자를 요구한다는 것을 표시하고 있다. 여기서 '나'가 '근성'을 모멸하는 것은 '상섭'이 '차지'를 모멸하는 것과 동궤에 놓이는데, 이를 납득하기 위해서는 ①'상섭'이 '차지(差支)'를 모멸한다는 것의 의미를 파악해야 하고, 또한 그를 위해서 ② 만세전을 읽었거나 읽어야만 한다는 까다로운 요구조건이 붙는다.[31]

(B)와 (C)에 나타난 진술은 내용 이해에도 전혀 불필요한 오로지 유희적인 장치이다. (B)의 경우 30년대 동경의 룸펜 성춘삼이를 아무도 '성춘향의 오래비'라고 오해할 리 만무하며, (C)에서는 그 말의 발화자가 '최 주

29 박태원, 「적멸」, 앞의 책, 194쪽.

30 박태원, 「五月의 薰風」, 『小說家 仇甫氏의 一日』, 문장사, 1938, 33쪽.

31 여기서 드러난 『만세전』과의 상호텍스트성의 문제는 4장 4절에서 다룬다.

사'라는 것만 밝히면 서술자의 역할은 끝날 것임에도, '주객이 모두 약장수'인 사이에서 '약 많이 파십니까'라는 인사는 그 자체로 유머러스한 장면임을 암시한다는 점에서 그러하다.

한편 『천변풍경』의 5절 '경사'에 등장하는 (D)의 경우는, 근대 도시 한복판에서 초라하나마 전통 혼례를 올리는 가난하고 평범한 사람들의 이야기를 구소설투 또는 판소리체 어투를 빌려 전하고 있다. '근대 도시'라는 기표만으로 환원되지 않는 경성의 모습, 즉 경성이란 공간은 근대와 전근대가 공존하며 저마다 다른 속도의 삶이 공존하는 곳이라는 메시지가 저러한 '전근대적인' 말투 안에 녹아 있는 것이다.

(E)의 삽입구('예감이라는 것은 설명할 수 있는 것일까?')와 (F)의 진술('우리는 곧잘 뜻하지 않은 때에 뜻하지 않은 사람을 생각하는 일이 있다')은 '우연' 혹은 '비논리'에 대한 일종의 해명이다. 서사에서 우연성은 개연성이나 핍진성을 결여한 '미숙함'으로 오인될 가능성이 많기 때문에 이에 대해 '예변법'[32]을 구사하는 것으로 읽힐 수 있다. (F)는 「五月의 薰風」(1933)의 첫머리로, 이 작품은 '양말을 사는 오늘의 사무를 끝내고 할일 없어하는' '무위의 청년'을 그렸다는 점에서 평자들로부터 혹독한 비판을 받았다고 작가 스스로 술회한 바 있다.[33] 이런 '뜻하지 않음', '무의지', '무목적'이야말로 박태원 소설에서 인물들의 행동 방식을 단적으로 보여주는데,[34] 여기에서

---

32 예변법(prolepse)이란 수사학 문채 가운데 "자기가 받을 법한 반론(비평)을 미리 예견하거나 미리 되풀이하는 문채, 혹은 이미 내세운 이유에 새로운 이유들을 덧붙일 수 있게 해주는 문채"를 말한다(P. Fontanier, *Les Figures du discours*, Flammarion, 1977(Randa Sabry, 앞의 책, 410쪽에서 재인용)).

33 박태원, 「내 藝術에 대한 抗辯—作品과 批評家의 責任」, 『조선일보』, 1937.10.21~23. 작가는 이 작품에 대한 프로문학 측 문사들(이기영, 유진오)의 평가('저열하고 경박하다')에 대해 "우리가 명심하여 둘 것은 (…중략…) 이 '철수'라는 인물이 그분들의 어느 '주의자'나 '투사'보다도 훨씬 책임감을 가지고 있다는 한 가지 사실"이라며 반박하고 있다.

34 「소설가 구보씨의 일일」 등에서 나타나는 이러한 태도는 4장 1절에서 상술한다.

는 그런 '무위'를 '일반화'시키는 방식을 취하고 있다. '우리는 곧잘 ~하는 일이 있다'라는 진술은 작품 속 우연을 처리하는 하나의 방식으로, '뜻하지 않은' 즉 우연히 떠오른 생각에 일종의 일반론을 부여하여 논리화하고 있는 것이다. '그러나 저기압은 뜻하지 않은 때에 뜻하지 않은 곳에서 습래한다'(「낙조」)와 같은 논평 역시 마찬가지이다. 이러한 방법은 인물의 성격을 논리화하는 데도 사용된다.

> 최 주사는 원래가 그렇게 신경질하지는 않았을 것 같다. / 그러나 역경에 있으면 사람은 흔히 그러한 경향을 띠게 된다. / 최 주사의 경우는 바로 이러한 것이었다고 설명하는 것이 타당할 게다.[35]

위의 인용문은 '역경에 처하면 사람은 흔히 신경질적이 된다(대전제)-최 주사는 역경에 처해 있다(소전제)-따라서 최 주사가 신경질적이 된 것이다(결론)'와 같이 풀어쓸 수 있다. 즉 수사학적 삼단논법을 차용한 저자 논평으로, 이 역시 '역경에 처한 사람이 흔히 보이는 정서'라는 일반론을 끌어들여 성격화에 타당성을 부여하고 있는 것이다. 그런데 이는 소설의 언어 조직을 논리적으로 만들기 위한 엄숙한 선택이라기보다는, 오히려 그에 대한 유희적 차용의 형식이다. 논증의 형식 특히 '생략삼단논법'은 수사학에서 증명의 몸체라고 할 수 있는데,[36] 작가는 이와 같은 형식적 특질을 차용하여 '논리화'의 포즈는 갖추었지만, 이는 매우 이질적이고 돌

---

35 박태원, 「낙조」, 앞의 책, 276쪽.

36 삼단논법이 증명이나 논증을 목적으로 하는 논리학의 기법이라면 수사학에서의 '생략삼단논법'은 대중의 상식을 따르는 설득의 기법이다. 이는 그 전제가 '참'이 아니라 '사실임직한 것 / 핍진성'으로 이루어져 있으며, 보통 삼단논법의 세 절 중 하나가 생략된 불완전한 삼단논법이다. 아리스토텔레스는 생략삼단논법을 '수사학의 삼단논법'(『수사학』)이라고 부른다(Randa Sabry, 앞의 책, 574쪽 역자 주 참조).

출적인 '침입'의 형태로 스쳐 지나갈 뿐이다. 따라서 논리적 형식의 도입이 곧 작품의 논리적 맥락에 기여한다고 볼 수는 없다.

(2) 유희적 우연 처리

위에서 보듯 박태원 소설에서는 '우연'적 설정에 아귀를 맞추기 위해 맥락을 부여하거나 개연성을 억지로 만드는 대신, 태연하게 또는 의뭉스럽게 우연 자체의 그럴듯함을 피력하는 태도가 드러난다. 원래 '사람살이란 그러한 것'이라는 수법으로 눙치고 지나가면서 그것이 전혀 미숙함이나 실수가 아님을 두드러지게 명시하고 있는 것이다. 이러한 박태원 식의 우연처리 방식은 「식객오참봉」, 『천변풍경』에서도 볼 수 있다.

> (A) 나는 종로 네거리를 북쪽을 향하여 횡단하며 그 교제술 능란한 — 특히 오참봉과 친분이 두터운 최성칠이라도 불러 가지고 같이 갔으면……하고 생각하였던 것이나 다음 순간 나는 걸음을 멈추고 눈을 휘둥그렇게 떴던 것이다.
>
> **사실이란 소설보다 기이하였다.**
>
> 바로 지금 순간 나의 염두에 있었던 최성칠 군은 지금 막 출발한 듯싶은 동대문행 전차를 향하여 나의 눈앞을 달음질치고 있지 않은가?[37]

> (B) 실업가 김○○이라는 사람의 생일이 바로 오월 오일 단오날이라고 그러니까 저- '맹상군'의 생일과 바로 한 날이라고…… **불쑥 그러한 소리를 한다면 독자는 응당 작자가 너무나 문자를 희롱한다고 그렇게 말씀하실지 모르지만 그것이 어엿한 사실이니 내 자신 어쩔 수 없는 노릇이다.**
>
> 그리고 암합(우연히 들어맞음—인용자)은 그것에 그치지 않는다. (…중략…)

---

37 박태원, 「식객 오참봉」, 『李箱의 悲戀』, 깊은샘, 1991, 85쪽.

그러나 그 '셋'이라는 숫자에 이르기까지 부합되는 것은 가장 신기한 '우연'이라 아니할 수 없다.[38]

(C) "앗! 누나가 아니냐?"

그래, 순동이가 황망하게 아버지의 소매를 끌어 잡아당겼다더라도, 아버지는 용이히 그 말을 믿을 턱 없이,

"누나라니? 금순이가?"

그러나 딸의 시집은 서울과 상거가 삼백칠십 리-, 그래,

"어림없는 소리 마라. 금순이가 서울엔 왜 와? 딴 사람이다, 딴 사람이야." (…중략…)

그러나 사실 또 만나러 들면 우스운 것이었다. 외로운 아버지와 가엾은 오라비의 생각을, 오직 멀리 남쪽 하늘 위에만 달리고 있던 금순이가, 참말 뜻밖에도 백화점 문간에서 순동이와 마주쳤더라도 그것은 무어 그렇게 있기 어려운 일로 돌릴 것이 못된다……[39]

(A)에서는 머릿속으로 생각하고 있던 친구를 길거리에서 그야말로 우연히 마주치는 장면인데, 전혀 앞뒤 맥락 없는 이 우연적 장면을 서술하면서 '사실이란 소설보다 기이하다'라는 말로 합리화하는 모습을 보여준다. (B)에서는 '사실이니 작자로서도 어쩔 수 없다'는 변명으로, (C)에서는 '그렇게 있기 어려운 일로 돌릴 것은 못 된다'라는 말로 우연을 처리하는 방식을 보여주고 있다. 설사 믿을 수 없을 만큼 기막힌 우연이라 하더라도 그것은 '사실'이거나 '그럴 수 있는 일'이므로 작가의 책임이 아니라는

38 위의 글, 87쪽.

39 박태원, 『川邊風景』, 앞의 책, 322~323쪽.

능청스런 변명인 셈이다.

(3) 서술 시간의 교란

한편 소설 속의 시간과 소설 밖의 시간을 교란시키는 메타렙시스의 양상 역시 살펴볼 수 있다. 이는 서술자가 글을 쓰는 시간, 독자가 책을 읽는 시간, 작품 안의 서사적 시간 등이 뒤섞이거나 혼란을 겪게 만드는 일종의 서술자의 서술 놀이를 보여준다.

> (A) 이렇게 써 놓고 보니까 의외로 길어졌지만 이러한 생각을 하기에는 1분이나 2분…… 고만한 시간밖에 필요하지 않다.[40]

> (B) 그러니까 **독자들 중에 세음 빠른 이는 이제부터도 삼십 분 가량은** 최 주사에게 별반 근심걱정이 없을 것을 알라-[41]

(A)는 『반년간』의 등장인물 최준호가 보름 전 아내와 말다툼을 하다 벌어진 풍파를 떠올리며 그때 깨진 유리창과 그 깨진 창으로 들이치는 빗속에 고생할 아내를 생각하는 대목에 이어서 나온 문장이다. 수십 개의 문장으로 된 그 장면을 '이렇게 써놓고 보니까 의외로 길어졌지만' 그것을 생각하는 데는 불과 '1분이나 2분'이면 족하다는, 내용상 그리 기능적이지 않은 논평을 덧붙이고 있는 것이다.

(B)는 '이제부터 삼십 분 가량은'이라는 말로 소설 안의 시간과 소설 밖 시간을 일치시킨다. 이는 작품 안 최 주사의 서사 시간을 지칭하면서 동

---

40 박태원, 『반년간』, 앞의 책, 281쪽.
41 박태원, 「낙조」, 앞의 책, 263쪽.

시에 작품을 읽고 있는 독자의 '현재'에도 해당되는 말이기 때문이다. 여기서 '삼십 분 동안 최 주사에게 별반 근심걱정이 없을 것'이라는 계산은, 작품 안에 제시된 정보들을 독자들이 '세음(셈)'해 보면 금세 산출이 가능하다. 즉 작품에 제시된 정보를 나열해 보면 ①'(막걸리) 두 사발하고 오 전짜리 밥 한 그릇을 자신 뒤면 최 주사는 적어도 한 시간 가량은 행복할 수 있었다.' ②최 주사가 '재판소 옆 골목 안 술집에서 막걸리와 국밥을 먹은 시각은 7시 가량'이다. ③그가 구둣방에 들어와 앉은 시간은 일곱점 사십 분이다. (술집에서 구둣방까지의 이동 시간은 약 10분으로 계산한다.) 그러니까 이 정보들을 통해 볼 때, 행복이 지속되는 시간 한 시간 가운데 밥 먹은 뒤 삼십 분 가량이 지나고 남은 시간은 삼십 분이 된다. 그러니까 '독자들 가운데 세음 빠른 이는'이라 한 것은, 이러한 전후 관계를 따진 시간 계산을 염두에 둔 것이다. 독자들 역시 소설의 시간 흐름에 자연스레 흡수되고 동화될 것을 종용하는 장치인 셈이다. 이렇게 해서 소설 속 삼십분과 독자의 삼십 분은 동일시된다.

(4) 독자와의 공모

서술자(화자)가 독자(청자)에게 '우리'라고 지칭하며 독자를 작품 안에 편입시키는 양상은 박태원 소설에서 자주 발견된다. 앞의 『반년간』에서도 보았듯이 "그러나 우리는 이따위 말로 철수를 조롱하기를 그치고 다시 이야기를 계속하기로 하자"[42]와 같은 '청유'는 독자를 수신자-청자로 설정하여 말을 건네는 방식과는 다른 뉘앙스를 지닌다. '우리는'이라는 표식은 작자가 독자를 자신의 편으로 끌어들여 관찰, 논평 등의 행위에 개입시키는 방식이라는 점에서 좀 더 교묘한 장치라고 할 수 있다.

---

42 박태원, 『반년간』, 앞의 책, 339쪽.

(A) 이 추측은 최 주사의 성벽으로 미루어보아 **우리가** 어느 정도까지 수긍할 수 있는 것일 게다.

그러나 이러한 자지레한 문제를 가지고 **우리가** 객쩍게 시간을 소비하는 것을 알면 이날 아침의 최 주사는 응당 **우리들을** 경멸할 것이다. 구둣방을 나온 최 주사는 엄숙한 얼굴을 하고 죽음에 관하여 인생에 관하여 골똘하게 생각하고 있었으니까-[43]

(B) 부귀라 하는 것이 **우리에게** 있어, 한 조각 뜬구름일진대, 혼인의 장하고, 또 장하지 못함을 어찌 그러한 것에서 상고하여 마땅하랴. (『천변풍경』, 65쪽)[44]

(C) **우리가** 이미 알고 있는 바와 같이, 그는 가운데 다방골 안에 자택을 가지고 있다. 그러한 그가 종로에 있는 그의 전으로 나가기 위하여, 그 골목을 나와 배다리를 건너는 일 없이, 그대로 남쪽 천변을 걸어, 광교를 지나가더라도 **우리는** 별로 그것에 괴이한 느낌을 갖지 않아도 좋을 것이다. (87쪽)

(D) 이 경우에 매우 여유 있는 심정을 나타내려 한 것으로, **우리의** 입가에 족히 악의 없는 미소를 띠게 하는 것이다. (262쪽)

(E) 그러나 **우리는** 언제까지 그들의 이야기에만 귀를 기우리고 있을 수는 없다. 줏독으로 하여 코가 벌겋고, 둥글넙적하니 개기름이 지르르 흐르는 얼굴에, **우리는** 분명히 기억이 있다. **우리는** 시골서 갓 올라와 근화식당을 찾아가는 이 시골 사람의 뒤를 잠시 **밟기로 하자**. (451~452쪽)

---

43 박태원, 「낙조」, 앞의 책, 265쪽.

44 이하 인용 쪽수는 박태원, 『川邊風景』, 앞의 책 참조.

(F) 오늘 오래간만에 학수의 모양을 **우리는** 발견한다. 일찍이 **우리가** 학수에게서 보지 못하던 것들이 아니냐? (『우맹』 23장 「학수와 건영」)[45]

(A)에서는 '최 주사가 '우리'를 경멸할 것'이라는 기이한 화법을 통해 소설 속 인물 최 주사와 소설 밖의 독자를 동일 지평에 놓는다. 최 주사가 '우리'(작자와 독자를 포괄시킨 대명사)의 세계에 속하는 실제의 인물이거나, '우리'가 작중 인물이거나 둘 중의 하나로 편입되는 것이다. 그러나 또 한편 서술자는 최 주사가 '우리'를 경멸할 것이라는 근거로 '죽음에 관하여 인생에 관하여 골똘하게 생각하고 있'었기 때문이라고 전지적 논평을 가함으로써, 작중 인물과 독자 사이를 마음대로 오가는 서술의 놀이를 보여준다. (B)의 구소설 어투를 흉내 낸 문장에서 '우리'는 작자-독자를 포함하는 더 넓은 일반 주어 개념으로 등장하고 (C)~(F)의 '우리'는 작자와 동등한 위치에서 작중 인물을 관찰하고 작자와 동일한 정보를 가지고 있는 독자를 전제한다. 특히 (E)에서 '잠시' 인물의 '뒤를 밟기로 하자'는 청유는 텍스트의 안과 밖의 시간 개념과 공간 개념을 모두 무너뜨린다.

『갑오농민전쟁』에서도 텍스트 안과 밖을 넘나드는 서술자의 다양한 역할을 찾아볼 수 있다. 일례로 "아니 가만히 있자. 독자들이 (…중략…) 이미 한 번 보신 일이 있지 않은가? 그러니까 장황하게 이야기할 것 없고", "우리(작자와 독자-인용자)는 이미 알고 있거니와"와 같은 진술은 '이야기하기'의 구술적 효과를 극대화하는 한편 독자를 이야기의 현장에 끌어들여 '증인' 또는 '공모자'로 만들고 있다. 이러한 '독자에게 말 걸기' 방식은 고전 서사물 특히 고전 소설의 서사 추동력이자 서술성의 특징인 '서사체 평가절'[46]과 관련시켜 고찰해볼 수 있다. 즉 이는 '허구적인 목소리들 사

45 박태원, 『愚氓』, 『조선일보』, 1938.4.7~1939.2.1

이에 자신의 존재를 드러내는 실존적인 자아의 목소리'로, 구술 문화적 전통을 반영하고 있는 것이다. 그러나 이는 단지 전통의 반영에 그치는 것이 아니라, 서술 내 시간과 서술 밖 시간, 실제와 허구, 구술성과 기술성의 경계선 자체를 자유롭게 넘나들고 있는 것으로 해석할 수 있다.

이상에서 살펴보았듯이 박태원 소설에는 낯설게 하는 효과를 자아내는 다양한 침범들(저자의 침입, 경계의 이탈)이 등장해 저자, 서술자, 등장인물 그리고 독자를 아우르는 일종의 숨바꼭질 놀이를 펼친다. 즉 박태원의 작품들은 스토리를 창조할 뿐만 아니라 스토리의 연쇄를 전복시키는 힘을 가진[47] 메타렙시스의 다양한 가능성을 보여준 서술 실험의 장이었다고 볼 수 있다.

2. 다중 초점화의 양상과 거리두기

1) 대상의 상대화와 자기의 객관화 / 「애욕」, 「옆집 색시」, 「거리」

작가 이상의 연애담을 다룬 「애욕(愛慾)」(1934)은 두 층위의 숨바꼭질로 직조된 소설이다. 그 하나가 작품의 내용을 이루는 남녀의 숨고 숨기는 숨바꼭질이라면 다른 하나는 계속해서 자리바꿈을 하는 초점화자들 간

---

46 '서사체 평가절'이란 구술 서사에서 '화자가 이야기 자체와 갖는 개인적인 연루를 나타내는 구성요소'로 화자가 서사체를 발화한 이유를 드러내는 '평가 행위'를 일컫는다. 평가절은 화자의 위치에 따라 내적 평가절과 외적 평가절로 나뉘는데, 고소설의 경우 말미에 의미를 추리거나, 교훈적 의미를 내세우거나, 독자에게 당부 권면하는 형식으로 편집자적 논평이나 청유 내지 명령형 어투 등으로 나타난다(김현주, 『구술성과 한국서사전통』, 월인, 2003, 140~159쪽 참조).

47 Randa Sabry, 앞의 책, 355쪽.

의 숨바꼭질이다. 이 작품은 흔히 '공적인 인물인 이상의 사생활을 관찰하고 그것을 소재로 한 소설의 제작과정을 적나라하게 보여줌으로써' 고현학과 실험 정신을 구현한 것으로 평가받는다.[48] 그러나 작가가 이 작품에 대해 '주인공은 이상이면서 또한 구보 자신'이라고 밝혔듯이,[49] 작품의 모델이 이상인가 아닌가, 이상의 사생활이 얼마나 리얼하게 재현되었는가 하는 점은 그리 중요하지 않다. 이 소설에서 좀 더 흥미로운 부분은 바로 사태를 바라보는 인물들의 다중적인 시선과 그 교차이다. 「애욕」에 나타난 각 절의 초점화 양상을 구조화해보면 다음과 같다.

1절-1 : 복수초점화(동일한 시간적 상황을 두 초점으로 번갈아 서술. 외적초점화 + 내적초점화)

1절-2 : 내적초점화(남자)

1절-3 : 내적초점화(남자가 하웅임이 밝혀지고 '구보'가 지나가는 인물로 스쳐감)

2절-1 : 가변적 초점화(아이 → 구보 내적초점화)

2절-2 : 내적초점화(구보)

3절 : 외적초점화(까페 안 부랑자들의 대화, 그리고 그들의 대화를 듣는 구보)

4절 : 내적초점화(구보) + 과거의 한 장면(외적 초점화 또는 내적초점화(하웅))이 안긴 형태

5절 : 내적 초점화(하웅) 굴욕을 느끼면서도 그 여자를 사랑하지 않을 수 없는 하웅

6절 : 내적 초점화(하웅) 배반하고 자신을 떠났던 과거의 여자를 다시 만난 하웅

---

48 정현숙, 『박태원문학연구』, 국학자료원, 1993, 318~319쪽.

49 박태원, 「李箱의 悲戀」, 『여성』 4권 12호, 1939.5.

7절-1 : 내적 초점화(아이) 주인과 구보씨의 대화

7절-2 : 내적 초점화(아이) 다방을 찾아온 문제의 그 여인

8절 : 내적 초점화(하웅) 이별을 결심하는 하웅

9절-1 : 내적 초점화(하웅) 배반한 계집에게 모욕을 당하고, 낙향을 결심하는 하웅

9절-2 : 내적 초점화(하웅) 극심한 감정의 동요와 갈등 끝에 다시 여자를 찾는 하웅

구보, 하웅, 영수(다방도리) 세 인물이 각자 '왜 그(또는 나)는 그러한 여자(들)를 사랑하지 않으면 안 되는 것인가'에 대해 의문을 제기하고 각자의 눈으로 사태를 해석하는 것이 이 소설의 뼈대를 이루고 있는데, 그 과정에서 형성되는 인물의 작중 내 위치 변화가 이 소설의 묘미라고 할 수 있다.

(A) 모욕을 당한 것 같은, 섭섭한 것 같은 그런 감정을 맛보며, 남자는 겸연쩍게 여자를 바라보고 (…중략…) 핸드백 속에서 콤팩트를 꺼내 들고, 이렇게 밤늦은 거리에서 화장을 고치고 있는 여자의 모양이, 또 그 심정이, 퍽이나 딱하고 천박한 것같이 생각되었다. 그는 우울하였다. (…중략…) 감영 앞까지 왔을 때, 뒤에서 어깨를 치며,

"하웅!" / 소설가 구보다.

"애인들의 대화란 우습구 승겁군. 그래두 참고는 됐지만……"

하웅은 쓰게 웃고,

"보구 있었소? 여긴 또 왜 나왔소?" / "고현학!"

손에 든 대학노트를 흔들어 보이고, 구보는 단장을 고쳐 잡았다. (제1절-3, 53~55쪽)[50]

(B) 구보는 맞은편 벽에 걸린 하웅의 자화상을 멀거니 바라보았다. 십호 인물형. 거의 남용된 황색 계통의 색채. 팔 년 전의 하웅은 분명히 '회의' '우울' 그 자체인 듯싶었다. 지금 그리더라도 하웅은 역시 전 화면을 누-렇게 음울하게 칠해 놀 게다. (제2절-1, 56쪽)

(C) 나무탁자 위에 백동전 떨어지는 소리가 나고 이제까지 저편에 혼자 앉아 영화잡지만 뒤적거리던 맨머릿바람의 사나이는 밖으로 나간다. 그 뒷모양을 바라보며

"그 웬 작자야?" / "무어 소설을 쓰는 사람이라지 아마. 구포라든가?"

"흥, 그 양반두 예술가로군그래. 미술가. 소설가. 흥" (제3절, 62쪽)

(D) 변소엘 다녀나와, 수통 앞에가 서서 코를 풀려니까, 그새 누가 왔는지 점안에 이야기소리가 들린다.

"그래 당신의 편지를 그 알부랑자 놈들이 왼통 번갈아 읽구, 깔깔대구 웃구, 대체 곁에서 보구 있던 내 마음이 어땠겠수?"

소설가 구보씨의 목소리다. 문틈으로 흘깃 보니까, 주인 선생님은 세수도 안 한 채, 그냥 자리옷바람으로, 아마 생각에 잠겨 있는 모양이다. (제7절-1, 69쪽)

(A)는 남자(하웅)가 여인과 헤어진 이후 구보와 마주치는 장면을 그리고 있고 (B)는 구보가 하웅의 다방에 앉아 그의 초상화를 바라보며 상념에 젖는 장면이다. (C)는 부랑자들의 대화를 듣고 있던 '맨머릿바람의 사나이'가 구보라는 사실이 그들의 대화 속에서 드러난다. (D)는 다방도리 영수가 '주인 선생님'과 '소설가 구보씨'의 대화를 우연히 엿듣게 되는 장면이

50 이하 인용 쪽수는 박태원, 「애욕」, 『李箱의 悲戀』, 깊은샘, 1991 참조.

다. 즉 「애욕」에는 서술자로서 작중 세계를 객관 묘사로 조망하는 구보가 있고, 또한 작중 인물로서 초점화자가 되어 하웅의 행태를 관찰하는 구보가 등장한다. 그는 하웅이 초점화자가 되면서는 보조적인 하나의 등장인물이 되었다가, 영수가 초점화자일 경우에는 하웅과 동일 반열에서 영수의 관찰 대상이 된다. 이런 식의 위치 바꾸기 놀이를 통해 서술자, 화자, 주인물과 부인물의 경계가 무너지고 사태를 바라보고 판단하는 명료한 인식 주체의 존재는 흔들린다. 이는 곧 '연애두, 참 변덕야'라는 영수의 한마디로 압축될 수 있는 연애의 속성, 즉 패를 쥔 주인공이 끊임없이 뒤바뀌고 끝까지 결과를 예측할 수 없는 '게임으로서의 연애'에 교묘하게 들어맞는다. 하웅의 연애놀음의 끝이 어떻게 될 것인지는 예측할 수 없다. 하웅은 수도 없이 여인과 결별을 결심하지만 늘 결정적인 순간 번복을 반복한다. 「애욕」이 보여주는 것은 하웅이 벌이는 연애의 실체가 아니라 그를 바라보는 뭍 시선들일 뿐이다.

여기서 특히 다방도리 영수의 시선은 단연 이채를 발하는 것으로, 시종 구보의 걱정과 하웅의 근심으로 인해 어두운 톤으로 채색되었던 이 작품의 분위기를 일거에 뒤집는 역할을 한다. 총 9절로 된 소설 「애욕」의 7절은 영수가 '소설과 구보씨'와 '주인 선생님(하웅)'의 적나라한 대화를 엿듣게 되고 이어서 문제의 '여인'을 이 작품에서 유일하게 직접 맞닥뜨리는 장면을 연출하고 있다.

> 어디 카페 '쪼쭈-'로가, 그런 것 같지도 않고,
>
> '오-올치 여배운 게로군'
>
> 혼자 고개를 끄덕거리려니까, 여자는 그의 앞에까지 와서 서며,
>
> "하웅씨 계셔?"

어디서 여러 번 들은 일이 있는 듯싶은 목소리다.

'오-올치 허구한날 선생님한테 전화 걸던 여자, 바로 이 여자로군그래.'

새삼스러이 여자의 얼굴을 흥미깊게 보며,

"안 기세요. 지금……"

그리고 씽긋 웃었다. (제7절-2)

아이의 시선 앞에서만 이들 등장인물의 맨 얼굴이 드러난다는 설정 또한 흥미로운데, 이렇게 제3의 시선을 도입하는 수법은 진지함 또는 일관성의 파격을 통해 웃음을 자아내는 데도 효과를 발휘한다.

「옆집 색시」(1933)에서 할멈의 존재 또한 이와 유사한 기능을 한다. 룸펜 인텔리 철수는 학교를 졸업하고 집에서 풍금만 치고 있는 옆집 색시에게 애틋하고 걱정스런 마음을 갖고 있는데, 어쩌면 옆집 색시 역시 취직도 못하고 장가도 못간 자신을 걱정하고 있을지 모른다는 상념에 젖는다. 그런데 이런 감상은 느닷없는 할멈의 개입으로 일거에 반전된다.

그러나 뒤뜰에서 빨래를 널고 있는 할멈 생각에는, 풍금만 치고 있는 옆집 색시나, 대낮이나 되어 자리에서 일어나는 내집 서방님이나, 둘이 다 똑같이 딱하였다.[51]

옆집 색시와 그녀를 바라보는 철수 그 둘에게 동일한 거리를 취하고 있는 제3의 인물 할멈이 존재함으로써 옆집 색시를 대상화했던 인식 주체 철수는 그 지위를 급격히 상실한다. 이렇게 상대화된 시선 앞에 놓인 주체의 유동성, 주체의 상대화라는 아이디어는 「거리(距離)」(1936)에서 좀 더 분명한 모습을 띠고 나타난다.

51 박태원, 「옆집색씨」, 『小說家 仇甫氏의 一日』, 문장사, 1938, 26쪽.

「거리」의 화자 '나'는 "거리 위에서 언제든 갈 곳을 몰라 하는" '룸펜 인텔리 소설가'라는 점에서 소설가 주인공을 내세운 「적멸」, 「피로」, 「소설가 구보씨의 일일」과 같은 계열에 놓여 있으며, 특히 '~고, ~므로, ~였으나, ~인 것은, ~라면, ~라도, ~이요, ~이라'와 같은 접속어미들의 나열로 장거리 문장을 이어가는 박태원 소설 문체가 잘 드러나 있는 작품이다. 여기서 '나'는 어머니와 형수가 대변하는 생활 세계의 삶과는 대척점에 놓인 인물로, 스스로를 이 세계의 '타자'로 인식하는 모습을 보인다. 자기 자신을 '타자'로 인식한다는 것은 먼저 '동일자의 세계' 속에서 그에 환원되지 않는 존재로서 '나'를 인식한다는 의미에서이다.[52] 이는 '게으름'과 '무능'이라는 근대 자본주의의 공적(公敵)에 대한 '나'의 태도에서 그 일단이 드러난다.

> 온 집안이 그만을 믿고 의지하여 오던 형이 죽은 뒤 삼 년, 마땅히 그를 대신하여 온 가족을 부양하여야만 할 내가 도리어 그들에게 부양을 받지 않으면 안 되었던 것은 슬프게도 딱한 일이었으나 그러나 대체 내가 무슨 방도를 가져 능히 그들을 먹여살릴 수 있을 것인가. 게으름에 익숙한 나는 세간 사무에 적당치 않았고 내가 할 수 있는 오직 한 가지의 일로 부지런히 쓴 원고는 아무데서도 즐겨 사주지 않았다. (…중략…) 학교라고는 중학을 마쳤을 뿐인 스물아홉이나 된 사나이에게 아무런 일자리도 있을 턱 없었고 또 허약한 나의 체질은 결코 노동에 견디어 내지 못하였다. (127쪽)[53]

52 세계의 동일성이란 '타자'의 존재로서 즉 동일자가 '타자와 다른 것'으로 설정될 때에야 비로소 인식될 수 있는 것으로, 동일성의 논리는 이 '타자'를 동일자에 환원시키는 것을 목적으로 한다. 이러한 타자에 대한 동일자의 억압과 배제에 대응하여 동일성의 논리를 해체하는 것이 현대 철학의 다양한 시도로 나타나면서 동일자와 타자의 관계에 대한 새로운 성찰이 진행되어 왔다(Vincent Descombes, 박성창 역, 『동일자와 타자』, 인간사랑, 1990 참조). 박태원 소설에서 나타나는 타자적 존재는 동일자의 세계를 비추는 거울의 역할에 그치지 않고, 동일자의 세계를 균열시키고 그 안에서 새로운 가능성을 만들어내는 새로운 주체라고 할 수 있다.

'나'는 '세간 사무'에는 게으르지만 '원고 쓰기'에는 부지런하다는 점에서 '나'에게 '게으름'과 '부지런함'은 단순히 대척적인 개념이 아니다. 단지 나의 '부지런함'이 아무런 경제적 소득을 가져오지 못하며 세상으로부터 인정받지 못한다는 점에서 '게으름'으로 환원될 수밖에 없는 가치라는 점이 문제이다. 그러나 '나'는 그 게으름을 당당하게 인정하고 자신이 노동할 수 없는 이유(허약한 체질)를 결코 부끄러워하지 않는다. 가족들의 무표정에서 '비난과 질책의 빛'을 읽고 '불쾌하게 또 초조하게 혼자 애를 태워도 보'지만, 그가 하는 일이라고는 '갈곳 모르는' 거리를 헤매 다니는 것뿐이다. 그런데 그는 집안에서나 집밖에서나 '타인의 시선'과 마주할 때마다 존재론적으로 피할 수 없는 '불쾌감'을 반복해서 경험하게 된다. 다른 말로 하면 '시선으로서의 타인'[54]을 통해 '나' 자신이 포착되는 방식은 늘 '불쾌'한 감정을 수반한다는 것이다.[55]

> 나는 내가 너무 자주 그들을 찾아가 그들이 나의 심방을 불쾌해 할 것을 겁하고, 또 마주 대하여서는 **그들이 내게 어떠한 생각을 갖고 있는가 그것이 언제든 염려되어**, 만약 참말 나의 심방이 그들에게 우울을 주는 일이 있다면, 그것은 단순히 나의 심방에 말미암은 것이 아니라, 나의 그러한 비굴하고 또 자신없는 태도로서일 것이다. (…중략…) 역시 그것은 내게 대한 그들의 호의로서의 일일 것이요, 따라서 나는 그들의 두터운 우정에 대하여 마땅히 사례하여야만 옳을 것이다. 그러

---

53 이하의 인용 쪽수는 박태원, 「距離」, 『小說家 仇甫氏의 一日』, 문장사, 1938 참조.

54 싸르트르의 시각을 빌리자면, '나'의 의식(자의식) 또는 자아는 '나'의 존재가 있고 나서 그로부터 생기는 것이 아니라 타자의 시선에 의해 '나'가 포착되고 나서야 '나'의 의식이 '나'를 지향하게 되는 것이다. 즉 자아는 타인의 시선을 통해, 타자의 개입을 통해 비로소 발생한다고 할 수 있다(서동욱, 『차이와 타자』, 문학과지성사, 2000 참조).

55 타인의 시선과 '불쾌'의 함수 관계에 대해서는 4장 1절 「소설가 구보씨의 일일」에 대한 분석에서 자세히 다룬다.

나 그러할 때마다 나는 너무나 적막한 내 자신을 돌려보지 않을 수 없었고, 또 그들의 맘씀의 고마움을 느끼지 않으면 안 되었던 까닭에, 나는 언제든 불쾌하였다. (…중략…) 대체 그 어느 생각이 옳은 것이든 간에 그 어느 것이고가 모두 내 마음 위에 부과되는 적지 않은 부담임에는 틀림없는 것이라, (118~119쪽)

친구들을 심방하는 일은 그들을 불쾌하게 할까 저어되는 일이고, 만약 그들이 호의를 보여준다 해도 오히려 그들의 호의에 고마워해야 하는 감정의 지출을 필요로 하는 것이므로 '나'에게는 그 모든 경우가 '불쾌'한 일이 된다. 이는 '나'를 타인의 시선 속에서 포착하는 자가 가질 수 있는 자의식의 한 형태를 보여주는데, 「거리」에서 '나'의 이러한 태도는 끊임없이 타인과의 거리를 확인하며 '불쾌해하는 주체'로 동일자의 세계를 경험할 수밖에 없는 결과를 낳는다.

불쾌를 야기하는 거리 배회와 친구 심방을 단념한 '나'는 동네의 약국 점원과 우연히 친해질 기회를 얻어 그와 함께 동네의 모든 소문을 공유하는 것에서 즐거움을 찾게 된다. 약국 점원은 동네 사람들의 처지와 그들의 병에 대해 '놀랍고 흥미로운 지식'을 가지고 있었고, 따라서 '나'는 그와의 사귐에 '지극히 만족'한다. 그러나 자기를 타인의 시선 앞에 상대화하는 '나'의 자의식이 발동하면서 약국 점원과의 행복한 공존은 깨지게 된다.

나는 그의 이 방면의 지식에 오직 경탄하고 또 남의 비밀이라든 그러한 것을 안다는 것에 제법 흥미를 느꼈던 것이나 문득 그렇게 우리 안집 일에 자세한 그가 바로 그 바깥채에 들어 있는 우리 집안에 관하여 모를 까닭이 없을 게라고 그러한 것에 새삼스러이 생각이 미치자 나는 역시 당황하여 하고, 또 마음에 매우 불쾌하였으나 (…중략…)

> 나는 그의 옆얼굴을 보며 대체 이 젊은 벗은 내게 대하여 어떠한 생각을 가지고 있는 것일까, 그것은 적어도 연민이나 모멸 이외의 아무것도 아닐 것으로, 내가 지금 앉아 있는 이 의자에, 좀 더 다른 사람이 몸을 의지할 때에 그는 틀림없이 나의 불유쾌한 경험에 대하여, 그이에게 또 무책임한 소식을 전할 것이라 깨닫자, 나는 그에게 한없는 혐오와 불쾌를 느끼고, (124~129쪽)

약국 점원과 함께 동네의 모든 소문을 공유하며 즐거워하던 '나'는 자기 또한 그 소문의 주인공이 될 수 있다는 사실 앞에서 다시금 '불쾌'를 경험한다. '나'에게 '놀랍고 흥미로운 지식'이었던 세간의 소문은 바로 자기 자신이 그 소문의 대상이 될 상황에 처하자 '무책임한 소식'이 되고, 점원과의 사귐에서 '지극한 만족'을 느끼던 '나'는 이내 '한없는 혐오와 불쾌'를 느끼게 되는 것이다. 그리고 그는 '사람과 사람 사이에 일어나는 모든 불쾌한 사건이란 그들이 결국 너무나 가까이들 모여 있는, 오직 그 까닭에 틀림없으리라'는 결론을 얻고, 안집과 싸움판을 벌이고 있는 어머니와 형수를 외면한 채 다시 거리로 나선다.

'나'가 파악한 세계는 '이해관계 이외에 아무것도 없'는 사람들의 관계로 점철되어 있고, '나'는 그러한 세계에서 결코 가족의 의리나 인정의 논리에 따라 행동하지 않는다. 밀린 방세를 독촉하는 안집 사람들과 세입자인 자기 가족이 벌이는 소동 속에서 '도리어 속으로는 안집 처지에 동정을 느끼'는 감정적 '모순'을 겪으면서, '넨장할, 부르려거든 정말 순사든 형사를 불러다가 모두들 잡아가든 말든 나는 모르겠다고, 흥하고 부지중에 코웃음까지' 치는 것이다. 결국 사람들과의 '거리'를 갈망하는 '나'는 고독조차 공유하기를 거부한다. '나'와의 우연한 만남에 '지나치게 감격'하며 '자기가 얼마나 고독하였던가'를 열정적으로 호소하는 벗에게조차 나는 '불쾌'와 '격렬한 증오'조차 느끼기 때문이다. 이렇게 볼 때 「거리」는 '타자'로 머물 수밖에 없는 '나'가 이 세계의 '불쾌'를 견디는 방법이 바로 '거리(距離)'임을 시종일관 보여주고 있는 작품이라고 할 수 있다.

다중 초점화를 통해 대상을 다양한 각도에서 조망하는 것이나, 자기 자신을 객관화하여 거리를 두는 것은, 바라보는 시선을 상대화하여 대상의 진실을 다면적으로 조망할 수 있다는 이점이 있다. 이렇게 될 때 확고한 진리나 인식의 가능성은 회의에 직면하게 되고, 보다 다양하고 복잡한 삶의 얼굴들을 들여다볼 수 있게 된다. 상대화된 시선들과 목소리들을 통해 타인과 대상을 객체가 아닌 주체들로 세워 나가며, '공존과 상호작용'의 시각을 펼치는 이들 작품들은 바흐친이 도스토예프스키에게서 발견한 '목소리들이 누리는 전대미문의 자유'[56]와도 상통한다고 볼 수 있을 것이다.

2) 동시대와의 거리—사실과 허구의 경계 넘기 / 『우맹』

'백백교 사건'이라는 당대 초미의 사건을 극화한 『우맹(愚氓)』 역시 이러한 '거리 두기' 또는 '상대화'의 관점에서 접근할 수 있다. 박태원이 상당한 공을 들여 완성한[57] 이 작품은 흔히 박태원 소설 가운데 주변적이고 통속적인 작품으로 취급되어 왔는데, 서술법의 다변화 양상뿐만 아니라 사실(fact)의 픽션화('사실'과 '허구'들을 배치하는 방법, 허구 인물과 실존 인물들을 성격화하는 방법 등), 당대 사건의 해석(작품 외적 해석과 작품 내적 해석의 관계)

56 M. Bakhtin, 앞의 책, 54쪽.

57 박태원은 『조선일보』에 이 작품의 연재를 시작하기 약 두달 전인 1938년 2월 15일부터 22일까지, 취재 과정을 기록한 여행기를 「海西記遊」라는 제목으로 같은 지면에 연재한 바 있다.

과 관련한 다양한 성찰을 요구한다는 점에서 문제적이다.

우선 이 작품의 원전 텍스트와 관련하여 명시해둘 것은, 최초의 신문 연재본 『우맹(愚氓)』(『조선일보』, 1938.4.7~1939.2.1)과 십여 년 뒤 이를 단행본으로 출간한 『금은탑(金銀塔)』(한성도서, 1949) 사이에는 상당한 차이가 있다는 것이다. 이 작품을 언급하고 있는 대부분의 연구들[58]은 단행본으로 묶여 나온 후자를 저본으로 삼고 있으며, 그에 따라 『금은탑』의 한계를 『우맹』의 한계로 바로 치환하고 있다. 그러나 두 작품 사이의 차이 또는 거리는 무시할 수 없을 만큼 크다. 『금은탑』은 원작에서 여러 장을 통째로 탈락시켜 축약했을 뿐만 아니라 문장 차원에서 구두점에 이르기까지 세심한 개작이 이루어졌기 때문이다.

작품의 개작(改作)은 크게 세 가지 차원에서 살펴볼 수 있다. 첫째, 제목 『우맹』이 『금은탑』으로 바뀌었다. '어리석고 눈먼 백성'을 지칭하는 연재본의 제목이 '금은탑(金銀塔)'이라는 상징물로 바뀐 것은 단순히 개제(改題)의 차원을 넘어서서 두 작품이 여러 면에서 상이한 특질과 성격을 지닌 작품임을 단적으로 암시한다. 둘째, 내용이 상당 부분 삭제, 축약, 수정되었다. 제목 변경의 문제는 이러한 내용 삭제와도 관련이 있다. 셋째, 문장 배열, 어휘, 호칭, 구두점에 이르기까지 세심한 고쳐 쓰기가 이루어졌다. 10년의 시차(時差)가 있는 연재본(원작)과 단행본(개작) 사이에는 그만큼 무시할 수 없는 간극 또는 시차(視差)가 존재하는 것이다. 즉 새로 고쳐 썼다는 의미에서의 개작의 문제만이 아니라 1938년과 1949년 사이의 거리와

---

58 대표적으로 정현숙, 앞의 책; 이정옥, 「朴泰遠 소설 연구」, 연세대 박사논문, 2000; 이상갑, 「전통과 근대의 이율배반성–『金銀塔』론」, 『상허학보』 2집, 1995; 전봉관, 「박태원 소설 『우맹』과 신흥 종교 백백교」, 『한국현대문학 연구』, 2006; 류수연, 「통속성의 확대와 탐정소설과의 역학관계」, 『박태원문학 연구의 재인식』, 예옥, 2010 등 대부분의 논문은 단행본 『금은탑』을 기본 텍스트로 하고 있다. 한편 도서출판 깊은샘에서 나온 단행본 『금은탑』(1997)은 제목과 달리 신문연재본 『우맹』을 저본으로 한 것이다.

그에 따른 시선의 변화가 문제된다. 그러므로 두 판본을 함께 검토 고려하지 않고서는 이 작품을 정당하게 평가할 수 없고 그 사이에 잠재된 여러 해석의 가능성을 놓치는 결과를 초래할 수밖에 없다. 특히 『금은탑』의 한계 및 실패로 지적되곤 하는 플롯의 엉성함과 서사 및 인물 형상화의 불균형은 개작된 단행본 『금은탑』이 원작 『우맹』에서 상당 부분 삭제 및 축소된 결과 빚어진 문제라는 점을 간과해서는 안 될 것이다.

우선 삭제 및 축약에 관해서는 두 가지로 살펴볼 수 있는데, 원작에서 통째로 들어낸 부분도 있고, 적게는 문장에서 많게는 몇 단락에 이르기까지 군데군데 삭제된 부분이 있다. 『금은탑』은 총 28개 장으로 되어 있는 『우맹』에서 6개의 장이 사라졌다. 삭제된 장들은 주인공 김학수의 주변 인물들에 대한 정보를 담은 장('사랑과 유명옥', '백주사의 집', '그들의 고독'), 백백교가 행한 혹세무민의 실상을 파헤치고 있는 장('산 속의 妖婆', '새우재의 그믐밤', '세 가지 일')으로 정리될 수 있다. 전자는 애정관계와 인물들의 관계를 해명하는 장들로 이 작품의 통속성을 배가시키는 요소라는 점에서, 한편 백백교의 실상을 보여주는 후자의 장들은 교주 전영호나 그의 숨겨진 아들 김학수를 중심으로 진행되는 전체 서사에서 일탈적인 부분이라는 점에서, 과감하게 삭제된 듯하다. 즉 삭제해도 전체 서사를 크게 훼손하지 않는다는 의미에서 행해진 삭제로 보인다. 단행본이 연재본을 꼼꼼히 다시 수정하여 만들어진 개작이라는 점에서 볼 때 이는 작가의 의도에 따른 것이라고 해석할 수 있는데, 문제는 작가의 모종의 '개선' 의도에도 불구하고 이런 삭제를 통해 작품의 밀도가 떨어진 것은 사실이라는 점이다. 서사의 밀도와 정합성을 떨어뜨리는 과감한 삭제가 행해진 이유를 추측해 보자면, 삭제된 부분들은 서사 진행에 부수적으로만 기능하는 혹은 아무 기능도 하지 않는 '군더더기' 또는 '여담'으로 간주된 셈인데,[59] 원작과 비교되는 사라진 '군더더기'의 빈자리는 위에서 언급했듯이 그리 작지 않다. 왜냐하면 그 삭제된 내용들을 통해야만 비로소 해명될 수 있는 내용들이 있기 때문이다.

예컨대, 작품 첫머리 2장 「온천장 소경」과 3장 「옆방의 중학생」에 잠시 모습을 보인 퇴물 기생 유명옥이 작품 말미 24장 「길을 구하여」, 28장 「가엾은 동무」에서 학수에 대한 절절한 애정을 보이는 내용은, 삭제된 6장 「사랑과 유명옥」, 20장 「그들의 고독」과 같이 학수에 대한 그녀의 깊어지는 사랑을 드러내는 장이 없이는 매우 갑작스럽고 엉뚱하게 비춰질 뿐이다. 24장 「길을 구하여」에서는 학수를 해바라기하며 절대적인 연정을 표시하는 유명옥의 슬픈 사랑에 대해 '그 진정, 그 정열에는 족히 누구의 마음이든 감동시킬 수 있는 것이 있음을 학수는 속 깊이 느꼈다.'고 되어 있는데, 이 역시 유명옥과의 그간의 관계가 제대로 해명되지 않는다면 납득하기 어려운 대목이다.

또한 삭제된 7장 「백주사의 집」은 1장 「경편철도 풍경」에 등장했다가 갑자기 사라져버린 백백교 내부 인물 '백주사'에 대한 정보를 추가적으로 제시하고, 작품의 최후에 김학수가 전영호의 아들이라는 사실을 알아낸 유일한 신문기자 강신호의 존재에도 좀 더 입체감을 부여한다. 4장 「교주와 그 아들」에서 사회부 기자 강신호는 폐병을 앓는 동생의 절친한 벗인 김학수를 교주의 집 근처에서 우연히 마주치고, 이 마주침을 단서로 그는 결국 27장 「강군의 활약」에서 교주와 학수의 관계를 추적할 수 있게

59 '여담(餘談, digression)'은 넓은 의미에서 볼 때, 서사(敍事)의 중심 줄거리에서 벗어나거나 무관한 것 또는 텍스트의 선조성이나 일관성을 파괴하는 모든 텍스트 내적 요소를 아우르는 개념으로, 란다 사브리에 따르면 이러한 '텍스트 내의 타자'의 존재는 텍스트의 존재 양상에 대해 다양한 물음을 제기한다는 점에서 중요한 논의의 대상이 된다(Randa Sabry, 앞의 책, 115쪽).

된다. 즉 『금은탑』에서는 7장이 삭제됨으로써 기자 '강군'이 작품 초반부 4장에 나왔다가 말미 27장에 갑자기 재등장하는 것으로 나오는데, 사실은 그의 등장과 재등장 사이에는 7장이 징검다리로 놓여 있었던 것이다. 유명옥의 경우와 마찬가지로 삭제된 장을 통해야만 주변 인물들의 존재감이 좀 더 설득력을 얻을 수 있게 된다.

한편 한꺼번에 삭제된 14장 「산 속의 요파」, 15장 「새우재의 그믐밤」, 16장 「세 가지 일」은 백백교 사건에서 핵심이라고 할 수 있는 문제, 즉 '어떻게 그런 일이 일어날 수 있었을까', '도대체 무슨 일이 벌어진 것일까'와 같은 동시대인들의 물음에 대한 소설적 재구성이라고 할 수 있다. 백백교라는 유사종교와 그 교주에게 그렇게 많은 이들이 아무 의심 없이 걸려들었다는 것, 그리고 그렇게 많은 살인과 악행이 저질러졌음에도 오랫동안 누설되지 않고 철저히 은폐되어 왔다는 것은 상식적으로 도저히 믿기 어려운 일이었을 것이기 때문이다. 이 사건은 도피한 교주를 경찰이 추적한 지 두 달여 후에나 신문잡지 기사를 통해 서서히 알려지기 시작했는데,[60] 작가는 한 가족이 백백교에 투신하여 모든 것을 잃고 몰살당하기까지의 전 과정을 '홍서방네 일가족'을 등장시켜 매우 세밀하게 보여주고 있다. 작가가 백백교의 실상보다는 '악마의 아들'이자 그의 대속자(代贖者)인 김학수라는 인물을 그려내는 데 이 작품의 생명을 걸었다는 점에 비춰 볼 때, 이러한 세밀화는 실상 서사에서 일탈한 부속적 장면들로 볼 수도 있다. 그러나 다른 한편으로 볼 때 이는 당대의 사건을 어떻게 픽션으로 처리할 것인가에 대한

---

60 사건의 충격파를 우려한 당국의 보도금지 조치로 37년 2월 교주가 몸을 숨긴 후 두 달여 간 보도가 되지 않다가, 1937년 4월 13일자 신문 호외로 백백교 사건이 비로소 세상에 알려진다. 이후 1937년 6월 『조광』에 「백백교 사건의 정체」라는 기사가 실리고 1940년 5월에 같은 지면에 「백백교 사건 공판 방청기」가 게재되었다. 『우맹』이 연재되기 전 『조선일보』에 실린 '연재예고'를 보면, 박태원은 사건이 알려진 뒤 6개월간 작품 집필을 준비했다고 한다.

고민의 산물이었다는 점에서 결코 무의미한 장치라고 볼 수 없다.[61]

백백교의 혹세무민과 범죄의 실상을 구체적으로 그리고 있는 세 장의 탈락은 결국 제목의 변경을 초래한 중요한 변수라고 할 수 있다. '우맹(愚氓)'이라는 의미가 백백교의 간부들과 신도들과의 관계에서 조명될 수 있다고 할 때, 이 세 장이 사라짐으로써 이 소설에서 백백교라는 사이비 종교의 내부적 실체와 그 의미는 크게 축소될 수밖에 없고, 상대적으로 아버지 전영호와 아들 김학수의 갈등 및 심적 고뇌가 부각되는 결과를 낳기 때문이다. 김학수와 직접 관련이 없는 사실들이 대폭 사라짐으로써 작품의 서사는 김학수의 서사임이 분명해지고 따라서 그의 희생이 이 작품의 주제로 오롯하게 재정립되는 것이다. 그리고 여기에 '우맹(愚氓)'이 '금은탑(金銀塔)'으로 바뀌게 된 근거가 놓여 있다.

그렇다면 개작에서 표제로 선택된 '금은탑(金銀塔)'은 어떤 의미를 가지고 있는가. 8장 「장수산행」에 그 답이 들어 있다. 비교적 앞부분에 해당하는 이 장의 배치는 바로 학수가 '금은탑'을 대면하고 그 의미를 통해 자신의 나아갈 길을 발견하게 만드는 일종의 복선 기능을 한다. '금은탑'이란 '죄를 짓고 신벌(神罰)을 받은 부모의 죄를 빌기 위해 그 딸이 지은 석탑'이라는 전설이 있는 탑으로 '대속'을 상징하는 장치이다.

---

61 『우맹』에서 백백교의 살인 장면을 형상화하는 박태원의 태도에 대해 김남천은 다음과 같은 흥미로운 지적을 한 바 있다. "구보 박태원씨의 『우맹』이 아마 신문학 있은 이래 보기 드문 살인을 많이 하였다 할 것이나, 이것은 구보의 취미나 구상방식에는 맞지 않는 일이였다. 그러므로 구보가 살인기록의 보지자가 된 것은 전혀 타력에 속한다 할 수 있을 것으로, 말하자면 『우맹』의 자료가 된 우리 백백교주의 덕분이라 할 것이다. 이점, 구보는 김용해 교주에게 사의를 표해 마땅할 것이다. 그러나 『우맹』의 독자는 알 일이지마는, 살인을 치를 때마다 구보는 낯을 찡그리고, 차마 못할 짓을 하는 것 모양으로 아주 인정주의적 애상에 물들려 있었다. 나는 그것을 보면서 무척 구보에게 연민을 느꼈다. 이왕 백백교를 쓰는 바엔, 작자는 좀 더 잔학하고 잔인하고 매정해도 되지 않을까." (김남천, 「殺人作家」, 『박문』 10, 1939.8)

문득 길가 조고만 언덕우에 칠층석비(七層石碑)가 서잇슴을 본다.

"이게 금은탑(金銀塔)"

주지는 그아페 걸음을 멈추고 뒤따라 이른 학수와 음전을 도라보앗다.

"옛적에 딸을 데리고 어느 내외가 여기를 왓섯더라는군 예서 금은등속이 난다고 흙을 파고 돌을 깨트리고 그랫더라나? 그래 이산의 신령님이 자연의 경치를 손상해 노핫다고 신벌(神罰)을 나리여 내외가함께 죽엇다는군. 그래 어미 아비 다일흔 딸이 신령님 벌역이 하무서워 이 석탑을 지어노코는 그대로 어데론가 가버렷다고-. 그냥 전하여 나려오는 이야기지."

이 한토막 전설을 듯고 잇는 동안 학수는 난데업시 그가 엽슨 딸에게다 자기의 신세를 비겨본다. 아버지는 금은을 채굴하기위하여 자연의 경치를 손상한 일은업다. 그러나 남들에게 의로웁지 안흔 일을 하는 죄는 그런 것에 비길 수 업게 클께다. 학수는 신벌을 바더 애닯게 도라간 아버지의죄를 빌기 위하여 자기가 이와가튼 석탑이라도 싸 올리는 광경을 저 모르게 눈아페 그려보고 마음이 어두엇다.[62]

학수는 금은탑 앞에서 아버지의 죄를 빌기 위하여 자기가 석탑을 쌓아 올리는 광경을 상상해 보는데, 이는 학수가 아버지의 죄를 대속하는 임무를 맡을 것임을 암시하는 장면으로 풀이할 수 있다. 실제로 그는 아버지의 죄악 앞에 속수무책인 자신을 견디다 못한 나머지 속세를 떠나 중이 되는 한편, 백백교의 악행이 만천하에 폭로된 이후 자결하는 것으로 그 대속을 완수한다. 『우맹』과 『금은탑』 모두 학수의 죽음 즉 대속과 희생으로 마무리되는 결말을 보이는 것에서는 동일하다. 이는 애초에 이 작품의 서사가 궁극적으로 백백교 사건 자체보다는 대속이라는 주제로 정향되어 있음을 보여주는 증거라 할 수 있다.[63] 결과적으로 보자면 학수의 고뇌

62 박태원, 「장수산행 (10)」, 『愚氓』, 『조선일보』, 1938.6.17 석간, 4면.

와 대속이라는 이 작품의 중심 뼈대를 확고하게 하기 위하여 부수적인 부분들의 삭제는 충분히 납득 가능한 것이지만, 동시에 원작 집필 당시 그 '군더더기'들이 담당했을 기능들을 소거해버렸다는 점에서 성취와 한계를 동시에 안게 된 개작이었다고 평가할 수 있을 것이다.[64]

『우맹』은 백백교 교주의 (가상의) 아들 김학수를 주인공으로 하여 '잔악무도한 죄인'을 아버지로 둔 그의 내면의 고뇌를 중심축으로 놓는 한편, 백백교 안팎의 다양한 인물들을 배치하여 백백교의 주변과 내부를 들여다보고 있다. 특히 흉악한 사건 이면에 감추어진, 가해자 / 피해자 또는 선 / 악의 구도로 단선화 되지 않는 인물 개개인의 이야기가 펼쳐진다는 점이 픽션으로서 이 작품의 장점이라고 할 수 있다. 예컨대 교주의 애첩이 되어 떠나버린 음분한 아내를 찾아 서울 거리를 전전하지만 이내 아내의 배신으로 목숨을 잃는 맹가의 이야기는 '슬픈 사랑'(22장)으로 자리매김 되고, 백백교의 2인자로 군림하다가 교주의 명을 거역했다는 죄목으로 살해당하는 근동위 조원준의 '우울'(11장)은 백백교 내부의 치부를 밝히는 하나

63 물론 철저하게 자신의 존재론적 고민을 '희생'으로써 해결할 수밖에 없는 캐릭터라는 섬 때문에 김학수의 성격에 대해서는 단조로움과 성격화의 파탄이라는 한계를 지적할 수밖에 없지만, 이는 '대속'이라는 주제에 따른 기획된 한계라고도 볼 수 있을 것이다.

64 그밖에 어휘, 문장, 문단 차원에서 이루어진 세심한 개작(改作)의 흔적을 몇 가지 짚어 보면 다음과 같이 유형화할 수 있다. 먼저 단어 차원에서 어휘를 상황이나 분위기에 맞게 수정하였는데 일례로 "껍질을 벳긴다"는 "껍질을 깐다"로, "돼지"는 "꿀꿀이"로, "판돈"은 "껨다이"로, "핑구"는 "팽이"로 바꾸는 식이다. 방언이나 속어를 순화 또는 교정한 경우도 있지만 오히려 그 반대로 말맛이나 분위기를 살리기 위해 표준어를 비속어나 외래어 또는 방언으로 바꾼 경우도 많아 이채롭다. 문장의 경우 수식어 또는 문장 부호를 첨가하거나 빼는 방식, 어미를 바꾸는 방식, 문장 전체를 바꿔 쓰는 방식 모두 발견된다. 예컨대 "그애는, 그저 안 돌아왔느냐?" 한다.(愚氓) "그애는 그저 안 돌아왔느냐?"(金銀塔) / "어쩌긴? 별수 있나? 쉬- 락향을 하겠다던가?"(愚氓) "어쩌긴? 이제 낙향이나 했지, 별 수 있나?"(金銀塔) / 아버지는 그의 좀 여윈 듯싶은 뺨을 가엾게 바라보며 말하였다.(愚氓) 전영호는 다섯 달 전에 본 때보다 좀 여윈 듯싶은 그의 얼굴을 가엾이 바라보며 부드러운 음성으로 말하였다.(金銀塔)

의 사건으로 제시된다. 무엇보다도 이 작품에서 특징적인 것은 당대 현실에서 '악마'로 자리매김 된 교주에게 '아버지' 즉 인간의 얼굴을 지속적으로 부여하고 있다는 점이다. 한 인간이 시종일관 철저하게 '살기'의 눈빛만을 보낼 수는 없다는 것, 그에게도 아들을 향한 '자애 깊은' 눈빛이 있다는 것은 이러한 종류의 통속물에서는 보기 드문 설정이라고 할 수 있다.

> '대원님'으로서의 위엄은 찾아볼 수 없고, 그 얼굴 그 음성에, '아버지'의 사랑만이 가득하다. (…중략…) 만약 '삼천교도'를 자기 한몸으로 지배할 수 있다는 '교주'의 매력이 그를 제법 강렬하게 끌지 않았더면, 전 영호는 오직 아들의 행복만을 빌어, 자기의 모든 사랑과 정성을 바치는 평범하고 좋은 아비로서 늙었을지도 모른다. (4장 「교주와 그 아들」)

> 전 영호의 반생은 그대로 죄악의 역사이었다. 그러나 그는 감히 뉘우치려 안 한다. 뉘우쳐서 마음의 평안을 도모할 수 있게 적은 죄가 아님을 그는 제 자신 잘 알고 있었기 때문이다. (…중략…) 아들 앞에 그는 죄 많은 저의 몸이 부끄러웠다. (…중략…) 두려움을 모르는 그로도, 자기 운수가 이제 다할 날이 반드시 있을 것을 믿었다. (5장 「거리의 철학자」)

> 자애 깊은 눈이, 애흡는 아들의 몸 위를 두루두루 더듬기에 바쁘다. (…중략…) 언제 참말 학수가, 자기와 자기 일당의 범죄 사실을 눈치라도 채고, 그 마음에 놀라움과 슬픔을 가지게 될지 모르는 일이다. (23장 「학수와 건영」)

> 아들에게 버림을 받은 자기– 대원님의 입에서 한숨이 새어나왔다. (24장 「길을 구하여」)

'아들'의 괴로움에 가슴아파하는 또는 자신의 '죄'에 대한 자의식을 가진 교주의 '내면' 묘사는 일면 일관성을 결여한 모순적인 인물형상화로 비춰지기까지 한다. 헤아릴 수 없는 많은 이들을 살해하고도 끄떡없던 '악마'가 아들 앞에서 '죄 많은 저의 몸'을 부끄러워하는 한다는 것, 천인공노할 당대의 '악인'에게 '내면'을 부여한다는 것 자체가 당시의 통속적인 공감대와는 배치되는 이례적인 포즈라고 할 수 있다. 이는 교주의 악행을 그려내는 대목과 대조해볼 때 그 이질성이 확연하다.

> 대원님은 냉혹한 눈으로 발아래 움지기지 않는 고깃덩어리를 나려다 보며 말하였다.
>
> "동오. 갖다 묻어라."
>
> "예-"
>
> 장동오의 대답은 역시 떨렸으나 그는 근동위를 무덤구멍에 파묻기 전에 그의 주머니를 뒤질 것을 잊지 않았다. 대원님은 그 모양을 일종 만족한 웃음조차 띠우고 지켜보았다. (…중략…) 아직도 활활 일어나는 화톳불 앞에 말없이 서서 두 지갑에서 끄낸 돈을 헤고 있는 대원님의 모양이 문득 요괴와 같이 느껴진다. 장동오는 깨닫지 못하고 왼몸에 소름이 쪽 끼쳤다. (18장 「墓穴」)

살인을 행하며 '웃음조차 띠우는' 교주의 모습은 그의 수하 장동오의 눈에도 '요괴와 같이 느껴'질 정도로 냉혈한다운 것으로 그려진다. 아버지로서의 전영호와 교주로서의 전영호가 도저히 동일인이라고 믿겨지지 않으리만치 두 장면은 이질적이다. 이 불균형이 이루는 심각한 대조는 독자 입장에서는 부조화와 혼란을 야기하는 근거가 되기에 충분하다. 그런데 이 작품이 인물 형상화에 있어서 착종이나 실패를 가져왔다고 단정하기에는 논의의 여지가 있다. 왜냐하면 그러한 교주의 '이중성'이 바로 이 작품에서 주인공 김학수의 존재감을 뒷받침하는 유일한 근거이기 때문이다. '아버지가 만약 남에게도 좋고 또 착한 사람일 수가 없다면, 차라리 자기에게도 악하고 나쁜 아버지였으면 싶었다'는 그의 내면 고백에도 드러나듯이, 결국 세상을 등지는 길을 선택할 수밖에 없었던 학수의 깊은 슬픔은 바로 아버지의 그런 두 얼굴에서 기인한다. 즉 피도 눈물도 없는 '악인'의 얼굴 이면에 '아버지의 존재'가 자리 잡고 있음으로 해서 이 통속적인 사건에 '고뇌하는 개인'이 개입할 여지가 생긴 것이다. 따라서 이러한 교주의 '두 얼굴 드러내기'는 사실성이나 개연성의 차원을 넘어서 서사의 파탄이나 성격화의 파탄과는 구별되는 서사적 방법론이라고 할 수 있다.

이렇게 서술자의 방법론으로 설정된 '교주의 내면 드러내기'는 그것 자체로 또한 두 얼굴을 가지고 있다. 유명옥과 차문달 등 학수 주변 인물들의 학수에 대한 끝없는 애정, 백백교로 집안이 몰락한 최건영의 여동생 음전(『금은탑』에서는 정순)에 대한 학수의 가슴 아픈 사랑과 더불어, 아들에 대한 교주 전영호의 절절한 사랑 등은 모두가 지극히 온정주의적인 시선에 입각한 통속적 요소로 읽힐 여지가 다분하다. 즉 '극악무도한 악인'과 '자애로운 아버지'의 공존은 '인정주의적 애상'[65]의 차원에서 통속성을 강화하는 요소가 될 수 있다는 것이다. 그러나 이 작품이 단순히 야누스적 존재의 두 얼굴을 보여주기보다 그가 가진 내면의 혼란과 번민을 그의 목소리를 통해 드러내고 있다는 점은 흔히 대중적 흥미에 영합하는 통속

65 김남천은 '인정주의'를 박태원 소설의 통속적 요소로 지적한다. "손을 대여 파헤치기는 하면서도, 눈을 딱 지르감고 해내치지 못하는 곳에 구보의 사랑스러운 인정미가 있다. (객담이지만 이러한 인정주의가 『천변풍경』 같은 데서는, 예(例)하면 여급 기미꼬의 의협심으로써 나타났는데, 나는 이것을 구보의 통속적요소라고 생각하고 있다. 『우맹』에는 김학수, 기생, 고학생등의 관계로써 나타나있다고 생각한다.)" (김남천, 앞의 글 참조)

적 작품과는 일정한 거리를 취하고 있음을 짐작하게 한다. 이는 통속성 또는 통속소설이라는 경계 설정을 통해 이 작품을 위치 지우려는 시도 또한 혼란스럽게 하고 있다.

『우맹』은 시대상의 시차가 있는 역사물이 아닌 '당대 사건의 픽션화'라는 점에서 본다면 또 다른 측면에서 단지 '통속적'이라고 치부할 수 없는 의미를 건져낼 수 있다. 이 작품을 쓸 당시 작가가 주안점으로 두었던 것은 백백교의 실체나 사건의 진상을 보여준다는 종류의 것은 아니었다. 사건의 진상을 파헤치는 것은 기자의 몫이며 소설가의 몫이 아니라는 인식이 작가에게 뚜렷했던 것으로 보이고,[66] 따라서 소설로 당대 초미의 관심사를 다룰 때의 자세가 어떠해야 하는가에 대한 고민이 그의 소설 쓰기 과정에 개입될 수밖에 없다. 소설로써 이 사건을 접근할 때 '사실'로 파악되는 정보와 허구의 요소를 어떻게 구분 또는 조합할 것인가 하는 점이 문제가 되며, 픽션화의 의도를 어디에 둘 것인가를 고려해야 하는 것이다. 당대의 대중들에게 '경악'을 불러일으킴과 동시에 통속적인 '흥미'의 대상이기도 했던 사건인 만큼, 그에 대한 거리 조절과 서사화는 쉽지 않은 과제였으리라는 것을 짐작할 수 있다.

『우맹』의 등장인물들은 '백백교 사건'에 관한 당시의 신문 잡지 기사에 등장하는 인물들이 허구화된 형태로 나타난다. 교주 전용해를 전영호로, 이경득을 구경득으로, 장서오를 장동오로, 백백교 사건의 폭로자 유

66 이 작품의 취재기인 「海西記遊」를 보면, 박태원은 취재 과정에서 신문기사 이상의 것을 새롭게 발견하지는 못했다고 술회하고 있는데, 백백교의 실상을 낱낱이 보여주는 것은 애초에 그의 목적이 아니었다. 「海西記遊」에 나타난 취재과정을 살펴보면 백백교 사건의 주요 배경 중 하나인 해주 지방을 답사하고 있는데, 해주 요양원, 신천온천 등 주인공 김학수의 주된 이동 경로와 백백교의 폭로자 최건영과 관련된 공간 설정을 위한 답사가 여행의 주된 목적이었고, 이는 이미 취재여행 이전에 김학수를 주인공으로 하는 작품의 전체 구상을 끝낸 상태였음을 말해준다.

殺人鬼全龍海는
楊平山中서自刎

四月七日東大門署搜査隊가發見
李敬得取調로隱所를推定

악마의 현신인교주전룡해는검
거의손이뻐친 이월십륙일밤 부
내 [illegible]십리경 구백오십구번지류
인호(柳寅浩)의집을 탈출하자그
길로 곳자기의집인 애경정일정
목사십구번지에달려가 자기가가
장사랑하는 죽은본처의소생 부
내소사청일백단십이번지 충신화
원(忠信學院)잡번생 전승기(全昇
錫)(一八)는 그보호를 측근자인간
부리경득(李敬得)에게 부탁하고
애첩장자봉의 손회(孫姬) 해순
(海順)(一八)이란두소녀를 다리고
대절자동차로 곳양평군단월면행
소리(楊平郡丹月面杏蘇里)사청에
잇는 은가에향하얏다 전기장자
봉은 교주가룡욕한수백명의 묘
령여성가운데서도 제일교주의정
신을끄는 미인으로 그는 일직
이 부내 모여자고등보통학교삼
학년을 중도퇴학한 그의 애첩
중에 제일 인테리여성이라고한
다 그는 신변에가일각으로 닥
처오는 검거의 손을피하야 인
적으륙론 언제 초부의 독기소
리조차 드러본것도갓지안흔 비
솔고개([illegible])의 밀림지대에서
나제는 술에취하야 해를보내고
밤이되면여성들과음락(淫樂)의생
활을하여왓다

이월 이십일일 새벽에는 벌
서 전기 세여서온 악마의손
에 걸려 원한의 최후를 지어
버렷스며 동시에 그는전신중석
을 감추어버렷다

동대문서에서는 기괴한비밀을
한몸에품고 사라저버린『살인교
단』(殺人敎團)장의 행방에대하야
류치중에잇는 중요간부외 그가
관계한여성들의 진술을종합하야
보앗스나 도무지 알길이업스며
그의측근자 리경득(李敬得)의입
으로부터 그가검거의손이 뻐친
뒤로는 갑작이 풀이죽어 세상
을비관하며 항상죽어버릴것을말
하고잇섯다는점으로 미루어 그
는 멀리로도주하지는안핫슬것이
니 아직 양평산일대에숨어잇
든지 그러치안흐면 죽엇슬것을
단정하고 그지방일대 산을샅샅
히 뒤주기로결정하엿다

사월륙일아침일곱시 봄날의햇
발이 아직떠오르기도전에『지까
다비』에각반 세비로에몸을가볍

(敎主의아들 全鍾基)

게한 동대문서원열다섯명 경찰
부원 열명은 동대문서 청야고
등주임(淸野高等主任)의 지휘아
래 각각권총을 몸에품어 비밀
히무장하고 경제구삼구팔호외한
대의 경전대절『뻐쓰』에갈러타고
용약현장으로 행하엿다

동행하엿는 좌등양평서장(佐
藤楊平署長)은 곳본서로 도리
와 이것을 동대문서에 급보하
엿다 취입방편강(片岡) 동대문
서장 중촌(中村) 경찰부고등과
장 장기(長崎)경성지방법원검사
는 교주의 아달 전종기(全鍾
基) 측근자리경득 교주의 첩김
[illegible]를 다리고 교주인가 아
닌가를 단정하기 위하야 현장

龍門山을警戒하는武裝警官隊

으로 급행하야 팔일아침 실지
검증을하엿다 시체는 해부할결
과 이월이십사일경 죽은것
으로 추측되나 산그늘 소나무숩
에 잇섯기때문에 과히 부란하
지는 안핫스나 코아래로 얼굴
절반이 업서저잇슴으로 아러보
기가 극히 곤난하나 전기세사
람은 그것이 『대원님』의 시체
임에 틀림업다는것을 말하엿슴
으로 그것으로 단정할수밧게업
스며 시체는 해부를 마친다음
곳 향소리공동묘지에 매장하고
수사대는 구일 오후두시까지에
위선 전부 도라왓다

그러나 과연 이것이 색마살
인귀(色魔殺人鬼)의 속죄(贖罪)
의길인지 아닌지 그리고 또한
자살인지 타살인지는 당분간그
자신이 알고 하늘과 땅 묵묵
한수풀만이 아는 비밀이라고할
수밧게업다

道一峯天險속에
幽閉된密林地帶

이속에파뭇친원귀는몃몃?

敎主自殺現場踏破記

杏蘇里에서特派員 金承燾 手記

출동하야 피여오남자교도와 마
음대로 능욕한여자를 조금도꺼
리낌업시 살해하야서는 암장하
야버린장소――교주전룡해가 악
마가튼 죄악으로 물드려진일생
다는 정보에 용약활기를띤 백
명이나 되는 수사대는 사월륙
일이래 향소리부락입구에서부터
외인은 한거름도 드려보내지를
안는 엄계망(嚴戒網)을 느리고

〈백백교 사건을 알리는 호외 기사 중에 실린 교주의 아들 전종기의 사진〉

곤용을 최건영으로 바꾸어 실명을 감추거나 비트는 한편, 대부분의 인물들을 새로 창조하였다. 허구의 인물을 창조하여 실존 인물과 함께 배치하는 방식은 역사 소설에서 흔히 볼 수 있는 것이므로 그다지 새로울 것은 없다. 그러나 이 작품에서 교주의 아들로 창조된 김학수의 존재는 이채를 띤다. 그 역시 현실의 실존 인물을 모델로 했으리라는 추측이 가능하지만, 소설 속에서조차 김학수가 허구적 창조물인지 실존 인물인지에 대해 지극히 모호하게 처리되어 있기 때문이다.

실제로 교주에게는 전종기라는 아들이 있었던 것으로 기록되어 있다. 백백교 사건 내용이 처음 공표된 신문 호외에는 그 아들의 사진과 함께 그가 다녔던 충신학원의 담임 교원을 인터뷰한 기사가 실려 있다.[67] 이에 따르면 전종기는 "대단 온순한 아이"로 "몸이 약하야 가끔 결석은 하엿스나 마음은 대단히 착한 아이"였다고 하며, 게다가 "그리 쾌활한 편은 아니고 늘 무엇인가 생각하고 있는듯한 침울한 편"이라고 증언되어 있다. 앳된 티를 채 벗지 못한 까까머리 학생의 사진과 담임 선생의 저러한 증언들은 삼면 호외의 전체 내용 가운데 가장 이질적이다. 이는 백백교 폭로 기사들 가운데 주변적인 부분이라고 할 수 있고, 따라서 일반인들은 그냥 무심히 지나칠 수도 있을 내용이지만, 작가가 김학수라는 인물을 창조하는 데 주요한 모티브를 제공하고 있는 정보들임은 분명해 보인다. '온순', '유약', '침울'과 같은 전종기에 대한 수식어들은 김학수에게 그대로 적용될 수 있기 때문이다. 또한 교주 전용해가 김두선이라는 가명을 사용하고 아들 이름을 김종기로 기입하고 있었다는 신문 정보로부터, 소설 속 '대부(代父)' 김윤옥과 김학수의 관계가 추론되었음을 짐작할 수 있다. 즉 『우맹』이라는 작품의 발단은 백백교 사건 자체라기보다는 교주의 선량하고 침울한 또

67 「乃子의 入學願書에 宗教欄은 "無" 전종기 擔任教員 談」, 『조선일보』, 1937.4.13, 3면.

불행했을 아들 전종기의 존재로부터 기인했던 것이다.

이 작품의 내용에 따르면, 김학수가 교주의 아들이라는 사실을 아는 사람은 교주와 김학수 자신을 제외하면 백백교의 내부자들 몇 명에 불과하다. 김학수의 존재는 아들의 신상에 닥칠 수 있는 위험을 고려한 전영호의 계획에 따라 철저하게 비밀에 부쳐진다. 다른 사람의 호적에 입적된 채 길러진 것으로 설정되어, 그들의 부자 관계는 아무런 실체적 단서도 갖지 않은 채 추적 불가능한 사실로 은폐된 것이다. 소설의 서술에 따르면 이 사실을 밝혀낸 사람은 신문기자 강신호뿐인데, 그는 김학수를 스승처럼 존경하며 따르는 차문달의 간청으로 그 사실을 기사화하지 않기로 약속하고 그로써 사실은 다시 비밀로 묻히게 된다.

> "아직 절대로 남에게 말은 마오. 참 절대로 말을 마오. (…중략…) 이건 아직 경찰에서도 모르구 있는 사실이니 아무에게도 말은 마우." (…중략…)
>
> 못 믿을 일이었다. 도무지 못 믿을 일이었다. 그래 차문달은 강을 다시 보고 물었다.
>
> "경찰서에서도 모르고 있다는 일을 강선생은 어떻게 아셨나요?"
>
> 강은 또 자랑스러히 설명하였다. (…중략…)
>
> "하여튼 인제도 학수 있는 곳을 못 아르켜 주겠소?"
>
> 강이 다시 한번 조르는 말에 문달은 그제야 그의 얼굴을 나려다 보고, 문득 달려 들어 억센 손으로 그의 어깨를 으스러지게 붙잡고 말하였다.
>
> " (…중략…) 결코 그를 찾아가서는 안됩니다. 또 그가 교주의 아들이란 걸 말로나 글로나 발표를 해도 안 됩니다. 신문기사가 얼마나 값나가는 것인지는 모르지만, 사람의 목숨과 바꿀 수는 없겠지요. 내 앞에서 맹세를 하시오. 아무게도 말을 않겠다구."

차문달의 말소리는 극히 낮았으나, 그 속에는 중대한 결의가 느껴졌다.

강은 숨찬 위압을 그에게서 느끼며, 잠시 그 얼굴을 치어다보다가 마침내 말하였다.

"발표 않겠소." (27장 「강군의 활약」)

'신문기사가 사람 목숨보다 더 값나가는 것일 수는 없지 않느냐'는 차문달의 설득에 결국 강 기자는 기사화하지 않겠다는 약속을 '맹세'하는데, 이러한 결말 처리는 독자에게 몇 가지 흥미로운 문제를 제기하는 효과적 장치라고 할 수 있다. 먼저 당시 이 사건에 대해 언론에 기사화된 내용이 과연 '진실'인가 혹은 '전부'인가라는 물음이 가능하다. 이 작품에서는 '학수'라는 인물에 대한 기사화 문제에 국한시키고 있지만, 이는 신문 게재 해금 이후 쏟아져 나온 그러나 지극히 통제된 형태로 풀려난 정보들의 신빙성을 의문에 부치게 만든다. 또 하나는 이 소설의 주인공인 김학수의 실존성에 대한 물음이다. 실명을 사용하지는 않았지만 충분히 실명을 추측할 수 있도록 고안된 명명법(전용해 → 전영호, 장서오 → 장동오 등)은 이 작품을 실화소설로 받아들여지게 만드는 하나의 단서가 될 수 있다. 그런데 작품의 중심인물인 김학수라는 존재가 결국 신문기사화 되지 않은 '은폐된 정보'임을 내세움으로써 이 소설은 김학수라는 존재의 실존 가능성에 대해서도 의문을 품게 만든다. 소설의 내용에 따르자면 김학수는 실존인물인데 공개가 되지 않은 채 영원히 비밀로 묻혔다는 것을 암시하기 때문이다. 흥미로운 것은 그 비밀이 작가와 독자 그리고 몇몇 등장인물 이렇게 3자가 공유하는 비밀이라는 것이다. 작가가 이 작품에서 말하는 바에 따르자면 이 비밀을 모르는 즉 이 정보로부터 소외된 것은 역설적이게도 현실의 신문들이다. 여기서 '신문=사실, 소설=허구'라는,

'사실'과 '허구'의 경계는 허물어지고 진실성은 영원히 미궁으로 빠져버린다. 이는 신문이 전달해 주지 않는 사건은 발생하지 않은 것이며 미디어가 '존재한다고 전함으로써만' 사실이 존재하게 되는[68] 근대 대중 미디어의 속성을 역설적으로 보여준 것일지도 모른다.

'백백교 사건'을 소설로 쓰겠다는 계획을 발표했을 때 '대부분의 사람들'은 '글세, 과연 그것이 소설이 될 수 있을까'라고 고개를 갸웃거렸다고 한다.[69] 유례를 찾아보기 힘들 정도로 선정적이고 엽기적인 사건임에도 백백교 사건의 '소설화 가능성'이 의문시되었다는 것은, 그만큼 사건의 구도가 당시 사람들에게 명확하고도 단선적으로 이해되었기 때문일 것이다. '희대의 사기꾼 악마 집단과 그에 홀려 재산과 목숨을 잃은 선량하고 어리석은 백성들'이라는 양분 구도를 고집하는 한, 드러난 사실 이상으로 소설적 흥미를 보증할 수 있는 방법을 찾기란 어려울 것이기 때문이다. 즉 저 의구심은 이미 다 명명백백히 폭로된 사건의 내막을 더 파헤칠 여지도 없거니와 신문기사 이상의 사실성이나 흥미진진함을 소설이 능가할 수 있겠냐는 물음으로 읽을 수 있다. 그렇다면 박태원이 그러한 주변의 '우려'에도 불구하고 이 작품에 매진한 이유를 어떻게 설명할 수 있을까.

애초에 '백백교 사건'은 공공당국의 허가 하에 발표된 신문기사라는 극히 제한된 형태의 정보로만 존재할 수 있었다. 즉 신문기사가 그에 관한 정보의 모든 것이자 '사실' 그 자체였던 것이다. 그렇다면 이러한 사건을 소설화하는 작가가 취할 수 있는 태도는 그 정보들에 편승하거나(타협), 그

---

68 Ben H. Bagdikian, *The Information Machines : Their Impact On Men And The Media*, New York : Harper & Row, 1971 참조.

69 박태원, 「연재예고-작가의 말」, 『조선일보』, 1938.4.5. 박태원은 그러한 주변의 반응에도 불구하고 '반년 동안 오로지 이 소설 하나를 위해 준비'하여 '마침내 내딴에는 어느 정도까지 자신을 갖기에 이르렀다'고 밝히고 있다.

보다 더 양질의 정보를 제공하거나(경쟁), 아니면 그 정보들을 과감히 의문에 부치고 새로운 서사-이야기를 만드는(재창조) 방향으로 나아가게 될 것이다. 즉 작가는 기사화된 '사실' 즉 정보들을 어떻게 다룰 것인지(어떤 입장을 취할 것인지), 선악구도를 전제한 채 공분을 부추기는 '통속화한' 정보들의 쇄도 앞에서 소설의 주제를 어떻게 설정할 것인지와 같은 '난점'들을 돌파해야 했으리라는 점을 짐작할 수 있다.

여기서 앞에서도 언급했던 원작의 축소 및 개작 문제를 다시 한 번 짚어볼 필요가 있다. 신문연재 소설을 단행본으로 다시 펴내면서 작가는 왜 세 장을 그것도 백백교 사건에서 가장 핵심적인 정보인 혹세무민의 실상(재산몰수, 부녀자 능욕, 살인)과 '우맹'의 실체를 통째로 삭제해버린 것일까. 여기에 소설의 '정보성'과 그 정보를 가공하는 형상화 문제가 개입된다. 당시 신문 기사들은 그 '마교(魔教)', '살인종교'의 흉악범죄와 온갖 악행을 기술하고 묘사하는 데 온갖 수사를 동원하며 심혈을 기울였다. 「兇暴의極·慘虐의絶·魔道白白教 罪狀」이라는 신문 호외의 헤드라인을 시작으로[70] '살인귀', '생지옥', '살육', '도인장(屠人場)'과 같은 자극적인 표현을 내세워 '백백교의 정체', '교주 전용해의 정체', '교주자살현장답파기' 등 흥밋거리 기사들을 쏟아냈던 것인데, 이러한 신문기사들에 비하면 『우맹』에 나타난 사건 정보와 표현 수위는 매우 온건한 편이다.

…… 그들은 밤만 오면 남자교도는 교주가 '벽력사'에게 '기도를 디리게 하라' 명령하자 그는 곳 교도를 다리고 사무소에서 이백'메-타'박게는 떠러저 잇지 안는 뒤산으로 다리고 올러가 교주의 아페꾸러안저 가화세(可和世)라고 불으며 합

70 『조선일보』, 1937.4.13, 호외 1면. 보도 해금 이후 처음 발간된 조선일보 호외는 삼면에 걸쳐 백백교 사건에 대해 다각도의 취재 결과를 게재하였다.

장기도를 디리게 한다 얼마큼 지나 그가 기도의 '삼매경'에 들어가자 '북두사자' 혹은 '심봉사'는 뒤로부터 방망이로 머리를 힘것 때려 혼도케 하자 즉시 목을 매여 암장을 해버린다.

이곳으로 다리고 온 교도부녀에게는 열 살만 먹은 계집애면 '하느님은총'이라고하야 빼여노치안코 능욕하엿스며 조금이라도 여기에 놀낸다든지 반항의 비츨 보이기만하면 가진 변태성욕적 '린치'를 다하야 그 고민하는 것을 보고 무한한 열락을 느꼈스며 마침내는 남자들 모양으로 살해하야 버린 것이다.[71]

그래 영문도 모르는 채 부자가 그렇게 꿇어앉아 있는 뒤에서 다시 대사는 말하였다.

"천제님께 기도를 드리시지요. 정성스러운 마음으로 대원님께 충성을 맹세하고 천제님께 복을 비시지요." (…중략…)

그러나 비록 입안말로나마, 홍 서방은 좀 더 중얼거려보는 수가 없었다. 그가 그러고 있을 때 어느 틈엔가 그의 뒤로 바짝 다가선 매부리코 구경득이는 이제껏 몇 번인가 피에 물들인 두 손을 들어, 홍 서방이 채 그것이 무엇을 의미하는지 생각해 볼 여유도 없게스레 가엾은 이발사의 목을 뒤로부터 움켜쥐었다. (…중략…)

그것은 참말 눈 깜짝할 사이에 일어난 일이다. 어둠 속에서도 모든 것을 환히 내려다보신다는 신령이나 아시면 아실까?[72]

위 첫번째에 인용된 신문기사가 사실을 압축적으로 기술하면서 냉혹하리만치 군더더기 없는 차가운 어조를 취함으로써 오히려 읽는 사람으로 하여금 공포감과 전율을 느끼게 한다면, 형상화의 옷을 입은 박태원의

71 「대금광으로 擬裝한 兇慘 비밀 "屠人場"」, 『조선일보』, 1937.4.13, 호외 1면.
72 「세 가지 일 (19)」, 『愚氓』, 『조선일보』, 1938.9.22, 석간 4면.

묘사는 인간의 목소리와 반응이 녹아들어 있다는 점에서 감상적인 분위기를 띤다. "살인을 치를 때마다 구보는 낯을 찡그리고, 차마 못할 짓을 하는 것 모양으로 아주 인정주의적 애상에 물들려 있었다"라는 김남천의 지적은 그런 점에서 매우 타당하고 적절한 지적이었다고 할 수 있다. 백백교에 대한 정보가 발휘했을 기능, 즉 사실에 대한 구체적이고 세밀한 정보의 제공이라는 기능과 대중의 흥미와 공분(公憤)을 자극하는 기능이라는 면에서 볼 때, 다시 말하면 정보성과 흥미성이라는 면에서 볼 때 박태원의 살인 사건 묘사는 신문기사와의 경쟁에서 그다지 우위를 확보하기 힘들었을 것이다. 따라서 단행본 『금은탑』에서 그 대목들을 과감히 들어낸 것은 바로 그러한 작가의 판단에서 기인했을 것이라 짐작해 볼 수 있다.

'사실'의 단순한 재구성이나 생생한 극화를 중심에 두지 않고 '인간'의 다면적인 얼굴을 부각시켰다는 점에서, 작가가 이 사건을 소설화하는 데 직면했을 '난관'들을 돌파한 방식은 일견 엉뚱한 것이었고 어쩌면 독자의 기대에 어긋나는 것이었을 수도 있다. 그러나 그렇기 때문에 일정 정도의 한계에도 불구하고 『우맹』은 사건에 대한 냉정한 '거리 두기'가 그 힘을 한껏 발휘한 작품으로 평가될 수 있다. 눈에 보이는 것 혹은 겉으로 드러난 것이 말해주지 못하는, 그 이면에 있을 사정과 속내, 즉 진실이라고 불리는 것 이면의 진실, 진실과 거짓 또는 옳고 그름 사이의 경계에 대한 의문 등 박태원 소설이 견지하고 있는 특장점을 이 작품에서도 엿볼 수 있는 것이다.[73] 이렇게 보다 다양하고 복잡한 삶의 얼굴들과 '진실'의 이면을 들여다보는 데 초점을 맞추고 있는 박태원 소설의 담론은, 절대적

73 이는 『갑오농민전쟁』에 등장하는 '철종' 등의 인물 형상화에서도 확인할 수 있으며 박태원 소설에서 시종일관 견지되는 태도이다. 『갑오농민전쟁』에서 작가는 철종을 초점화하는 방식과 관찰하는 방식을 교차시켜 왕의 얼굴을 모순적으로 또는 다면적으로 보여준다.

진리나 확고한 인식의 가능성을 의문에 부치고 또한 독자로 하여금 그를 회의하게 만든다는 데에 의의가 있다.

『우맹』의 서사에서 또 그의 개작 과정에서 볼 수 있는 박태원의 시도는 대중매체인 신문기사가 담당했던 흥미성 및 정보성과 경쟁하며 소설이라는 매체의 가능성을 탐색하면서, '소설만이 할 수 있는 것'[74]을 추구했던 것이라고도 볼 수 있다. '사실'을 핍진하게 재구성해야 한다는 원칙을 요구받는 역사물 또는 시대물의 '한계'를 넘어서려는 또는 사실과 허구의 경계를 뛰어 넘으려는 시도라는 점에서 이 작품은 적지 않은 가치를 지닌다. 여타의 대중매체 또는 글쓰기 방식이 제공할 수 없는 소설의 의의를 구현하기 위해 작가는 그 자체로 통속적인 드라마의 극치를 보여준 백백교 사건을 '대속'이라는 숭고한 주제[75]를 통해 접근했던 것이다. 이렇게 볼 때 박태원의 『우맹』은 단순히 백백교 사건을 다룬 통속소설이라기보다는, 30년대 말 희대의 사건에 맞닥뜨린 작가의 깊은 문학적 고민의 산물이자, 정보성과 흥미성 또는 통속성을 위태롭게 오가는 소설의 운명에 대한 하나의 대답이었다고 할 수 있다.

---

74 가라타니 고진, 『근대문학의 종언』, 도서출판 b, 2006. 이는 영화와 같은 새로운 매체에 대항한 모더니즘 소설을 두고 한 말인데, '소설만이 할 수 있는 것'이란 비단 문자매체가 가진 언어적 실험의 차원에 국한되기보다 정보의 생산과 유통, 의사소통 등의 문제로 확대시킬 수 있을 것이다.

75 '대신 벌 받음' 혹은 '대신 속죄함'이라는 의미의 '대속(substitution)'을 유대교적으로 풀이하면 '세상의 모든 죄악과 부도덕과 폭력에도 불구하고 세상을 대신해서 중재하는 정의로운 사람들(의인)에 의해 그 사악함을 용서받고 구원 받는다'는 뜻이 내재해 있다. 이러한 대속의 개념은 탈무드나 성서에서도 발견된다(박수경, 「레비나스의 '윤리적 주체'에 관한 연구」, 서울대 석사논문, 2007 참조). 이렇게 본다면 김학수의 존재는 백백교라는 사건의 죄상과 세상의 타락을 죽음으로써 대신 속죄한 한 의인의 형상이라고 볼 수 있을 것이다.

3. '시차(視差)'의 전략과 변주 또는 다시쓰기의 효과

/ 「보고」, 「윤 초시의 상경」, 「길은 어둡고」, 「비량」

박태원 소설 세계에서 뚜렷하게 자리하고 있는 텍스트의 상호 관련 양상 가운데는 특히 하이퍼텍스트[76]적으로 결합되어 뚜렷한 '시차(視差)'를 보여주는 작품들이 있다. 본래 '시차의 전략(parallactic technique, strategies of parallax)'이란 반복과 병렬의 방법을 써서 하나의 장면을 적어도 두 번씩 서술하는 방법을 의미한다.[77] 그러나 '한 가지 동일한 대상을 장소와 시간을 달리하여 관찰 내지 조명하는 수법'이라는 '시차'의 개념에 주목한다면 이는 한 작품 내의 모티프와 구조뿐만 아니라, 연관되는 작품들 사이의 관계를 조망하는 기법이 될 수 있다.

한 작가가 선호하는 동일 모티프를 여러 차례 반복해서 사용하는 것은 흔히 볼 수 있는 일이다. 박태원의 경우 「소설가 구보씨의 일일」을 비롯하여 '소설가의 거리 배회' 모티프를 반복적으로 사용하고 있는 것도 그에 해당한다. 그러나 「적멸」, 「피로」, 「소설가 구보씨의 일일」, 「거리」와 같은 작품들은 각각 뚜렷한 개성과 방법론을 가지고 있으며 따라서 이들 사이에 상위 텍스트와 하위 텍스트의 파생 관계를 추출하기는 쉽지 않다. 예컨대 「소설가 구보씨의 일일」의 구보와 「거리」의 '나' 또는 「피로」의 '나'는 사실상 '소설이 도통 안 써지는 소설가'라는 공통점이 있지만 정확

---

76 하이퍼텍스트성이란 한 텍스트와 그 텍스트를 파생시킨 다른 텍스트를 결합하는 모든 관계를 지칭하는 것이다. 여기에는 암묵적 형태의 다시쓰기, 두 텍스트 사이의 파생관계 등이 포함될 수 있다(Randa Sabry, 앞의 책, 572쪽). 작가 자신의 작품이 상호텍스트의 대상이 된다는 점에서 '내적 상호텍스트성(personal intertextuality)'이라고도 한다(김욱동, 『모더니즘과 포스트모더니즘』, 현암사, 1992, 205쪽).

77 진선주, 『제임스 조이스의 율리시즈의 서술전략』, 도서출판 동인, 2006, 124쪽 참조. 이에 따르면 시차(視差/時差)란 천문학에서 따온 용어라고 한다.

히 겹쳐지지는 않는다. 왜냐하면 그들을 동일하게 취급할 만한 지표가 작품 안에 거의 등장하지 않기 때문이다. 그들이 동일인의 분신일 거라는 판단은 독자들의 추정의 영역에 머무른다. 반면 '여급' 또는 '룸펜' 모티프는 단순한 모티프의 반복이 아닌 텍스트간의 파생성과 '다시쓰기'의 문제를 보여준다는 특징이 있다.

박태원 소설 가운데는 '여급'이 등장하는 소설들이 꽤 많으며, 특히 '여급'과 '그녀에게 기생하는 유부남 중산층 실업자 사내'의 관계를 모티프로 한 작품들이 뚜렷한 계보를 형성하고 있다. 그 가운데 「보고(報告)」(1936)와 「윤 초시의 상경」(1939)이 한 축을 형성하고 있고 또 다른 축에는 「길은 어둡고」, 「비량」, 「애경」, 「명랑한 전망」이 자리하고 있다. 특히 이 작품들의 하이퍼텍스트성은 단편집의 배치와 구성에서도 교묘하게 드러난다. 박태원의 첫 소설집 『小說家 仇甫氏의 一日』에는 「길은 어둡고」와 「비량」이 나란히 배치되어 있으며, 두 번째 소설집 『朴泰原 短篇集』에는 「보고」와 「윤 초시의 상경」이 역시 나란히 자리하고 있다. 독자들이 작품집을 작품 배열 순서대로 읽는다고 가정하면, 이들 작품 사이에서 독자들이 느낄 수 있는 시차의 효과는 더 커진다.

「보고」와 「윤 초시의 상경」은 '가족을 버리고 여급과 사랑의 도피를 한 사내를 가족에게 돌려보내야 하는 '사명'을 부여받은 제3자가 그 임무를 포기하게 되는 과정'을 그리고 있다는 점에서 동일한 모티프와 이야기 구조를 가지고 있다. 두 작품 사이의 관계는 개작이라기보다는 '다시쓰기'에 해당하는데, 「보고」에서는 그 임무를 띤 인물이 도피한 사내의 벗이라는 점, 「윤 초시의 상경」에서는 윤 초시라는 도학자라는 점이 다르다. 그리고 이러한 차이는 같은 모티프가 변주되는 데 있어 상당한 시차를 형성하게 된다.

「보고」의 이야기 구조는 이러하다. ①'나'의 벗(최군)은 시골에 부모와 처자식을 내버려둔 채 서울에서 까페 여급과 딴 살림을 차리고 있다. ② 그 벗의 아우가 '나'에게 형을 설득하여 집으로 돌아오게 해달라고 간곡한 부탁 편지를 보낸다. ③그리하여 '나'는 '사명'을 띠고 우리들의 '윤리 도덕'을 배반한 벗을 찾아간다. ④극도로 가난한 그러면서도 진정한 사랑을 키우고 있는 벗의 모습에 '나'의 냉정한 마음은 무너진다. ⑤나는 내 소임을 완전히 저버리기로 한다.

이 작품에서 '나'가 맡은바 '사명'을 제대로 수행할 수 없으리라는 것은 사실 처음부터 암시되어 있다. 친구 최군이 살림을 살고 있는 관철동 삼십삼번지의 극빈촌에 발을 들여놓는 순간, 그의 마음의 행로는 이미 갈등을 예고하기 때문이다.

> 관철동 삼십삼번지-
>
> 그것은 내가 일찍이 꿈에도 생각하여 볼 수 없었던 서울에서도 가장 기묘한 한 구역이었다.
>
> (…중략…) 제멋대로 아무렇게나 경영되어 가고 있는 각양각색의 가난스러운 살림살이와 맞부딪칠 때, 나는 저 모르게 가만한 한숨을 토하였다.
>
> ○
>
> 최군과, 그에게 딸린 한 여인의, 그들의 사랑을 위한 도피 생활도, 우선 무대가 이러하고서야 이른바 화려하다거나 또는 로맨틱하다거나 하는 그러한 것들과는 크게 거리가 있으리라……
>
> 그러나 나는 그 즉시, 나의 본래의 사명을 생각하고, 이렇게 사소한 일에 감상적이고서는 도저히 나의 소임을 감당할 수는 없을 것이라고, (…중략…) 도리어 이러한 곳에서나마 그들을 용납하여 주는 것이 참말 우리들의 '윤리 도덕'을 위하여

크게 옳지 않은 것이라고, 나는 그러한 것을 마음 속에 거듭 생각하려 들었다.[78]

'나'가 벗의 가난한 살림살이를 짐작해보고 '저 모르게 가만한 한숨'을 토하였을 때, 그리고 그럼에도 불구하고 그들을 용납하는 것은 '윤리 도덕'을 위해 결코 옳지 않은 일이라고 스스로 거듭 마음을 다잡고 있을 때, 이미 그의 마음은 조금씩 무너져 내리고 있음을 충분히 짐작할 수 있다. 그리고 그는 벗을 만나기도 전에 벌써 자신이 맡은 사명에 '우울'과 극도의 '피로'를 느끼고, '내가 능히 나의 본래의 소임을 감당하여 그를 탈 없이 그의 가족에게 돌려보낼 수 있을까' 하는 의심을 품기 시작한다. 그러나 그는 임무를 맡은 자가 가져야 할 마음가짐을 쉽게 허물지는 않으며 마음속에서 동정과 냉정 사이를 반복해서 오가는 시소게임을 계속한다. 친구의 심방을 진정으로 반기는 벗의 마음을 측은히 여기면서도 '될 수 있는 데까지 마음을 냉정히 가지기로 방침을 세'운다거나, 듣던 것과 달리 '오탁에 물들지 않은 듯싶은' 깨끗한 여인의 모습에 놀라면서도 '쉽사리 그에게 경의라든 호의를 가지려 들지 않'는 태도로 경계를 늦추지 않는 것이다. 그러나 '그렇게 경계하여 왔음에도 불구하고', '나'는 결국 여인에게서 '결코 소홀히 볼 수 없는 미점(美點)'을 발견하고 그를 '은근히 찬미'하기에 이르며, 가난한 속에서도 '질서 있게 경영되어 가고 있는' 살림살이에 '어느 틈엔가 끝없는 호의를 갖고 그들을 축복하려는 자신을 발견'한다.

자기도 모르게 마음이 약해지는 자신을 '발견'한다는 표현에서 드러나듯이, 여기서 마음의 행로는 '선택'이나 '의지'의 문제가 아니다. 여기서 자신이 그들의 뜻을 받아주는 것은 '어찌할 수 없는 일'이고 자신의 소임을 다시 상기하는 것조차 '부질없는 일'이 되어버린다는 자기 나름의 판

78 박태원, 「報告」, 『朴泰原 短篇集』, 學藝社, 1939, 207~208쪽.

단 근거는, 불가항력을 받아들일 수밖에 없는 '운명에의 순응'과 '자기 합리화'의 경계를 묘하게 오가고 있다. 그런데 문제는 사명의 완수와 사명의 포기, 즉 두 개의 인정(벗의 가족을 향한 것과 벗을 향한 것) 사이의 갈등을 스스로 봉합하고 어떻게든 선택을 해야 한다는 데 있다.

여기서 '나'는 단순히 '가슴 뭉클한' 그들의 사랑에 면죄부를 주는 방식을 취하지는 않는다. 집단의 '윤리도덕'을 배반했더라도 개인의 선택은 존중받아야 한다거나, 낡은 '도덕' 따위보다 사랑이 더 고귀한 것이라거나 하는 앞 세대의 낭만주의적 '연애관' 혹은 '개인관'은 이미 진부한 것이 되었거나 설득력을 갖지 못하는 것이다. 그러니까 이 문제는 단순히 '연애의 승리', '연애의 옹호'의 차원에 그치지 않는다.[79]

이 작품에서 '보고(報告)'라는 표제는 그런 점에서 음미해볼 만하다. '나'는 누구에게 '보고'해야 하고 '보고'하고 있는가. 그는 애초에 두 가지 '보고'의 사명을 맡았다. 하나는 최군 아우의 청대로 불행한 집안 사정을 벗인 최군에게 보고하는(그리하여 그의 마음을 움직이는) 일이고, 또 하나는 최군의 현재 사정과 자신이 행한 소임의 결과를 최군의 가족에게 보고하는 일이다. 그런데 '나'는 이 두 가지를 다 포기한다. 대신 자신의 심리 상태까지를 포함하여 모든 일의 전말을 보고받는 것은 오로지 「보고」라는 소설을 읽는 독자뿐이다. 어차피 여기서는 어떤 경우에라도 모두가 행복할 수 있는 결말은 주어질 수 없다. 따라서 양립할 수 없는 두 가지 가치 사이에서 방황하는 대신, 화자인 '나'는 특정한 대상에 대한 보고를 배반하고 다수를 향한 '보고자'의 위치를 선택한 것이다. 그러면 불특정한 독자

79 이러한 점에서 본다면, 「보고」는 '전래의 도덕적 구속'과 '사랑의 자유와 권리'를 대립시키고 후자를 절대적 승리자로 만들고자 했던 앞 세대들 특히 1920년대의 '자유연애' 담론을 넘어선 것으로 평가될 수 있다. '자유연애' 담론에 대해서는 김미지, 「1920~30년대 염상섭 소설에 나타난 '연애'의 의미 연구」, 서울대 석사논문, 2001 참조.

들에게 전해지는 이 '보고'에서 '보고자'가 신뢰를 얻을 수 있는 혹은 설득력을 얻을 수 있는 방법이란 무엇일까. 그것을 논리화 또는 합리화하는 것이 '나'의 몫으로 남는다.

> 최군의 아우는 그렇게까지 나를 믿고, 나에게 어려운 일을 맡겼던 것이나, 나는 완전히 나의 소임을 저버리고야 말았던 것이다.
>
> 그러나 대체 나는 무슨 재주로 불운한 그들 — 늙은 어머니며, 버림받은 젊은 아내며, 또 외로운 어린 것들이며를 행복되게 하여 줄 수 있단 말인고.
>
> 설혹 내가 최군을, 최군의 아우의 말마따나, 그 '천하의 몹쓸년'에게서 떼어놓는 것에 성공한다 하더라도, 그것이 곧 최군의 가정에 행복과 평화를 가져올 것은 아니겠고, 뿐만 아니라, 새로이 두 남녀가 받을 그 상처는 또 어떻게 하여야 마땅할 것이란 말인고. (…중략…)
>
> 만약 최군과 그 정인이 행복을 유지하기 위하여, 한편, 최군의 가족들이 불행해지지 않으면 안 되는 것이라면, 그것도 또한 어찌할 수 없는 일로 불행하려거든 얼마든지 마음대로 불행하라고, 그러한 것을 거의 입밖에까지 내어 중얼거리고, 그리고 나는 그것을 결코 다시 한 번 검토하여 보려 안했다.[80]

결정적으로 화자 '나'가 이 사건에 대해 도덕적 판단을 배제하기로 결심하는 논리란, 두 사람을 떼어놓는다면 그들이 상처를 받을 뿐 벗의 가족이 행복해지는 것은 아니라는 점, 벗이 행복하기 위해서는 그 가족들의 불행은 불가피하다는 점이다. 행복은 '윤리 도덕'의 시선으로 구원할 수 없으며 또 모두가 만족할 수 있는 길은 없다고 할 때, 어느 한쪽의 누군가는 불행해지지 않을 수 없다. 즉 개개의 행복은 어느 한쪽이 얻으면 다른

80 박태원, 「報告」, 앞의 책, 218쪽.

한쪽은 잃을 수밖에 없는 제로섬(zero-sum)과 같은 상황에 놓여 있다는 인식인 것이다. 박태원 소설에서 반복되는 '행복찾기'의 문제[81]가 여기서 또 다른 형태를 띠고 등장한 셈이다. 우리의 삶이 게임과 같을진대, 윤리감각의 확실성 또는 윤리와 사랑이 경쟁하는 진정성의 차원이란 근거를 잃고 만다. 즉 이 작품은 자유연애를 둘러싼 윤리의 문제를 일종의 제로섬 게임의 상황으로 치환함으로써, '윤리 / 불륜'이라는 단순한 이분법적 구도를 넘어서서 '행복의 윤리'를 다시 묻고 있다.

「윤 초시의 상경」의 경우는 좀 더 복잡한 문제를 내포한다. 이 작품의 연재 당시 원제목 「萬人의 幸福」(『家庭の友』, 1939.4~6)이 말해주듯 이 역시 「보고」에서 등장한 명제 즉 '만인의 행복의 불가능성'에 대한 동일한 문제제기이다. 그러나 도학자인 시골 영감의 시선을 도입한 「윤 초시의 상경」에서 그 '시선'은 「보고」의 '나'의 경우와는 근본적으로 입각점이 다르다. 「보고」의 '나'는 '벗'이라는 그 지위로 인해 '그들'의 애정을 쉽게 단죄하지 못하고 오히려 이해할 수밖에 없는 '불리한' 처지에 있는 반면, 유교적 윤리로 무장한 도학 노인의 경우는 그러한 전망을 기대하기란 훨씬 어려운 일일 것이기 때문이다. 따라서 윤 초시와 같은 인물이 이들을 동정하고 자신의 '임무'에 대해 회의하게 만들기 위해서는 훨씬 복잡하고 정교한 장치가 필요하다. 그래서 이 소설에서 도입된 방법이 시골 노인의 '상경'이라는 모티프이다.

먼저, 생애 최초로 '상경'이라는 것을 해 본 윤 초시가 서울에서 겪을 수 있는 온갖 어려움을 최대한도로 겪게 만드는 데 이 소설의 많은 지면이 소용된다. 서울에서 '술집 여자'와 살림을 차린 집안의 장남 홍수를 집으로 데

81 박태원 소설 특히 「소설가 구보씨의 일일」에서 '행복'의 의미에 대해서는 장수익, 「근대적 일상성에 대한 성찰과 극복」, 『한국 현대소설의 시각』, 역락, 2003 참조.

리고 내려와 달라는 그 아우의 간곡한 청을 받은 윤 초시는 '견의불위무용야(見義不爲無勇也)'라는 성현의 가르침을 받들어 서울행을 수락한다. 그리고 그가 경성역에 당도한 그 시각부터 고난이 펼쳐지리라는 것은 뻔한 이치이다. 그러나 이내 분주하고 불친절한 도시인들의 냉대 속에 버려진 채 경성 거리 위에서 갈 곳 몰라 갈팡질팡하는 그에게 손을 건네는 한 '고운' 여인이 등장한다. 윤 초시는 우연치고는 '공교롭게도' 그 '갸륵한 색시'의 도움을 두 번씩이나 받게 되는데, 그가 곧 윤 초시가 상경한 목적인 바로 그 '여급' 숙자임이 밝혀진다는 것이 이 소설이 설정하고 있는 또 하나의 장치이다. 즉 곤경에 빠진 시골 노인을 구원할 임무를 그 노인이 단죄해야 할 대상에게 맡기는 것이다. 「보고」에서 여인을 막상 대면하고 호감을 가지게 된 '나'의 경우와 마찬가지로, 이미 자신을 구해준 여인에게 '호감'과 '고마움'을 느끼고 있던 윤 초시에게 심리적 갈등은 피할 수 없는 것이 된다.

> 어제 저녁 전찻길에서 처음 길을 배웠을 때부터, 윤 초시는 그 숙자라는 색시에게 은근히 호감을 가지고 있었다. 솔직하게 말하자면, 지금 홍수가 그를 가리켜 무던한 여자라고 말하는 것에, 그저 무조건하고, 동의를 표하고도 싶었다. 그러나 그것은 자기가 띠고 온 사명과는 서로 배치되는 의견이다. 윤 초시는 좀 난처하였다.[82]

각박한 서울에서 만난 그 덕스러운 '은인' 앞에서 사명과 윤리를 고집할 의지가 꺾인 채 난처해하는 윤 초시에게 그녀는 세 번째 구원의 손길을 내민다. 즉 자신이 누리고 있는 행복이 '의롭지 못한 행복'임을 눈물로 시인하며, 홍수를 그 가족들에게로 돌려보내겠다는 결심을 내보이는 것이다. 이렇게 해서 윤 초시는 그가 맞닥뜨린 새로운 난처함조차 그 은인

---

82 박태원, 「윤 초시의 상경」, 『朴泰原 短篇集』, 學藝社, 1939, 253쪽.

의 힘을 빌려 해결하게 된다. 완고 노인이 '용납될 수 없는' 사랑에 감화되어 버린다는 이야기가 설득력을 얻는 것은 '숙자'라는 여인이 얼마나 '덕'이 있는 여자인가를 소설 속에서 충분히 입증함으로써 가능해진다. 윤 초시의 시점으로 그려진 그녀의 '친절'과 홍수의 고백 속에서 드러난 그녀의 무조건적인 '사랑과 희생', 그리고 숙자 자신의 목소리로 전해지는 '인고의 자세'가 그녀의 '은인'으로서의 풍모를 완성시킨다. 윤 초시는 이 '은인' 덕분에 자신의 소임을 포기까지는 하지 않아도 좋았지만, 자신이 '의'를 행하기 위해 확신을 가지고 맡았던 임무를 회의하게 되는 새로운 경험을 하게 된다. 이제 그는 '자기가 서울에 나타남으로 하여 숙자에게 크나큰 불행을 준 것 같아서 견딜 수 없'는 지경에 이르고 '애달픔'과 '뉘우침', '슬픔', '괴로움', '죄스러움' 등의 복잡한 감정 속에서 가슴 아파한다. 그리고 '거의 울음 섞인 목소리로' '덕불고(德不孤)라 필유린(必有隣)'이라는 위로의 말을 그녀에게 건넨다.

「윤 초시의 상경」은 「보고」와 견주어 봤을 때, '보고자'의 성격에 의해 훨씬 극적인 반전이 이루어지는 것으로 볼 수 있다. 윤 초시라는 인물에게 이 사건은 그가 살면서 견지해 온 확고 불변하는 가치 기준인 '인간의 도리' 문제에 대해 최초로 겪게 된 혼란과 상처라는 점에서 중요한 의미를 지닌다. 따라서 이 작품은 관계들의 망 속에서 '개인'의 행복이 놓인 상대적 조건에 대한 탐색이기도 하면서, 개체의 정체성을 형성하는 가치의 기반에 새겨진 상처와 균열의 기록이기도 하다.

「보고」에서 벗인 '나'의 논리가 냉정한 게임의 세계관으로 人情의 세계를 비웃는 것이라면, 그와 여러모로 시차(時差 및 視差)가 있는 「윤 초시의 상경」은 좀 더 온정적인 접근으로 윤리의 가치를 상대화하고 있다. 그러나 두 작품의 차이를 작가의 현실 인식의 변모(혹은 쇠퇴)로 성급하게 단정할 필요는 없어 보인다. '시차'는 한 대상이 가진 다른 면들, 상대적으로 파악되는 진리를 조명하는 것이고 따라서 그 차이 자체가 의미 있는 것이기 때문이다.

「길은 어둡고」(1935)와 「悲凉」(1936)은 똑같이 여급과 사내의 애정에 생긴 균열과 갈등을 다루고 있지만 정 반대의 포즈를 취하고 있다는 점에서 이 역시 같은 상황에 대한 '시차'의 변주로 읽을 수 있다. 「길은 어둡고」가 사내의 목소리는 철저히 은폐된 채 흔들리는 사랑에 비애를 느끼는 여급에게 전적으로 초점화되어 있다면, 「비량」은 식어가는 사랑에 환멸을 느끼는 사내가 초점 인물로 제시되어 있다.

「길은 어둡고」는 결코 좋은 일이라고는 생기지 않으며 삶의 괴로움만을 맛보아야 하는 갓 스물의 나이어린 여급 '향이'의 불행한 삶의 여정을 '반복'의 구조를 통해 보여주는 작품이다. 이 작품은 '이렇게 밤늦어'라는 구절로 시작하는 프롤로그(1절)와 에필로그(15절)가 완벽하게 동일한 단락으로 되어 있어서 단순한 회귀구조와도 다른[83] '종결 없는 반복'을 보여준다.

> 1 이렇게 밤늦어 (15 이렇게 밤늦어)
>
> 등불 없는 길은 어둡고, 낮부터 내린 때아닌 비에, 골목 안은 골라 디딜 마른 구석하나 없이 질척거린다.
>
> 옆구리 미어진 구두는 그렇게도 쉽사리 흙물을 용납하고, 어느 틈엔가 비는 또 진눈깨비로 변하여, 우산의 준비가 없는 머리와 어깨는 진저리치게 젖는다. 뉘집에선가 서투른 풍금이 찬미가를 타는가 싶다.

83 천정환은 이러한 형식이 「소설가 구보씨의 일일」과 같은 원점회귀구조와는 다르다고 지적한다. 원점 회귀구조는 여정을 돌아오는 과정이 중요하고 주인공이 변화할 수도 있는 구조인 데 반해, 여기서는 처음과 끝을 완전히 동일하게 만듦으로써 소설의 출발 자체를 문제 삼고, 복잡한 시간 구조를 가진 과정의 의미를 무화시키기 때문이다 (천정환, 「박태원 소설의 서사 기법에 관한 연구」, 서울대 석사논문, 1997, 45쪽 참조).

겁 집어먹은 발끝으로 향이는 어둠 속에 길을 더듬으며, 마음은 금방 울 것 같았다.

금방 터져 나오려는 울음을 목구멍 너머에 눌러 둔 채, 향이는 그래도 자기 앞에는 그 길밖에 없는 듯이, 또 있어도 하는 수 없는 듯이, 어둠 속을 안으로 안으로 더듬어 들어갔다……[84]

위에 인용된 소설의 첫 장면(끝 장면)은 질척거리는 어둠 속을 '그 길밖에 없는 듯이, 또 있어도 하는 수 없는 듯이' 더듬어 들어가는 향이의 암울한 여정을 암시한다. 첫 장면과 끝 장면이 같음으로 해서, 2절에서 14절까지 불행에서 벗어나고자 몸부림치는 그녀의 노력은 결국 헛되이 끝날 것임을 짐작하게 한다. 그 몸부림의 과정은 반복의 구조 속에 녹아버린 채 새로운 변화를 만들어내지는 못하지만, 그러한 과정의 서사 자체가 무의미하지는 않다. 이 작품에는 온갖 모욕과 멸시를 참으며 순정을 다 바쳤으나 사랑을 잃어버린 여급의 속내가 「성탄제」의 여급 '영이'의 독백만큼이나 생생하게 살아있기 때문이다.

4 남자는 분명히

그가 자기와 이러한 생활을 시작한 것을 뉘우치고 있다-.

요즈음에 이르러 때때로 뜻하지 않은 기회에 문득 그러한 것을 생각하면, 향이의 눈앞에서 휘황한 오색 등불은 갑자기 그 빛을 잃고, 전기 축음기에서 울려 나오는 그 소란한 재즈는 순간에 그 소리를 멈추었다. (…중략…)

남자의 마음이-, 일찍이 그렇게도 자기를 사랑하던 남자의 마음이, 단 반 년을 못 가서 이렇게도 쉽사리 변하여 버릴 줄은 과시 몰랐다. (…중략…)

84 박태원, 「길은 어둡고」, 『小說家 仇甫氏의 一日』, 문장사, 1938, 139~140쪽.

'흥! 니가 그러면 내가 쉽사리 갈라설 줄 아니.'

속으로 그런 말을 향이는 중얼거려 보고, 잠시 혼자 흥분도 하여 보았으나,

'그렇지만 사랑두 없는 생활을 이대로 좀 더 계속하면 또 무얼하누.' (…중략…)

'인제 서로 헤어지나, 여엉영 헤어져 버리고 마나'

몇 번씩 되풀이 그 생각만 하고, 그리고 끝없는 슬픔 속에 빠져버린다.[85]

남자의 변심에 '끝없는 슬픔'을 느끼는 향이는 '이별'의 결단 앞에서 거듭 망설인다. 남자에게 처자가 있다는 사실을 알고 절망에 빠졌다가도 그녀는 '사내가 중산계급의 남자라는 것을 마음 그으기 자랑하여 보려고도' 했고, '첩이면 첩이라도 좋다고' 마음을 먹어보기도 했으며, '남자가 언제까지든 자기를 사랑하여 주고만 있다면', '모든 것을 꾹 참'을 각오도 하고 있었다. 그러나 남자는 언젠가부터 자기에게 등을 돌려 돌아누운 채 식어버린 사랑을 온몸으로 말하고 있었고, 이에 그녀는 군산으로 가자는 한 사내의 꾐에 떠나기로 결심한다. 새로운 삶이 그녀를 불행으로부터 구원해줄지도 모른다고 믿었기 때문이다. '과연 행복해질 수 있을까'라는 물음 앞에서 그녀가 선택하는 것은 결국 '오직 '그이'의 사랑만이 부활한다면'이라는 애달픈 기대와 함께 순정을 바친 남자에게로 돌아가는 것이다. 이렇게 해서 향이의 앞길은 다시 앞을 내다볼 수 없는 어둠 속으로 빠져든다.

이 작품에서 주인공 향이의 목소리가 드러나는 방식은 이중화되어 있다. 순정을 바친 남자의 변심에 가슴아파하는 소녀 향이는 술집에서는 "별 빌어먹을 년의 팔자두 다 있지"와 같은 말을 서슴없이 내뱉는 경박한 여급 '하나꼬'가 된다. 이를 바꿔 말하면, 「길은 어둡고」는 술집에서 흔히 접할 수 있는 경박한 여급 '하나꼬'의 내면에 자리하고 있는 '향이'의 순

85 위의 글, 144~147쪽.

정을 드러낸 작품으로 읽을 수 있다.

「비량」에서 초점화자 승호는 여급 영자와의 생활을 '굴욕의 생활'이라 여기고 '이 오탁에 물들은 생활을 깨끗이 청산하여 버리지 않으면' 안 된다고 생각하지만 일자리를 잃고 그녀에게 빌붙어 사는 처지에 쉽사리 그 관계를 청산하지 못 한다. 그녀가 술집에서 벌어온 돈이라도 없으면 '한 끼, 설렁탕 한 그릇이나마' 먹을 수 없기 때문이다.

> 졸연히는 승호의 취직도 용이할 것 같지 않아, 영자가 생각 끝에, 다시 자기를 여급으로 내어 달라고 몇 번이나 말하는 것을, 그에게 대한 아직 남은 애정과, 또 남자로서의 자존심으로, 우선은 반대도 하여 보았던 것이나, 마침내는 당장 그렇게라도 하는밖에, 별 아무런 도리도 있을 턱 없이, 여자가 하겠다는 대로 그대로 모른 체 내버려 둔 것이, 이를테면, 이 굴욕의 생활의 시초였다.
>
> '그렇게도 위인이 변변치 못할 수가 있을까?……' (…중략…)
>
> '참말이지, 계집이 얻어다라도 주지 않으면, 담배 한 대, 변변히 태우지를 못하고…… 술을 따라, 아양을 떨어, 벌어온 몇 푼의 돈이 아니고는, 한 끼, 설렁탕 한 그릇이나마……'[86]

이제 그에게 남은 것은 계집에 대한 혐오, 무너져 내리려는 자존심, 되돌릴 길 없는 뉘우침, 구할 길 없는 외로움과 같은 환멸의 자의식뿐이다. 그는 「길은 어둡고」의 초점화자인 여급 향이와는 달리 자신과 영자와의 관계를 결코 '순정'으로 자리매김하지 않는다. 좋은 가문의 조건 좋은 규수 대신 '사랑'의 이름으로 교양 없는 여급을 선택했지만, 그것은 '경력 없는 젊은 사람의 단순한 생각'과 '인도주의적 의협심'의 결과일 뿐이었

86 박태원, 「비량」, 『小說家 仇甫氏의 一日』, 문장사, 1938, 177쪽.

다. 그는 그때의 자기의 열정을 '결코 옳지 않'은 일이었다고 뉘우치고 자책하는 것으로 식어버린 사랑을 변명하고 위안한다. 그러나 '나는 돈을 쓰고, 너는 돈을 벌고……'라는 생각에 '일종 기괴한 마음의 유열을 느끼'려다 결국 '엉엉 소리조차 내어' 울음을 터뜨리고 만다. 이렇게 「길은 어둡고」와 「비량」은 같은 상황에 처한 여자와 남자의 다른 심리, 다른 태도가 빚는 차이를 보여주면서 '잃어버린 사랑'에 대해 각자가 인식하는 방식, 그리고 그에 따른 '비애'의 근원을 탐구하고 있다.

이상에서 보듯이 '시차(視差)의 전략'은 앞 절에서 살펴본 다중 초점화 기법과 마찬가지로 한 대상이 가진 다른 면들, 상대적으로 파악되는 진리를 조명하는 데 유용한 방법이 된다. 다중 초점화의 방식이 작품 내에서 인물들의 시선 이동이 빚어내는 상대화의 장면들을 구축하는 데 유용하다면, 시차의 전략은 하이퍼텍스트적으로 텍스트들을 상호 연관시키면서, 동일한 대상이나 현상을 파악하는 상대적이고 입체적인 방법론을 보여준다.[87]

87 「춘보」(1946)에서 '망할 놈의 팔자'라는 말이 『갑오농민전쟁』에서 '망할 놈의 세상'으로 변주되는 것 역시 마찬가지이다. 여기서 형성되는 '시차'란 혁명적 세계관의 개입 여부라고 할 수 있을 것이다. 자기반영적 성격이 강한 초기 소설가 소설들(「적멸」, 「피로」, 「거리」, 「소설가 구보씨의 일일」 등)과 자기반영성을 노골적으로 드러낸 '자화상 연작'(「淫雨」와 「債家」, 「財運」) 역시 '시차'와 관련해서 비교 가능한데, 이에 대해서는 4장 3절의 자기반영성 문제에서 자세히 다룬다.

제4장

놀이, 수수께끼, 여담

박태원 소설의 서사 구성에는 서사의 생성에 이질적으로 개입하는 혹은 서사의 진행을 지연시키는 현상들이 종종 나타남을 볼 수 있다. 이는 크게 '놀이'의 도입을 통해 서사에 잉여를 만드는 방식, 수수께끼의 장치를 통해 서사를 지연시키는 방식, 그리고 자기지시성(또는 자기반영성)을 강하게 환기하는 메타담론들로 나누어 볼 수 있다.

어떤 메시지이든 간에 기억되기 위해서는 약간의 잉여(redundancy)가 반드시 필요하며,[1] 잉여(여담)는 여러 가지 기능[2]을 통해 텍스트 효과를 산출한다. 그러나 한편으로 이러한 '잉여'들은 이야기의 진행에 우회로 또는

---

1 Patricia Waugh, 김상구 역, 『메타픽션』, 열음사, 1989, 27쪽.

2 여담의 기능에 대해서는 Randa Sabry, 이충민 역, 『담화의 놀이들』, 새물결, 2003, 58쪽 참조. 여담의 기능은 크게 유용성(이익)과 멋(미적 쾌)으로 나눌 수 있으며 이를 자세히 구분하면 파토스적 기능(감동), 전략적 기능(공격이나 방어), 장식 기능, 구조적 기능(사례의 일반화)으로 나눌 수 있다.

휴지(休止)를 만듦으로써 서사를 지연시킨다. 박태원이 작품 안에 다양한 '놀이(유희)'의 양상과 공간을 도입한 것 역시 서사 시간과 이야기의 진행을 지연시키는 잉여의 한 양상으로 파악할 수 있다.[3]

1. 서사의 잉여와 놀이의 도입

1) 삶의 놀이와 놀이의 삶

/ 「적멸」, 「딱한 사람들」, 「최후의 모욕」, 「사흘 굶은 봄ㅅ달」

「적멸」에는 '타인의 유희화'와 '자기의 유희화' 두 가지 방식의 유희가 등장한다. 2장 2절에서 분석한 대로 이 작품은 겉이야기의 '나'와 속이야기의 '사내'가 분신 혹은 공모자로서 교묘하게 겹쳐지는 구조를 띠고 있는데, 이는 작품의 구조적이고 주제적인 측면에서뿐만 아니라 소설에 등장하는 잉여적 장치의 하나인 '유희'와도 관계가 있다. 두 인물의 교묘한 '겹침'은 '레인코트의 사내'를 만나기 전 거리 위에서 보인 '나'의 기이한 행동들과 관련지을 때 더 분명해진다.

작품의 서두에서, 소설을 못 쓰고 있던 소설가 '나'는 '좋은 자극과 알맞은 엽기취미를 구하기 위해서' 거리로 나선다. '나'는 복작거리는 군중의

---

3 기존에 '놀이'의 관점으로 「소설가 구보씨의 일일」에 접근한 연구로 최혜실, 안숙원의 논문이 있다. 최혜실은 「소설가 구보씨의 일일」에 나타난 경성을 '자유롭고 비일상적인 그리고 자발적 규칙에 따르는 시공간의 창출'이라는 점에서 '놀이의 공간'으로 입론한 바 있는데, 그 놀이의 양상을 세밀하게 분석하는 데로 나아가지는 않았다(최혜실, 『한국모더니즘소설연구』, 민지사, 1992, 229쪽 참조). 안숙원은 '일상의 놀이화'라는 개념으로 「소설가 구보씨의 일일」에 나타난 놀이의 씨니피앙들을 분석한 바 있다(안숙원, 「朴泰遠 小說 硏究－倒立의 詩學」, 개문사, 1993).

거리에서 '딴때없이' '기쁨'을 느끼면서 심지어 '소설 같은 것은 못 써도 좋다', '예술의 세계가 나를 경원한다 할지라도(…중략…) 넉넉히 현실의 이 거리와 친할 수 있지 않은가'라고 생각하며 흥분을 감추지 못한다. 그리고 수백 수천 명, 조선 박람회 구경을 온 무리들의 '갈 곳 몰라하는 발길', '이 무리들의 부질없는 시간 소비'를 어느덧 '위대한 행렬'이라고 칭하는 데까지 이른다. '도저히 설명할 수 없는 터무니도 없는 창작욕'을 만족시키기 위하여 '애달픈 노력'을 계속하던 몇 주일간의 '나'는 간데없이 사라지고 '깨끗이 책상 앞을 떠나'자마자 '나'는 '크나큰 기쁨'과 '축복'을 느끼는 것이다. '골방'의 침울과 '거리'의 흥분 사이에 나타나는 이러한 극단적인 격차 자체가 '나'가 구하는 '엽기 취미'라 해도 과언이 아닌데, 이때부터 상식을 뛰어넘는 그의 '가두(街頭)의 유희'가 펼쳐진다. 그는 정확히 세 번 '어데로 갈까'를 주문처럼 외우고는 실없는 장난과 공상을 시작한다.

어데로 갈까-

나는 두어 발자국 바른편으로 걸어갔다. 그리고 다시 돌쳐서서 서너 발자국 왼편으로 걸어갔다. 그때-

때마침 한강 나가는 '버스'가 왔다.

—저놈을 타? 말아? 탄대야 어데로 가누? 그렇다고 꼭 타지 말라는 이유야 없지 않은가? 하 하……

그러자 나는 문득 '버스'가 열점까지밖에 다니지 않는다는 것을 생각해 보고

—내가 참말 불행하게도 오늘밤 안으로 죽는 일이 있다면 버스하고는 영 이별이로구나 하 하 우스운 놈……

나는 이러한 덧없는 생각을 하였음으로 하여 마음속에 이름 모를 기쁨조차 느끼면서 버스에 올랐다.[4]

'아무렇게나 내어 놓았던 바른 발이 공교롭게도 왼편으로 쏠렸기 때문에' 왼쪽으로 향하는 「소설가 구보씨의 일일」의 '구보'와 마찬가지로 '나'는 '두어 발자국 오른편', '서너 발자국 왼편' 이렇게 길거리 위에서 어린아이 같은 장난을 치다가 '근래에 구경하지 못한 쾌속력으로 종로 네거리를 돌파'하는 버스를 타고 본정 어귀에서 내려 카페에 찾아든다. 그리고 그곳에서 역시 '심심풀이'로 사람들을 '관찰'하기 시작한다. 행위의 모든 동기와 과정이 아무런 논리적 근거나 규칙을 갖지 않고 우연이나 가장에 빚지는 놀이, 즉 '허구'의 놀이[5]가 벌어지는 셈이다.

'나'는 먼저 첫 번째 카페에서 풍채 늠름한 두 일인(日人)을 관찰하면서 그들의 얼굴에서 '미라보'와 '크롬웰'을 발견하고는 '세 번 감탄'[6]하고, '미라보'와 '크롬웰'이 눈앞에 있는 듯 혼자 공상의 나래를 펼치며 즐거워한다.

> 술잔을 기울일 시간조차 아까운 듯이 웃고 떠들고……
>
> ―아마 치통이 완치된 게로군……
>
> 이렇게도 생각하여 보았으나 미라보는 그걸로 만족한다 하드라도 크롬웰의 기쁨은 확실히 그 이상인 듯싶다.
>
> ―그러면…… 자기 계모가 간밤에 죽기나 한 것일까? 하, 하……
>
> 나는 유쾌하게 웃었다.[7]

---

4 박태원, 「적멸」, 『윤초시의 상경』, 깊은샘, 1991, 186쪽.

5 규칙의 한계 내에서 (예측할 수 없는 상황에 대한) 자유로운 응수를 즉석에서 찾고 생각해 내야 하는 규칙의 놀이와 달리, '규칙 없는 놀이'는 마치 자신이 다른 사람이나 다른 사물(예컨대 기계)이 된 것같이 행동하는 즐거움이 그 주된 매력인 놀이이다. 여기서는 허구(fiction), 즉 '마치 ~인 것 같은' 감정이 규칙을 대신해서 그것과 완전히 똑같은 기능을 한다(Roger Caillois, 이상률 역, 『놀이와 인간―가면과 현기증』, 문예출판사, 1999, 32쪽 참조).

6 박태원 소설에서 '세 번'의 규칙이 빈번히 사용되는 것 역시 일종의 유희적 장치라고 할 수 있다. 그는 '세 번' 중얼거리고, '세 번' 감탄하며, '세 번' 만난다. 「수염」에서도 '세 번 감탄'했다는 표현이 관용구처럼 등장한다.

카페 안 사람들을 '치통 앓는 미라보'와 '계모를 가진 크롬웰'로 상상하면서 '나'는 그들을 공상적으로 희화화하는 방식으로 유희를 즐긴다. 이러한 유희는 전체 이야기 구조 속에서 특정한 서사적 역할을 차지하지 않는 에피소드들로 제시되는데, 이는 글이 써지지 않아 고통스러운 '나'가 그 고통을 희석시키는 방법으로 등장한다. 여기서 「소설가 구보씨의 일일」, 「딱한 사람들」로 이어지는, '공상'을 통한 '유쾌함'의 회복(또는 '불쾌함'의 극복)이라는 박태원 소설의 공식이 하나 마련된다.

반면 속이야기의 화자인 '사내'는 자신의 존재를 유희화하여 정신병자 행세를 하고 그를 통해 맞닥뜨리는 타인의 반응을 즐기는 방식으로 유희를 실천한다. 그것은 스스로를 미친 척 우스꽝스럽게 가장하는 것이고 그러한 자신의 모습을 비웃고 모멸하는 이들을 역으로 멸시하는 데서 기쁨을 느끼는 것이다.

> 그러나 나는 여기서 한가지 말할 것이 있습니다. — 즉 '인생'에 대하여 한없는 '권태'를 느낀 '나'는 그 대신에 '생존욕'이 조금도 없는 '나'라고 하는 '존재'에 비할 데 없이 큰 흥미를 느끼게 되었던 것이다. — 이렇게요. (…중략…)
>
> — 그 '흥미'라는 것을 말씀할 것 같으면 이렇습니다. 즉 '나'라는 '존재'를 완전히 유희화 시킨다는 것 — 이것에 나는 흥미를 느꼈다는 것입니다. (…중략…)
>
> — 이러한 '백지 인생'에 칠(漆)을 하여 보면 어떠할까? — 하는 생각이 나의 흥미를 끌어내었다는 것입니다.
>
> (…중략…) 까닭에 나는 때때로 철없는 장난을 하여 '천진'한 '근대 청년'들의 '모멸'이라든 '조소'를 받는 데서 이름 모를 기쁨을 맛보는 것이었습니다.[8]

---

7 박태원, 「적멸」, 앞의 책, 188쪽.

8 위의 글, 206쪽.

'사내'의 '조고마한 장난' 즉 '정신병자' 행세는 생존욕을 완전히 상실했으나 결코 죽을 수는 없었던 자신의 '백지 인생'에 '칠'을 하는 작업으로 표현된다. 즉 그에게 유희는 잉여로 주어진 새로운 삶을 살아가는 방식을 의미하는 것이다. 그리고 그의 미치광이 노릇은 '스프를 안쪽으로 떠먹고 빵을 나이프로 잘라 먹으며 시끄럽게 나이프질을 하고 핑거 볼의 물을 마시는' 자신에게 한없는 멸시와 조롱을 보내는 소위 '근대 청년'의 허위를 비웃는 데 바쳐진다. 따라서 그들의 멸시가 '기하급수적'으로 확대될수록 '나'의 그들에 대한 비웃음과 기쁨 역시 커지고, 결국 나의 '미치광이' 노릇은 지나가는 행인의 몸 위에 '자동차를 올려놓'는 지경에 이르도록 점점 대담해진다. 사내의 유희는 근대인의 허위, 근대 도시 경성의 허위를 겨냥한 역설적인 행위라는 점에서 작품의 주제를 뒷받침하는 핵심적인 근거로 기능한다. 또한 '죽음을 결심했지만 죽지 못한 그'의 잉여적인 삶의 형식이라는 점에서 '소설을 쓰고자 하지만 쓰지 못하는 나'의 삶의 잉여에 대응되는 방식이기도 하다.

동경의 룸펜 인텔리들의 비참한 하루를 그린 「딱한 사람들」(1934)은 '담배 숨기기'라는 '조고마한 유희'를 통해 죽음이 드리워진 삶을 견뎌가는 방식을 그리고 있다. 룸펜인 두 친구가 각자 동경의 초라한 하숙방과 공원 벤치에서 '배고픔'을 견디며, 노동을 하지 못하는 자신들의 허약한 육체와 그 허약한 육체를 핑계로 노동을 거부하는 불온한 사상을 곱씹어 보는 것이 이 작품의 주된 구조이다. 1절 '5-2=3', 2절 '감정의 자독(自瀆)', 3절 '그들의 부동산 목록', 4절 '굴욕'은 홀로 하숙방에 남겨진 순구의 스토리라면 5절 '5-2=2+1'과 6절 '밥을 찾아서'는 공원에 나앉은 진수의 스토리로 엮여있고 7절 '한 개의 담배'는 이들의 하숙방에서의 재회로 마무리된다.

이야기는 아침에 잠에서 깬 순구가 담뱃갑에 있던 다섯 개비의 담배 가운데 두 개밖에 남지 않은 것을 발견하고, 세 개비를 가져간 친구 진수에게 무한한 증오와 분노의 파노라마를 펼치는 것으로 시작된다.

> 굶나. 오늘 또 굶나. 순구는 베개를 고쳐 베고 또 한번 선하품을 하고, 굶는 것은 할 수 없더라도 담배, 담배나 있었으면. (…중략…) 어제 잘자리에서 세어보니, 그렇다. 다섯 개. 분명히 다섯 개. 그러나 그가 머리맡에 담배갑을 찾아 들었을 때, 그 속에는 담배가 두 개밖에 들어 있지 않았었다. (…중략…) 5-2=3 틀림없이 진수는 세 개다. 흥 하고 코웃음치고, 먼저 잠이 깬 놈은 담배 한 대 더 먹을 권리라도 있다는 말인가. (…중략…) 자기가 자고 있는 사이에, 그 자고 있는 것을 기화로 삼아, 진수가 부당한 이득을 꾀하였나 하면, 순구에게는 그의 소행이 가증하게까지 생각되었다. (…중략…) 문제는 결코 한 개의 담배에 있지 않다. 친구간의 정의라는 것, 공동생활의 도덕이라는 것,[9]

담배 한 개비를 놓고 '부당한 이득'이니 '권리'니 하며 '정의'와 '도덕'을 운운하는 것은 상식적으로는 '난센스'일 수밖에 없지만 극도로 굶주린 순구에게는 그것이 단순한 농담에 그치지 않는다. 순구는 이내 자신의 그런 생각을 '딱하고 부끄러웁고 천박한' 것으로 돌리며 '바른편 넓적다리를 북북 피가 나게 긁'는 것으로 스스로를 벌함으로써, 농담의 가능성을 스스로 차단하면서 자신을 자책하는 자의식을 보여주고 있기 때문이다. 이러한 자의식이야말로 룸펜 인텔리의 비극성이 기인하는 지점이기도 하다. 이들이 룸펜이자 '인텔리'라는 사실은 배고픔 속에서도 스스로에 대한 자각과 반성을 그칠 줄 모르는 인물들이라는 점에서 확연히 드러난다.

먼저 순구는 직업을 얻기 원하지 않는, 열정을 가지고 구직문제를 해결

9 박태원, 「딱한사람들」, 『小說家 仇甫氏의 一日』, 문장사, 1938, 80쪽.

하고자 해본 적 없는 자신을 되돌아보고, 하고한 날 신문의 삼행광고를 더듬어보는 자신의 행위를 "그것은 전혀 자기자신을 속이기 위하여서의 행위에 지나지 않았는지도 몰랐다"고 깨닫는다. 구직하지 못 하는 구실을 얻기 위한 '불순한 분자'를 자신의 태도와 심정 안에서 발견한다는 것, 자신의 행위가 '진실한 생활에서의 도피'임을 '스스로 뼈저리게 느껴'야 한다는 것은 직업을 얻지 못하는 상황 자체보다 훨씬 비극적이다. 처절한 자각이나 반성이 없는 존재라면 '스스로를 매질하는 마음'도 '눈물'도 필요하지 않다. '감정'을 '자독(自瀆)'하는 데서 그치지 못하고 그런 자기 자신을 질책하지 않을 수 없다는 데서 이들의 고통이 비롯된다.

진수의 경우도 '노동할 수 없는, 노동에 견디어나지 않는 몸', 즉 '희망을 걸 수 없는 몸'이라는 점에서 순구와 마찬가지이다. 오오쯔까 공원 벤치 위에서 '죽음'을 떠올리며, '자기의 모든 행운이 모든 방도가, 순구와 가치 살림을 하므로써 깨어진 것 같이 생각'하는 자기를 '천박하고 또 가증'하다고 반성하는 것, 굶주림에도 '되도록 체면을 차려보려는' 자신의 '소시민성'을 스스로 비웃는 것 역시 순구의 반성 구조와 동일한 양상을 보인다. 결국 이들에게는 배고픔을 해결하지 못한 채 하루하루를 소비하는 것 외엔 방법이 없어 보이는데, 이들에게도 그러한 삶을 견딜 수 있는 나름의 방법들이 있다.

「딱한 사람들」의 두 친구 이야기는 작품의 초입에서 순구의 원망과 반성의 근거가 되었던 '담배 한 개비'의 진실이 결국 밝혀지는 것으로 마무리된다. 진수가 다섯 개 중에 세 개를 취한 것으로 오해받았던 것이 사실은 진수 역시 두 개만 취하고 한 개비는 '재미로' 숨겨놓았음이 드러나는 것이다. 은폐된 담배와 은폐된 진실, 두 가지가 모습을 드러내며 반전의 묘미를 만들어낸다고 할 수 있다.

한 개의 담배. 감추어 두었던 보배나 다시 꺼내듯이 그는 그걸 소중하게 들고 자리로 왔다. 그리고 그가 그것을 두 손으로 용하게 꼭 절반을 내어 가지고, 그 한 토막을 순구 앞에 내밀며 자아 담배나 태세. 그렇게 말하였을 때, 그의 말과 또 그의 담배 든 손끝은 이상한 감격으로 떨렸다.[10]

'자아 담배나 태세'라는 말 한마디로 그들은 서로에 대한 애증과 피로를 던져버리고 '이상한 감격'조차 느끼게 된다. '재미로' 숨겨 놓은 담배 한 개비는 그들의 배고픔을 해결해주지는 못하지만 그 유희가 그들의 삶을 견딜 수 있는 것으로 만들어 주는 것이다.

'한 개의 담배를 오시이레 속에 감추고, 그리고 그 조그마한 유희에 제 자신 갓난애 같은 기쁨을 맛보'는 것이 진수 식의 유희였다면, 순구의 유희는 습관처럼 신문 '삼행광고'의 '고입난'을 살펴보는 것이다. 특히 순구는 단지 광고를 '살펴보는' 데 그치지 않고 운전수 조수든 배달부든 자신이 그 일을 할 수 없는 '교묘한 이유'를 적게는 네 가지에서 많게는 여덟 가지씩 생각해내고야 마는 '핑계대기'의 진수를 보여준다. '고입난'을 살펴보는 것이 습관이듯이 '일할 수 없는 이유 찾기' 역시 습관임을 알 수 있는데, 예컨대 그가 운전수 조수가 될 수 없는 이유란 다음과 같다.

(A) '운전수회'에 수수료로 이원을 지불하고, (B) 아무 운전수에게나 부림을 받고, (C) 동경시중을 밤낮으로 자동차를 달려야만 하고, (D) 단간방에 다섯식 여섯식 아무렇게나 쓸어저 자고, (E) 자다가도 흔들어 깨우면 눈을 부비고 일어나야만 하고, (F) 물론 신문 한장 볼 시간이란 있을턱이 없고, (G) 그리고 일급이 오십 전…… (H) 그 보다도 우선 자기의 약하디 약한 체질이 단 하로라도 그 일

10 위의 글, 98쪽.

에 견디어 날 턱이 없다고, 언제든 하는 생각을 또 한 번 하였을 때, 순구의 눈은 그 다음을 더듬고 있었다.[11]

핑계대기 또는 변명 늘어놓기가 놀이일 수 있는 이유는 첫째, 책임추궁을 하는 즉 변명의 실질적 대상이 은폐된 채 습관의 차원에서 이루어지며, 둘째, 그것이 타인으로부터 즉 책임을 추궁할 것으로 상정되는 암묵적 존재(가족이나 공동체 등)로부터 설득력이나 실효성을 얻을 수 없는 것들이기 때문이다. 즉 여기서 핑계는 아무리 해도 효과를 발휘할 수 없을 '비효과성 핑계'[12]라는 점에서 책임회피나 자기 방어와는 거리가 있는(즉 객체가 지워져 있는) 순전한 유희의 차원으로 접어든다. 그러면 이러한 유희가 갖는 의미와 효과는 무엇일까.

「딱한 사람들」의 룸펜 인텔리들은 세상의 질서와 일상적 생활방식으로부터의 '낙오' 상황에서 결코 그 세상을 향해 구원이나 이해를 호소하지 않는다. '내게 돌아올 일자리가 있을 턱이 없다'는 확신에 가까운 태도에는 이미 '포기'를 넘어선 '자족'의 포즈마저 엿보이며, 아무도 알아주지 않을 핑계를 혼자 손꼽아보는 것 역시 주변의 이해를 초월했음을 드러내준다. '무능함'과 '게으름'이라는, 자본주의 사회에서 변명의 여지없는 '부도덕'에 대해 천연덕스럽게 핑계를 늘어놓는 그들에게는 「E선생」(염상섭)이나 「레디메이드 인생」(채만식), 「김강사와 T교수」(유진오) 등에서 보이는 것과 같은 인텔리들이 겪는 자존과 비굴 사이의 고뇌도 없다.[13] 비

11 위의 글, 81~82쪽.

12 최상진 외, 「'핑계'의 귀인－인식론적 분석」, 한국심리학회 학술발표논문초록, 1991 참조. 핑계는 책임이나 부정적 결과를 무효화하거나 회피 또는 감소시키려는 의도에서 일어나는 일종의 자기 방어인데, 상대가 지각가능한 핑계는 비효과성 핑계로 방어의 효과를 거두지 못한다.

13 부패한 제도, 구조적 모순 속에서 개인의 생존 방식 혹은 대응 방식을 다루고 있는 이

굴해야 할 대상도 그들은 만들지 않으며 체면을 상할 바엔 차라리 굶는 쪽을 택하기 때문이다. 이는 신성성의 이미지를 통해 말하는 자의 '진실함'이나 '진정성'을 호소하는 '고백'적 태도와도 명백히 대척점에 있다. 이들에게서는 타인에게 이해받고자 하는 혹은 구제받고자 하는 의지나 노력을 발견할 수 없기 때문이다.

비굴함을 택하거나 동정을 호소하는 대신 그들은 자신들이 겪지 않으면 안 되는 삶의 고통(배고픔, 굴욕, 죽음 충동, 증오, 슬픔 등) 속에서 '삶의 잉여'를 '놀이'로써 행한다. 골방의 소극성과 놀이의 능동성 사이에 비애와 우스꽝스러움이 절묘하게 결합되어 있다는 점에서 인물들의 상태는 '체념'으로 국한되지 않는다.[14] 부하린의 「유물사관」을 읽는 한편 'A study in Practical English'를 공부하던 이들이 '일자리 구하기'에 아무런 정열도 갖지 못한 채 굶주림에 죽어간다는 사실은, 과연 무엇이 '정열'의 대상일 수 있는가를 세상에 되묻고 있는 듯하다. 이렇게 자신의 '정열 없음'을 비굴하지 않은 방식으로 즉 유희적 방법으로 드러냄으로써, 그들은 자신들을

작품들은 단독자로서 개인의 포즈를 그리는 데 중점을 두는 한편, 그를 통해 개인을 억압하는 사회와 집단 또는 권력의 폭력을 드러내는 양상을 보여준다. 이는 개인과 사회라는 대립항에 대한 어떤 이미지를 보여주는 한편, 개인과 사회의 공존, 또는 개인과 사회의 통합이라는 관점에서 둘 사이의 관계를 다루는 것으로 해석할 수 있다. 반면 박태원 소설에는 사회의 일부분으로서의 개인이라는 관념이나 모순적 총체로써의 사회라는 개념은 보이지 않으며, 사회나 집단으로 단순히 환원되지 않는 개체를 다루고 있다는 점이 특징적이다.

14 박태원 소설의 인물들은 대개 적극성이나 능동성과는 거리가 멀다는 점에서 당대의 평자들로부터 '무기력한' 또는 '무위의' 주체라는 비난을 받은 것이 사실이다(박태원, 「내 예술에 대한 항변」) 박태원 문학의 주체가 '사실의 암묵적인 수용이라는 체념 위에 서 있는 주체'라는 평가(차원현, 「표층의 해석학—박태원의 『천변풍경』론」, 『한국 근대소설의 이념과 윤리』, 소명출판, 2007, 174쪽)도 이와 상통한다. 작가는 자기 소설의 인물들을 그 어떤 '투사'나 '주의자'보다도 '책임감' 있는 주체라고 낭낭하게 항변한 바 있는데, 그러한 입장에 동의하든 하지 않든, 그의 인물들이 현실에 대한 체념에 기반하고 있는가의 문제는 좀 더 섬세하게 접근할 필요가 있다.

'소극적인 패배자'로 간주하는 타인들(동일자들)의 상식에도 맞설 수 있게 된다. 즉 우울과 증오와 실망 가운데서 놀이를 통해서만 '안도'와 '감격'을 느끼는 그들이, 옴짝달싹할 수 없는 동경의 좁은 하숙집으로부터 자신들만의 삶의 공간을 확보할 수 있는 힘이 곧 놀이인 셈이다.

위에서 살펴본 것처럼 '거리의 유희' 또는 '골방의 유희'는 '사유 및 언어의 조건으로서의 도시'[15]와 밀접하게 결부되면서, 도시적 삶, 일상적 삶에 대한 새로운 성찰의 가능성을 열어놓는다. 즉 도시 공간과 일상 경험이 불쾌와 비참의 근거가 되는 동시에, 그 안에 '공간과 몸의 재전유'[16]를 가능케 하는 놀이의 에너지가 들어 있음을 보여주고 있다.

한편 박태원 소설에서 유희적 삶의 태도는 세상을 향한 미약하나마 처절한 복수 행위이기도 하다. 근대적 질서나 일상의 리듬을 거스르는 정도의 소극적 거역이라는 점에서 세상에 대해 실질적 항변의 효과를 거두지는 못하지만, 자신의 실존을 적극적으로 사유하고 웅변하는 태도이기 때문이다.

소품이기는 하지만 박태원의 콩트 「최후의 모욕」(『동아일보』, 1929.11.12) 역시 이러한 점에서 접근할 수 있다. 이 작품은 못생긴 '호텔 보이'에게 지나치게 냉정한 세상에 대한, 초라하고도 슬픈 '복수'를 그리고 있다. 호텔 보이라면 대개 손님들로부터 팁이라는 '귀여운 은전'을 손에 쥐게 되는 것이지만, 소년은 '일찍이 손에 금속의 감촉을 느껴본 일이 없'다. 이를 그는 사람들이 '자신이 생긴 푼수보다도 지나치게 냉정한' 탓으로 이해한다. 늘 손님들 앞에 손을 내밀어보지만 그 기대는 늘 배반당하는 것이다.

---

15 Randa Sabry, 앞의 책, 307쪽.

16 Henri Lefebvre, *Writings on Cities*, Cambridge, Mass : Blackwell, 1996. 르페브르는 일상 밖에서가 아니라 일상으로부터 놀이의 가능성을 찾음으로써 '공간과 몸의 재전유'를 가능케하는 '놀이의 도시(ludic city)'를 상상한다. 르페브르의 혁명적이고 유토피아적 맥락과는 거리가 있지만, 구보 역시 '공간과 몸을 재전유'하는 나름의 방식을 구축하고 있다고 볼 수 있을 것이다.

그래서 언젠가부터 소년은 냉정하게 돌아서는 손님들에게 내민 손으로 '꼴딱이질'을 하는 버릇을 갖게 되었다. 손님들의 등 뒤에서 혼자 그들을 모욕하는 것이므로 실제로는 아무런 모욕의 효과를 갖지 못하지만, 이는 상대방의 무시에 대한 소극적 복수이자 무안당한 자존심에 대한 최소한의 방어로서 자신을 위안하는 방식이라고 할 수 있다. 즉 배반당한 기대에 대한 미약하고도 유희적인 복수인 셈이다.

그런데 작품은 이런 작은 복수극만을 보여주는 데 그치지 않는다. 나중에는 아예 은화를 받을 수 있다는 기대조차 사라지고 오로지 '꼴딱이질'만이 남았을 때, 이제 그의 기대는 손님이 냉정하게 등을 돌리는 일이 된다. 팁을 주는 대신 등을 돌릴 것이 기대될 때만이 '꼴딱이질'이 의미를 가질 수 있기 때문이다. 그러나 이러한 새로운 기대마저 배반당하고 마는 '반전'이 펼쳐지면서 이 작품은 우울한 결말로 이어진다. 화사한 신혼부부가 친절하게도 그의 손에 동전을 떨어뜨려주려는 순간, 자기도 모르는 새 즉 무의식중에 행해진 '꼴딱이질'은 그에게서 은화의 감촉을 맛볼 수 있는 최초의 기회를 앗아가 버리는 것이다. 기대①-배반①-복수-기대②-배반②의 구조라고 할 수 있는데, 이 배반으로 인해 소년은 이전의 배반보다 더 큰 상처를 입게 되는 것으로 보인다. 이 경험으로 그는 '다시는 '꼴딱이질'을 하지 않'게 되기 때문이다. 팁을 받을 수 있는가 없는가 하는 문제보다도 소년 앞에 놓인 더 냉정한 세상의 이치는 그의 기대가 늘 배반당한다는 데 있다. 그렇게 해서 세상에 대한 그의 작은 복수 놀이는 한때의 위안의 기억만을 간직한 채 막을 내리게 되는 것이다.

「사흘 굶은 봄ㅅ달」도 「최후의 모욕」과 유사한 구조를 가지고 있다. 사흘을 내리 굶었지만 아무도 그 무엇도 그의 배고픔을 구원해주지 않는 풍요와 환락의 아사쿠사 공원에서, 동경의 룸펜 성춘삼은 '괴로운 현실을 비록 잠깐이나마 잊기 위하여 과거를 추억'한다. 환각처럼 눈앞에 펼쳐지는 과거 생일날의 추억 속에서 그는 무슨 떡을 사줄까 묻는 어머니의 말에 재차 옆으로 도리질을 하는데, 마침 지나가다 야끼도리를 그의 코앞에 내밀고 있던 주정꾼 하나가 그의 도리질에 그만 내밀었던 손을 거두어버린다는 것이 소설의 내용이다. 어딘가에서 먹을 것이 떨어지기를 바라던 그의 간절한 기대는 순간의 환각 속에서 완전히 배반당하고 마는 것이다.

> 그래 춘삼이는 어머니가 시루팥떡? 하고 물어주기까지 기다리기로 하였다.
>
> "그럼 동구 인절미?"
>
> 이번에도 역시 춘삼이는 머리를 모로 흔들었다. 그리고 어서 어머니가 '시루팥떡'을 생각해내기를 바랐다. 그러나 어머니가,
>
> "그럼 시루팥떡?"
>
> 하고 채 묻기 전에 춘삼이는 자기 머리 위에,
>
> "이야까네?(싫단 말이야?)"
>
> 하는 무뚝뚝한 말소리를 듣고, 그만 생각을 깨치고 신경질하게 고개를 들어보았다. (…중략…)
>
> 춘삼이는 자기가 왜 개피떡이든 증편이든 동구 인절미든 아무거나 좋으니 먹겠다고 고개를 끄덕거리지를 않았던가? — 하고 그것을 크게 뉘우쳤다.[17]

회상부와 현재가 절묘하게 오버랩되는 위 장면에서 환각은 현실로부터 무참히 외면당한다. 어머니가 차려준 생일상 앞에서 무슨 떡을 먹을까 행복한 고민을 하던 추억(공상)은 그를 배고픔이라는 현실의 괴로움으로부터 잠시 도피시켜주지만, 그마저 그의 뜻을 거역하고 그 괴로움을 오히

17 박태원, 「사흘 굶은 봄ㅅ달」, 『小說家 仇甫氏의 一日』, 문장사, 1938, 58쪽.

려 연장시켜주는 데 일조하는 것이다. 무의식적인 행동이 불러오는 '비극', 즉 번번이 기대를 배반당하는 세상살이의 어려움을 그렸다는 점에서 이 작품은 「최후의 모욕」과 동궤에 놓여 있다. 흥미로운 것은 성춘삼이 추억 속에서 도리질을 한 행위를 후회할 뿐, 행복했던 추억을 회상했던 것 자체를 후회하지는 않는다는 점이다. 그는 어머니에게 고개를 얼른 끄덕거리지 않고 도리질을 쳤던 자신의 과거를 뉘우칠 뿐이다. 그리고 선하품을 하며 언제 다시 올지 모를 또 다른 기회를 기다린다.

'오샤꾸(작부)'의 뒷모양에서 닭고기를, '도시마(20~30대 여자)'의 몸 냄새에서 시금치 나물을, 오줌 줄기에서조차 '반짜(싸구려 녹차)'를 연상할 정도로 모든 것에서 음식을 환각하는 극도의 굶주림에 처해 있는 그의 처지에 비춰볼 때, 이러한 상황이 그려지는 방식은 엉뚱함을 면하지 못한다. '그런 기막힐 일(사지가 멀쩡한 자기에게 돌아올 일이 없어 굶어 죽을밖에 도리가 없다는 사실—인용자)이 지금 세상에는 '항다반(恒茶飯, 항상 있는 차와 밥—인용자)'이라는 것을 생각하였을 때, 춘삼이는 방귀도 안 나왔다'는 유머에서부터 '이틀 굶은 배를 움켜쥐고' 쳐다 본 하늘에 '사흘 굶은 봄달'이 걸려 있다는 데에 이르기까지 유머러스한 여유를 잃지 않고 있기 때문이다. 자신의 불우을 '선하품(억지로 지어보이는 하품—인용자)'으로 잊는 그러한 방식은 불행과 권태에 대응하는 또 하나의 유희적 삶의 태도라고 할 수 있을 것이다.

이 작품은 '동경'이라는 배경과 '룸펜' 주인공을 설정한 점에서, 그리고 '굶주림'을 견디는 방식을 그렸다는 점에서 「딱한 사람들」과 유사한 설정을 보여주는데, 그럼에도 불구하고 '성춘삼'의 모호한 정체 때문에 이 작품은 매우 낯설게 다가온다. '성춘향'을 연상시킬 정도로 지극히 토속적인 이름을 가진("성춘삼이라니까 얼른 생각에 춘향이 오래비 같지만, 물론, 그는 이도령의 처남이 아니다") 주인공의 행적과 관련해서 정보가 매우 제한적이기 때문이다.

아스까야마, 스미다가와, 아즈마바시, 가미나리몽, 나까미세 등 일본 지명들이 날 것 그대로 심심찮게 등장하는 이 작품에서 성춘삼은 '자기에게 차례 올 일자리가 없기 때문'에 동경 거리를 방황하는 '한 개 보잘것없는 룸펜'으로 그려진다. 그런데 아사쿠사 공원 수족관 이층 '카지노 폴리'에서 들려오는 '째즈' 소리를 동경하는 부랑자와, 조선에서 양복점과 철공소 일꾼을 전전하던 빈민가의 아들이 어떻게 연결되는지 아무런 단서가 없어서 독자를 어리둥절하게 만들기 충분하다. 그에게는 "룸펜 인텔리에게 거의 끊임없이 따라다니는 초조와 불안"(「옆집 색시」)과 같은 것도 보이지 않는다는 점에서 인텔리라는 근거가 없으며, 어떻게 해서 일을 구하러 동경으로 흘러들어왔는지 짐작할 방법이 없다. 그러나 이러한 상황 설정의 인공성은 오히려 '동경을 떠도는 조선인 걸인'의 처지를 더욱 부각시키면서 불행을 유머러스하게 채색하는 효과를 배가시킨다. 「사흘 굶은 봄ㅅ달」은 「제비」, 「낙조」 등에서 보이는 박태원 소설 특유의 '슬픈 유머'가 발휘된 작품으로 볼 수 있다.

2) 도시의 삶과 놀이 공간의 창출 / 「소설가 구보씨의 일일」

「소설가 구보씨의 일일」은 잘 알려져 있다시피 선조적인 서사 구조를 추출하기 어려운 복잡한 구성을 취하고 있다. 과거와 현재가 오버랩으로 뒤섞이고 내면적인 상념과 관찰에 의한 설명이나 묘사가 수없이 교차하고 있기 때문이다. 소설 속 구보가 자신을 '다변증'이라고 했던 것처럼 "언어도 인물도 하도 다변적(polytropic)이어서 한마디로 그 성격의 요약을 거부하는 텍스트"[18]인 셈이다. 따라서 '소설가 구보가 오후에 집을 나서 하루 종일 거리를 배회하다가 새벽 2시 집으로 돌아간다'는 간단한 문장만으로 이 작품을 구조화할 수 없다. 이 작품은 위와 같이 도식화되는 선조적(정확히는 회귀적) 구성을 상정해볼 수 있는 한편, 직선과 지그재그의 두 운동 즉 '이중의 문채'[19]를 함께 고려해야 한다.

'룸펜 인텔리(또는 소설가)의 비일상적 비규범적 생활 리듬과 체험의 방식'은 박태원 소설에서 여러 차례 반복되는 모티프이고[20] 그 한가운데에 있는 작품이 바로 「소설가 구보씨의 일일」이라고 할 수 있다.[21] 기존에 '산책' 모티프로 주로 다루어진 구보씨의 거리 체험은 '산책의 유형학'이라는 면에서 보자면 보들레르식(벤야민)의 '산책'이기보다는 '병적인 헤맴'[22]에 좀 더 가까워 보인다. 「소설가 구보씨의 일일」의 구보는 '정처 없

---

18 제임스 조이스의 『율리시즈』에 대한 평가인데 이는 구보의 소설에도 적절하게 들어맞는다(진선주, 『제임스 조이스의 율리시즈의 서술전략』, 도서출판 동인, 2006 참조).

19 Roland Barthes, 이상빈 역, 『롤랑 바르트가 쓴 롤랑 바르트』, 강, 1997, 129쪽. 바르트는 자신의 작품의 방법론을 '이중의 문채'라는 말로 표현한다. 직선의 운동이란 '어떤 관념, 입장, 취향, 이미지의 상승, 증대, 일관적 유지'를 말하며 지그재그란 '역행, 반대, 반작용적 에너지, 거부, 갔다가 되돌아오기, 일탈 행위의 문자인 Z의 움직임'이다.

20 자기반영적 성격이 강한 「적멸」(1930), 「피로」(1933), 「거리」(1936) 등이 이에 해당한다.

21 특히 「소설가 구보씨의 일일」은 근대 도시에서 작가의 존재론 및 소설 기법의 실험성 등과 관련하여 많은 연구가 축적된 상태인데, 2000년대 이후 식민지 근대 도시 경성이라는 공간의 특징과 관련하여 구보의 여정이 가진 의미가 세밀하게 추적되는 등, 기존의 고현학이나 산책자의 범주를 넘어서는 연구가 폭넓게 진행되고 있다(조이담, 『구보씨와 함께 경성을 가다』, 바람구두, 2005; 방민호, 「1930년대 경성 공간과 「소설가 구보씨의 일일」」, 『문학수첩』, 2006 겨울).

22 신범순, 「정지용 시에서 병적인 헤매임과 그 극복의 문제」, 『한국 현대시의 퇴폐와 작은 주체』, 1999, 70쪽. 이 글에서는 정지용의 거리 배회를 '병적인 헤매임', '헤매이는 혼'이라고 칭한 바 있는데, '병적'이라는 지적은 박태원의 경우에도 유효한 개념이라고 생각된다. 여기서 '헤매임'은 보들레르적인 '산책자'의 산책보다 훨씬 넓은 범주를 포괄하며 한결 형이상학적 개념에 가깝다. 한편 김명인은 '산책자 소설'이나 '여행형 소설'과는 다른 '배회형 소설'이라는 양식적 개념을 제안하기도 했다(김명인, 「근대소설과 도시성의 문제」, 『민족문학사연구』 16, 2000).

음' 즉 '무목적성'을 자신의 행위의 근거로 삼고 있다. 예컨대 그가 종로 네거리를 향해 가는 것은 무슨 볼일이 있어서가 결코 아니라 '서 있는 것의 무의미함을 새삼스레 깨달은 까닭에' 그리고 '처음에 그가 아무렇게나 내어 놓았던 바른발이 공교롭게도 왼편으로 쏠렸기 때문에 지나지 않는' 것이다. 그리고 그는 이러한 무목적성을 넘어서 심지어 '어디론가 가야만 한다'는 생각을 강박적으로 보일 만치 반복하는 모습을 보인다.

> 구보는 마침내 다리 모퉁이에까지 이르렀다. 그의 일있는 듯싶게 꾸미는 걸음걸이는 그곳에서 멈추어진다. 그는 어딜 갈까, 생각하여 본다. 모두가 그의 갈 곳이었다. 한 군데라 그가 갈 곳은 없었다. (227쪽)[23]
>
> 구보는 백동화를 두 푼, 탁자 위에 놓고, 그리고 공책을 들고 그 안을 나왔다. 어디로-. 그는 우선 부청 쪽으로 향하여 걸으며, 아무튼 벗의 얼굴이 보고 싶다, 생각하였다. (…중략…) 어디로-, 구보는 한길 위에 서서, 넓은 마당 건너 대한문을 바라본다. (244~245쪽)
>
> 어느 틈엔가, 구보는 조선은행 앞에까지 와 있었다. 이제 이대로, 이대로 집으로 돌아갈 마음은 없었다. 그러면 어디로-. (255쪽)
>
> 어느 틈엔가 그 여자와 축복받은 젊은이는 이 안에서 사라지고, 밤은 완전히 다료 안팎에 왔다. 이제 어디로 가나. (267쪽)

구보는 특별한 방향성은 없지만 '어디론가 가야 한다'는 의식 하나만은 또렷하다. 여정 자체는 불확실하고 미정향이지만, '앞으로 나아간다'는 것은 이 작품에서 가장 뚜렷하게 추출할 수 있는 직선의 경향이라고도

23 이하의 「소설가 구보씨의 일일」 인용 쪽수는 박태원, 『小說家 仇甫氏의 一日』, 문장사, 1938 참조.

할 수 있다. 그러므로 그의 걷는 행위는 단지 목적의식이 불필요한 몽상가의 한가한 산책이라기보다는 오히려 초조와 불안으로 점철된 강박적 헤맴의 성격을 띤다. 그러면 그는 왜 헤매는가. 구보에게 있어서 '병적인 헤맴'이 갖는 의미는 무엇일까. 이를 이해하기 위해서 그 헤맴의 메커니즘을 구조화해보기로 하자.

구보가 하염없이 거리를 배회하게 되는 계기는 크게 두 가지이다. 먼저 '집'과 '어머니' 즉 일상의 생활리듬이 유발하는 불쾌감. 구보는 어머니와 마주치기 전 일찍 집을 나와 한밤중에 들어오며, 어머니가 뭘 물을라치면 늘 불쾌한 표정을 짓는다. 어머니는 불가피하게 언제나 '직업'과 '결혼'으로 대표되는 생활인의 감각을 그에게 요구하기 때문이다. 구보와 같이 일상의 규범들과 거리가 먼 소설가가 집이라는 일상의 공간에 머무름으로써 생기는 불쾌가 어떠한 것인지는 「거리」의 한 대목에 여실히 드러나 있다.

> 언젠가 비오는 하룻날에 우장이 없는 나는 종일을 그들과 함께 방 속에 있었어야만 하였으므로 바쁘게 일하는 옆에 그렇게도 가까이 있으면서도 오직 나만 한가함이 마음 괴로워 나는 어머니를 도와 약봉피를 붙였다. 그러나 내가 어머니와 같은 시간을 일하여 얻은 것은, 겨우 팔백여 매, 그러니까 공전으로 쳐서 이십사 전이나 그밖에 안 되는 것이었고, 또 내 손으로 된 물건은 이미 이 방면의 전문가인 어머니의 것과 비겨 적잖이 손색이 있었으므로, 나는 그 일에 흥미를 가질 수 없었다. 뿐만 아니라 어머니는 또 어머니대로 자기의 '귀한' 아들이 그러한 부녀자가 내직으로나 할 일에 손을 대는 것이 애처럽게 생각되었는지도 모른다. 사실 스물아홉이나 그렇게 된 남자가 종일을 그 좁은 방에 붙박혀서 서투른 솜씨로 약봉지에 풀칠을 하는 광경이란, 누가 보기에도 불쾌한 것임에 틀림없었다. 어머니는 사흘째 가서 내가 다시 그 일에 참여할 것을 금하고 나는 다시 볼일

없는 거리로 나오지 않으면 안 되었다.[24]

「거리」의 '나'와 마찬가지로 집이라는 공간에서 구보는 가족들에게나 자기 자신에게나 결코 좋은 모양새를 연출할 수 없기 때문에, 심지어 불쾌감을 유발하기 때문에 거리를 나서게 되는데, 구보가 집으로부터 벗어난다고 해서 그것으로 문제가 해결되는 것은 아니다. 거리에서조차 그는 "온갖 종류의 불유쾌한 느낌"을 가질 수밖에 없고, 끊임없이 우울함을 느껴야 하기 때문이다. 즉 집으로부터의 탈출로 해소되거나 회피되지 않는, 거리 체험이 제공하는 불쾌감이 새로이 떠오르는 것이다. 그 불쾌의 계기들이란,

①병과 불행의 자각. 평균적인 삶이 추구하는 '건장한 육체'와 물질적인 조건이 보장하는 '행복'을 그는 갖지 못했으며, 이는 그를 우울하게 한다.[25]

② 교섭의 번거로움. 마음의 평온을 찾을 수 있는 유일한 공간인 다방에 머물라 치면 벗 아닌 벗, 벗 같잖은 벗이 들이닥쳐 그의 마음에 암영(暗影)을 드리운다.

③ 거리의 살풍경. 한길 위에서 바라보는 대한문이 환기하는 '빈약한 옛 궁전'이 그에게 우울을 던져주고, '살풍경하고 또 어수선한 태평통의 거리'도 그의 마음을 어둡게 하여준다.

④우울한 사람들. 거리에서 우연히 마주친 영락한 옛 동무의 외면은 '울 것 같은 감정'을 불러일으키고, '조그만 한 개의 기쁨을 찾아' 경성역 삼등

---

24 박태원, 「距離」, 『小說家 仇甫氏의 一日』, 문장사, 1938, 117~118쪽.

25 구보가 건강한 청년의 명랑성에 '참말 부러움'을 느낀다고 고백한들 이를 '명랑성에 대한 욕망'(강상희, 「1930년대 한국 모더니즘 소설의 내면성 연구」, 서울대 박사논문, 1998, 78쪽)이라고 단정하기는 어려워 보인다. 그는 명랑과 건강 그리고 행복이 타인에게 속한 것임을 절실히 인식할 뿐 그에 대해 적극적인 의지를 보이지 않기 때문이다. 이는 마치 구보가 한 여인과의 어긋난 만남을 비극이라 인식하면서도 '그 비극에서 자기네들을 구하기 위하여 팔을 걷고 나서려 들지 않'는 태도와 유사하다.

대합실을 찾아가 보지만 역시 '우울 속에 그곳을 떠나지 않으면' 안 된다.

⑤ 여인과의 아픈 기억. 전차 안에서, 또 거리 위에서 새삼스럽게 첫사랑과 실연의 기억이 떠올라 그에게 애달프고 쓰린 감정을 느끼게 한다.

즉 구보의 거리 배회는 이렇게 관찰의 영역에서든 그것이 환기하는 기억의 영역에서든 불유쾌한 것들과의 계속되는 마주침이며, 그 불쾌함의 '새삼스러운' 발견이자 반복이다.[26] 이는 작품에 나타난 경성의 표상에 있어서도 매한가지다. 「소설가 구보씨의 일일」에서 경성은 결코 화려한 스펙터클의 도시로 묘사되지 않는다. '좁은 서울', '낡은 서울'이라는 표현에서도 알 수 있듯이 그에게 서울 거리는 낯설지도 매력적이지도 않다. 구보가 헤매고 머무는 곳이 종로를 중심으로 하여 황금정, 남대문통, 장곡천 길, 태평통 등 남북촌을 아우르는 번화가들이라는 점을 감안할 때, 이는 기이한 점이다. 누군가에게는 거리의 매혹으로 다가올 화려한 여인들의 구두 뒤축과 걸음걸이는, 그에게 '서투르고 부자연하며 위태로운' 것으로 보일 뿐이다. 그의 시선은 곧잘 익숙한 도시 속의 낯선 타인들에게로 향하는데, 그들 속에서 그가 발견하는 것은 '온갖 사람에게 의혹을 갖는 두 눈', '외설한 색채의 가루삐스를 즐기는 비속한 얼굴', '서정시인의 타락(황금광 시대)', '연애의 타락', '부란(腐爛)된 성욕'과 같은 것들이다. 실로 우울과 권태와 불쾌의 경성인 것이다.

그렇다면 여기서 불쾌의 근원은 무엇일까. 시선은 지각의 문제이자 선택의 문제라고 할 때, 거리에서 그가 마주하게 되는 불쾌한 모든 것들 즉 소설에 육화되어 있는 우울과 불쾌의 지표들은 선택된 이미지들이다. 이

---

26 구보의 새삼스러운 지각과 관련하여, 「소설가 구보씨의 일일」에는 '문득', '갑자기', '새삼스럽게'라는 표현이 '생각한다, 느낀다, 깨닫는다'와 호응하여 매우 빈번하게 반복적으로 등장한다는 점을 지적할 수 있다.

는 크게 '비속함'과 '타락' 두 가지로 집약될 수 있고 그 근저에는 돈이 위력을 떨치는 세계의 확장이 있다. 구보의 불행·불건강·불쾌와 대비되는 일상인들의 행복·건강·명랑은 그러한 비속과 타락을 근저에 깔고 있다.

소설가 구보가 거리에서 느끼는 불쾌에 대응하는 첫 번째 방식은 건강하지 못한 그래서 불행한 자기 자신을 유희의 대상으로 삼는 것이다. 자전거 경적을 듣지 못한 자신의 청력, 대낮에도 사람을 제대로 피하지 못 하는 자신의 시력, 그리고 병든 타인의 모습에서 떠올려지는 자신의 병을 구보는 거리 위에서 문득 그리고 새삼 확인하게 되는데, 그에 대한 구보의 대응 방식은 자기 마음대로 병명을 확정짓고 그를 확대재생산하는 것이다.

> 비록 식욕은 왕성하더라도, 잠은 잘 오더라도, 그것은 역시 신경쇠약에 틀림없었다. (228쪽)
>
> 한 덩어리의 '귀지'를 갖기보다는 차라리 4주일간 치료를 요하는 중이염을 앓고 싶다, 생각하는 구보는, 그의 선언에 무한한 굴욕을 느끼며, 그래도 매일 신경질하게 귀 안을 소제하였다.
>
> 그러나, 구보는 다행하게도 중이질환을 가진 듯싶었다. 어느 기회에 그는 의학사전을 뒤적거려 보고, 그리고 별 까닭도 없이 자기는 중이가답아에 걸렸다고 혼자 생각하였다. (…중략…) 자기의 耳疾은 그 만성습성의 중이가답아에 틀림없다고 구보는 작정하고 있었다. (229쪽)

'귀지를 가지기보다는 차라리 중이염을 앓겠다'는 태도는 이 작품에서 구보가 보여주는 태도 가운데 가장 명료한 것에 속한다. 그리고 질병의 상태를 '다행하다'고 인식하고 스스로 '환자에 틀림없다'고 생각할 때 그는 '유쾌하게' 웃을 수 있다. 즉 스스로를 환자로 만들고 즐거워하는 것,

자신의 병적 질환을 유희의 대상으로 만듦으로써 그는 불쾌한 인상을 유쾌의 에너지로 바꾸어낸다.[27]

현실의 불쾌를 극복하는 두 번째 방법은 사람들 사이에서 그가 취하는 태도에서 찾을 수 있다. 구보는 의도치 않게 주어지는 불쾌한 상황을 스스로의 의지로 단호하게 거부하거나 물리치지 못 한다. 예컨대 달갑지 않은 벗의 합석 요구를 차마 거절하지 못하며, 즐겁지 않은 사람과의 대화도 애써 피하지 않는다. 대신 그는 그러한 상황에 결코 몰입하지 않는 방법을 취함으로써 교묘하게 그 상황을 극복하는 모습을 보인다.[28]

> 구보는 친하지 않은 사람에게 '자네' 소리를 들으면 언제든 불쾌하였다. (…중략…) 그러나, 그러한 경우에 한 개의 구실을 지어, 그 호의를 사절할 수 있도록 구보는 용감하지 못하다. (…중략…)
>
> 음료 칼피스를, 구보는, 좋아하지 않는다. 그것은 외설한 색채를 갖는다. 또, 그 맛은 결코 그의 미각에 맞지 않았다. 구보는 차를 마시며, 문득, 끽다점에서 사람들이 취하는 음료를 가져, 그들의 성격, 교양, 취미를 어느 정도까지 알 수 있을 것이 아닌가, 하고 생각하여 본다. 그리고 그것은 동시에, 그네들의 그때, 그때의 기분조차 표현하고 있을 게다.
>
> 구보는 맞은편에 앉은 사내의, 그 교양 없는 이야기에 건성 맞장구를 치며, 언제든 그러한 것을 연구하여 보리라 생각한다. (252~253쪽)

---

27 쾌 불쾌의 감각을 외부 지각에 대한 직접적이고 무의지적인 내적 지각이라고 할 때(김한결, 「관념으로서의 미－허치슨 취미론의 로크적 토대에 관한 고찰」, 『美學』 제37집, 2004 봄 참조), 구보의 확신에 찬 판단은 불쾌를 넘어서는 혹은 그에 수반하는 2차적인 인식이라고 볼 수 있다.

28 이러한 구보의 태도는 불쾌나 고통의 가능성에 맞서는 일종의 유머러스한 방어적 태도로 읽힐 수 있다. 유머는 인간의 정신 활동이 고통의 속박에서 벗어나기 위해 행하는 행위 가운데 하나라는 점에서 그러하다(S. Freud, 「유머」, 정장진 역, 『창조적인 작가와 몽상』, 열린책들, 1996, 13쪽).

그러나 그 선율이 채 끝나기 전에, 방약무인한 소리가, 구포 씨 아니요-. (…중략…) 구보는 자기가 이러한 사내와 접촉을 가지게 된 것에 지극한 불쾌를 느끼며, 경어를 사용하는 것으로 그와 사이에 간격을 두기로 하였다. (…중략…) 사실, 내 또 만나는 사람마다 보구,

"구포 씨를 선전하지요."

그러한 말을 하고는 혼자 허허 웃었다. 구보는 의미몽롱한 웃음을 웃으며, 문득, 이 용감하고 또 무지한 사내를 고급(高給)으로 채용하여 구보 독자 권유원을 시키면, 자기도 응당 몇십 명의 또는 몇백 명의 독자를 획득할 수 있을지 모르겠다고 그런 난데없는 생각을 하여 보고, 그리고 혼자 속으로 웃었다. (281~283쪽)

그는 자신이 좋아하지 않는 속물 동창생이 칼피스를 마시는 것을 보고, '사람들의 음료 취미를 연구해 보리라'고 혼자 작정하며, 자신을 '구포'라고 부르는 불쾌한 생명보험 외교원 앞에서는 '구보 독자 권유원'이라는 기발한 공상을 해본다. 즉 현실의 불쾌를 '난데없는' 공상을 통해 유쾌한 것으로 바꾸어내고 있는 것이다.[29] 즉 그가 계속 불쾌한 상황을 감내할 수 있는 것은 아니 피하지 않는 것은 곧 불쾌를 유쾌하게 만들 줄 아는 까닭이다. 이는 벗과의 대면에서도 마찬가지인데, 혼자 있는 것이 외로워서 혹은 두려워서 벗을 그토록 기다리면서도 정작 벗을 만나서 구보가 하는 일이란 자기만의 백일몽의 세계로 빠져드는 것이다. 구보는 상대방과의 의사소통에는 그다지 관심이 없다.

29 외부의 충격들이 자신에게 어떠한 피해도 주지 못한다는 확신을 유지하는 것, 오히려 그런 것들을 즐거운 일로 여기고 있음을 보여주는 것이 유머의 본질이다. 이는 막막한 현실 상황에도 불구하고 끝내 굽히지 않으려고 하는 쾌락 원칙을 의미하기도 한다(위의 글, 12쪽).

어느 틈엔가, 구보는 그 화제에 권태를 깨닫고, 그리고 저도 모르게 '다섯 개의 능금' 문제를 풀려 들었다. 자기가 완전히 소유한 다섯 개의 능금을 대체 어떠한 순차로 먹어야만 마땅할 것인가. (…중략…) 그리고 구보는 오늘 처음으로 명랑한, 혹은 명랑을 가장한 웃음을 웃었다.

문득,

창 밖 길가에, 어린애 울음소리가 들린다. (…중략…) 구보는 『율리시즈』를 논하고 있는 벗의 탁설(卓說)에는 상관없이, 대체, 누가 또 죄악의 자식을 낳았누, 하고 생각한다. (260~262쪽)

'다섯 개의 능금' 또는 '죄악의 자식'과 같은 구보의 백일몽은 그가 처한 불쾌한 현실과 어떻게 연관되며 어떤 의미를 가질까. 세계의 사물들을 자기 방식대로, 자기 취향대로 배치하는 몽상은 '현실 세계의 가시적이고 촉지할 수 있는 사물들을 상상적인 대상과 상황들과 연결'짓는다는 점에서 현실과 대결하는 진지한 놀이이다.[30] 현실 그대로라면 쾌락을 제공할 수 없는 많은 것들이 몽상의 세계 속으로 들어오면서부터 쾌락을 줄 수 있도록 변화된다.[31] 즉 경성이라는 익숙한 도시와 도시 경험이 불러일으키는 불쾌함들을 유쾌로 바꾸어내는 힘이 몽상인 것이다. 벤야민이 베를린이라는 친숙한 공간을 낯설게 하기 위해 어린아이의 시선을 도입했듯이,[32] 현실에 대응하는

30 S. Freud, 「창조적인 작가와 몽상」, 위의 책, 82쪽. 프로이트에 따르면 창조적인 작가는 그런 점에서 결국 놀이를 하는 아이와 동일한 것을 하는 것이다. 놀이의 쾌감을 간직한 성인들은 놀이 대신 몽상을 따라가게 되고, 진지하게 대해야 하는 현재의 일들을 어린아이의 놀이와 동일시함으로써 삶의 중압감에서 빠져 나와 '유머'라고 하는 고급스런 쾌락을 얻을 수 있게 된다.

31 위의 글, 83쪽.

32 Graeme Gilloch, 노명우 역, 『발터 벤야민과 메트로폴리스』, 효형출판, 2005, 128~133쪽 참조. 벤야민은 유년시절의 도시에 대한 인상과 이미지를 그려냄으로써 친숙함과 습관에 방해받지 않고 '첫인상'으로 지각하도록 변화시킨다. 그렇게 해서 도시

일종의 놀이인 몽상은 구보가 익숙한 현재의 시간과 공간을 마치 낯선 미로처럼 재구성하는 방법이 된다. 도시의 미로에서는 길을 잃을 수도 있고 막다른 골목에 다다를 수도 있으며 또한 새로운 길을 만들어갈 수도 있다. 그래서 구보는 그러한 몽상과 유희의 한가운데서만 유쾌하게 웃을 수 있다.

> 갑자기 구보는 온갖 사람을 모두 정신병자라 관찰하고 싶은 강렬한 충동을 느꼈다. (…중략…)
>
> 그러다가, 문득 구보는 그러한 것에 흥미를 느끼려는 자기가, 오직 그런 것에 흥미를 갖는다는 것만으로도 이미 한 것의 환자에 틀림없다, 깨닫고, 그리고 유쾌하게 웃었다. (288쪽)

> 구보는, 문득, 수첩과 만년필을 그에게 주고, (…중략…) 그 새로 생각해 낸 조그만 유희에 구보는 명랑하게 또 유쾌하게 웃었다. (294쪽)

'명랑하게 또 유쾌하게' 웃을 수 있는 힘을 유희와 몽상에서 구하고 있는 구보는, 또한 자신의 기억 — 충족되지 못한 욕망 — 을 몽상을 통해 유희화한다. 그 유희화의 형태란 바로 자신의 기억 혹은 몽상을 '통속소설'로 혹은 '한 개의 단편소설'로 재구성하는 일이다. '과거는 끊임없이 기억이 순환하여, 마치 처음인 듯 반복적으로 대상과 만나게 되는 미로'[33]라고 할 때, 그가 거리에서 그리고 전차 안에서 자신의 과거 경험들을 다시 새삼 만나게 되는 것은 바로 미로를 여행하는 것과 같다.[34] 그 기억의 미로

와 기억은 상호 침투하게 된다.

33 위의 책, 139쪽. 질로크는 벤야민의 거리 배회를 '미로에서 길을 잃고 싶은 욕망'으로 풀이한다.

34 물론 구보의 기억은 지극히 사적인 체험 이를테면 여인과의 이별, 이루어지지 않은

를 더듬어 나아가면서 구보는 그 기억의 흔적들과 조각들을 모아 새로운 이야기를 써내려 간다.

> 통속 소설은 템포가 빨라야 한다. 그 전날, 윤리학 노트를 집어들었을 때부터 이미 구보는 한 개 통속 소설의 작가였고 동시에 주인공이었던 것임에 틀림없었다. (…중략…) 만약 여자가 그렇게도 쉽사리 그의 유인에 빠진다면, 그것은 아무리 통속 소설이라도 독자는 응당 작자를 신용하지 않을 게라고 속으로 싱겁게 웃었다. (270~271쪽)

> 가엾은 애인. 이 작품의 결말은 이대로 좋을 것인가. 이제, 뒷날, 그들은 다시 만나는 일도 없이, 옛 상처를 스스로 어루만질 뿐으로, 언제든 외롭고 또 애달파야만 할 것인가. (276쪽)

구보는 어느 가을날 동경에서 경험했던 한 여인과의 인연을 떠올리면서, 그 이야기를 '통속 작가들이 즐겨 취급하는 종류의 로맨스의 발단'이라는 표현으로 시작하고 있다. 그리고 우연히 손에 넣은 한 권의 대학노트로 시작된 그 짧은 연애담은 기억과 망각의 틈바구니에서 '한 개 통속 소설'로 재탄생하게 된다.

여기서 기억이 재구성되는 과정은 순수한 기억의 파편들로만 이루어지는 것은 아니다. 도시의 거리에서 기억과 인상의 재구성 과정이 의미를 가지는 것은, 그것이 단지 의식의 무방비 상태에서 이루어지는 내적인 감

사랑과 같은 것들이라는 점에서 '과거 속에 침전된 유토피아적 순간과 충동을 구원하는' 벤야민의 기억과 동일하게 다루어지기 어렵다. 그러나 거리를 헤맴으로써 과거의 경험을 상기하여 그것을 욕망의 구원으로 삼고 있다는 점에서, 구보의 헤맴 역시 벤야민 식의 미로의 은유로 해석이 가능하다.

각이 아니라 일상적 삶의 인상들이 촉발시키는 감각들이라는 점에 있다. 그러한 몽상과 재현은 순전히 일상적 삶의 여러 인상들 속에서 형성된 것들이라는 점에서 의의를 가진다. '제비와 같이 경쾌하게' 지나가는 '전보 배달의 자전차'를 보고, '한 장의 전보를 봉함을 떼지 않은 채 손에 들고 감동하고 싶은 충동'을 느끼고 또한 '결코 비속하지 않은' '한 개 단편 소설의 결말까지를 상상'해보는 것도 같은 맥락에 있다.

흔히 이 소설의 결말 즉 "내일(來日), 내일(來日)부터, 나 집에 있겠오, 참작(創作)하겠오-"(295쪽)라는 구보의 선언을 두고, '일상으로의 복귀 그리고 창작으로의 회귀'라는 해석을 내리는 것이 지배적이다.[35] 그러나 구보가 결국 규범이나 일상으로 회귀한다고 단정하는 것은 성급한 해석일 수 있다. 소설에 나타난 구보의 하루는 일회적인 '사건'이라기보다 '반복의 리듬'을 가진 것으로 보이기 때문이다. 구보 스스로 '어쩌면, 어머니가 이제 혼인 얘기를 꺼내더라도, 구보는 쉽게 어머니의 욕망을 물리치지는 않을지도 모른다'라고 추측 혹은 전망하고 있을지라도, 다음 날에도 구보는 그렇게 단장과 노트를 옆구리에 끼고 거리를 배회하며 똑같은 결심을 반복하게 될 것이다. 즉 그러한 결심조차 반복의 구조 안에 놓여 있는 것으로 해석할 수 있다.[36] '참말 좋은 소설을 쓰리라'는 오직 그 생각을 하는 것

---

35 김홍식은 이를 '모던 보이로서, 그리고 모더니스트로서 이상(李箱)과 동급의 전위분자처럼 행세하면서도 결국 가족 관계의 규범을 존중하고 그 테두리를 벗어나지 않는 이중성'을 보이는 것이라고 해석한다(김홍식, 「박태원의 소설과 고현학」, 『한국현대문학연구』 18집, 2005.12 참조) 반면 최혜실은 이 작품의 시공개념이 '반복성을 가진 원점회귀'로 나타나며 다음날로 되풀이되는 반복의 시간임을 지적한 바 있다(최혜실, 앞의 책, 220쪽) 물론 박태원에게서 이상과 같은 방식의 파격적 일탈의 조짐을 찾기란 쉽지 않지만, 일탈을 시늉으로써 혹은 놀이로써 실천하는 그리고 그 시늉을 반복함으로써 일상과 대면하는 박태원 나름의 방식을 탐구해 볼 수 있다.

36 '대체, 그애는, 매일, 어딜, 그렇게, 가는, 겐가'(222쪽)라는 어머니의 말 역시 이를 뒷받침해주는 증거다.

만으로도 한 개의 행복을 가지는 그로서는, 내일도 모레도 그럴 가능성이 농후함을 짐작케 한다.

구보는 거리에서 그의 시야를 혹은 귓가를 스치는 평범한 일상의 사물과 대상들에 새삼스럽고 낯선 이미지들을 불어넣는다. 이는 유희와 몽상과 기억의 재구성을 통해 즉 놀이를 통해 가능해진다. 그리고 그를 통해 한숨과 우울의 거리 위에서 비속과 타락 그리고 타인(시선)의 폭력에 대응하는 웃음과 명랑[37]의 에너지를 길어 올리고 있다. 그가 거리를 반복해서 강박적으로 헤매는 것은 곧 거리와 거리의 경험이 바로 그러한 체험을 가능하게 하기 때문이다.[38] 불유쾌한 상황들을 반복적으로 경험함으로써 인상의 강도를 소산시키고 스스로 상황의 주인이 되는 것이다.[39]

이상의 작품들을 통해 볼 때, 박태원 소설에 다양하게 변주되는 '놀이'의 소설화는 도시적 삶의 무게를 견뎌내는 개별자들의 방법론을 모색함으로써, 특정한 '집단'으로 환원되지 않는 개체들의 구체성을 드러내는 담론 전략으로 이해할 수 있다.

---

37 '(일제에 의해) 허위적으로 강요된 명랑성에 대항하여 진정한 명랑성을 어떻게 획득할 것인가' 하는 고민이 「소설가 구보씨의 일일」의 중점적인 문제의식이라는 지적에 대해서는 방민호, 앞의 글, 2006, 124쪽 참조.

38 놀이의 경쾌함은 주관적으로는 해방으로 경험된다. 놀이의 질서 구조가 놀이하는 사람으로 하여금 자신에게 전적으로 몰두하게 함으로써, 현존재의 본래의 긴장을 형성하는 이니셔티브를 쥐어야 하는 부담을 그에게서 덜어주기 때문이다. 놀이하는 사람의 즉흥적인 반복에의 충동이나 놀이의 부단한 자기 재생은 이에서 근거한다(Hans-Georg Gadamer, 이길우 외역, 『진리와 방법』, 문학동네, 2000, 195쪽 참조).

39 제자리걸음 혹은 순환운동(종로 네거리로, 집으로 회귀하는)과도 같은 구보의 거리 배회는 마치 어린아이들의 반복의 놀이와 닮아 있다. 마치 어머니가 자신을 떠나는 경험에 압도되어 있던 아이가 실패를 던지고 찾아오는 놀이를 반복함으로써 수동적 상황에서 능동적인 역할을 떠맡게 되는 것처럼. 프로이트는 어린아이의 실패 던지기 놀이(fort-da 놀이)를 분석하면서, 놀이 가운데 불쾌한 경험이 반복됨에도 불구하고 그것을 계속할 수 있는 것은 그 속에 다른 종류의 직접적인 일정량의 쾌락이 들어 있기 때문이라고 말하고 있다(S. Freud, 박찬부 역, 『쾌락원칙을 넘어서』, 열린책들, 1997, 23쪽).

2. 수수께끼와 미스터리의 지연(delay) 효과

/ 「전말」, 「악마」, 「진통」, 『우맹』, 『여인성장』, 「구혼」, 「꿈」

모든 서사는 일종의 수수께끼 풀이의 성격을 근본적으로 가지고 있다. 인물은 어디로 가게 되는지, 이야기의 결말은 어떻게 될 것인지에 대한 호기심을 불러일으키고 또한 충족시켜주는 것이 이야기의 힘이기 때문이다. 특히 수수께끼(미궁)의 해결 과정 자체가 소설의 근간을 이루는 형식으로 등장한 것이 추리소설 장르라고 할 수 있는데, 추론을 통한 문제 해결 속에 긴장의 효과를 극대화하는 데에 그 핵심이 있다.[40] 서사를 지속시키는 내내 독자의 호기심을 붙들어둘 수 있다는 점에서, 수수께끼 혹은 미스터리 기법은 추리소설 장르가 아니더라도 많은 작가들이 즐겨 차용하는 수법이다. 이는 독자의 흥미와 독서 지속력을 중심에 두는 대중소설이나 통속소설의 주된 방법론으로 많이 등장하지만, 특정 장르의 전유물은 아니다.[41] 박태원 소설 가운데에도 수수께끼에 의한 '지연의 미학(Aesthetics of Delay)',[42] 즉 뒤의 정보로 앞의 수수께끼를 푸는 전략을 주된 담론 구성 방법으로 취한 것들이 있다. 이러한 작품들은 지연되어 오던 미스터리가 나중의 정보로 해결된다는 점에서 탐정소설의 기법을 차용한 것으로 읽을 수 있다.

앞에서 살펴본 「적멸」 역시 미스터리의 구성을 취하면서 수수께끼 인물에 대한 관찰과 추적이 전반부의 주요 내용을 구성한다. '붉은 실감기'를 하

---

40 대중문학연구회 편, 『추리소설이란 무엇인가』, 국학자료원, 1997, 14 · 43쪽 참조.

41 「피로」에는 화자가 '탐정소설을 즐겨 읽었다'는 진술이 나오는데, 이는 자기반영적 언급이라고 보아도 무방할 듯하다. 박태원은 유머소설뿐 아니라 탐정소설에도 상당한 관심을 보였고 실제로 그러한 장르적 시도를 하기도 했다. 박태원의 작품 「최후의 억만장자」는 '탐정이 미궁에 빠진 사건을 해결한다'는 추리소설의 원리에 입각해 있는 한편 유머와 패러디 그리고 반전을 뒤섞는 혼합적 방식을 취하고 있다.

42 진선주, 앞의 책, 128쪽 참조.

는 괴이한 사내의 모습은 '나'에게 강한 호기심을 불러일으키는데, 관찰과 청취(소문)를 통해 그에 대한 정보가 하나씩 제시되는 형식을 띤다. 그러나 정보가 등장하면 할수록 그에 대한 미스터리는 해소되는 것이 아니라 점점 커지는 양상으로 진행된다. 미스터리가 해결되는 것은 정보들을 통한 추론이 아니라, 수수께끼의 주인공인 사내 자신의 '고백'에 의해서이다. 그러므로 사내에 대한 궁금증을 증폭시키는 전반부의 수수께끼들은 사내의 고백(독백)이라는 본격적인 이야기 무대를 마련하기 위한 장치인 셈이다.

「전말(顚末)」(『조광』, 1935.12)과 「악마(惡魔)」(『조광』, 1936.3~4)는 각각 '아내의 가출'과 '성병의 전염'이라는 사건 앞에서 초조, 불안, 공포, 분노, 절망 등 온갖 감정의 스펙트럼을 겪는 남자의 이야기이다. 이 작품들은 오로지 한 가지 의문 즉 '아내는 어디로 갔을까(어떻게 됐을까)' 그리고 '성병에 걸렸을까(가족에게 옮았을까)'라는 질문을 놓고 끝없이 번민을 거듭하는 인물들의 심리 상태 그 자체만으로 이루어지는 동일한 구조를 보여준다.

「전말」은 '부부싸움 후 집을 나간 아내를 기다리는 남편의 하루'로 요약될 수 있는 매우 단순한 이야기이다. 이는 달리 말하면 '집 나간 아내를 초조하게 기다리다가 아내와 재회하고 안도한다'는 한 문장의 '수사학적 확장'[43]이라고 할 수 있다. 소설에서 화자인 '나'는 아내가 친정에서 돈을 얻어온 것을 꾸짖으면서도 어쩔 수 없이 그 돈을 취할 수밖에 없는 '가난한 사내'라는 것 외에 어떠한 명시적 정보도 나타나 있지 않다. 제한적이고 암시적이나마 '나'가 소설가 자신의 투영이라는 점을 추측할 수 있을 뿐으로, 인물의 정체를 은폐한 채 벌어지는 변화무쌍한 그의 감정의 소용

43 주네트가 『서사담론』에서 프루스트의 『잃어버린 시간들을 찾아서』의 긴 이야기를 '마르셀은 작가가 된다'는 문장의 수사학적 확장으로 간주하는 것은 '이야기는 하나의 커다란 문장'이라는 바르트(「이야기의 구조적 분석 입문」)의 관점을 이은 것이다.

돌이만이 의미를 지니게 된다.

말다툼 후 '다시 돌아오지 않겠다'고 선언한 채 집을 나가는 아내에게 남편은 짐짓 태연한 척 '초지를 관철할 수 있을 것인가, 그것이 적지 않이 염려된다'고 비꼬지만, 그날 '꼬박 밤을 새우고' 만다. 그리고 다음날 하루 종일을 스스로 만들어낸 상상과 번뇌로 괴로워한다. 그 번뇌의 구조는 주로 '불길한 상상(불안)-철회(안도, 기대)-상상의 증폭(불안의 증폭)'과 같이 스스로 만들어낸 상상을 번복하고 다시 재구축하면서 불안과 근심을 키워가는 형태로 나타난다.

(A) 나는 젊은 아내의 몸 위에 일어날 수 있는 온갖 불행한 일, 온갖 놀라운 일, 그러한 것들을 생각하여 보고, 마음이 편안하지 못하였다. (불안)

(B) 그러나 아내는 그의 친정으로 간 것이 틀림없다. (안도)

(C) 친정으로 돌아간 것이 아니었을지도 모른다. (의혹)

(D) 아내의 연령과 용모는 부녀 유괴 단원의 흥미를 끌 수 있는 것임에 아내의 안전은 보증할 수 없다. (불안)

(E) 그런 일이 결코 내 아내의 몸 위에 일어날 수는 없다는 것을 굳이 믿기로 방침을 세운다. (안도, 기대)

(F) 그러나 소견이 좁은 아내가 무슨 일이라도 저지른 것이 아닐까. (의혹)

(G) 그러나 그 사이 아내는 집에 돌아와 있을 지도 모른다. (기대)

(H) 이제 나는 아내를 다시 볼 수 없을지도 모른다. (절망)

(I) 역시 아내는 친정에 돌아가 있는 것이 틀림없다. (기대)

결국 이야기는 '나'가 집으로 돌아오는 아내를 길에서 마주치고 반가움과 감격 속에 '가장 만족함'을 느끼는 것으로 마무리되는데, 즉 작품을 지배하고 있는 것은 오직 시간과 생각의 잉여가 낳은 감정의 과잉들뿐이다. 소설의 제목인 「전말」은 아내의 가출의 전말이 아니라 하루 밤낮동안 '나'의 감정에 일어난 일들의 '전말'인 것이다. 한편 이 작품에는 '나'와 마찬가지로 아내를 '잃어버린' 또 다른 사내가 등장함으로써 단조로운 작품에 양념 역할을 하며 이 사건의 '전말'을 유머러스하게 만들어주고 있다.

「악마」는 작가 스스로 "이러한 방면(성병 — 인용자)에 새로운 제재를 구하여 보았다는 한 가지만으로도, 작자의 노력과 공부는 마땅히 문제되어야 옳을"[44] 작품으로 자평한 바 있는데, 이 작품이 다루고 있는 것은 '성병'과 관련된 정보 자체보다는 '성병에 걸린 사내의 심리 상태'에 대한 내밀한 추적이라고 할 수 있다.

이 작품은 우선 '통계를 보면 성년 이상의 남자 세 사람에 하나는 성병 환자라지 않나'라는 말이 대변하는, '유곽-성병-성병 치료제'가 성행하는 시대 풍경을 담고 있다. '학주'는 친구가 경영하는 약국에 앉아 성병 약을 사가는 사람들의 음울한 얼굴을 목격하고 '동정'과 '비웃음'을 보내는데, '임균성 결막염 환자의 구십구 퍼센트는 반드시 실명한다'는 '놀라운' 지식을 접하고는 경악한다. 그리고 이 시대 많은 사람들의 얼굴에 드리워진 우울한 그림자의 근거의 하나인 성병의 존재를 새삼 느끼게 된다. 그런데 성병에 대한 지식과 그에 대한 막연한 두려움이 그에 그치지 않고 자신의 몸에도 엄습할 수 있는 '가능성'으로 다가오면서 문제는 시작된다. 짓궂은 친구들의 손에 이끌려 찾아간 유곽에서 학주는 '그저, 빌어먹을, 병만 걸리지 말어라……'라는 생각으로 하룻밤을 보내고 마는데, 그런 자기암시와는 무관하게 펼쳐지는 불안과 근심의 파노라마는 걷잡을 수 없이 그의 영혼을 잠식한다. 그리고 그 감정의 소용돌이는 「전말」에서와 마찬

44 박태원, 「내 예술에 대한 항변 — 작품과 비평가의 책임」, 『조선일보』, 1937.8.15.

가지로 상상과 의혹 그리고 불안과 안도가 엎치락뒤치락하는 반전의 반전을 거듭하게 된다. 성병에 걸렸음이 확인되기 이전 잠복기 동안 그 감정의 추이는 불안→뉘우침→비관과 초조→뉘우침→절망→위안→안도의 순서로 갈마든다. 그런데 문제는 이에서 마무리되지 않고 증폭되어, 아내에게 성병이 전염되었을 가능성, 아내의 손을 통해 아이들의 눈에 균이 옮을 가능성에 이르기까지 무한 확장되기에 이른다. 모든 곳에서 위험을 의식하며 신경과민이 극도에 달하는 그는 기어이 이 모든 것을 '악마의 장난'으로 돌리고, 충만한 '악마의 호흡'에 몸서리를 치게 된다.

「전말」과 「악마」에서 '나'와 '학주'에게 주어진 수수께끼는 이성적 추론을 불허하는 것 즉 자신의 능력으로 해결할 수 없는 것들이라는 점에서 추리의 가능성을 박탈한다. 사람의 마음이나 병균의 움직임과 같은 것은 사람의 힘으로는 답을 구할 수 없거나 입증할 수 없는 것이기에 가설과 추측만이 가능하며, 그 속에서 남는 것은 의혹과 번민을 끊임없이 증폭시키는 감정의 과잉뿐이다. 이를 통해서 볼 때 박태원 소설에 등장하는 추리 기법의 본령은 '추론 가능성'이라는 추리소설의 장르 원칙을 뒤집는다는 데 있음을 알 수 있다.

「진통」은 '동경 시외 보잘 것 없는 아파트'를 무대로 아랫방에 사는 청년과 윗방에 사는 여자의 기이한 관계를 그리고 있다. '고독한 젊은이'를 초점화자로 하는 이 작품에서 여인의 존재는 시종일관 미스터리로 제시된다. 댄서인 '여자'에게 관심과 호감을 가지고 있는 '남자'에게 그녀의 존재는 아스피린, 크레오소트 환(丸)과 같은 몇 가지 약물과 천정을 통해 들려오는 고통의 신음소리로만 인식된다. 소통은 단절된 채 습관처럼 그녀의 잔심부름을 해주며 그녀를 지켜보기만 하던 '남자'가 '폐부를 찌르는 신음소리'의 정체를 알게 되는 것도 전화번호 책이라는 매개에 의해서이다.

신음소리에

그것이 어떠한 고통에서 나오는 것인지 알아내는 수 없이, 잠깐은 어찌할 바를 모르고 오직 천정 위만 근심스러이 쳐다보고 있었으나, (…중략…) 그보다는 의사를 부르는 것이 좀 더 급하지나 않을까고, 그래도 하여튼 굴러떨어지듯 층계를 내려가, 떨리는 손으로 전화번호 책을 뒤져보니, 와타나베 기요의 전화번호보다 좀 더 먼저 산파라 기입된 그의 직업이 눈에 띄어, 잠깐은 어리둥절한 채, 그러면 여자는 어느 틈엔가 아이를 배고 있었던 것일까, 순간에 제 몸이 절망의 구덩이에 빠지는 듯도 싶었으나, (…중략…) 이것은 아무래도 자기가 언제까지든 돌보아 주지 않으면 안 될지도 모르겠다고, 막연하게 그러한 난데없는 생각을 하여 보며, 어느 틈엔가 제 자신 하복부에 격렬한 진통을 느끼기조차 하였다.[45]

'여자'에 대한 풀리지 않는 의문에 사로잡혀 어느덧 그녀에게 강한 애착을 느끼게 된 '남자'는 여인의 산통 앞에서 '어느 틈엔가 제 자신 하복부에 격렬한 진통을 느끼기조차' 한다. 이 작품은 수수께끼가 호기심 그리고 나아가 격렬한 감정적 몰입(동화)으로 이어지는 과정을 보여주고 있다.

서사의 매끄러운 진행을 유보시키거나 지연시키는 미스터리 수법의 도입은 그 자체로 지적이고 유희적인 트릭이 되는 한편, 서사의 예측 불가능성 나아가 삶과 인간의 불가해함을 암시한다. 앞에 제시된 수수께끼가 뒤에서 해결되는 방식으로 '지연'의 전략이 쓰이는 방식은 주로 장편소설에서 많이 볼 수 있는 수법이다. 다양한 인물과 사건이 등장하는 장편소설에서는 이러한 전략이 서사 진행의 동력으로 작용하며 독자의 흡인력을 높일 수 있기 때문이다. 『천변풍경』에서는 2장 3절에서 살펴보았듯이 떠도는 소문들이 등장인물들의 입을 통해 먼저 제시되고 이후에 그

45 박태원, 「陣痛」, 『小說家 仇甫氏의 一日』, 문장사, 1938, 202~203쪽.

진위 확인이 하나씩 이루어진다는 점에서 수수께끼 구조가 전반적으로 작용하고 있음을 알 수 있는데, 이밖에도 제한적으로만 정보가 제공됨으로써 나중의 사건을 암시하는 방식으로 수수께끼의 지연 전략이 사용된다. 예컨대 17절 「샘터 문답」에서 곰보 미장이 신첨지의 행실 나쁜 과부 누이의 결혼 소식은 "웬 녀석이 걸렸는지 이제 머리 실 노릇 생겼다"라는 대사로만 전해지는데, 그 '웬 녀석'이 처녀과부 금순이의 아버지라는 것 그리고 그 '머리 실 노릇'이 무엇을 의미하는지는 38절 「다정한 아내」에 가서야 밝혀진다. 또한 18절에서 금점꾼의 꾐에 빠져 서울로 올라오게 된 금순이 앞에 나타난 '웬 여자 손님'이 '의협심 많은' 여급 기미꼬이며 그녀가 금순이를 어떻게 곤경에서 구출해 주는지는 21절 「그들의 생활 설계」를 통해 알 수 있게 된다.

『우맹』에서는 주로 인물의 등장 방식에서 수수께끼를 구사하는데 이 경우 서술자의 태도는 철저히 관찰자적 입장으로 물러서 있는 양상을 띤다.

> 서울 거리에 명물이 하나 생겼다.
>
> 종로 네거리에서부터 경성우편국 앞까지 이르는 전차길을 일 없이 아침 나절부터 해 질 무렵까지 공연히 헤매 도는 사나이가 있다.
>
> '코올텐' 바지에 '코올텐' 짬바를 입고 맨발에다가는 흰 고무신을 신은 사나이-, (…중략…) 한쪽 다리가 부러져서 굵은 삼겹실로 꿰어 맨 대모테 안경을 쓴 모양하고, 나이는 고작 사십이 되었을까 말까다.
>
> 언제부터 그가 서울에 나타났는가 하는 것은 아무도 정확하게 알아내는 재주가 없다. (…중략…) 이름도 모를 그 사나이는 (…중략…) 그 길을 가고 또 온다. (5장 「거리의 철학자」)

서술자는 실성한 사람처럼 중얼거리며 서울 거리를 똑같은 모양으로 배회하는 한 사나이, 즉 '서울 거리의 명물'에 대해 묘사하면서 '나이는 고작 사십이 되었을까 말까', '이름도 모를 사나이'라고 서술하고 있다. 즉 그 인물에 대한 정보는 완전히 은폐된 채("언제부터 그가 서울에 나타났는가 하는 것은 아무도 정확하게 알아내는 재주가 없다.") 애초부터 수수께끼로 제시되고 있는 것이다. 그리고 그에 대한 수수께끼는 서서히 주변 인물들이 흘리는 정보들을 통해 밝혀지는 양상으로 나아간다. 먼저 근동위 조원준과 그의 소실 표씨의 대화를 통해 그가 '김 서방'으로 불리며 백백교와 어떤 관련이 있는 인물임이 넌지시 암시된다. 그리고 이후에 그가 학수의 부친으로 호적에 기록되어 있는 '김윤옥'이라는 사실, 또한 그가 서울을 배회하는 이유가 근동위의 소실이 된 아내를 찾기 위한 것임이 밝혀진다. 이렇게 '한 사나이가 있어,' '한 젊은 사나이가 있었다'와 같이 수수께끼의 인물을 등장시키는 방식은 유사하게 반복된다.

한편 학수가 마음에 품었던 정인(情人) 정순이 '이미 한 사나이의 아내'가 되었다는 사실을 알게 되고 그 '한 사나이'가 바로 자신의 아버지인 교주 전영호라는 것을 알게 되는 것은 그녀의 뒤를 밟고 나서야 가능해지는데, 이 경우는 이전의 미스터리한 방식과는 다른 서스펜스를 낳는다. 독자들은 모든 재산과 여동생까지 교주에게 빼앗긴 최건영의 집안 사정을 소설에 제시된 정보들을 통해서 이미 파악하고 있다. 따라서 이때 '정순이 누구의 아내가 되었을까' 하는 미스터리는 독자가 아닌 등장인물 학수에게만 해당되는 것이다. 따라서 독자들의 긴장감은 수수께끼의 정답이 무엇이냐 하는 점에 있지 않고 '과연 학수가 자신의 정인이 아버지의 첩이 된 사실을 알게 될 것인가'에 모아지게 된다. 서술자와 독자 간의 수수께끼가 아닌 등장인물과 독자 간의 수수께끼인 셈이다.

『여인성장(女人盛裝)』(1942)에서는 작품의 시작과 함께 제시된 '수수꺽기'가 소설의 말미에 가서야 풀리는 방식으로 서사가 진행된다. 소설가 김철수의 연인 숙자는 조금도 존경과 애정을 느끼지 못하는 부호의 아들 최상호와 갑작스럽게 결혼을 하는데, 여기서 숙자의 결혼은 '밝힐 수 없는 이유'에 의해 어쩔 수 없이 이루어진 '슬픈 운명', '불행한 선택'으로 제시된다. 나중에 숙자의 '결혼의 비밀'이라는 것이 숙자가 사촌오빠와 최상호의 꾐에 걸려들어 결국 아이를 갖게 되었다는 사실이라는 것이 드러나는데, 그 사실이 밝혀진 이후에는 다시 '그 아이가 누구의 아이인가'라는 점을 놓고 다시 한 번 미스터리가 형성된다. 즉 미스터리의 긴장 효과를 끝까지 놓지 않고 있는 것이다. 박태원 소설에서 이러한 미스터리의 기법은 독자의 흡인력을 높이려는 통속적 장치이기도 하면서, 수수께끼의 풀이(해답) 자체가 아니라 풀이의 반복되는 지연 속에 드러나는 인간의 다양한 반응들을 탐색한다는 점에 의의가 있다.

그런 점에서 미스터리의 도입과 유사한 지연 전략을 구사하는 것으로 서사 내에 '꿈'을 배치하는 방식을 살펴볼 수 있다. 박태원 소설에서 '꿈' 혹은 환각은 이 역시 사건의 전말이나 서사의 결론과는 거리가 있는 곁줄거리로 삽입된, 액자구조의 속이야기와 유사한 기능을 하는 이차이야기라고 할 수 있다. 「구흔(舊痕)」(1936)과 같이 첫 절의 첫머리에 아예 소제목을 "1. 꿈"이라고 달아놓음으로써 아예 그 이야기가 '꿈'이라는 것을 명백히 제시하고 들어가는 경우도 있지만, 대부분의 경우 꿈 이야기는 사후적으로만 그것이 '꿈'이라는 것이 인지되는 구조로 되어 있다. '꿈에서 깨어났다', 혹은 '깨어보니 꿈이었다'와 같은 언표가 등장하기 전까지 독자는 그것이 꿈인지 알 수가 없는 것이다. 따라서 꿈을 깬 이후의 '현실'은 독자에게 일종의 '반전'의 상황으로 경험된다. 여기서 '꿈'은 단순히 보조적인 이야기 장치라기보다는 꿈 꾼 자의 내면이나 정신구조와 관련된 이야기로 다루어질 필요가 있다. 박태원 소설에서 꿈은 대개의 꿈이 그렇듯이 알 수 없는 미래에 대한 막연한 불안이나 원망(願望)이 표출된, 예측할 수 없는 혹은 입증할 수 없는 현상들과 관련된다.

박태원이 몽보(夢甫)라는 필명으로 발표한 「꿈」(『동아일보』, 1930.11.5~12)은 '꿈', '급행열차'와 같은 소재들이 맞물리면서 매우 흥미로운 내면 갈등의 장면을 연출하고 있는 작품이다. 소설의 줄거리는 이러하다. ① 딸 내외를 지극히 사랑하는 시골 노마님이 손자를 한시라도 빨리 만나보고 싶어 열댓 냥을 더 주고 급행열차를 타고 서울에 도착한다. ② 예정보다 빨리 도착해 꿈에 그리던 손녀를 안아보지만, 알고 본즉 자신이 손자라고 믿고 안았던 아이는 보모의 아이였다. ③ 그리고 그날 밤 아내와 사위가 서로의 부정을 고백하며 참회하는 장면을 목격한다. 두 아이는 각각 아내와 남편의 부정의 씨앗이었던 것이다. ④ 노마님은 결국 이 모든 일의 원인이 자신이 너무 이르게 딸네 집에 당도한 탓이라고, 즉 모든 것이 '급행열차의 죄'라고 한탄한다. ⑤ 가정의 행복이 깨져버리는 비극적인 결말로 끝나려는 순간, 잠에서 깬 노마님은 모든 것이 꿈이었음에 안도한다.

그런데 이 소설에서 이야기는 여기서부터 다시 시작된다. 뒤숭숭한 꿈을 뒤로 하고 실제로 서울로 올라가는 길, 노마님은 '불길한 꿈에도 불구하고' 손자를 한시라도 빨리 보기 위해 급행을 탈 것인지 아니면 '불길한 꿈 때문에' 급행을 포기할 것인지 선택의 기로에 놓이게 되는 것이다. 이는 그리 단순하지 않은 함수 관계를 내포하고 있다. 왜냐하면 손녀를 보고 싶은 노마님의 강한 열망의 크기와 꿈이 불러일으키는 불안감의 크기가 낳는 긴장감을 어떻게 해결해야 하는가 하는 문제가 개입되는 것이기 때문이다.

꿈을 꾸기 전 노마님에게 '예고에 없던 급행열차를 탈 것이냐 아니면 계획대로 완행열차를 탈 것이냐'의 문제는 단지 '비용'과 '만족도'의 문제에 불과했다. 비싸지만 빨리 가는 것이 손자를 단 몇 시간이라도 더 빨리 안아볼 수 있는 행복을 준다는 점에서 그 경우 '빠른 속도'가 선택되는 것은 지극히 자연스럽다. 그런데 노마님은 '꿈'을 통해 '시간적 갭'이 낳을 수 있는 '예기치 않은 사고'의 가능성을 인식하게 되었다. 따라서 급행열차를 타는 것은 그에게 '모험'을 감행하는 것이 된다. 이제 문제는 비용과 속도의 함수관계를 떠나서 '모험을 감행할 것인가, 위험을 피할 것인가'의 문제로 치환된다. 단 네 시간을 앞당김으로써 만족을 앞당기기에는 그만큼 위험부담이 따른다. 결국 그는 '그까짓 꿈'을 묵살해버리지 못하고 급행을 포기하는데, 이는 단지 '꿈'(악몽)이라는 꺼림칙한 경험과 관련된 미신적인 문제만은 아니다. 노마님은 급행과 완행 사이에 개재하는 '타이밍'의 차이를 고려해야만 했기 때문이다.

꿈에서 노마님은 비극의 원인을 '급행열차의 죄'라고 부르짖는다. 예정보다 빨리 도착하지만 않았더라면 비밀은 지켜졌을 테고 불행은 일어나지 않았으리라는 것이다. 이 말은 '예정에도 없이 급행열차를 방정맞게 집어 탄' '자신의 죄'를 열차에게 전가시킨 데 불과하지만 여러 가지 의미를 내포하고 있다. 여기서 속도와 행복의 함수관계에 대한 새로운 인식을 엿볼 수 있다. 즉 '빠르다'는 것이 주는 효용의 크기는 분명한 것이지만 그것이 반드시 행복을 보장해주지는 않는다는 사실이다. '빠르다'는 것을 누리는 대가로 치러야하는 것은 비단 비용뿐만이 아니라 '예측할 수 없는 미래'에 대한 위험이라는 점에서 그러하다. 따라서 「꿈」은 "'속도'로 표시되는 기술의 진보가 담보해주는 '행복'"이라는 가설을 의문시하게 만드는 변수들을 한 시골 노마님의 통속극과도 같은 꿈을 통해 탐색해 본 작품이라고 할 수 있다.[46]

3. 자기지시적 서언과 자기반영적 여담

1) '소설쓰기'의 소설 쓰기 / 「적멸」, 「피로」, 「식객 오참봉」

박태원의 소설에서 소설가의 '소설쓰기' 즉 작품의 창작 과정이 작품 안에 구조화되어 있는 경우가 많다는 것은 주지의 사실이다.[47] 그런데 이는 자기 반영성의 문제나 고현학의 창작방법론이라는 관점에서 벗어나 좀 더 세밀하게 유형화할 필요가 있다.

박태원의 소설 가운데는 '소설을 쓰려고 애를 쓰지만 도통 써지지 않는다'는 고백으로 시작하는 소설들이 여럿 있다. 화자가 소설가라는 점, 그리고 소설 쓰기의 과정이 작품에 고스란히 포함되어 있음을 애초에 공식적으로 표명하는 것들로, 「적멸」, 「피로」, 「식객 오참봉」, '자화상 연작' 등이 이에 해당된다. 「적멸」의 '나'는 책상 앞에 앉아 소설을 쓰는 자신의 모습을 제시하는 것으로써 소설을 시작한다.

> 그때 한동안 나는 매일이라고 책상 앞에 앉아 소설을 하나 써 보려고 원고지와 눈씨름하고 있었던 것이다. (…중략…) 머릿살 아프게 어수선한 책상 앞에 앉

---

46 「꿈」 이외에 '꿈' 혹은 '환각'이 중요한 기능을 하는 작품으로 「길은 어둡고」, 「춘보」, 「사흘 굶은 봄ㅅ달」을 들 수 있다.

47 「소설가 구보씨의 일일」은 '소설 쓰기'를 위한 '고현학의 실천'이라는 면에서 여러 차례 언급되었지만, 글쓰기 행위 자체가 소설 속에 무대화되어 있다고 보기는 어렵다. 소설가로서 소설 쓰기의 예비 작업으로 어딘가를 '답사'나 해볼까 생각하거나, '고찰해 보리라' '연구해 보리라' 마음먹는 것, 그리고 그러한 과정이 소설로 씌어져 있다는 것이 이 작품의 특징이다. 이는 고현학(풍속조사 기록)에 충실한 대학노트 단계, 그리고 책상에 앉아서 쓰는 원고지 단계의 애벌쓰기와 두벌쓰기 단계로 나뉘어 있다고 지적되기도 하는데(김흥식, 앞의 글 참조), 이 작품에서 대학노트 단계의 정보들이 원고지 단계의 결과물로 제시될 뿐 원고지 단계 자체가 제시되어 있지는 않다.

아 나는 소설 하나를 쓰기 위하여 끙끙대고 있었던 것이다.

그러나 한 자도 써지지 않았다. (…중략…)

나는 애꿎은 담배만 태웠다. (…중략…)

××

오늘도 나는 세 갑째의 담배의 마지막 한 개를 글자 한 자 — 아니 '콤마' 하나 찍어 놓지 않은 원고지…… 처녀 원고지라 할까 — 앞에서 피워 물었다.[48]

이 이야기의 시작은 '자신의 시작에 대한 고찰'의 장면을 제시한다. '나는 소설을 쓰고 있다'는 것을 공표하는 이러한 '자기지시적 서언'은 이야기를 시작하기 전에 독자가 발화자의 시작 몸짓에 주의를 고정하게 만드는 텍스트 전략으로 제시된다.[49] 그러나 여기서 흥미로운 것은 이것이 진짜 시작이 아니라는 점이다. '인스피레이션', '영감'을 얻어 그가 쓰는 소설 속 소설의 첫 문장은 이 작품의 첫 문장 즉 "그때 한동안 나는 매일이라고 책상 앞에 앉아 소설을 하나 써 보려고 원고지와 눈씨름하고 있었던 것이다"와 정확히 일치한다. '소설 속 소설'이 그것이 속한 바깥 작품과 일치한다는 점에서 자기 패러디라고도 할 수 있는데, 따라서 이 작품은 '나'의 겉이야기와 '사내'의 속이야기(독백)로 구조화된 액자 구성과 함께 또 하나의 액자구조를 내포하고 있는 셈이다. 이 반복 덕분에 '나는 소설을 쓸 수 있다'는 선언은 다시 한번 유예된다. 다시 말하면, '소설이 써지지 않는다 → 소설을 쓸 수 있게 되었다 → 소설이 써지지 않음을 쓴다 → 다시 소설이 써지지 않는다'는 순환구조로 접어드는 것이다. 여기서 '나'는 '쓸 수 없다-쓸 수 있다'가 무의미하게 반복되는 쳇바퀴 운동을 그만

48 박태원, 「적멸」, 앞의 책, 183쪽.

49 Randa Sabry, 앞의 책, 289쪽.

두고, 아예 소설쓰기를 단념하는 방향을 취한다.

— 아! '인스피레이션'이다. '영감'이다. 이제 나는 소설을 쓸 수 있는 것이다. (…중략…) 이렇게 생각할 사이도 없이 나의 철없는 '펜'은 원고지 위에서 뛰놀았다. 마음껏 뛰놀았다. 그러나 그 즉시 나는 손을 멈추었다. 두 줄 남짓한 이 주일만의 첫 '거둠' — 그것에 내 스스로 의혹을 품지 않을 수 없었던 까닭이다.

××

— 그때 한동안 나는 매일이라고 책상 앞에 앉아 소설을 하나 써 보려고 원고지와 눈씨름하고 있었던 것이다.

××

나는 어처구니가 없어 혼자 싱거웁게 웃고 그만 펜을 내던졌다. 이렇게 하여서 소설이 써질 것인가 나는 깨끗이 책상 앞을 떠나기로 결심하였다.[50]

'나는 깨끗이 책상 앞을 떠나기로 결심하였다'는 선언으로 '소설쓰기'를 둘러싼 '나'의 고투는 끝이 나는 듯 보이지만, 소설은 이미 시작되어 눈앞에 펼쳐지기 시작한다. 역설적으로 소설쓰기를 단념함으로써 소설쓰기가 가능해지는 것이다.

「피로」 역시 '글쓰기 행위의 무대화'로 시작되고 있는데 여기서는 소설쓰기 행위가 벌어지는 무대와 그 무대를 바라보는 존재(독자)를 상정하고 있다는 점이 특징적이다.

그 창은 — 6尺×1尺 5寸 5分의 그 창은 동쪽을 향하여 뚫려 있었다. 그 창 밑에 바특이 붙여 쳐놓은 등탁자 위에서 쓰고 있던 소설에 지치면, 나는 곧잘 고개를

50 박태원, 「적멸」, 앞의 책, 184~185쪽.

들어, 내 머리보다 조금 높은 그 창을 쳐다보았다. (…중략…)

♣

나는 오늘 그 창으로 안을 엿보는 어린아이의 새까만 두 눈을 보았던 것이다. (…중략…)

그러나 대체 우리 어린이는 그 창으로 무엇을 보았을까? …… 나는 창으로 향하고 있는 나의 고개를 돌려 그 어린이가 창 밖에서 엿볼 수 있는 온갖 것을 내 자신 바라보았다……[51]

'나는 소설을 쓰고 있다'는 서언에 비추어 볼 때, 창 안쪽의 '나'와 창밖에서 안을 바라보는 아이는 소설의 무대와 그 무대를 바라보는 독자의 눈을 은유적으로 표현한 것으로 해석 가능하다. 즉 소설을 쓰고 있는 나를 바라보고 있는 시선(독자)으로 인해 나는 소설의 무대를 다시 되돌아보게 되는 것이다.

이 작품의 전체 구조는 '다방 안에서 쓰던 소설을 지속할 수가 없어서 거리를 배회하다가 다시 다방에 들어와서 소설을 마무리하는 과정'으로 되어 있다. 그의 거리 배회는 나와 타인의 삶 속에서 '인생의 피로'를 확인하고 '이제까지 걸어온 길을 되풀어 더듬어 보'는 과정이다. 그의 거리 체험을 좀 더 자세히 구조화해 보면 다음과 같다. ①M신문사 앞에서, 돈 때문에 쓰고 싶지도 않은 원고를 쓰지 않으면 안 되었던, 며칠째 연재를 중단하고 있는(글을 못 쓰고 있는) R의 '인생의 피로'에 대해 생각한다. ②D신문사에서 편집국장 이씨를 찾았으나 허탕을 친다. ③터덜터덜 걸어가는 샐러리맨들의 '피곤한 행진'과 그 아낙들의 '삶의 어려움'을 생각한다. ④어느틈엔가 러시아워의 만원 버스를 타고, 어디론가들 가고 있는 사람들과,

51 박태원, 「疲勞」, 『小說家 仇甫氏의 一日』, 문장사, 1938, 63쪽.

경제공황과, 무의미한 행로를 따라가고 있는, 인생에 피로한 자기 자신을 발견한다. ⑤겨울 황혼의 쓸쓸한 한강에서 어수선한 살풍경을 발견한다. 소설의 마지막 문장 "나는 선하품을 하면서 나의 이제까지 걸어온 길을 되풀어 더듬어 보았다"에서 '나의 이제까지 걸어온 길'이란 나의 인생 전체를 의미함과 동시에 한나절의 거리 배회를 의미하는 것이기도 하다.

작품의 서두에서 '나'는 다방에 앉아 "어제 이후로 한 자도 쓸 수 없었던 원고를 생각하고, 초조와 불안을 느끼"고 있는데, 작품의 말미에 거리를 배회하고 다시 돌아온 다방 안 책상 앞에서도 "대체 나의 미완성한 작품은 언제나 탈고하나?" 하고 생각한다. 따라서 이 소설이 바로 그 '미완성한 소설'의 완성 형태라는 점을 암시하는 동시에, 그 '미완성 소설'이 아직 씌어지지 않았음을 동시에 표명하는 매우 모순적이고 기이한 방식을 취하고 있는 것이다. 서술 행위의 '현재 순간'을 텍스트에 끌어들임으로써, 작가가 글을 쓰고 있는 텍스트 시간의 현재(진행형)와 독자가 눈앞에 활자로 보고 있는 「피로」라는 완결된 텍스트의 경계에 혼란을 가져오는 것이다.

「식객 오참봉」은 『전국책』에 등장하는 '맹상군의 식객 풍원'에 대한 유머러스한 패러디이다. 그런데 작가는 작품 서두에 소설 쓰기 장면을 배치하면서, 애초에 이 패러디가 전혀 기획된 것이 아닌 우연의 산물임을 피력하고 있다.

> 사월 이십오일까지에 『월간 매신』에 유모어 소설을 한편 약속하여 놓고 여태 명작을 단 한편이라도 더 이세상에 남겨 놓으려 눈물겨운 노력과 고심이 있음에도 불구하고 세월은 헛되이 흘러 (…중략…) 대체 편집선생에게 무엇이라 말을 하여야 약속을 어긴 것의 구실이 될 것인가를 생각하며 거의 기계적으로 책상머리에 놓인 『전국책』을 집어들었다. (…중략…) 나는 대체 전국시대의 어느 나라

가 나와 같은 경우에 있었고 그리고 그 나라의 외교관은 대체 어떠한 교묘한 외교적 사령을 가져 그 곤경을 벗어난 것인가를 알고 싶었다.[52]

옷깃을 고치고 단정히 앉아 눈을 감고 정신 통일을 한 다음 허심탄회로 펴 본 것이 풍원이 맹상군을 위하여 지모를 짜내는 대문- (…중략…)

나는 이제 오늘밤으로라도 소설을 쓸 수가 있다.

'풍원'이 '맹상군'의 식객이었다는 단지 그 한 개의 사실이 나에게 실업가 김○○씨의 집 식객 오 참봉을 생각해내게 하였던 것이다.

'오 참봉'이라는 인물은 한편의 '유모어 소설'의 호제목임에 틀림없었다.[53]

위에서 보듯 그가 이 작품을 쓰게 되는 과정은 다음과 같다. 마감을 넘기고도 원고를 쓰지 못하여 위약변명(違約辨明)의 재료를 찾아 『전국책』을 펼쳤는데 마침 풍원이 맹상군의 식객이었다는 대목을 우연히 발견하고 실업가 김 모의 식객 오참봉을 떠올렸다는 것이다. 그런데 이러한 '우연한 발견'과 그에 따른 우연한 창작이라는 포즈가 작가의 실제 글쓰기를 우연적인 것으로 만드는 것은 아니다. 계획되지 않고 통제되지 않은 글쓰기인 것처럼 보이지만 이는 '순간(우연)의 습격을 '겪는' 척 하면서 시간 효과를 재구성하는 것이다. 즉 저자와 텍스트의 현존(여기 있음)을 꾸며내는 재현 전략[54]의 하나인 것이다.

'오 참봉'이라는 소재를 취하는 과정이 제시된 이후에는 취재 과정이 서술된다. ① 오참봉과 회견하기 위해 길을 나섬 ② (사교에 능한 최군의 도움

52 박태원, 「식객 오 참봉」, 『李箱의 悲戀』, 깊은샘, 1991, 83쪽.

53 위의 글, 84쪽.

54 Randa Sabry, 앞의 책, 503쪽 참조. 서술 상황이 픽션화될 때는 대체로 불안한 시간적 관계가 원초적으로 포함되어 있다.

을 받으려다 오히려 그에게 빚독촉을 받음) ③ 최군에게서 오참봉이 죽었다는 소식을 듣고 낙담함 ④ 그러나 다른 두 명의 식객을 상대로 취재하기로 함. 그리고 "나는 그들에게 물어서라도 오 참봉의 이야기를 써 보기로 한다"라는 자기지시적 서언 이후에 두 명의 식객에게서 들은 오 참봉의 에피소드 일곱 가지가 제시된다. 그 일곱 가지의 에피소드란 '실업가 김○○ 식객을 길름', '식객 오 참봉 바둑을 잘둠', '오 참봉 한입에 쪼꾸레를 먹음', '김○○, 오 참봉의 그윽한 뜻을 알아줌', '오 참봉, 풍원의 소임을 담당함', '오 참봉 대노하여 오줌으로 세수함', '오 참봉 불초자 아비의 업을 이음'이라는 제목으로 나열되어 있다. 각각의 에피소드들은 제목에서 짐작할 수 있다시피 유머소설에 적합할 법한 희극적인 내용이 주종을 이루는데, 이 작품도 「피로」의 경우와 마찬가지로 에필로그 격으로 다시 소설쓰기 장면이 무대화되고 있는 형태로 마무리된다.

> — 후일 기회를 보고 그(오 참봉의 아들 오 장섭—인용자)와 회견을 하고 또 각 방면으로 조사를 하여 만족한 '식객 오 참봉전'을 쓰기로 하고 이번은 이만한 정도로서 그치기로 한다. (…중략…)
>
> 지금이 1934년 4월 28일 오전 열시 반—. (…중략…)
>
> 이제 금방이라도 최군은 일금 사 원 사십 전을 받으러 올 것이다.
>
> 붙잡혔다가는 큰일이다.
>
> 우선 신문사로라도 가서 잠시 은신을 할밖에……[55]

오 참봉의 에피소드들은 '오 참봉의 이야기를 써 보기로 한다'. 그리고 '이만한 정도로서 그치기로 한다'라는 두 가지 명백한 지시적 선언으로

---

55 박태원, 「식객 오 참봉」, 앞의 책, 93쪽.

시작과 끝이 경계 지어져 있고, 이렇게 해서 이 소설을 쓰는 저자 '나'의 무대와 오 참봉의 이야기가 펼쳐지는 무대는 분리된다. 그리고 텍스트가 씌어지는(씌어진) '지금'이라는 시각을 명시하는 방법으로 저자와 텍스트의 현존을 부각시킨다.

위에서 보았듯이 「적멸」, 「피로」, 「식객 오참봉」 등 박태원의 소설들에서 보이는 '글쓰기의 휴지(休止)' 즉 '소설이 도통 씌어지지 않아서 책상 앞을 떠났다'는 서술은 보통 '영감(靈感)의 소진'이라는 동기에 의해 뒷받침된다. '도무지 쓸 것이 없어서 한 글자도 쓰지 못했음'을 '쓰고' 있는 이러한 역설 혹은 부조리는 '글쓰기 행위'의 어떤 이미지를 텍스트 속에 투영하게 된다.[56] 박태원의 소설에서 '쓸 것 없음'에 대한 '쓰기'가 가능하다는 것은 '쓸 것이 없다'는 동기 자체가 쓰기의 원천(영감)이 될 수 있음을 아이러니하게 보여준다.

2) '자기'의 소설화와 '자화상'의 의미 / 「음우」, 「채가」, 「재운」, 「투도」

자기반영적 성격이 강하여 '자화상 연작'[57]으로 불리는 「음우(淫雨)」와 「채가(債家)」, 「재운(財運)」에도 소설가로서 자신의 소설쓰기 작업에 대해 고백을 하는 장면이 등장한다.

> 이제부터 술을 삼가고 창작에 정진하리라 마음먹어 보았다. 참말이지 내가

---

56 Randa Sabry, 앞의 책, 521쪽 참조. 글쓰기의 휴지는 글쓰기 행위가 글쓰는 이에게 역으로 영향을 끼친다는 것을 확인시켜 준다.

57 자화상 연작은 박태원 스스로 '자화상'이라는 이름을 붙인 세 작품 즉 「음우」, 「투도」, 「채가」를 지칭하는데, 논자에 따라서는 「재운」을 포함시키기도 한다.

창작을 게을리한 지도 어언간 일 년이 가까워 온다. (…중략…)

일찍이, 나의 일생을 걸려 하였던 문학에, 나는 정열을 상실하고 있은 지가 오랜지도 모를 일이다. (…중략…)

붓을 들어도 도무지 쓸 것이 없는 근래의 나였다.

나는 오늘 낮에 다시 배달된, 원고 독촉의 속달우편을 생각해내고 마음이 초조하였다.[58]

부지런하려고 노력은 하면서도, 소설은 뜻같이 써지지 않는 채, 겨울을 맞이하였다. (…중략…)

그러나 뜻있는 작가라면, 자기의 작품 활동을 원고료 수입의 다소로써 계산하여 마땅할 것이랴? 나는 때로 그러한 것을 생각하고, 마음이 서글펐던 것이나, 그래도 장작이나마 몇 구루마 더 사고, 옷가지나마 몇 벌 더 장만하여, 나의 처자들이 감기 한 번 안 앓아 보고, 그 겨울을 날 수 있었던 것은, 그나마 다행하다고 할밖에 없는 일이었다. (…중략…)

그러나 그러한 그와는 반대로, 나는 근래에 도무지 원고를 쓰지 못하여, 초조하고 우울한 중에 그날 그날을 보내지 않으면 안 되었던 것이다.[59]

이 경우는 앞의 작품들보다는 글쓰기 작업과 그 결과물인 텍스트 사이의 경계의 혼란이 덜하다. 이 작품들은 이전 작품들과 똑같이 '쓰지 못함'을 고백하고 있으면서도 그 양태가 다르게 나타난다. "붓을 들어도 도무지 쓸 것이 없는 근래의 나였다"(「음우」), "부지런하려고 노력은 하면서도, 소설은 뜻같이 써지지 않는 채, 겨울을 맞이하였다"(「재운」)와 같은 과거

58 박태원, 「음우」, 『李箱의 悲戀』, 깊은샘, 1991, 207쪽.

59 박태원, 「재운」, 『李箱의 悲戀』, 깊은샘, 1991, 264・271쪽.

형 근황 제시는 '소설이 씌어지지 않아서 쓸 수 없다'는 현재형 진술이 야기하는 복잡성을 피해 있다. 소설쓰기 작업을 현재의 텍스트 조직에 포함시키기보다 일종의 회고조 진술로 편입시키고 있기 때문이다. 또한 전작들이 '창작의 고통'을 호소하는 데 반해 여기서는 '뜻있는 작가'이면서도 '작품활동을 원고료 수입의 다소로써 계산'할 수밖에 없는 '매문의 고통'을 피력한다는 점에서 고민의 지점이 갈라진다. 이들 작품에서 좀 더 주목할 부분은 '그럼에도 불구하고 쓰지 않을 수 없음'이라는 소설가로서의 일종의 자기 성찰이다.

> 아내가 나에게 원하는 것은, 혹은, 값 높은 예술작품이 아니었는지도 모른다. 작품이야 되었든 안 되었든, 그가 지금 탐내고 있는 것은 약간의 고료였을지도 모른다. (…중략…) 나는 그의 원하는 바를 기꺼이 들어주고 싶었다.
> '나는 이제 좋은 작품을 하나 쓰리라 ……'[60]

> 이 땅에서 글을 써가지고 살림을 차려 본다는 것은 거의, 절망에 가까운 일이 아닐 수 없건만, 그러나 나에게는 글을 쓴다는밖에 아무 다른 재주도 방도도 없었으므로, 아내의 눈에도, 딱하게, 민망하게, 또 가엾게까지 보이도록, 나는 나의 힘이 미치는 데까지, 밤낮으로 붓을 달렸다.[61]

어쨌든 소설을 써야 한다, 좋은 작품을 쓰리라와 같은 다짐과 자기 합리화가 주축을 이루면서 자기반성의 포즈는 분명히 드러나지만 화자의 성찰의 내용은 기실 그리 명확하지 않다. 그는 가족들의 따뜻한 겨울을

---

60 박태원, 「음우」, 앞의 책, 208쪽.
61 박태원, 「채가」, 『소설가 구보씨의 일일』, 깊은샘, 1994, 317쪽.

위해 붓을 달려 원고료를 벌어야 하는 자신의 처지를 긍정한다. 그러나 그가 "아내가 나에게 원하는 것은, 혹은, 값 높은 예술작품이 아니었는지도 모른다…… 약간의 고료였을지도 모른다…… 나는 그의 원하는 바를 기꺼이 들어주고 싶었다"라고 쓰고 곧이어 "이제 좋은 작품을 하나 쓰리라"고 했을 때 그 두 문장 사이는 그리 자연스럽게 연결되지만은 않는다. '좋은 소설을 쓰리라'는 다짐은 「소설가 구보씨의 일일」에서 이미 접한 바 있다. 여기서 '들어주고 싶었다'는 말이 가지는 모호성(들어주고 싶어서 들어주기로 했다 / 들어주었다 / 들어주고 싶지만 들어주지 못했다 / 들어주지 못할 것 같다 등등)과 더불어, 역시 모호한 '좋은 소설'의 개념과 원고료의 함수관계는 불확정적이다.[62]

「음우」, 「투도(偸盜)」, 「채가」는 30년대 말 작가가 '가장'으로서 돈벌이에 지극히 충실했던 자신의 모습과 '집짓기', '도둑맞기', '집고치기'와 같은 일상의 소소한 일들을 여실하게 그리는 데 충실한 작품들이다. 이에 대해서는 진지한 문제의식도 실험정신도 보이지 않는다는 평가가 많았던 것이 사실인데, 돈벌이를 위해 매문을 하는 작가, 현실과 타협하고 안주하는 '소시민이 된 구보'라는 통상적인 비판은 일견 타당하지만 또한 재고해 볼 여지가 있다. 작가는 왜 그 시기(30년대 말에서 40년대 초, 붓을 드는 것 자체가 쉽지 않았고 또 붓을 드는 것이 돈벌이를 위한 것이어야 했던)에 자신의 모습을 '자화상'으로 그려야만 했을까, 그는 스스로를 어떻게 그리고 있는가, 그려진 '자신'은 어떤 모습을 하고 있는가의 문제를 고려해 볼 필요가 있다.

---

62 이러한 해석은 '자화상 연작'이나 박태원의 식민지 시기 후기 작품들이 일제 말기 체제에 대해 복합적이고 불투명한 태도를 보였다는 해석(방민호, 「박태원의 1940년대 연작형 "사소설"의 의미」, 『인문논총』 58, 서울대 인문학연구원, 2007)과 상통한다. 즉 박태원의 식민지 후기 작품들에 대해 '소시민 되기'와 '대일 협력'과 같은 단선적인 평가는 재고될 필요가 있다.

이 작품들에는 「피로」나 「소설가 구보씨의 일일」 등 이전의 자기반영적 작품들에서 보였던 것과 같은 신경증적 기질, 예민하고 약한 성정 등이 고스란히 드러나 있다. 그런데 이러한 것들이 드러나는 방식은 때로는 치졸해 보일 정도로 작가의 얼굴을 날 것 그대로 보여주는 것이다. 예컨대 「투도」에서 '나'는 양복들을 죄다 훔쳐가 버린 도둑에게 『레미제라블』의 '미리엘 승정'과 같은 자애를 펼치는 장면을 상상해 보고 한껏 동정에 부푼 애상에 잠기는데, 이후 밤이 찾아와 다시 불안이 엄습하자 낮에 자신이 가졌던 생각을 극단적으로 번복하는 모습을 보여준다.

(A) 나는, 문득, 그 도적이 그나마 돈으로 바꾸어 보지도 못하고, 내 양복을 싼 보퉁이를 들고 거리를 헤매다가, 마침내, 경관에게 붙잡히는 장면을 생각하여 보았다.

그는, 혹은, 아내가 생각하고 있는 것과 같이, 그렇게 '망한 녀석'은 아닐지도 모른다. (…중략…)

나는, 우리의 '장발장'이 도저히 죄에서 벗어나지 못할 것을, 잠깐 동안, 진정으로 안타깝게 생각하며, (…중략…) 부디 가엾은 그의 몸에 형벌이 내려지지 말라고 빌고 싶었던 것이다……[63]

(B) 나는 조금 전부터 눈을 감고 있었으나, 결코 잠이 든 것도, 잠을 청하려는 것도 아니었다. 나는, 아까 저녁때까지도, 어림도 없이 도적에게 동정을 가지려 했던 것을 차차 뉘우치고 있었던 것이다. (…중략…) 그 천참만륙을 내어도 시원치 않은 도적놈은 우리에게서, 동시에 마음의 평화를 훔쳐간 것이다. (…중략…) 나는 내일이라도 곧 형에게 들러서, 그 박달나무 육모방치를 집에다 갖다 두고, 모레라

63 박태원, 「투도」, 『李箱의 悲戀』, 깊은샘, 1991, 230쪽.

도 그 육시를 할 도적놈이 들어오거든, 그대로 사정없이 두골을 파쇄해 버리리라고, 나는 그만 잠을 자야 할 것도 잊고, 언제까지든지 흥분한 속에 있었다……[64]

한없는 자애를 가져 '부디 가엾은 그의 몸에 형벌이 내려지지 말라고 빌고 싶었던' '나'였기에, '그 육시를 할 도적놈'이 들어오거든 '사정없이 두골을 파쇄해 버리리라'고 말하는 데 이르면, 작가는 더 이상 동정을 베푸는 우월적인 존재가 아니라 불안에 떨며 호기를 부리는 나약한 인간이 된다. 이러한 작가의 모습은 물론 '소시민성'의 발현이라고 볼 수도 있지만, 소설적 재현의 결과는 우스꽝스러운 자기 자신의 모습을 여과 없이 방출하고 만 자기의 '희화(戲畵)'이다.

「채가」의 경우도 크게 다르지 않다. 이 작품의 화자인 소설가 '나'는 장마가 들자 집이 비에 줄줄 새고 도둑이 들고 한 원인을 '팔자에 없는 집을 짓기 때문'으로 돌리며 한없이 미신적인 태도에 빠지는 모습을 보여준다.

좀 더 근본을 캐어, 우리가 이처럼 곤경에 빠지게 된 참말 원인을 찾는다 하면, 결국은, 나같은 주제에, 가진 돈도 없이, 그처럼 집을 지은 것이 아주, 크나큰 잘못이었던 것이다. (…중략…) 원래가, 기유생 십이월 초칠일 미시인 사람은, 결코 큰 일을 경영하려 들어서는 안 된다고, 필시 따르는 마귀들이 적지 않으리라고, 내가 수년 전에 본 관상론 총평에는 적확하게 그러한 말이 적혀 있었는데,[65]

'나'는 집을 지어 이사 온 뒤 벌어진 몇 가지 사건(장마, 도둑)을 '나의 뒤를 따라다닌다는 마귀', '악의에 찬 마귀'의 장난이라고 단정하는데, 그러

64 위의 글, 245~246쪽.
65 박태원, 「채가」, 앞의 책, 308쪽.

면서도 또 한편으로는 '그래도, 우리는, 언제든 인생에 실망하여서는 안 된다. (…중략…) 좀 더 건강한 생활의 설계를 하여야만 한다'라고 캠페인 슬로건과 다름없어 보이는 다짐을 한다. 그러나 이는 실감을 동반하기 어려운 문구임이 곧 드러난다. '건강한 생활'이란 결코 설계될 수 없음을 '나' 스스로 몸소 증거하게 되기 때문이다. '나'는 부채의 청산은커녕 이자를 갚아나가는 데 하루하루 허덕이면서 평생을 오로지 빚을 갚는 데 소용하고 말지 모른다는 두려움에 사로잡힌다. 그리고 브로커와의 사이에서 생긴 '사고'(브로커가 중간에서 이자를 가로챈 것)를 해결하기 위해 와타나베[渡邊]라는 새로운 전주를 만나야 하는 상황을 계속해서 지연시키면서[66] '참다운 생활'의 불가능성을 우회적으로 보여준다.

4. 문학 담론과 문학 장의 무대화

1) 작품 속에 작품 드러내기

/「적멸」, 「음우」, 「투도」, 「피로」, 「소설가 구보씨의 일일」

작품 속에 텍스트 외부라 할 수 있는 문학 작품, 문학 비평 등이 개입되는 문학적 메타담화[67]는 작품 속에서 자신의 주변 환경·수용장·비평장

66 이를 '와타나베 안 만나기'라고 이름붙인 방민호는 작가가 와테나베에게 진 빚 때문에 시달리는 자신의 모습에서 일본인, 일본 자본, 일본어, 일본식 성씨 제도에 저당 잡힌 조선인의 삶을 보았고 그것이 '채가(債家)'의 함축적 의미라고 해석한다(방민호, 앞의 글, 2007, 44쪽 참조).

67 메타적인 접근은 픽션 내부의 세계와 픽션 외부의 세계 사이의 관련성을 탐색하기 위해 그리고 픽션과 리얼리티의 관계(경계)에 의문을 제기하기 위해 필요하다. 언어가 일관성을 가진 '객관적인' 세계를 수동적으로 반영한다는 단순한 개념은 더 이상 주장될 수 없다는 점에서, 모든 소설은 메타픽션적인 성격을 근본적으로 내포한다(Patricia

의 시뮬라크르를 재구성한다.[68] 이는 비평적이고 이론적 성찰로서 자기 반영성의 한 양태이면서, 작가가 처한 동시대의 비평장을 밑바탕으로 하는 허구의 대결이라는 점에서 일종의 '픽션화 놀이'라고 할 수 있다. 박태원 소설에서 작품 안에 문학 작품이나 그와 관련한 정보가 등장하는 방식은 크게 두 가지로 나눌 수 있다. 하나는 인유의 방식 즉 어떤 상황이나 대상에 대한 비유로 인용되는 것, 다른 하나는 문학(작품)이 담론화되는 방식 혹은 문학 장의 논리가 작품 안에 개입되는 것이다.

전자의 예가 가장 잘 드러나는 「적멸」에는 서양 고전을 중심으로 실로 다양한 작가의 실명과 문학 작품들이 언급된다.

> 그것은 확실히 괴기한 장면이었다. 에드가 알렌 포가 우리에게 보여 주는 세계 이상으로 괴기한 장면이었다. (188쪽)[69]
>
> 나는 '계집'이 따라 놓은 술 한 잔에 어쩐일인지 매슈 아놀드의 시 한 구절을 연상하였다.
>
> ……
>
> 꿈은 깨여 사라지고 벗은 봄의 꽃이나 같이 웃디가는 그만 가 버리누나. (195쪽)
>
> 형께서는 로버트 루이스 스티븐슨(R. L Stevenson)'의 〈닥터 지킬 앤드 미스터 하이드〉(Dr. Jekyll and Mr. Hyde)를 읽으신 일이 있으십니까? 물론 문학자이신 형께서는 읽으셨을 줄로 믿습니다마는 (207쪽)
>
> — 발자크(Balzac)의 〈인간희극〉(人間喜劇 — La comedie humaine)이 십구세기 불란서의 완전한 사회사라할 것 같으면 내 눈에 비친 '희극'?은 '이십세기 경성의 허위로 찬 실극'이라고 — 말이 좀 어색합니다마는 — 할 수 있겠지요. (215쪽)

Waugh, 앞의 책, 16~17쪽 참조).

68 Randa Sabry, 앞의 책, 230쪽.

69 이하 인용 쪽수는 박태원, 「적멸」, 앞의 책 참조.

즉 나는 그 전날 딴때 없는 정성으로 밤중에 구두를 발갛게 닦아 놓고서 앨런 포우(Allan Poe)의 「블랙캣(Black Cat)」을 읽다가 새벽 세시나 되어서 비오는 소리를 들으며 잠이 들었던 것입니다. (219쪽)

—년 전에 자살한 일본 문사 모씨(日本文士某氏)의 「어느 옛벗에게 주는 수기란」 속에- ……나는 지금 '죽음'과 더불어 놀고 있다.…… 이런 구절이 있지 않았습니까? (225쪽)

'에드가 알렌 포가 보여주는 세계 이상으로 괴기한'이라는 표현은 '에드가 알렌 포가 보여주는 세계'에 대한 독자의 이해와 공감이 전제 될 때에만 효력을 갖는 비유이다. 매슈 아놀드나 스티븐슨 그리고 발자크 등의 인용 역시 마찬가지이다. 이는 이 작품이 상당한 교양 수준 이상의 독자를 요구함을 표명하는 포즈로 읽히며, 소설가 주인공(화자)이라는 특성 그리고 자기반영성이 강한 작품이라는 특성과 연관되어 일종의 현학 취미에 가까워 보인다.

한편 「소설가 구보씨의 일일」에서는 이시카와 다쿠보쿠[石川啄木]의 단가를 패러디하거나("구보는 담배에 불을 붙이며 자기가 원하는 최대의 욕망은 대체 무엇일꾸, 하였다. 석천탁목은, 화롯가에 앉아 곰방대를 닦으며, 참말로 자기가 원하는 것이 무엇일꾸, 생각하였다"), 그에 자신의 심정을 의탁한 인유법이 선보이며,[70]

70 "구보는 담배에 불을 붙이며 자기가 원하는 최대의 욕망은 대체 무엇일꾸, 하였다. 석천탁목은, 화롯가에 앉아 곰방대를 닦으며, 참말로 자기가 원하는 것이 무엇일꾸, 생각하였다. 그러나 그것은 있을 듯 하면서도 없었다. 혹은, 그럴 게다. 그러나 구태여 말하여, 말할 수 없을 것도 없을 게다. 願車馬衣輕裘 與朋友共 敝之而無感은 자로의 뜻이요 座上客常滿 樽中酒不空은 공융의 원하는 바였다. 구보는, 저도 역시, 좋은 벗들과 더불어 그 즐거움을 함께 하였으면 한다……" (박태원, 『小說家 仇甫氏의 一日』, 문장사, 1938, 243쪽)

"문득 저도 모를 사이에 구보의 입술을 새어나오는 탁목의 단가-
누구나 모두 집 가지고 있다는 애달픔이여

「음우」(1940), 「투도」(1941)에서는 문학 작품의 원전을 이야기의 맥락 속에 유머러스하게 그리고 자유분방하게 통합시키는 모습을 볼 수 있다.

(A) 나는 그날 새벽에 기와장이와 청부업자들을 섬돌 아래다가 꿇려 놓고, 할멈을 시켜서 볼기를 치는 꿈을 꾸었다. 이 봉건적인 사상은 근래 내가 되풀이 읽은 『林巨正』에 말미암은 것인지도 모를 일이다.[71]

(B) 나는, 문득, 지금이라도 그 도적이 경관에게 붙잡힌 바 되어, 우리에게 훔친 물건을 한보따리 들고, 우리 문간에 와서 고개 숙이고 섰는 장면을 눈앞에 그려보았다. 경관은 그 보따리를 우리에게 내어 보이며, 이것들이 과연 당신네가 도적맞은 물건이요? — 하고 묻는다. 그 물음에 대하여, 나는 자애 깊은 웃음조차 입가에 띠우고, 아니오, 도적맞은 것이 아니라 내가 저 사람에게 준 것이오 — 하고 대답한다…….

그러나 나는, 한편으로, 우리가 도난을 당하였다고, 이미, 할멈을 파출소로 보내고 난 뒤였으니까, 그처럼 억지로, 내가 '미리엘 僧正'이 되고 싶더라도, 그것은 불가능한 일일밖에 없었다. 나는, 우리의 '장발장'이 도지히 죄에서 벗어나지 못할 것을, 잠깐 동안, 진정으로 안타깝게 생각하며, (…중략…) 부디 가엾은 그의 몸에 형벌이 내려지지 말라고 빌고 싶었던 것이다……[72]

(A)에서 '나'는 새벽에 꾼 '봉건적인 사상'이 깃든 꿈을 '근래 되풀이 읽

무덤에 들어가듯
돌아와서 자옵네
그러나 구보는 그러한 것을 초저녁의 거리에서 느낄 필요는 없다." (265~266쪽)

71 박태원, 「음우」, 앞의 책, 197쪽.

72 박태원, 「투도」, 앞의 책, 230쪽.

은 『임꺽정』의 탓으로 돌리는 유머러스함을 보이고 있으며, (B)에서는 자신의 집에 든 도둑을 장발장으로 그리고 자기 자신을 미리엘 승정으로 치환시켜 놓고 '자애 깊은' 공상을 펼치고 있다.

이상에 보인 문학 작품의 인유들은 고급의 문학 예술적 소양을 갖춘 독자를 전제로 하는 현학적인 포즈로 읽히는 경우가 많은 반면, 메타담화로써 문학 작품이 소설 속에 개입되는 경우는 문학(창작과 비평) 장의 논리와 규범이 다루어진다는 점에서 그리고 텍스트 안팎의 경계에 대한 의문을 제기한다는 점에서 그 양상이 좀 더 복잡하다.

「피로」에서는 글을 쓰지 못하고 초조해 하던 '나'가 다방 안에서 우연히 청년들의 문학 논쟁을 목격하는 장면이 등장한다.

> 나는 어제 이후로 한 자도 쓸 수 없었던 원고를 생각하고, 초조와 불안을 느끼면서 (…중략…)
>
> 그러나 내가 그 위에 다만 한 자라도 쓸 수 있기 전에 나는 문학 청년들(?)의 괴 기염에, 나의 귀를 사로잡히고 말았다. (…중략…)
>
> 그들은 사실 웅변(?)이었음에 틀림없었다. 그들의 입에서 '춘원'이 나오고 '이기영'이 나오고 '白鳩'가 나오고 '노산 시조집'이 나왔다. 그들은 얼마나 조선 문단이 침체하여 있는가를 한탄하고 아울러 온갖 문인을 통매하였다.[73]

청년들은 '춘원', '이기영' 등을 운운하며 '온갖 문인들을 통매'하는데, 이들의 논쟁이 화자에게 받아들여지는 방식은 '문학청년(?)들의 괴 기염', '웅변(?)' 등과 같이 물음표를 동반한 표현들에서 엿볼 수 있다. 또한 '그렇게 식견이 높은, 그들은, 혹은, 미미한 '나'와 비길 수도 없게스리 이름 높은

---

73 박태원, 「疲勞」, 앞의 책, 66쪽.

작가들이었는지도 모른다'면서도, '안경을 벗은 나의 눈은 그들의 얼굴조차 알아낼 수 없었다'고 하여 그들의 존재를 익명적으로 처리하는 '회피'의 몸짓을 취하고 있다. '식견 높은'이라는 말은 그들의 논쟁이 화자에게 전혀 실감을 동반하지 않기에 의미 없는 기표 혹은 반어적 표현이기 쉽다.

'나'가 그들의 견해 — 얼마나 조선 문단이 침체하여 있는가 — 에 동의하는지 어떤지는 확인할 길이 없지만, 그 논쟁의 무대화는 우선 '나'로 하여금 다방을 빠져나와 거리로 나가도록 이끄는 동력이 된다는 점에서 의미가 있다. '그러한 속에서 나의 소설을 계속 할 수 없는 것을 갑자기 느끼고' '나'는 '도망질치듯이' 다방을 빠져나온다. 그 논쟁의 장면은 '다방 안 → 거리 → 다방 안'이라는 회귀 구조와 소설 쓰기의 완결을 가능케 하는 근거가 되는 것이다. 이렇게 작가 자신의 목소리를 개입시키는 자기반영적 독백에 비해 등장인물들의 입을 통해 논쟁의 장을 마련하는 것은, 자신의 텍스트가 진입할 환경 그리고 그 환경의 불편함과 알력을 극화하고 관리하는 데 유효하다.[74]

「소설가 구보씨의 일일」에는 당대의 문학 담론과 관련지을 수 있는 장면이 여러 군데 등장한다. 구보는 거리를 배회하다가 두 번째로 들른 다방에서 시인이면서 사회부 기자로 있는 벗을 만난다. 벗은 문인답게 구보의 소설을 평하고 문학론을 펼치면서 앙드레 지드를 인용하고 『율리시즈』를 논한다. 그런데 구보는 벗과의 대화에 진지하게 임하지 않을 뿐만 아니라 벗의 논의를 한마디 말로 일축한다.

---

74 Randa Sabry, 앞의 책, 206쪽. "작가는 자기에게 권한을 위임받은 인물들을 통해 수사학적 통념・대중의 취향・도서관이나 서점에 가득 쌓인 작품들 등에 대해 자신이 느끼는 불편함(때로는 공모 관계), 즉 자기 텍스트가 얼마 후에 진입할 환경 전체와의 알력(때로는 공모 관계)을 표명하고 극화하고 관리할 수 있다."

구보는 그저 『율리시즈』를 논하고 있는 벗을 깨닫고, 불쑥, 그야 제임스 조이스의 새로운 시험에는 경의를 표하여야 마땅할 게지. 그러나 그것이 새롭다는, 오직 그 점만 가지고 과중 평가를 할 까닭이야 없지. (263쪽)[75]

이 장면은 대화의 일부분으로 제시된 데다 또한 더 이상의 대화가 진전되지 않은 채 단편적으로 처리되고 있기 때문에 단순한 의견 표명에 그치는 것으로 보인다. 그러나 이를 문학작품에 대한 평가의 문제, 비평의 차원에서 다시 바라본다면 메타담화라는 새로운 의미를 부여받을 수 있다.

구보는 나중에 자신의 작품들에 대한 항변[76]의 글에서 「소설가 구보씨의 일일」이 '가히 새로운 경지를 개척하였다'는 점에서 마땅히 평가되어야 함에도 평자들로부터 묵살 당했음에 분노를 토로한 바 있다. 이는 『율리시즈』에 대해 '새롭다는 그 점만 가지고 과중 평가를 할 필요가 없다'는 소설 속 '구보'의 진술과는 모순되는 것으로 보인다. 그러나 사실은 「소설가 구보씨의 일일」에 등장하는 '구보'의 '율리시즈론' 덕분에 이 작품은 '새롭다는, 오직 그 점만 가지고 과중 평가를 할 까닭이야 없'다는 예견될 수 있는 평가를 모면하는 결과를 낳았다고도 볼 수 있다. 이것이 이 작품에 가해질 비평가들의 반응("새롭다는 것 말고는 별로 평가할 까닭이 없다"는 식의)을 예측하고 행해진, 즉 '반론을 미리 되풀이하는' 예변법적 진술이라고 단정할 수는 없다. 그러나 이러한 포즈는 '논적'(구보와는 상이한 율리시즈론을 펼치는 비평가 또는 구보 자신의 작품을 비평할 비평가)을 상정하고 논쟁적인 긴장감을 창출하는 효과를 낳는다.[77]

---

75 이하 인용 쪽수는 박태원, 『小說家 仇甫氏의 一日』, 문장사, 1938 참조.

76 박태원, 「내 藝術에 대한 抗辯―作品과 批評家의 責任」, 『조선일보』, 1937.10.21~23.

77 Randa Sabry, 앞의 책, 162~163쪽 참조.

한편 「소설가 구보씨의 일일」에는 '구보'의 '통속소설론'이 등장한다는 점 또한 흥미롭다. 그는 '통속소설'을 결코 좋은 작품이라 여기지 않지만, 독견의 『승방비곡』과 윤백남의 『대도전』이 걸작이라는 데 동의를 구하는 사내의 말을 반박하지 않고 '간신히 그것들이 좋은 작품이라' 말하고 만다. 그러나 그 이전에 그는 이미 스스로 하나의 통속 소설을 머릿속에 그려보며 통속소설의 자기 원칙을 세우고 있다.

> 통속 작가들이 즐겨 취급하는 종류의 로맨스의 발단이 그곳에 있었다. (268쪽)
>
> 통속 소설은 템포가 빨라야 한다. 그 전날, 윤리학 노트를 집어들었을 때부터 이미 구보는 한 개 통속 소설의 작자였고 동시에 주인공이었던 것임에 틀림없었다. (270쪽)
>
> 또 만약 여자가 그렇게도 쉽사리 그의 유인에 빠진다면, 그것은 아무리 통속소설이라도 독자는 응당 작가를 신용하지 않을 게라고 속으로 싱겁게 웃었다. (271쪽)

통속소설은 '템포가 빨라야' 한다는 것, 그리고 개연성이나 핍진성이 최소한 보장되어야 한다는 것이 '구보'가 생각하는 통속소설의 논리이다. 구보가 통속소설에 대해 가지고 있는 '부정적인 혹은 호의적이지 않은 입장과 '간신히 그것들(통속소설들-인용자)이 좋은 작품이라' 말한 것 사이에 생긴 격차는, 그가 미리 마련해 놓은 '통속소설론' 덕분에 상쇄된다. 이는 대중의 취향에 대한 자신의 불편함을 극화하고 극복하는 하나의 방법이라고 할 수 있다.

한편 「적멸」에는 좀 더 흥미로운 메타담화 혹은 상호텍스트성을 볼 수 있다. 이 작품에서 거리를 배회하며 카페를 전전하는 소설가 화자 '나'는 '극단으로 세기말적'인 두 번째 카페에서 '사회주의'에 관하여 토론을 하는 두 조선인의 대화를 듣게 되는데, 이 장면은 여러 면에서 흥미로운 장치를 내포하고 있다.

> 우락부락한 사나이가 '알콜'에 정복당한 혀끝을 가까스로 놀려 가며 '금테안경'을 설복하고 있는 모양이다.
>
> ―결국…… 현대의 자본주의 사회를 근본적으로 전복시켜 가지고…… 무어 근본적으로 전복? 그렇지 근본적으로 전복시켜 가지고 우리 프롤레타리아를 해방시키는 것은…… 해방시키는 것은 '맑스'주의 말고는…… 말고는 없다…… 이렇단 말이야 물론 자네와는 내가 각별히 친하지…… 친해! 그러나…… 그러나 만약 자네가 자네 '근성'을 자네 '뿔조아근성'을 버리지 않는다면 말이지…… (…중략…) 왜 그러냐고? 왜 그러냐고라니…… 이 사람아 나는 프롤레타리아요 자네는 뿔조아라…… (…중략…) 이렇게 말했다고 노여워하는 대신에 자네 근성 '뿔조아근성'부터 내버리게-
>
> ―근성 '뿔조아근성'이란 무엇인고? 하고 나는 생각하여 보았다.
>
> ―근성 근성 '뿔조아근성'이라니…… 하 하 '곤조[根性]'이라는 말이로군 딴은……
>
> 나는 감탄하면서 '想涉'이 '差支'를 모멸하는 이상 나에게도 '근성'을 모멸할 권리가 있다고 생각하였다―(이 구절을 자세히 이해하지 못하는 독자는 '염상섭' 씨의 '만세전'을 참조하시오)[78]

'염상섭'을 언급하고 있는 위의 장면은 두 가지 의미심장한 문제를 제기한다. 먼저, "'뿔조아근성'을 버리라"는 사내의 말에서 '나'는 '근성'이라는 말에 고개를 갸웃거리다가 "'상섭(想涉)'이 '차지(想涉)'를 모멸하는

78 박태원, 「적멸」, 앞의 책, 190~191쪽.

이상 나에게도 '근성'을 모멸할 권리가 있다고 생각" 한다. 그리고 이는 삽입구에 나타나 있듯이 "'염상섭'씨의 '만세전'을 참조"하지 않고는 이해하기 어려운 대목이다. 쉽게 납득할 수 없는 대목을 이렇게 한 문장의 삽입구로 간단하게 처리한 저자의 불친절은 독자에게 던지는 장난 한토막으로 해석할 수 있다. '내 말이 궁금한 독자는 염상섭의 '만세전'을 읽으시오'라는 주문이기 때문이다. 이러한 수수께끼를 풀 것인지 말 것인지를 결정하는 것은 오로지 독자의 몫으로만 남겨진다. 이 장면은 이 작품을 이해하는 데 하등 지장을 주지 않는 하나의 '여담'이기 때문이다.[79] 그러면 독자가 실제로 저자의 의도를 파악하기 위해 『만세전』을 참조한다면 어떤 의미를 밝힐 수 있을까. 『만세전』을 읽은(읽는) 독자는 작품의 말미에 이르러 다음과 같은 대목을 발견할 수 있다.

> "舍廊에 누가왓니?"
>
> 나는 마루로 올러오며, 藥두구리를 올려노흔 火爐에 붓채질을 하고 안젓는 누의더러 무르니까,
>
> "누가 아우? 차지가 또 왓단다우" 하며 쌀쌀웃엇다.
>
> "뭐? 그게 무슨 소리야?"
>
> "자네, 차지도 모르나? 日本갓다와서 그것두 모르다니, 헷工夫햇네그려. 허허허"
>
> (…중략…)
>
> "차지라니 누구집 宅號요?"
>
> "버금差ㅅ字하고 지탕支ㅅ字의 差支를 몰라?" 하며 또 웃엇다. 나는 무 슨소리인지 몰라서,
>
> "그래 差支라니?" 하며 덩달아 웃엇다.

---

79 이 대목에 나타난 '삽입구'의 여담적 특질에 대해서는 3장 1절에서 다루었다.

"日本말로 부처보시구려"

이번에는 누의가 웃는다.

"差支(さしつか)란 말이지?"

"하……"

"허……"

어리둥절해서 仔細히무러보니까, 밧갓해온 손님이 (…중략…) 드러가도 關係 업느냐는말을 가장日本말이나 할 줄 아는 듯이 "차지(差支)업습니까"한 것을 (…중략…) 집안에서들은 코ㅅ백이도못보고 일흠도 모르면서, "差支差支" 하고 불으는 모양이다.

"미친놈이로군! 무얼하는 놈인데 그래?"[80]

위의 대목은 아내의 위독으로 급거 귀국한 이인화가 아내가 죽은 뒤 가족들과 대화를 나누는 장면으로, '관계(지장)없습니까'라는 말을 일본어 표현 '差支(さしつか)'에서 한자어를 우리말로 음차하여 '차지없읍니까'로 발음한 사람을 두고 일가족이 함께 비웃는 광경이다. 이렇게 조선어에 없는 일본식 한자어를 조선식으로 발음하는 것은 이인화의 '미친놈이로군'이라는 표현에서 보듯 모멸의 대상이 되고 있다. 이를 적용하면 「적멸」에서 화자가 "'근성'을 모멸한다'는 것은 '근성'이 일본식 한자어의 조선식 표기라는 점에서 역시 같은 맥락에서 해석이 가능해진다.

한편 '뿔조아근성'을 운운하는 두 조선인의 대화는 염상섭의 『삼대』와 묘하게 겹쳐진다는 점 또한 지적할 수 있다. 외모부터가 '거무테테한 게몹시 우락부락한 사나이'와 '남자로는 아까울만치 색깔 흰 금테안경잽이'는 『삼대』의 '머리가 덥수룩하고 꼴이 말이 아닌', '거무테테하고 유

80 염상섭, 「만세전」, 『염상섭전집』 1, 민음사, 1987, 93쪽.

들유들한' 병화와 '해사하게 생긴', '해끄무레하고 예쁘장스러운' 덕기를 연상시킨다. 그리고 '프롤레타리아의 해방', '뿔조아근성'을 운운하는 그들의 대화는 마치 『삼대』의 첫 대목 「두 친구」에서 조덕기를 '뿌르조아 뿌르조아' 하며 비꼬는 병화의 '수작'을 떠오르게 한다. 이는 『만세전』에 대한 언급과 달리 작품의 문면에 명시되지는 않았지만 『삼대』를 읽은 독자에게는 흥미로운 트릭으로 기능할 수 있는 장치라고 할 수 있다.[81]

2) 문학 논쟁과 문학론의 개입 / 『여인성장』, 『홍길동전』

박태원이 완성한 몇 안 되는 장편 신문연재소설[82] 가운데 하나인 『여인성장』[83]의 경우는 좀 더 흥미로운 자기반영성의 양상을 보여준다. '주목받는 신진작가' 김철수에 대한 정보들이 작가 자신의 존재를 그 어느 소설보다 강하게 환기하는 한편, 주인공 김철수가 소설 속에서 집필하는 '노작(勞

81 이렇게 박태원이 선배 작가 염상섭의 작품들을 작품 속에 차용하고 있는 것은 영화에서 흔히 볼 수 있는 일종의 '오마주(hommage)'로도 해석할 수 있다. 오마주란 '어떤 작품의 장면을 차용함으로써 그 감독에 대한 존경의 표시를 나타내는 것'을 의미한다. 영향을 받은 영화의 특정 장면을 자신의 영화에 응용하거나 존경하는 감독의 영화 장면을 자신의 영화 속에 삽입하기도 하며, 특정한 감독의 스타일을 모방하는 경우도 있다.

82 박태원은 여러 차례 장편 신문연재소설을 시도했으나 미완에 그친 작품이 많다. 『동아일보』에 연재한 『반년간』은 두 달여(1933.6.15~8.20)에 걸쳐 57회로 그쳤고, 『청춘송』은 1935년 2월 7일부터 5월 18일까지 『조선중앙일보』에 연재되다 중단되었다. 잡지에 연재한 작품 가운데 미완성 작품은 『미녀도』(『조광』, 1939.7~12), 『애경』(『문장』, 1940.1~9 · 11)이 있다. 특히 『청춘송』의 경우 작가 스스로 연재를 중단했다는 점이 화제가 되기도 했다. 신문사에 '자미없으니 소설을 중지해 달라'는 독자의 투서가 들어오고 신문사 측에서도 '예술가 소설을 쓰지 말고 연애담을 쓰라'고 요구하자, 작가가 이를 거부한 것이다(「박태원씨의 예술적 양심」, 『조선문단』, 1935.8, 126쪽).

83 『매일신보』에 1941년 8월 1일부터 1942년 2월 9일까지 연재되었으며, 영창서관에서 1942년 단행본으로 발간되었다. 본고의 인용 쪽수는 영창서관 1949년판을 참고하였다.

作)'의 제목 『명랑한 전망』이 작가 자신이 쓴 소설 제목 『명랑한 전망』(『매일신보』, 1939.4.5~5.21 연재)과 일치한다는 점에서 그러하다. 이는 서사의 진행과는 상관없는 소설 내의 흥미요소이면서 몇 가지 트릭을 숨기고 있다.

먼저 이 작품에서 주인공인 소설가 김철수는 '대가의 반열에는 오르지 못했지만 상당히 주목받는 신진작가'로 평가된다. 그리고 이 '신진작가'를 둘러싸고 문학소녀인 여성 인물들의 '문학론'이 펼쳐지면서 당대의 문단과 관련하여 흥미로운 장면을 연출한다.

> 동서의 고전과 평판 놉흔 신간들이 빽빽하게 꼬처잇는 중에 조선 작가들의 저서도 사오십권이나 끼어잇는 것이 숙자에게는 은근히 기뻣다. (…중략…)
>
> 그는 저도모르게 왈칵 얼굴을 붉힌다. 『김동인』의 『감자』와 『이태준』의 『까마귀』틈에 『김철수단편집』을 발견하엿던까닭이다. (…중략…)
>
> "언니! 조선작가에선 누굴 조화허우?"
>
> 시누이는 숙자의 시선을 더듬고 잇섯던듯십허 불쑥 그러한 것을 뭇는다. 숙자는 『김철수단편집』우에다 그대로 시선을 고정시켜둔채 대답하엿다.
>
> "조선작가중에서 말이죠? 글쎄-"
>
> "말 해봐요. 언니! 이태준? 유진오? 염상섭? ……"
>
> "글세- 다들 조치안하요?"
>
> "다들 조치야 조치만…… 나는 그런이들 말구 정말 조화하는 작가가 하나 잇다우. 언니 알어 내겟수?"
>
> "글세요. 누굴까? 김동인?" / "아아니." / "현진건?" / "아아니."
>
> "그럼 이광수?" / "아아니. 그런 대가들 말구……" (…중략…)
>
> "그야 소위 유행작가는아닐지도 모르지만……"
>
> "난 누구보다두 김철수가 조화! 사실 재준 그만이야. 언니!"[84]

위 대화는 작가 김철수의 연인이었다가 모종의 '비밀'을 안은 채 부호 최상호와 불행한 결혼을 한 숙자와 그녀의 시누이 숙경의 대화이다. 시집에 온 첫날 숙자는 '존경은커녕 사랑은커녕 도리어 증오와 모멸의 대상밧게 안되는'(32쪽) 남편에게 '단 하나 취할 점'으로 장서 취미가 있다는 것을 알게 되고 그의 서재에 마음을 빼앗기는 한편, 문학소녀인 그녀의 시누이와 '문학'에 대한 화제를 공유하면서 급속히 친밀함을 형성하게 된다. 그러나 이는 또 한편으로 김철수를 '마음속의 남편'으로 품고 있는 숙자와 '독자' 이상의 애정을 가진 숙경이 김철수를 둘러싸고 미묘한 애정전선을 형성하는 계기가 되기도 한다.

이 작품이 삼각구도로 나타나는 애정전선과 치정관계를 그린 소위 통속적인 작품이라는 점에서 그러한 토론장은 서사에서 큰 의미를 띠지 않는 부차적인 요소로 보일 수도 있는데, 주인공이 소설가라는 점 그리고 그 토론장의 풍경이 당대의 문단에 대한 매우 실제적이고 동시대적인 반응으로 그려진다는 점에서 본다면 상당히 흥미로운 지점을 발견할 수 있다.

먼저 위 대화를 통해 독자들이 추출할 수 있는 정보는 첫째, 소위 '대가'라고 불릴 수 있는 작가의 명단이 제시되고 있다는 점이다. 특히 이태준, 유진오, 염상섭, 김동인, 현진건, 이광수와 같은 동시대 작가들의 실명이 '당대의 독자'의 입을 빌리는 형식으로 거론되는 것은 작가가 마련해 놓은 교묘한 장치로 보인다. 둘째, 김동인의 『감자』와 이태준의 『까마귀』 틈에 끼어 있는 『김철수단편집』은 『박태원단편집』(학예사, 1939)을 연상시킨다. 김철수와 박태원을 등치시킬 근거는 부족하지만 만약 그 둘이 치환가능하다면, '소위 유행작가는 아닐지 모르지만' '재주는 그만'이라는 숙경의 평가는 작가 자신의 자평을 투영한 것으로도 읽을 수 있기에 유쾌한

84 박태원, 『女人盛裝』, 영창서관, 1942(1949), 63~64쪽.

트릭이 된다. 이 역시 작품 안에 '독자'의 존재를 설정함으로써 문학 담론을 우회적으로 피력한 것으로 볼 수 있다.[85]

한편 숙자와 철수와의 관계 그리고 기생 옥화(철수의 은사 강우식의 딸)와 철수의 관계가 의심을 받고 숙경과 철수의 애정전선에 이상이 생기면서 철수는 산속의 절(신계사)로 들어가 소설 집필에 몰두하게 되는데, 그때 집필한 소설이 바로 『명랑한 전망』이다.

> 전부터 기회를 타서 한번 써보고 십헛던 제재(題材)이엇다. 오랫동안에 생각은 제법 정돈이 되여 붓을 잡자 일은 순조로웁게 진행된다. 그는 기쁨 속에 매일 펜을 달렸다. (…중략…)
>
> 『명랑한 전망』이라고 제목한 그의 전작 장편은 날마다 거침업시 사건이 전개되어 나갓다. 시작한지 꼭 보름되는 날 그의 원고지 바른편 머리에 씨어지는 수짜는 이미 삼백 대에 들어갓다. 사백짜박이 원고지로 하루 평균 스무 장씩을 쓴폭이다.
>
> 철수는 집을 떠나 신계사에 가 잇슨지 달반 동안에 마침내 『명랑한 전망』을 완성하엿다.
>
> 노작(勞作)후의 결코 불쾌치 안흔 피로를 안고 그가 경성역에 나린 것은 십일월 초순.[86]

박태원이 쓴 소설 『명랑한 전망』이 연재소설인 데 반해 이 작품에서 김철수가 쓴 『명랑한 전망』은 '전작 장편'이라고 명시되어 있다는 점에서 차

---

85 박진숙은 이 작품이 신체제기의 규율화하고 있는 일상성을 보여주면서 독자에게 절대적으로 작용하는 작가의 권위를 확인하는 구조를 취함으로써, 시대에 굴복하지만 작가로서의 자신의 정체성을 지키고자 하는 중층적인 태도를 보여주고 있다고 평가한다(박진숙, 「박태원 통속소설과 시대의 '명랑성'」, 『한국현대문학연구』 27, 2009 참조).

86 박태원, 『女人盛裝』, 앞의 책, 537~538쪽.

이가 있지만, 연재가 거의 정확히 한 달 반 동안(4월 5일~5월 21일) 이루어진 것과 작품 속 소설의 탈고가 '달반동안에' 완성된 것은 교묘하게 일치하는 사실이다. 『여인성장』이라는 소설 속 소설이 왜 『명랑한 전망』인가에 대해서는 작가의 의도를 밝힐 단서가 없지만, 이 두 작품이 몇 년의 시차를 두고 『매일신보』에 연재되었다는 사실로 그 상관관계는 설명이 가능할 듯하다. 특히 『명랑한 전망』을 '노작(勞作)'이라고 스스로 칭하고 있는 것은, 작가가 스스로 그 작품을 어떻게 평하고 있는지와 무관하게 작가가 작품 속에 새겨놓은 일종의 '농담' 혹은 '장난'이라고 볼 수 있을 것이다.

또한 이 작품에는 시인 이상에 대한 언급이 인물들의 대화 속에 스치듯 등장한다는 점도 의미심장하다.

"이 사람이 술만 먹으러 왓나? 허지만 예서는 안 되네. 어느 불허훈주입산문(不許葷酒入山門)이라니……"

"그건 허락밧지 안흔 훈주는 산문으로 들어오라구 해석을 허는 법이라네. 아이 누가 그랫다든가? 어느 시인이 한 말이라든데……"

"아마 이상(李箱)일겔세"

"그래 그래 이상이야. 그 사람이 퍽 재미잇는 사람이엿다는데, 사실 시인으루두 유명헌 사람이엇나?"

"재주가 참말 비상햇지. 그러구 어떠튼 자네가 다 알구잇스니 그보다 어떠케 더 유명헐수 잇겟나?"

"예이 이사람!…… 하여튼 한잔하면서 얘기를 하세."[87]

위 인용문은 여동생 숙경의 문제를 의논하기 위해 숙자의 남편이자 철

87 위의 글, 542쪽.

수의 동창생인 최상호가 산속에 들어가 소설을 쓰고 있는 김철수를 찾아와 나눈 대화이다. 박태원이 이 짧은 한담 속에 자신의 절친한 벗인 시인 '이상'의 이야기를 등장시키는 것 역시 의도적 배치라고 봐야 한다. '불허훈주입산문(不許葷酒入山門)'이라는 말의 해석을 시인 이상에게 기대고 있는 것에서부터,[88] '재미있는', '유명한'이라는 형용사 표현과 함께 '재주가 참말 비상했지'라는 김철수의 회고조 진술은 작가 자신의 목소리와 겹쳐지면서 이상에 대한 작가의 애정을 작품 한구석에 새겨놓은 것으로 읽기에 충분하다. 이는 박태원의 초기작 「적멸」에서 『만세전』에 등장하는 표현을 인용하면서, '이 구절을 자세히 이해하지 못하는 독자는 '염상섭' 씨의 '만세전'을 참조하시오'라고 했던 것과 유사한 포즈라고 할 수 있다.

한편 허구적 서사물인 『홍길동전(洪吉童傳)』(1947)의 경우 허균의 古本 『홍길동전』을 필요할 때마다 곳곳에 인용하는 양상을 보여준다. 그런데 박태원의 『홍길동전』은 단지 고본 『홍길동전』의 패러디나 재가공이 아니라, 필요할 때마다 곳곳에 원본을 인용하면서 논평과 수정을 가하는 '주석달기'의 양상을 포함한다는 점에서 흥미로운 텍스트이다. '작가의 말'에서 밝히고 있듯이, 이 새로운 『홍길동전』은 홍길동의 행위에 타당성을 부여하고 서사의 설득력을 높이기 위해 시대 배경을 폭군 연산군 학정 시기 즉 실존인물 홍길동이 존재했던 시기로 고쳤으며, 길동의 행동과 전적에 주요 동기가 되는 허구적 인물들(조생원과 음전이)을 새로 창조해냈다. 무엇보다 작품 안에서 원전인 허균의 작품에 대해 '사실성'을 논하며 '고본'의 가치에 대한 평가를 공공연히 표출하고 있다는 점이 특징적이다.

---

88 원래 이 말은 절간에서 흔히 볼 수 있는 말로 '술과 훈채(葷菜: 마늘과 파, 달래, 부추, 생강 등 맵고 자극성이 있는 채소)를 먹은 사람은 절에 들어오지 말라'는 뜻이라고 한다. 이를 시인 이상이 '허락밧지 안흔 훈주는 산문으로 들어오라'는 뜻으로 재치있게 다시 해석했음을 알 수 있다.

(A) 그가 해인사를 들이친 전후곡절에 관하여는, 그가 세상을 떠난 뒤에 저술된 고본 『홍길동전』에 다음과 같이 기록되어 있다. (80쪽)[89]

고본 『홍길동전』은, 단순히 소설로 볼 때에는 흥미가 아주 없지도 않으나, 문헌으로서의 가치는 별로히 없는 저술이다.

'애기책'-, 고대소설이라는 것이 흔히 그렇듯, 이 『홍길동전』도 사실에 없는 허황맹랑한 수작이 너무나 많다.

길동이가 둔갑법을 쓰고, 축지법을 쓰고, 구름을 타고서 하늘을 달리고, 초인으로 저와 똑같은 길동이 여덟을 만들어 팔도에 배치하고……, 나종에 율도국으로 가서 왕이 되는 것은 그만 두고라도, 애초에 집을 나가는 동기부터 사실과는 모두 틀리는 수작이다.

그러한 중에, 이 '해인사사건' 하나만은 대체로 사실과 부합하다. 대개, 이대로 믿어도 좋다.

그러나, 그 때, 길동이가 거느린 도적의 수효는 옳지 않다. (83쪽)

(B) 이 대문은, 『고본 홍길동전』에도, 사실을, 비교적 충실하게 기술하여 놓았기로, 그것을 그대로 옮겨 보겠다. (152쪽)

새로 도임한 경상감사(길동의 형 홍인형)가, 길동이를 달래는 방을 써 붙인 것은 좋으나, 그것을 보고, 길동이가 감영으로 형을 찾아왔다 함은, 사실과 어긋나는 수작이다.

길동이는 종시 감영에는 나타나지 않았다. 또 나타날 까닭도 없는 일이었다.…… (155쪽)

위 인용문(A)와(B)에서 박태원이 지적하고 있는 점은 첫째, 허균의 고

89 이하 인용 쪽수는 박태원, 『洪吉童傳』, 조선금융조합연합회, 1947.

본 『홍길동전』이 허황맹랑한 수작이 많고 '사실'에 부합하지 않는 부분이 많다는 점, 따라서 홍길동과 관련한 '사실'을 가늠할 수 있는 정보적 성격과 관련해서는 허균의 것은 가치가 적다는 점이다. 이는 달리 말하면 박태원 자신이 다시 쓰는 『홍길동전』은 '사실성'을 지향하며 '사실'에 부합할 것임을 천명하고 있는 것으로 이해할 수 있다. 심지어 정확한 '도적의 수효'까지 운운하며 '고증적' 입장을 취하고 있는 것은 이 작품의 기본적인 창작 방향을 분명하게 보여주고 있다. 그런데 '사실성'에 대한 작가의 의지와는 별개로 이 작품은 많은 의문점을 불러일으킨다. 기본적으로 이 책은 역사소설이지 역사책이 아니기 때문에 허구화의 요소를 배제할 수 없고, 따라서 저자도 밝혔듯이 이 작품에서 매우 중요한 역할을 맡게 되는 인물들을 가공하여 창조한 바 있다. 그런데 이 소설이 고본을 인용까지 하면서 '사실성'을 과도하게 강조하거나 이에 집착하는 것은 무엇 때문일까. 혹은 이 작품을 '사실'로 이해하도록 독자들을 유도하는 이유는 무엇 때문일까. 그런 점에서 다음 인용문은 사실과 허구 사이를 혼란스럽게 만들고 있음을 볼 수 있다.

> 다시 한번 고본『홍길동전』에서 함경감영사건을 인용하여 보기로 한다. (85쪽)
>
> 여기에는, 길동이가 함경감영을 드리치는데, 토끼벼루패를 데리고 가서 한 것처럼 되어 있으나, 그것은 옳지 않다.
>
> 그는, 조생원과 단 둘이서만 함경도로 갔던 것이다. (87쪽)

작가는 고본의 기술이 '옳지 않다'고, 즉 사실이 아니라고 단정하는 한편, 그를 바로잡아 새로운 '사실'을 제시하는데, 그것이 바로 '조생원과 단 둘이서 함경도로 갔다'는 정보이다. 길동이의 동반자로 박태원이 새로이 제시한 조생원이라는 인물 자체가 실존 인물이 아닌 허구임은 작가 스스로 밝힌 바 있다. 여기에 이르면 사실과 사실이 아닌 것, 그리고 허구와 허구 아닌 것의 구분은 무의미해지고 '사실성'이라는 개념 자체가 미궁에 빠지게 된다. 이렇게 볼 때 앞서 (A)와 (B)에서 제시하고 있는 '사실'이라는 것 역시 역사적 사실인지 상상적 재구성인지에 관한 어떤 근거도 제시되어 있지 않다는 점에서 그 개념 자체가 의문을 낳게 된다. 결국 이는 '사실성'을 운운하다가 스스로 자가당착에 빠진 작가의 오류라고 폄훼하기보다는 '사실성' 자체에 관한 메타적인 접근이라고 보는 편이 타당해 보인다. 왜냐하면 고본과 다른 버전의 작품을 쓰는 것은 후세 작가의 자유일진대 이를 원본과 대조해 가면서 작품의 완결성이나 통일성을 떨어뜨릴 이유는 없기 때문이다. 따라서 이러한 '모순'의 노출은 작가의 의도된 기획이라고 볼 수밖에 없다. 즉 작가는 원전이랄 수 있는 선행본과 원전을 의식하지 않을 수 없는 후행 텍스트 사이에 '사실'을 둘러싼 대결을 만들어 놓음으로써, 사실과 허구의 경계를 교란시키는 흥미로운 상호텍스트성을 보여주고 있는 것이다. 박태원의 역사소설들은 단순히 역사의 '재현'의 문제가 아니라[90] 전통(역사 서술, 역사적 소재나 인물을 언어화하는 방식)을 끌어들여 그를 재조직하고 전복한다는 점에서 새로운 의미를 찾을 수 있다.

90 이는 '박태원 문학의 역사는 구체적 시공간으로서 실재했던 '과거'에 대한 관심과는 거의 무관하다'는 평가와도 맥을 같이한다(정호웅, 「박태원의 역사소설을 다시 읽는다」, 『구보학보』 2, 2007 참조).

제5장

박태원 문학, 위상과 전망

박태원의 소설들은 작가 특유의 세계관과 실험정신의 소산이라는 점에서 그 독자적인 지위를 논할 수 있는 한편, 그 작품들이 놓인 시대적인 자장이나 문학사적 맥락에 대한 고려 역시 필요하다. 즉 박태원 소설의 문학사적 위상과 의의를 밝히기 위해서 동시대의 다른 작가들이나 당대의 문학 장에 대한 고려는 간과할 수 없는 문제라고 할 수 있다. 지금까지 살펴본바 박태원 소설 담화의 핵심적 양상들을 동시대의 다른 작가의 경우와 비교해 보고, 작가가 속해 있는 문학 장의 논리와는 어떻게 연결되고 갈라지는지 고찰해볼 차례이다.

작가 박태원과 그의 많은 작품들은 '1930년대' 그리고 '구인회'라는 자장을 벗어날 수 없다는 것은 주지의 사실이다. 박태원은 한 시대만으로 규정될 수 없는 오랜 작품 여정을 보여 왔고 따라서 특정한 시기의 특질로 그의 작품 활동이 환원될 수는 없음은 명백하지만, 30년대 특히 '구인회' 시기(1933년~1936년)는 그가 작품 활동을 왕성하게 시작했던 시발점으로, 그의 문학관이나 세계인식의 근간이 형성되기 시작했다는 점에서 큰 의미를 가진다. 이는 박태원 작품 세계가 놓인 배경이자 준거일 뿐만 아니라 작가가 호흡했던 공기의 문제이기 때문이다. 따라서 30년대의 문학장 특히 '구인회'라는 집단과의 관련 속에서 박태원 소설을 조망하여 박태원 소설이 자리하고 있는 맥락을 고찰해 볼 필요가 있다. 이는 박태원 작품 세계가 보여주는 다양한 내재적 계기들을 동시대의 문제의식과 견주어 볼 것을 요구한다.

이 책의 서두에서도 언급했지만 '구인회' 자체의 성격에 대한 논의나 이 단체와의 관련 속에서 개별 작가들을 검토하는 시도들은 꾸준히 이루어져 왔는데,[1] '집단의식'이나 '영향관계'를 논하기보다 작가들에게서 드러나는 공유항과 차이점들을 비교해 보고, 작품 활동에 내재한 문제의식과 전제들에 대한 구체적이고 개별적인 접근이 필요하다고 본다.

이 책에서 행한 주된 분석과 관련하여 함께 검토해볼 내용은 동시대인들이 공유했던 언어 인식과 서술 기법, 도시 문명이라는 공통 경험에 관한 것이다. 구체적으로는 이 책에서 밝힌 박태원 소설 실험의 핵심 요소들 즉 위트와 유머 등 언어 사용에 나타나는 위반의 수사학, 서술 태도에 나타나는 일탈의 양상과 '이야기성'의 문제, 근대 도시의 삶의 양식들에 조응하는 문학적 실천 방식 등을 다른 작가들의 경우와 견주어 봄으로써 박태원 소설 담화의 특질과 의미를 밝혀 보도록 할 것이다.

---

1 구인회의 성격규정과 개별 작가론을 결합시킨 대표적인 작업으로 상허문학회, 『근대문학과 구인회』(깊은샘, 1996)를 들 수 있다. '구인회'라는 집단 자체의 성격에 대한 논의는 본고의 범위를 벗어나는 것이므로 본고에서는 '구인회' 구성원들 간의 비교검토를 통해 개별 작가들의 특성을 드러내고 그 속에서 박태원의 위상을 점검해보는 데 초점을 맞출 것이다.

박태원 문학을 해명하는 데 있어 작가 '이상'이 차지하고 있는 자리가 매우 크다는 사실은 이미 수차례 지적되어 왔는데,[2] 이는 단순히 박태원의 작품에 '이상'의 흔적이 도처에 자리 잡고 있다는 사실의 문제만은 아니다. 박태원이 '하웅'의 연애담을 그린 「애욕」에 대해 '주인공은 이상이면서 또한 구보 자신'이라고 밝혔듯이,[3] 작품의 모델이 이상인가 아닌가, 이상의 사생활이 얼마나 리얼하게 재현되었는가 하는 점은 그리 중요하지 않다. 즉 박태원과 이상의 개인사적 관계를 작품으로부터 추인하는 것은 작품 외적인 흥미 그 이상이 되기 어렵다. 두 작가가 단짝이 되어 거리 산책을 즐기고 다방 재담을 즐겼다는 사실을 넘어 동시대 작가로서 그들의 관계를 들여다볼 필요가 있다.

박태원 소설 언어에서 '위트'와 '유머'가 중요한 자리를 차지고 있다는 점은 앞에서 살펴보았는데, '위트'의 문제설정은 '구인회' 작가 특히 이상에게도 매우 특징적인 현상이라 할 수 있다. 박태원의 경우는 문장론 또는 문학론에서 '현대문학의 신선함'을 보증하는 근거로 '위트'와 '유머'의 가치를 강조하고 이를 실제 문학 작품의 언어 운용(어휘 선택과 그의 배열)을 통해서 다양하게 실험하고 있는 데 반해, 이상은 『날개』에서 드러나듯이 '위트'와 '파라독스'라는 기표 자체를 문면에 등장시키면서 작품 자체를 '파라독스의 위트'로 만들어 버린다.

> '剝製가 되어 버린 天才'를 아시오? 나는 愉快하오. 이런 때 戀愛까지가 愉快하오.

2 대표적으로 류보선, 「이상과 어머니－박태원 소설의 두 좌표」, 강진호 외, 『박태원 소설 연구』, 깊은샘, 1995 참조.

3 박태원, 「李箱의 悲戀」, 『여성』 4권 12호, 1939.5.

肉身이 흐느적흐느적하도록 疲勞했을 때만 情神이 銀貨처럼 맑소. 니코틴이 蛔ㅅ배앓는 뱃속으로 스미면 머리 속에 으레히 白紙가 準備되는 법이오. 그 위에다 나는 위트와 파라독스를 바둑布石처럼 늘어놓소. 可憎할 常識의 病이오.

(…중략…)

꾿 빠이. 그대는 이따금 그대가 제일 싫어하는 飮食을 貪食하는 아이러니를 實踐해 보는 것도 좋을 것 같소. 위트와 파라독스와 …….[4]

「날개」의 첫대목에서부터 작가는 머릿속 백지에 '위트와 파라독스'를 '바둑포석처럼' 늘어놓는다고 말하면서 "제일 싫어하는 음식을 탐식하는 아이러니"를 실천할 것을 제안한다. 그리고 소설 속의 '나'는 '흡사 유곽이라는 느낌이 없지 않'은 '유곽'에서 천진난만한 아이 혹은 '게으른 동물'이 되어 '모든 것을 알지만 아무것도 알지 못한다'는 가장의 포즈를 취한다. '아내에게 돈을 줘어 주면 아내 방에서 잘 수 있다'는 '진리' 즉 '교환의 논리'와 '교환의 쾌감'을 깨닫고도 '아내가 무얼하는지, 왜 그녀에게는 돈이 많은지, 왜 아내에게 내객이 찾아오는지 도통 모르겠다'는 '나'의 반복되는 중얼거림은 현실의 파라독스에 '파라독스의 유희(놀이)'로 대응하면서 스스로를 아이러니의 주인공으로 만드는 방식이다. 또다른 단편소설 「단발」에서 "위티즘과 아이러니를 아무렇게나 휘두르며 酸鼻(산비)할 연막을 펴"면서 "윗티즘의 지옥"을 펼치는 것 역시 마찬가지이다.[5] "놀음하는 세음치고 소녀에게 Double Suicide를 프로포즈"해 본다는 것은 '죽음'을 건 '도박'이지만 이는 '죽음'을 '유희'의 영역으로까지 몰아가 보는 '관념의 세계'[6]이기도 하다.

---

4 이상, 「날개」, 김윤식 편, 『이상문학전집』 2, 문학사상사, 1991, 318쪽.

5 이상, 「斷髮」, 위의 책, 248・252쪽.

이상의 글쓰기가 대체로 '웃음의 언어'로 이루어져 있다는 지적[7]과 함께, 이상의 '웃음'은 '번영하는 위선의 문명을 향해서 던진 메마른 찬 웃음'[8]이라는 시각이 많다. '근대적 일상 속에서 신성성을 잃고 타락한 축제를 비웃고, 축제의 급진성과 전복성을 회복하려는 언어의 축제'[9]라는 해석 역시 같은 맥락에 있다. "제일 싫어하는 음식(飮食)을 탐식(貪食)하는"(「단발」, 「날개」) 포즈로 드러나는 파라독스와 아이러니의 유머는, '깊이가 없어진 시대', '카오스적 근대'를 '초극'[10]하고자 하는 몸짓이었던 것이다.

그런데 이상에게서 보이는 것과 같이 '파라독스'에 기반을 둔 차가운 웃음이나 냉소적 유희는 박태원에게서는 찾아보기 힘든 점이다. 박태원의 경우는 '차가움'과는 대척점에 놓인 '따뜻한' 유머가 주를 이루며 냉소보다는 미소를 수반하는 것들이기 때문이다. 이상이 '이런 때 연애까지가 유쾌하오'라고 말했을 때의 '유쾌함'과 박태원의 구보씨가 '명랑하게 또 유쾌하게 웃었다'라고 했을 때의 유쾌함은 차이가 있다. 이상과 박태원 모두 근대 도시 공간과 일상 경험이 제공하는 불쾌감에 대응하는 방식으로 '유희'의 포즈를 취하고 있지만, 「소설가 구보씨의 일일」, 「딱한 사람들」, 「최후의 모욕」 등에서 보듯[11] 박태원의 경우는 소극적 방식으로 홀로 조용한 항변을 준비하는 나약한 인물들을 따뜻한 시선으로 포착하고 있다.

박태원을 포함한 '구인회'의 작가들은 김기림의 말처럼 '문명의 아들, 도

6 이상 문학의 본질을 '순수 관념의 표상'이라고 본 김윤식은 '한갓 장난으로서의 도박에 멈추고 있다는 점에 이상 문학의 비극이 깃들어 있다'고 해석한다(김윤식, 『이상소설연구』, 문학과 비평사, 1988 참조).

7 신범순, 「문학적 언어에서 가면과 축제」, 『언어와 진실』, 국학자료원, 2003 참조.

8 류보선, 「시니시즘의 이율배반」, 『문학동네』, 1998 여름호 참조.

9 소래섭, 「1930년대의 웃음과 이상」, 신범순 외, 『이상 문학연구의 새로운 지평』, 역락, 2006 참조.

10 신범순, 『이상의 무한정원 삼차각 나비』, 현암사, 2007, 20~21쪽 참조.

11 이에 대해서는 본고의 4장 1절에서 분석하였다.

회의 아들'[12]로서 근대 도시의 삶과 일상에 대한 그 나름의 대응 방식을 보여준다. 이상이 자기 자신을 아이러니와 파라독스의 극한 세계로 몰아붙인 데 반해 즉 자기 자신을 실험의 대상으로 삼아 스스로를 목숨 건 도박의 장으로 내몬 데 반해, 박태원은 자학의 포즈[13]가 엿보일망정 스스로를 세계와 격리시켜 실험과 도박의 대상으로 삼기보다는 '타인' 및 '세계'와 이어진 끈을 끈질기게 붙잡고 늘어진다. 그리고 그 방법론은 앞의 논의에서 살펴보았듯이 소외된 하층민에게 '이야기'의 무대를 제공해주거나 타인에게 끊임없이 말을 거는 방식으로 또는 세계의 양가성과 다면성을 입체적으로 보여주고 대립의 구조와 경계를 무화시키는 방식으로 드러난다.

박태원에게 근대와 도시는 비정하고 악마적인 것이면서 또한 재생의 에너지와 온정의 가능성을 품고 있는 세계이기도 하다. "십구 세기와 이십 세기 틈사구니에 끼여 졸도하려 드는",[14] 현대 문명세계를 숨 막히는 '틈바구니'로 인식하는 태도는 박태원에게는 찾아보기 힘든 것으로, 오히려 그는 십구 세기와 이십 세기(전근대와 근대, 전통과 새것)의 공존 속에 드러나는 모순적이고 아이러니한 삶의 모습들을 깊이 들여다보고 있었다. 그것은 전 시대의 선배들 특히 그의 스승인 이광수 세대의 '단절 의식' 혹은 '새것 콤플렉스'를 뛰어 넘은 것으로, 세계를 이항대립적인 혹은 위계적인 것으로 파악하는 방식에서 벗어나 연속과 불연속, 계승과 단절을 함께 사유하는 세계관인 것이다. 이는 30년대 가장 감각적인 소설적 실험을 했을 때나 월북 이후 북한에서 가장 당파적인 역사소설을 썼을 때나

12 김기림, 「모더니즘의 역사적 위치」, 『김기림 전집』 2, 심설당, 1988.

13 자기반영적 소설들 즉 소설가 소설에서 보이는 '무능'과 '게으름'에 대한 자조를 들 수 있는데, 이는 사실상 '자책'의 모드라기보다는 그에 대한 '시늉'으로, 일상에 대한 거부의 몸짓으로 읽어야 한다.

14 이상, 「사신 7」, 김윤식 편, 『이상문학전집』 3, 문학사상사, 1993, 235쪽.

박태원에게 지속되어 온 문제의식이라고 할 수 있다. 즉 일견 '불연속'으로 보이는 그의 작품 세계는 이러한 점에서 '연속성'을 가지고 있는 셈이다. 이상과 박태원 모두 두 시대의 '틈'을 고민하고 있었다는 점에서는 공통적이며 또 전 세대와 구별되지만, 박태원의 시야가 훨씬 더 멀고 넓은 세계로 열려 있었다는 점이 두 작가를 갈라놓는 지점일 것이다.

한편 무능한 소설가, 룸펜, 카페 여급, 소외된 노인, 거지 등 근대 문명과 자본주의 도시의 타자들에 대한 작가의 지속적인 관심은 이태준의 경우와 비교 가능하다. 이태준의 단편들에 등장하는 "낙백(落魄)한 유자(儒者), 누항(陋巷)에 침면(沈眠)하는 퇴기, 불우한 소학교원이나 혹은 유랑하는 농민, 어리석은 신문배달부, 생에 희망을 잃은 노인"[15]은 박태원 소설에 등장하는 인물들과 매우 흡사하다. 그러나 같은 대상을 다루더라도 그 방식에는 차이가 있다. 이태준이 '묘사하기'의 태도에 입각해 '이미 운명이 결정된 인물들'[16]의 삶을 '보여주기'에 치중하는 반면, 박태원의 경우는 '묘사'보다는 '이야기하기'를 통해 '목소리 드러내기'의 효과를 극대화하거나, 체념과 초탈 또는 순응과 저항의 경계를 부유하는 그들의 삶의 방식을 유희적으로 혹은 서술상의 다양한 장치들을 통해 입체적으로 조망한다.

여기서 '운명', '운명 지워진 삶'에 대한 인식은 이상이나 이태준 그리고 박태원에게 공통적으로 엿보이는 면모라는 점을 지적할 수 있다. 이상의 「十二月十二日」에 반복해서 드러나듯 이상 소설에서 '운명'은 '나'의 '정 반대의 대칭점'에서 '나'에게 '운명의 장난', '운명의 악희'를 떨치는 '요물'로서 '나'의 인생을 끝없는 '수수께끼'로 이끌어가는 '프로그램'이다.[17] 이상의 소설들은 어쩌면 이 '운명'과의 한 판 승부 또는 놀이라고도

15 최재서, 「단편 작가로서의 이태준」, 『문학과 지성』, 인문사, 1938, 175쪽.
16 이태준, 「참다운 예술가 노릇 이제부터 할 결심이다」, 『조선일보』, 1938.3.31.

할 수 있다. 작가 이상의 소설들이 문학 청년의 치기로까지 보일 수 있는 관념적 아포리즘의 나열을 보여주는데 반해, 박태원의 작품에서는 '관념'의 세계가 생경하게 펼쳐지는 장면은 초기작 「적멸」을 제외하고는 거의 찾아볼 수 없다. 예컨대 "세상은 모두가 돌연적 우연적 숙명적일 뿐", "인생은 암야의 장단 없는 산보"와 같은 이상의 경구들은 박태원에게 와서는 '여급들의 악다구니'나 '노인의 거짓말' 속에 또는 '자기도 모르게 공동묘지 앞을 향하는' 노인의 발길이나 '어느새 종로 한복판에 서서 갈 곳 몰라 하는' 소설가의 발끝에 녹아들어 있다.

동시대 작가들과의 비교를 바탕으로 여기서 제기하고자 하는 문제는 박태원의 작가 정신 그리고 작가 생명과 관련한 것이다. 박태원은 그가 사숙했고 또 존경했던 작가 이광수로부터[18] '그래도 조선에서는 생명을 길게 작품을 쓸 사람일 것'이라고 일찍이 평가를 받은 바 있고[19] 실제로 그 예상은 적중했다. 그는 '주변 여건에 굴하지 않고' 작품 활동을 오래도록 길게 지속한 몇 안 되는 작가 가운데 한 사람이기 때문이다. 동시대의 그 어떤 작가들과 비교해 보더라도 이는 박태원이라는 작가의 독보적인 면이라고 할 수 있다. 그가 그렇게 오랜 세월 소설가로 살아남을 수 있었던 즉 작품 활동을 계속할 수 있었던 동력은 무엇일까.

그가 '전신(轉身)' 혹은 '변신'의 모습을 보이면서 오랜 세월 작품 활동을 했다는 것이 그가 시류에 민감하다거나 정치 감각이 뛰어나다는 것을 곧바로 의미하는 것은 아니다. 박태원과 같은 '서울 중인계층 문인'인 염

---

17 이상, 「十二月十二日」, 앞의 책, 1991.

18 문단에 데뷔하기 전 이광수, 양건식에게 사사받았던 박태원은 자신의 첫 창작집 『小說家 仇甫氏의 一日』(문장사, 1938)을 스승 이광수에게 바친다고 기록할 만큼 그에게 존경을 표한 바 있다. "가르치심을 받아옵기 십년(十年)- 이제 이룬 저의 첫 창작집(創作集)을 세 번 절하와 삼가 춘원(春園)스승께 바치옵니다."

19 이광수, 「박태원씨의 예술적 양심」, 『조선문단』, 1935.8.

상섭의 경우, 중간계급 즉 근대 자본주의를 바탕으로 부상한 새로운 계급의 삶을 민감하게 포착하고 그들의 삶의 조건을 천착한 작품 세계를 보여줌으로써, '중인 계층으로서 뛰어난 정치감각'[20]을 가진 것으로 평가되곤 한다. 염상섭이 시대의 흐름에 예민하게 반응하며 신문기자로 활약한 것이나[21] 만주국 치하의 간도로 건너가 『만선일보』의 편집국장이 된 것, 또한 한국전쟁기 해군에 자원입대하여 종군작가로 또 군인으로 모습을 바꿔간 것 역시 그런 정치 감각의 소산으로 읽힐 수 있다. 그러나 박태원은 같은 서울 중인 출신 소설가이면서도 그러한 '경향성'이나 '정치감각'과는 거리가 있다.

『천변풍경』에서 보듯 서울 중인계층의 삶이라는 조건과 박태원의 작품 세계가 무관하다고는 할 수 없지만, 그것이 박태원 소설의 감각적 자질이나 세계관을 결정짓는 제 일의 요소라고 볼 수는 없다. 그는 기자가 되어 기사를 쓰는 대신, 새로운 매체인 신문기사가 담당했던 흥미성 및 정보성과 경쟁하며 소설이라는 매체의 가능성의 끈을 놓지 않았고, 소설이라는 글쓰기만이 보여줄 수 있는 길을 찾아 평생을 헤맸다. '사실'을 핍진하게 재구성해야 하는 역사물이나 전기물을 쓸 때조차 그는 유희와 위반의 정신으로 자유롭게 무수한 경계들을 넘나들며 새로운 양식을 창출해 나갔던 것이다.

박태원은 평생 소설가 이외에 다른 직업을 가져본 적이 없는 투철한 직업작가였다. '구인회'의 문우들이 대개 신문기자라는 직업을 가지고 '문인기자'로 활동하던 시절에도[22] 그는 유독 홀로 전업 소설가의 자리를 고

---

20 김윤식, 『염상섭 연구』, 서울대 출판부, 1999 참조.

21 염상섭은 『동아일보』, 『시대일보』, 『조선일보』 등의 일간지와 최남선이 주재한 『동명』의 기자로 활동했다.

22 '구인회' 시절 당시 이태준은 『조선중앙일보』의 학예부장이었으며 조용만은 『매일신

수했다. "시인이었음에도 불구하고, 먹기 위하여 어느 신문사 사회부 기자의 직업을 가지고 있는" 벗에게 '애달픔'을 느껴야 했던[23] 그는 차라리 '무능'과 '게으름'을 선택했고, 군국주의 일본 제국의 횡포 앞에서 벗이 붓을 꺾었을 때도[24] '밤낮으로 붓을 달려' 원고료를 벌었다. 즉 박태원은 그 누구보다도 작가로서의 '일관성'을 고집한 소설가였던 것이다. 그의 소설에 빈번하게 등장하듯이 그에게 소설쓰기는 '밥벌이'의 수단으로는 매우 적절치 못한 것이었지만, 또 한편으로 그는 소설쓰기 이외의 다른 수단을 선택하지 않았으므로 작품을 씀으로써만 '밥벌이'를 할 수 있었던 거의 유일한 작가이기도 했다. 이런 점에서 본다면 그가 모더니즘에서 리얼리즘으로, 순수문학에서 통속문학으로 '쉽게' 또는 '자유롭게' 옮겨 갔다거나, 역사물이나 야담의 세계로 '퇴행'했다는 평가는 피상적인 관찰에 그치기 쉽다. '소설쓰기'만을 평생 업으로 삼았던 만큼 그에게 '소설쓰기' 작업과 '소설가'로서의 위치를 고민하는 일은 필생의 과업이었을 것이기 때문이다.

박태원은 모더니즘에서 리얼리즘으로 혹은 실험적 소설 세계에서 이야기의 세계로 변신했다기보다는, 언제나 모더니스트이자 이야기꾼이었다. 즉 그는 그가 학창시절 세례를 받은 서양과 일본의 근대문학의 세계

보』의 학예부장이었고, 김기림은 『조선일보』 기자, 이무영은 『동아일보』 기자, 정지용은 『가톨릭 청년』의 문예면 담당, 박팔양은 『조선중앙일보』의 사회부장으로 있었다(서준섭, 『한국 모더니즘 문학연구』, 일지사, 1991 참조). 심지어 건축기사 이상의 경우를 보더라도 구본웅의 부친이 경영하는 출판사 '창문사'의 교정부원으로 취직한 적이 있다. 주요 신문에 포진한 '구인회' 작가들의 면면은 그 집단의 성격을 '문단 저널리즘'으로 인식하게 만드는 데 일조했고, 사실상 이러한 조건은 구인회 작가들이 당시 발표 지면을 장악하는 데 큰 밑바탕이 되었던 것도 부인할 수 없는 점이다.

23 박태원, 『소설가 구보씨의 일일』, 깊은샘, 1994, 46~47쪽.

24 이태준은 1943년 『왕자호동』을 끝으로 절필한 뒤 강원도 철원 안협으로 낙향하여 칩거하였다. 박태원은 이즈음 소설은 쓰지 않고 있었지만 중국 고전의 번역 작업등 글쓰기를 계속했다.

와 어린 시절 탐독했던 '이야기책'의 세계를 언제나 함께 살고 있었다. 박태원이 구축하고 있는 소설 세계의 담화적 특징들이 이를 뒷받침한다. 문자 기호를 가장 예민하게 다룰 줄 알았던 만큼이나 그는 강담사가 들려주었던 것과 같은 구술되는 이야기의 힘을 체화하고 있었다. 이러한 박태원의 방법론은 날카로운 감각의 언어 세계를 보여주는 실험적 소설과 능청스럽고 수다스러운 '이야기'의 세계를 자유롭게 넘나들며 오랜 세월 작품 활동을 할 수 있었던 동력이 되었던 것이다.

박태원 문학 연구는 앞으로도 다양한 가능성을 내포하고 있다. 무엇보다도 이 책에서 밝힌 것처럼 박태원 소설 세계가 주제, 구성, 스타일, 기교의 모든 측면에서 늘 새로운 해석과 재조명의 여지를 남기는 다채로운 국면들을 함유하고 있다는 점이 그 근본적인 이유가 될 것이다. 박태원의 북한에서의 활동이 길고 깊었다는 점[25] 또한 그러한 가능성에 한 몫을 담당하고 있음은 물론이다. 박태원의 문학 세계는 한 작가의 작품 분석이나 해명에만 그칠 수 있는 문제가 아니다. 식민지 문학의 특질 규명, 모더니즘과 리얼리즘의 관계 설정, 남한 문학과 북한 문학의 관계 정립을 위한 심도 있는 연구를 위하여 박태원 문학 연구는 앞으로도 더욱 확대되고 심화될 수 있을 것으로 기대한다.

---

25 박태원의 북한에서의 삶은 다른 작가들에 비하면 비교적 소상히 알려져 있다. 이는 남한에 남겨진 아들과 북에서 얻은 딸에 의해 가능해졌다. 북한에서 박태원의 의붓딸이 된 정태은이 쓴 「나의 아버지 박태원」(『통일문학』 44·45호, 2000년, 『문학사상』 2004년 8월호에 수록)은 박태원의 북한에서의 삶의 모습을 확인할 수 있는 중요한 자료이다. 정태은은 박태원의 절친한 벗 정인택과 권영희 사이의 딸로 월북 후 박태원이 권영희와 결혼하면서 박태원의 딸이 되었고 북에서 소설가로 활동했다. 한편 작가의 차남(박재영)이 2005년 12월 열린 남북 학술교류 세미나 〈'갑오농민전쟁'의 문학적 형상화〉에 참석하여 북한 학자들로부터 전달받은 기록을 통해 박태원의 북한에서의 연보가 좀 더 자세하게 정리될 수 있었다. 박태원의 삶의 여정과 문학사적 연대기는 김미지, 「한 전업 글쟁이의 마침표 없는 붓 달리기」, 『작가세계』, 2009 겨울호에서 정리한 바 있다.

참고문헌

1. 기본자료

『동아일보』, 『조선일보』, 『조선중앙일보』, 『매일신보』, 『문장』, 『조선문단』, 『삼천리』, 『신여성』, 『여성』

박태원, 『小說家 仇甫氏의 一日』, 문장사, 1938.
______, 『川邊風景』, 博文書館, 1938.
______, 『愚氓』, 『조선일보』, 1938.4.7~1939.2.1.
______, 『朴泰原 短篇集』, 學藝社, 1939.
______, 『女人盛裝』, 영창서관, 1942(1949).
______, 『洪吉童傳』, 조선금융조합연합회, 1947.
______, 『聖誕祭』, 을유문화사, 1948.
______, 『金銀塔』, 한성도서, 1949.
______, 『갑오농민전쟁』(전 8권), 깊은샘, 1989.
______, 『李箱의 悲戀』, 깊은샘, 1991.
______, 『윤초시의 상경』, 깊은샘, 1991.
______, 『소설가 구보씨의 일일』, 깊은샘, 1994.
______, 『천변풍경』, 깊은샘, 1995.
______, 류보선 편, 『구보가 아즉 박태원일 때』, 깊은샘, 2005.
______, 『임진조국전쟁』, 깊은샘, 2006.

九人會, 『詩와 小說』, 창문사, 1936.
김기림, 『김기림 전집』 2·3·5, 심설당, 1988.
염상섭, 「만세전」, 『염상섭전집』 1, 민음사, 1987.
이　상, 김윤식 편, 『이상문학전집』 2권(소설)·3권(수필), 문학사상사, 1991.

2. 논문

강상희, 「1930년대 한국 모더니즘 소설의 내면성 연구」, 서울대 박사논문, 1998.
강소영, 「식민지 문학과 동경(東京)―박태원의 『반년간』을 중심으로」, 『일본언어문화』 19, 2011.
강진희, 「박태원 『소설가 구보씨의 일일』의 모더니즘적 특성 일고」, 『청람어문학』 18, 1997.
권　은, 「경성 모더니즘 소설 연구―박태원 소설을 중심으로」, 서강대 박사논문, 2013.
권희선, 「박태원 소설에 나타난 희극성」, 『한국학연구』 13집, 2004.
김남천, 「殺人作家」, 『박문』 10, 1939.8.
김명인, 「근대소설(近代小說)과 도시성(都市性)의 문제」, 『민족문학사연구』 16, 2000.
김미지, 「1920～30년대 염상섭 소설에 나타난 '연애'의 의미 연구」, 서울대 석사논문, 2001.
______, 「한 전업 글쟁이의 마침표 없는 붓 달리기」, 『작가세계』, 2009 겨울.
______, 「식민지 작가 박태원의 외국문학 체험과 '조선어'의 발견」, 『대동문화연구』 70, 2010.
______, 「1936년과 2013년의 거리, 『천변풍경』 읽기의 방법론과 생점들」, 『구보학보』 9, 2013.
______, 「소설가 박태원의 해외문학 번역을 통해 본 1930년대 번역의 혼종성과 딜레마」, 『한국현대문학연구』 41, 2013.
김영찬, 「한국문학의 증상들 혹은 리얼리즘이라는 독법」, 『창작과 비평』, 2004 가을.
김종욱, 「구술문화와 저항담론으로서의 소문―이기영의 『고향』론」, 『한국현대문학연구』 16집, 2004.
김한결, 「관념으로서의 미―허치슨 취미론의 로크적 토대에 관한 고찰」, 『美學』 제37집, 2004 봄.
김흥식, 「박태원의 소설과 고현학」, 『한국현대문학연구』18집, 2005.12.
류보선, 「이상과 어머니―박태원 소설의 두 좌표」, 강진호 외, 『박태원 소설 연구』, 깊은샘, 1995.

______, 「시니시즘의 이율배반」, 『문학동네』, 1998 여름.
류수연, 「박태원 소설의 창작기법 연구」, 인하대 박사논문, 2009.
______, 「통속성의 확대와 탐정소설과의 역학관계」, 『박태원문학 연구의 재인식』, 예옥, 2010.
박진숙, 「박태원 통속소설과 시대의 '명랑성'」, 『한국현대문학연구』 27, 2009.
박헌호, 「'구인회'를 어떻게 볼 것인가」, 상허문학회, 『근대문학과 구인회』, 깊은샘, 1996.
방민호, 「1930년대 경성 공간과 「소설가 구보씨의 일일」」, 『문학수첩』, 2006 겨울.
______, 「박태원의 임진조국전쟁론」, 박태원, 『임진조국전쟁』, 깊은샘, 2006.
______, 「박태원의 1940년대 연작형 "사소설"의 의미」, 서울대 인문학연구원, 『인문논총』 58, 2007.
백지혜, 「박태원 소설의 사유방식과 글쓰기의 형식」, 『관악어문연구』 30집, 2005.
소래섭, 「1930년대의 웃음과 이상」, 신범순 외, 『이상 문학연구의 새로운 지평』, 역락, 2006.
손유경, 「'소문'으로 다시 쓰는 박태원의 『천변풍경』론」, 『박태원문학 연구의 재인식』, 예옥, 2010.
송수연, 「식민지시기 소년탐정소설과 '모험'의 상관관계—방정환, 김내성, 박태원의 소년탐정소설을 중심으로」, 『아동청소년문학연구』 8, 2011.
송효섭, 「구술성과 기술성의 통합과 확산—국문학의 새로운 사유와 담론을 위하여」, 『국어국문학』 131, 2002.
신범순, 「30년대 모더니즘에서 '산책가'의 꿈과 재현의 붕괴」, 『시와 시학』, 1991 가을·겨울.
______, 「문학적 언어에서 가면과 축제」, 『언어와 진실』, 국학자료원, 2003.
신불출, 「웅변과 만담」, 『삼천리』, 1935.6.
안회남, 「作家 朴泰遠論」, 『문장』 1호, 1939.2.
오경복, 「박태원소설의 서술기법 연구」, 이화여대 박사논문, 1993.
오자은, 「박태원 소설의 도시 소수자 형상화 방법 연구」, 서울대 석사논문, 2008.
오현숙, 「박태원의 아동문학 연구」, 『아동청소년문학연구』 8, 2011.
윤정헌, 「박태원소설연구」, 영남대 박사논문, 1991.
이상갑, 「전통과 근대의 이율배반성—『金銀塔』론」, 『상허학보』 2, 1995.
이정옥, 「박태원 소설 연구」, 연세대 박사논문, 2000.
이태준, 「跋」, 박태원, 『小說家 仇甫氏의 一日』, 문장사, 1938.
이현석, 「문화와 언어표현의 차이에 기초한 영한번역의 방법론 연구」, 세종대 박사논문, 2006.
이화진, 「박태원의 『소설가 구보씨의 일일』론」, 『어문학』 74호, 2001.
임미주, 「『천변풍경』의 정치성 연구」, 서울대 석사논문, 2013.
장수익, 「박태원소설 연구」, 서울대 석사논문, 1991.
______, 「근대적 일상성에 대한 성찰과 극복」, 『한국 현대소설의 시각』, 역락, 2003.
전봉관, 「박태원 소설 『우맹』과 신흥 종교 백백교」, 『한국 현대문학 연구』, 2006.
전정은, 「문학작품을 통한 1930년대 경성 중심부의 장소성 해석－박태원 소설 「소설가 구보씨의 일일」을 바탕으로」, 서울대 석사논문, 2012.
정현숙, 「박태원 연구의 현황과 과제」, 강진호 외, 『박태원 소설 연구』, 새미, 1995.
정호웅, 「박태원의 역사소설을 다시 읽는다」, 『구보학보』 2, 2007.
조남현, 「박태원 소설, 장문주의의 미학과 비의」, 『새국어생활』, 2002.
조선희, 「천변풍경의 영화서사적 기법 연구」, 전남대 석사논문, 2011.
조용만, 「이상과 박태원」, 『30년대의 문화 예술인들』, 범양사, 1988.
차원현, 「표층의 해석학－박태원의 『천변풍경』론」, 『한국 근대소설의 이념과 윤리』, 소명출판, 2007.
천정환, 「박태원 소설의 서사 기법에 관한 연구」, 서울대 석사논문, 1997.
______, 「식민지 모더니즘의 성취와 운명－박태원의 단편 소설」, 박태원, 『소설가 구보씨의 일일』, 문학과지성사, 2005.
최동현 · 김만수, 「1930년대 유성기 음반에 수록된 만담 · 넌센스 · 스케치 연구」, 『한국극예술연구』 7집, 1997.
최미정, 「漢詩의 典據修辭에 대한 고찰」, 서울대 석사논문, 1975.
최상진 외, 「'핑계'의 귀인－인식론적 분석」, 한국심리학회 학술발표논문초록, 1991.
최유학, 「박태원 번역소설 연구－중국소설의 한국어번역을 중심으로」, 서울대 석사논문, 2006.
최재서, 「'천변풍경'과 '날개'에 관하야－리얼리즘의 확대와 심화」, 『조선일보』, 1936. 10.31～11.7.
______, 「단편 작가로서의 이태준」, 『문학과 지성』, 인문사, 1938.
최혜실, 「산책자(flaneur)의 타락과 통속성－「애경」, 「명랑한 전망」, 『여인성장』을 중심으로」, 강진호 외, 『박태원 소설 연구』, 깊은샘, 1995.
한수영, 「『천변풍경』의 희극적 양식과 근대성」, 강진호 외, 『박태원 소설 연구』, 깊은샘, 1995.

Barthes, Roland, 「이야기의 구조적 분석 입문」, 김치수 편역, 『구조주의와 문학비평』, 기린원, 1989.
_____________, 김성택 역, 「옛날의 수사학」, 김현 편, 『수사학』, 문학과지성사, 1985.
Chklovski, V. V., 「기법으로서의 예술」, 김치수 역, 『러시아 형식주의』, 이화여대 출판부, 1988.
Genette, Gérard, 김동윤 역, 「서술의 경계선」, 석경징 외역, 『현대 서술 이론의 흐름』, 솔출판사, 1997.
_____________, 김종갑 역, 「서술 이론」, 석경징 외역, 『현대 서술 이론의 흐름』, 솔출판사, 1997.
Tynianov, J., 「구성이라는 개념에 관하여」, 김치수 역, 『러시아 형식주의』, 이화여대 출판부, 1988.
코모리 요이치, 「번역이라는 실천의 정치성」, 가와모토 고지·이노우에 겐 편, 이현기 역, 『번역의 방법』, 고려대 출판부, 2001.

3. 단행본

강진호 외, 『박태원 소설 연구』, 깊은샘, 1995.
곽효환, 『구보 박태원의 시와 시론』, 푸른사상, 2011.
권영민, 『한국현대문학사』 1, 민음사, 2002.
김대행, 『웃음으로 눈물 닦기』, 서울대 출판부, 2005.
김민정, 『한국 근대문학의 유인과 미적 주체의 좌표』, 소명출판, 2004.
김상태, 『박태원』, 건국대 출판부, 1996.
김승구, 『이상, 욕망의 기호』, 월인, 2004.
김욱동, 『모더니즘과 포스트모더니즘』, 현암사, 1992.
김윤식, 『이상소설연구』, 문학과비평사, 1988.
_____, 『염상섭 연구』, 서울대 출판부, 1999.
_____·정호웅, 『한국소설사』, 예하, 1993.
김현주, 『구술성과 한국서사전통』, 월인, 2003.
대중문학연구회 편, 『추리소설이란 무엇인가』, 국학자료원, 1997.
류수연, 『뷰파인더 위의 경성』, 소명출판, 2013.
류종영, 『웃음의 미학』, 유로, 2005.

박성창, 『수사학과 현대 프랑스 문화이론』, 서울대 출판부, 2002.
박현수, 『모더니즘과 포스트모더니즘의 수사학』, 소명출판, 2003.
반재식, 『한국웃음사』, 백중당, 2004.
백 철, 『신문학사조사』, 신구문화사, 2003.
상허문학회, 『근대문학과 구인회』, 깊은샘, 1996.
서동욱, 『차이와 타자』, 문학과지성사, 2000.
서준섭, 『한국 모더니즘 문학연구』, 일지사, 1991.
손정수, 『텍스트의 경계』, 태학사, 2002.
신범순, 『한국 현대시의 퇴폐와 작은 주체』, 신구문화사, 1999.
______, 『이상의 무한정원 삼차각 나비』, 현암사, 2007.
안숙원, 『박태원 소설과 도립의 시학』, 개문사, 1993.
이태준, 『文章講話』, 문장사, 1940.
임 화, 『文學의 論理』, 학예사, 1940.
정현숙, 『박태원문학연구』, 국학자료원, 1993.
조남현, 『한국 현대소설 유형론 연구』, 집문당, 1999.
______, 『소설신론』, 서울대 출판부, 2004.
______, 『한국현대소설사』 2, 문학과지성사, 2012.
조연현, 『한국현대문학사』, 성문각, 1992.
조이담, 『구보씨와 더불어 경성을 가다』, 바람구두, 2005.
진선주, 『제임스 조이스의 율리시즈의 서술전략』, 도서출판 동인, 2006.
최혜실, 『한국모더니즘 소설 연구』, 민지사, 1993.

Bakhtin, Mikhail, 김근식 역, 『도스또예프스키 시학』, 정음사, 1989.
______________, 김희숙·박종소 역, 『말의 미학』, 길, 2006.
Barthes, Roland, 김웅권 역, 『S / Z』, 동문선, 2006.
_____________, 이상빈 역, 『롤랑 바르트가 쓴 롤랑 바르트』, 강, 1997.
Benjamin, Walter, 반성완 편역, 『발터 벤야민의 문예이론』, 민음사, 1983.
Bergson, Henri, 정연복 역, 『웃음—희극성의 의미에 관한 시론』, 세계사, 1992.
Booth, Wayne, 최상규 역, 『소설의 수사학』, 예림기획, 1999.
Caillois, Roger, 이상률 역, 『놀이와 인간—가면과 현기증』, 문예출판사, 1999.
Chatman, Seymour, 한용환 역, 『이야기와 담론—영화와 소설의 서사구조』, 푸른사상, 2003.

Derrida, Jacques, 김웅권 역, 『그라마톨로지에 대하여』, 동문선, 2004.
Descombes, Vincent, 박성창 역, 『동일자와 타자』, 인간사랑, 1990.
Deutscher, Penelope, 변성찬 역, 『How to Read 데리다』, 웅진지식하우스, 2007.
Dixon, Peter, 강대호 역, 『修辭法』, 서울대 출판부, 1979.
Freud, Sigmund, 정장진 역, 『창조적인 작가와 몽상』, 열린책들, 1996.
________, 박찬부 역, 『쾌락원칙을 넘어서』, 열린책들, 1997.
________, 임인주 역, 『농담과 무의식의 관계』, 열린책들, 1999.
________, 김명희 역, 『늑대인간』, 열린책들, 2005.
Gadamer, Hans-Georg, 이길우 외역, 『진리와 방법』 I, 문학동네, 2000.
Genette, Gérard, 권택영 역, 『서사담론』, 교보문고, 1992.
Gilloch, Graeme, 노명우 역, 『발터 벤야민과 메트로폴리스』, 효형출판, 2005.
Harris, Roy, 고석주 역, 『소쉬르와 비트겐슈타인의 언어』, 보고사, 1999.
Heidegger, Martin, 오병남 외역, 『예술작품의 근원』, 경문사, 1990.
Jouve, Vincent, 하태환 역, 『롤랑 바르트』, 민음사, 1994.
Lunn, Eugene, 김병익 역, 『마르크시즘과 모더니즘』, 문학과지성사, 2000.
McLuhan, Marshall, 임상원 역, 『구텐베르크 은하계—활자 인간의 형성』, 커뮤니케이션북스, 2001.
Ong, Walter J., 이기우 · 임명진 역, 『구술문화와 문자문화』, 문예출판사, 1995.
Sabry, Randa, 이충민 역, 『담화의 놀이들』, 새물결, 2003.
Waugh, Patricia, 김상구 역, 『메타픽션』, 열음사, 1989.
가라타니 고진, 『근대문학의 종언』, 도서출판 b, 2006.
스즈키 토미, 한일문학연구회 역, 『이야기된 자기』, 생각의나무, 2004.
코모리 요이치, 정선태 역, 『일본어의 근대』, 소명출판, 2003.

Bagdikian, Ben H., *The Information Machines : Their Impact On Men And The Media*, New York : Harper & Row, 1971.
Genette, Gérard, trans. by Channa Newman and Claude Doubinsky, *Literature in the second degree*(Palimpsests.), University of Nebraska Press, 1997.
Herman, David, eds. by Jahn, Manfred and Ryan, Marie-Laure, *Routledge Encyclopedia of Narrative Theory*, New York : Routledge, 2005.
Lefebvre, Henri, *Writings on Cities*, Cambridge, Mass : Blackwell, 1996.